Für Mort Korn und Emery Pineo
und so viele andere,
die mir soviel gegeben haben

Danksagung

Wie bei all meinen Romanen würde die Liste derer, die eine Erwähnung und Dank verdient haben, schon ein eigenes Buch ausmachen, so daß ein paar Beispiele genügen müssen.

Zunächst und an erster Stelle bin ich mit einem wahrhaft hilfreichen Team bei meinem amerikanischen Verlag Fawcett gesegnet, dem Leona Nevler vorsteht.

Daniel Zitkin ist ein Lektor im besten Sinne des Wortes, der eine Leidenschaft und Objektivität mitbringt, von der es heißt, man würde sie in der zeitgenössischen Verlagsszene oftmals vermissen.

Der wunderbare Toni Mendez und Ann Maurer vervollständigen ein Team, das sich Seite für Seite und Detail für Detail vornimmt und mich zwingt, bei jedem neuen Buch besser zu werden.

Meine tiefste Dankbarkeit an die McGreeveys, die mir bei der Landschaft von Colorado geholfen haben, und an Shinan John Saviano, der mich, wie immer, bei der Choreographie der zahlreichen Kampfszenen unterstützt hat.

Und schließlich mein Dank an Paul Hargraves, der mir die Geheimnisse der Tiefe entschlüsselt hat, und an Gene Carpenter für die Saat, aus der dieses Buch geboren wurde.

Prolog

Die Stadt Hope Valley starb ohne Protest.

Der Sonntagmorgen dämmerte gemächlich dahin, und die Sonne schlich sich heimlich über die Berge Oregons, ungesehen von den eintausend Einwohnern, die Regen erwartet hatten, als sie zu Bett gegangen waren. Die ersten Sonnenstrahlen fielen auf die schwarzen Straßen und ordentlich geschnittenen Rasenflächen zwischen den Auffahrten mit Basketballkörben und Doppelgaragen. Eine Tauschicht überzog jene Wagen, die den Elementen ausgesetzt gewesen waren, und ein einsamer Zeitungsjunge mit einem Stapel Zeitungen unter dem Arm stellte fest, daß seine hohen Turnschuhe bis zu den Jeansaufschlägen durchnäßt waren, nachdem er über ein Dutzend Rasenflächen gefahren war.

Die Sonntagsausgabe war die weitaus umfangreichste der Woche; ihr Gewicht bog den stählernen Gepäckträger seines Fahrrads nach außen, und die, die er dort nicht hatte verstauen können, trug er in einem Rucksack über seiner Schulter. Der Junge stand halb auf den Pedalen und fuhr auf die nächste Tür seiner Route zu. Die Sohlen seiner Turnschuhe schlurften durch das Gras und knirschten dann auf dem Beton, als er die Vordertreppe hinaufging. Die Zeitung landete mit einem dumpfen Knall, der die farbigen Werbebeilagen hoch in die Luft schleuderte.

Das Ende kam, noch bevor sie wieder hinabgefallen waren.

Im letzten Augenblick seines Lebens hatte der Junge noch Zeit, eine Lichtexplosion wie die einer Blitzlichtlampe zu beobachten, die allerdings nicht mit einem Klicken erlosch. Ein blauweißer Strahl ergoß sich aus dem Himmel in einem weiten Bogen über Hope Valley. Es war zuerst in den westlichen Ausläufern der Stadt eingeschlagen. Als der Junge die Explosion wahrnahm, hatte sich schon eine pechschwarze Rauchwolke gebildet, die dem Strahl folgte, als führe er sie an der Leine, und die alles in ihrem Weg verschluckte.

Der Wind gewann an Kraft, bildete einen Trichter und zerstörte mühelos die Überreste der zerborstenen Gebäude.

Schließlich nahmen die Ohren des Jungen ein Knistern und Krächzen wahr. Er wollte gerade schreien, als ihm alle Luft aus den Lungen gesogen wurde. Sein Blut, Fleisch, seine Knochen und selbst seine Kleidung verwandelten sich in dunklen Staub und gesellten sich zu der sich ausbreitenden schwarzen Wolke, während die Stadt Hope Valley dem Vergessen anheimfiel.

Erster Teil

VERGESSEN

Nicaragua: Sonntag, neun Uhr

»Leutnant Ortiz ist da, Major Paz«, rief der junge Soldat, während er die Rollbahn entlanglief. »Er ist gerade durch das Tor gekommen.«

»Er soll sofort hierher kommen«, befahl Guillermo Paz. »Und beeilen Sie sich gefälligst.«

Der junge Nicaraguaner blieb lange genug stehen, um eine Handbewegung durchzuführen, die entfernt an einen militärischen Gruß erinnerte, und lief dann in die andere Richtung zurück.

Major Guillermo Paz war ebenfalls ein geborener Nicaraguaner, fühlte sich aber nicht mehr als solcher. Er hatte das Ende seiner Jugend in der Hölle der Somoza-Diktatur verbracht und zugesehen, wie sein Vater gefoltert und ermordet wurde. Er war einer von vielen Rebellenführern der Sandinistas geworden, und als die Revolution vorüber war, hatten ihn sowjetische Militärberater auserwählt, in Moskau seine rudimentären Kenntnisse über das Soldatentum, das Töten und die Führung von Soldaten zu vervollständigen. Er war letztendlich ein Agent für sie geworden, ein Spion im eigenen Land – obwohl er das nicht so sah. Drei Jahre in der Sowjetunion mit einigen der besten militärischen Köpfe auf der ganzen Welt hatten ihn verdorben. Nachdem man ihn hierher zurückgeschickt hatte, damit er das Kommando eines strategisch wichtig gelegenen Flughafens am Lago de Nicaragua südlich von Acoyapa übernahm, hatte Paz plötzlich begriffen, wie rückständig und infantil sein Land war. Die Soldaten waren unerfahren und unzuverlässig. Wären die Contras nicht noch unfähiger gewesen, hätte sich die derzeitige Regierung niemals so lange halten können.

Major Paz nahm Haltung an, als der Jeep den neuesten von

den Sowjets ausgebildeten Piloten brachte. Obwohl Paz von durchschnittlicher Größe war, war sein Körperbau alles andere als durchschnittlich. Fast ein ganzes Leben mit Gewichtheben, angefangen damit, daß er als Junge Lastwagen mit Mehlsäcken hatte beladen müssen, hatte seinen Rumpf im Prinzip in einen einzigen festen Block verwandelt. Er hatte praktisch keinen Hals und einen gewaltigen Brustkorb, was ihn zwang, auf Uniformen von der Stange zu verzichten. Er trug sein schwarzes Haar niemals länger als einen halben Zentimeter, und sein Bürstenschnitt enthüllte eine dicke Narbe, die auf der rechten Seite seines Kopfs hinablief. Der einzige Luxus, den Paz sich erlaubte, war der dichte Schnurrbart, den er zweimal täglich wichste und über den er ständig strich. Er streichelte ihn auch jetzt, als die Bremsen des Jeeps vor ihm aufkreischten.

Der Flughafen Acoyapa sollte mit fünfzehn neuen, sowjetischen Hind-D-Hubschraubern bestückt werden, den fürchterlichsten Kriegshelikoptern in der Welt des Guerillakampfes. In Moskau herrschte die allgemeine Auffassung vor, daß zwanzig Hinds den Dschungelfestungen der Contras mehr Schaden zufügen konnten als zwanzigtausend sowjetische Soldaten. Jeder Helikopter war mit 128 ungeleiteten 27-Millimeter-Raketen und sechs lasergeleiteten Anti-Panzer-Raketen ausgestattet. Hinzu kamen die sechs Maschinengewehr-Kanonen unter den beiden seltsam geschwungenen Flügeln, die man über einen kleinen Bildschirm im Helm des Piloten ausrichten konnte. Das Ergebnis war eine wahrhaft unglaubliche Kampfmaschine.

Paz mußte unwillkürlich jedesmal gaffen, wenn sein Blick auf eine seiner Hinds fiel. Die schwerfällig wirkende, eckige Form verlieh dem Hubschrauber ein langsames, behäbiges Aussehen — eine massige, überladene Bedrohung, die in Wirklichkeit ein schneller und höchst manövrierfähiger fliegender Panzer war. Panzerplatten schützten den Hubschrauber vor jeder Bedrohung, vielleicht einmal abgesehen von einer perfekt gezielten Rakete. Seine Handhabung war so präzise, daß jeder einigermaßen fähige Pilot den Helikopter zwischen zwei Bäumen landen konnte. Das Navigationssystem war lasergesteuert, und mit den Turbomotoren konnte man Geschwindigkeiten von über zweihundert Knoten erreichen. Doch das Beste an der Hind-D war für Paz, daß die Amerikaner nichts Ähnliches aufweisen konnten und verzweifelt versuchten, sich in den Besitz eines Prototyps zu setzen, um ihn dann nachzubauen. Es waren sogar Gerüchte im Umlauf, es sei eine Belohnung von einer Million Dollar für jeden ausgesetzt, der solch einen Hubschrauber unbeschädigt in die Vereinigten Staaten bringen würde. Doch die einzigen Maschinen dieses Typs, die es außerhalb von Rußland gab, befanden sich hier auf diesem Flughafen, und die Sicherheitsvorkehrungen, die Paz rund um die Uhr angeordnet hatte, macht einen Diebstahl oder auch nur eine Annäherung an den Flughafen unmöglich. Paz wollte die russischen ›Berater‹, die ihm dieses Kommando gegeben hatten, nicht enttäuschen.

Der neue Pilot stieg von der Hinterbank des Jeeps. Er trug eine volle Flugmontur und schritt direkt auf Paz zu.

»Manuel Ortiz meldet sich zum Dienst, Major.«

Paz erwiderte den Gruß. »Sie kommen spät.«

»Die Rebellen haben wieder eine Brücke in die Luft gesprengt. Wir mußten einen Umweg fahren.«

Paz brachte grunzend sein Mißfallen zum Ausdruck.

Ortiz sah ihn pflichtschuldig an. »Wenn Sie wollen, kann ich ja mal eine Runde über ihre Lager fliegen«, sagte er und blickte über die Schulter des Majors auf die Hind.

»Keine Befugnis.«

»Wer erfährt denn schon davon?« gab Ortiz mit genug Aufrichtigkeit zurück, daß Paz voller Stolz lächelte. Irgend etwas an diesem Mann gefiel ihm. Hingabe. Professionalismus. Qualitäten, die der Major seit seiner Rückkehr nach Nicaragua nur allzu selten gesehen hatte. Und dieser Pilot stand auch schon vom Äußerlichen her eine Stufe über den normalen Soldaten. Zum einen war er älter, zum anderen über einen Meter und achtzig groß und sehr muskulös. Sein Bart war gut gestutzt und von grauen Flecken durchzogen. Seine markanten Gesichtszüge wurden von ziemlich langem braunen Haar umrahmt. Sein Gesicht war rosig frisch, voller Falten und von Narben durchzogen, von denen die auffälligste über die linke Braue verlief. Ortiz war offensichtlich ein Veteran zahlreicher

Kriege; vielleicht war er sogar ein gebürtiger Russe. Er hatte bestimmt die richtigen Augen dafür: schwarz, durchdringend und leer wie die eines Hais. Paz sah ihm in die Augen und erkannte genug von sich selbst, um damit zufrieden zu sein.

»Wir bleiben bei unserem Flugplan«, befahl Paz.

»Es wäre mir eine Ehre, wenn Sie mich begleiten würden, Major.«

»Die Vorschriften verlangen, daß ich während Ihrer Testflüge auf dem Flughafen bleibe.«

Ortiz lächelte freundlich und stand bequem. »Es gab eine Zeit, Major, als wir ohne Vorschriften kämpften. Nur auf das Überleben kam es an, und es gab nur die Regeln, von denen unsere Herzen uns verrieten, daß sie für den Augenblick angemessen waren.«

»Sie sind nicht nur ein Pilot, sondern auch ein Dichter, Leutnant.«

»Spät abends im Dschungel, Major, richten sich die Gedanken eines Mannes nach innen.«

»Ja«, stimmte Paz bereitwillig zu. Wenn er noch hundert Männer wie Ortiz bekäme, würde er die Rebellenschweine in kurzer Zeit ausmerzen können.

»Ich mache mich lieber an die Arbeit«, sagte Ortiz und drehte sich nach einem weiteren militärischen Gruß zu der Cockpitleiter des Hubschraubers um.

»Sie wissen, daß Sie Bericht erstatten müssen«, sagte Paz. »Passen Sie gut auf sie auf.«

Ortiz salutierte erneut. »Wie auf eine Jungfrau in ihrer Hochzeitsnacht, Major.«

Paz beobachtete, wie Ortiz ins Cockpit stieg und die Düsenmotoren einschaltete. Sekunden später hob sich die Hind graziös in den Himmel, fast senkrecht, etwas nach rechts geneigt. Paz hielt die grüne Mütze über seinem Bürstenhaarschnitt fest, während die großen Propeller des Hubschraubers die Luft durchschnitten und vorantrieben. Ortiz zog die Maschine auf fünfzehn Meter hoch, steuerte sie über die Landebahn hinweg und schlug dann wie vorgeschrieben einen nordöstlichen Kurs ein.

Paz beobachtete noch immer, wie die schnell kleiner

werdende Hind in der Ferne verschwand, als ein Jeep neben ihm ausrollte. Sein einziger Fahrgast, gekleidet in eine Flugmontur, erhob sich von der Rückbank.

»Leutnant Manuel Ortiz meldet sich zum Flugdienst, Major«, erklärte der Mann salutierend.

Der Mund des Majors klappte auf, als er wieder zum Horizont schaute, wo die Hind bereits verschwunden war.

Blaine McCracken schaltete die Turbotriebwerke ein und beobachtete, wie sich die Tachometernadel der 250-Knoten-Markierung näherte. Das Cockpit war ihm noch fremd, obwohl er sich mehrere Wochen auf diese Mission vorbereitet hatte, angefangen damit, sein Spanisch zu perfektionieren, bis dahin, anhand rekonstruierter Fotos die komplizierten Kontrollen der Hind zu beherrschen.

Die verdammten Russen wußten jedoch nicht, wann sie aufhören mußten. Die Kontrollen, hinter denen er nun saß, unterschieden sich völlig von denen, an denen er geübt hatte, was allerdings nicht so schlimm gewesen wäre, wären nicht sämtliche Aufschriften und Anweisungen in russischer Sprache gehalten. Er hatte bereits wichtige Zeit damit verloren, an Geschwindigkeit zu gewinnen, während er gleichzeitig in niedriger Höhe fliegen mußte, um nicht von den Radarschirmen wahrgenommen zu werden. Der Plan war kompliziert, das Timing viel zu ausgeklügelt, um auch nur eine Sekunde zu verlieren.

»Mach schon, Mädchen«, flüsterte er leise, »sonst muß ich dich in den Arsch treten.«

Blaine überprüfte seine Koordinaten: noch eine Stunde Flugzeit bis zu dem Landeplatz, wo er seinen Partner auf dieser Mission treffen würde, Johnny Wareagle. Blaine hielt geradewegs auf den Fluß Tuma Grande zu, als auf einem Bildschirm, den er als den Suchradar identifiziert hatte, drei grüne Punkte aufblitzten.

»Na ja, Mädchen«, sagte er. »Sieht so aus, als hätten wir Gesellschaft bekommen.«

»Roter Führer an Basis. Roter Führer an Basis.«

»Hier Basis«, erwiderte Guillermo Paz.

»Wir haben den Feind auf unseren Schirmen. Wiederhole, der Feind ist auf unseren Schirmen. Sollen wir eingreifen?«

»Negativ, Roter Führer. Die Grünen, Blauen und Gelben Einheiten werden sich gleich in Ihrem Sektor versammeln. Bleiben Sie auf der Spur. Ich wiederhole, bleiben Sie ihm auf der Spur.«

Paz gab die entsprechenden Anweisungen an den Rest seiner Einheiten durch und atmete auf. Wenn er eine Hind verlöre... Seine Karriere würde beendet sein. Er hatte der anfänglichen Versuchung widerstanden, die gestohlene Hind von ihren Schwestern verfolgen zu lassen, und sich statt dessen für vier Einheiten mit jeweils drei normalen Kampfhubschraubern entschieden. In diesem Fall würde es ihnen sicherlich gelingen, ihre Aufgabe zu bewältigen. Wohin wollte der Dieb die gestohlene Hind schließlich auch fliegen? Es gab keine Möglichkeit, das Land zu verlassen, nicht die geringste. Paz sagte sich immer wieder, daß er die Ruhe bewahren mußte. Wenn nötig, konnte er den anderen Kampfhubschraubern immer noch befehlen, die Hind zu vernichten, und sich dann irgendeine Geschichte ausdenken, um die Wahrheit zu vertuschen. Unfälle kamen schließlich immer wieder vor.

Paz fuhr sich über den Bart und schaltete auf eine andere Frequenz um. »Basis Acoyapa an Falke Eins«, sagte er zu dem Mann, der die Hind flog. »Ergeben Sie sich, oder Sie sterben.«

McCracken reagierte nicht auf die Warnung. Die drei Helikopter hinter ihm hielten, wie er es vermutet hatte, ihre Position, und warteten auf Verstärkung aus verschiedenen Richtungen, um ihn dann zur Landung zu zwingen. Er hatte keine Chance, sein Ziel zu erreichen. Außer...

Blaine wandte den Blick auf die Zielvorrichtungen, den Entfernungsmesser und die beiden Joystick-Kontrollen. Zum Glück war die Anordnung der Waffensysteme nicht mehr verändert worden. Er schaltete den Autopiloten ein und wandte den Kopf hin und her. Unter den Schwingen drehten sich die Maschinengewehre im Gleichklang mit seinen Kopfbewegungen. Seine 128 ungeleiteten Raketen waren lasergesteuert und eigens für den Luftkampf geschaffen. Als Blaine sich an den Steuermechanismus gewöhnt hatte, atmete er tief durch und zog den großen, wendigen Helikopter herum.

»Roter Führer an Basis! Falke Eins hat gewendet und kommt auf uns zu. Er greift an. Ich wiederhole, er greift an!«
Paz schlug mit der schwieligen Hand auf den Schreibtisch. Dieser Dieb war eindeutig verrückt. Was erhoffte er sich von solch einem Schachzug? Die Verstärkung würde gleich eintreffen. Der Dieb mußte das wissen. Offensichtlich eine Verzweiflungstat. Nun gut, Paz mußte ihn endgültig aufhalten.
»Vernichtet ihn, Rote Einheit«, befahl Paz. »Ich wiederhole, vernichtet Falke Eins.«
»Roger, Basis.«

Die drei Hubschrauber waren gerade zum Angriff ausgeschwärmt, als Blaine den mittleren genau im Feuerkreuz seiner Gesichtsmaske hatte. Er feuerte eine Salve aus den unter den Schwingen angebrachten Maschinengewehren ab, und der erste Hubschrauber explodierte in einem gelben Feuerball, während die beiden anderen ihn mit ratternden Geschützen aus verschiedenen Richtungen angriffen. Es würde jedoch eines genauen Treffers bedürfen, um die schwer gepanzerte Hind zu beschädigen. Blaine konnte fühlen, wie die Kugeln von der stählernen Hülle des Helikopters abprallten, doch er wußte, daß das nur ein Ablenkungsmanöver war, damit die kleineren Hubschrauber nahe genug herankamen, um mit ihren Raketen einen sicheren Treffer zu landen.
Eine kluge Strategie. Beide führten jeweils zwei Raketen mit, und nur eine der vier mußte einschlagen, um die Hind-D zu einer Notlandung zu zwingen oder gar zu zerstören.
Die Hubschrauber kamen näher heran.
Einen hätte Blaine problemlos abschießen können, doch in

der unmöglich knappen Zeitspanne für jemand, der mit den Kontrollen nicht vertraut war, stellten zwei ein fast unlösbares Problem dar. Doch es gab eine Chance.

McCracken tauchte steil tiefer, um sich die Zeit zu verschaffen, die er brauchte, und zog den Hubschrauber wieder nach Norden. Die beiden anderen korrigierten ihre Angriffswinkel und kamen wieder näher.

Blaine legte sich in die Kurve. Kein vernünftiger Pilot hätte das getan, aber andererseits war Blaine überhaupt kein Pilot. Während seine Zähne unter der Gravitationskraft knirschten, gelang es ihm irgendwie, beide Daumen auf den Feuerknöpfen der Joysticks zu halten. Die Salven der Maschinengewehre zerfetzten den Himmel, während Blaine hinter die beiden Helikopter zog.

Er konnte nur hoffen, daß er ihre Position richtig eingeschätzt hatte. Eine Explosion dröhnte in seinen Trommelfellen und schleuderte ihn gegen den Sicherheitsgurt. Er fühlte, wie die Hind unkontrolliert herumwirbelte, und als die zweite Explosion erklang, konnte er die Hände nur noch mit letzter Anstrengung am Steuerknüppel halten. Er zitterte heftig in ihrem verzweifelten Griff, während die Hind tiefer sank. Die Baumwipfel waren nun direkt unter ihm, ein unermeßliches grünes Tuch, das ihn endgültig einzuhüllen schien.

Guillermo Paz saß nervös neben dem Funkgerät. Über eine Minute war vergangen, seit sich die Rote Einheit zum letzten Mal gemeldet hatte, im Kampf eine Ewigkeit. Er empfand bereits Furcht vor dem Anruf, den er nach Managua tätigen mußte, wenn das Unmögliche geschah und der Schweinehund irgendwie entkommen sollte. Es stand mehr als nur seine Karriere auf dem Spiel.

Knister . . . knister . . . knister . . .

»Basis, hören Sie?« drang eine verzerrte Stimme durch das Rauschen.

»Hier Basis«, erwiderte Paz. Seine Hand schien das Mikrofon zerquetschen zu wollen.

»Er ist unten, Basis. Wir haben ihn. Wurden selbst abgeschossen, aber . . .«

Knister . . .

»Wo? Geben Sie die Koordinaten durch.«

Knister . . .

»Nördlich von . . . nördlich . . .« *Knister . . .* ». . . von Santo Domingo . . .«

Das reichte für den Anfang. Irgendwo nördlich der Stadt Santo Domingo. Der Rest von Paz' Flotte befand sich schon in diesem Gebiet. Vielleicht konnte er diesen Schlamassel doch noch bereinigen.

Der Führer der Grünen Einheit sah die weiße Schwinge, die aus dem Unterholz ragte, und erstattete Meldung.

»Wir haben ihn, Major. Im Unterholz, zwei Meilen nördlich von Santo Domingo.«

»Landen Sie und überzeugen Sie sich.«

Sechs der neun Hubschrauber landeten auf einem offenen Feld achtzig Meter von dem Dickicht entfernt, in dem die Überreste der gestohlenen Hind lagen. Die Soldaten sammelten sich und näherten sich dem Wrack vorsichtig mit entsicherten Waffen.

Die Schwinge der Hind wurde deutlicher erkennbar, als sie näher kamen, stach aus dem Unterholz hervor, in dem der Rest der Hülle beim Absturz zerschmettert worden sein mußte. Komisch, daß es keinen Rauch gab, überlegte der Führer, kein Anzeichen einer Explosion oder Benzingestank. Erst als er die Schwinge erreicht hatte, erkannte er den Grund dafür.

»*Por Dios*«, murmelte er und berührte sie. »Die ist ja aus Holz!«

Fast eine Stunde war vergangen, seit Blaine über die vorher verabredete Stelle geflogen war und die Meldung über seinen eigenen Absturz durchgegeben hatte. Wahrscheinlich hatte das statische Rauschen die Gegenseite von ihrer Echtheit überzeugt, ein Rauschen, das er simuliert hatte, indem er eine

Navigationskarte nach der anderen zerknüllt hatte. Johnny Wareagle hatte den falschen Flügel an der vorher verabredeten Stelle hinterlegt, in der Hoffnung, daß er bei einem Notfall die Verfolger lange genug ablenken würde, um Blaine zu ermöglichen, die Grenze zu erreichen. Die Dinge waren nicht genau nach Plan verlaufen, aber immerhin noch zufriedenstellend.

McCracken brauchte keine seiner zerknüllten Karten, um zu wissen, daß er sich Honduras näherte und damit auch dem Landeplatz westlich von Bocay, wo der Rest seines Teams ein kleines Lager errichtet hatte und eine Hercules-Transportmaschine auf ihn wartete. Er setzte die Hind ohne weitere Zwischenfälle neben der Hercules auf und wartete auf Johnny, der von der verabredeten Stelle aus mit dem Jeep hierher unterwegs war.

Zwei Stunden später erschien eine große Gestalt in der Öffnung des kleinen Zelts, in dem Blaine sich ausruhte. Er sah auf und blickte in die Augen des riesenhaften Indianers.

»Du mußt aber ziemlich schnell gefahren sein, Indianer.«

»Geschwindigkeit ist relativ, Blainey. Für einen ist eine Meile nur ein Schritt. Für andere . . .«

Noch immer aufschauend, nickte Blaine, daß er verstanden hatte. Wareagle war an die zwei Meter und zehn Zentimeter groß, wenn nicht sogar noch ein Stück größer. Sein Haar war zu einem Pferdeschwanz zusammengebunden, und seine Haut schimmerte in einem tiefen Bronzeton. Nach vier Dienstzeiten in Vietnam in Captain Blaine McCrackens Kommandoeinheit hatte er jahrelang in der Wildnis gelebt. Zum ersten Mal seit dieser Zeit trug Wareagle nun einen Tarnanzug.

»Die Uniform steht dir, Johnny.«

»Eine Erinnerung an das Höllenfeuer. Im Dschungel heute versuchte es, zu mir zurückzukommen, bis die Geister es verjagten.«

»Ich schätze, die gleichen Geister haben die Grenze von Honduras ein wenig verlegt, um mir das Leben etwas einfacher zu machen.«

»Das wäre ihnen nicht unmöglich.«

McCracken nickte nur. Er hatte zu oft gesehen, wie Johnnys mystische Kräfte funktionierten, um sie zu verspotten, zuerst in Vietnam und dann, viel später, in einer schneeverwehten Nacht in Maine, in der das Schicksal der Vereinigten Staaten auf dem Spiel gestanden hatte.

»Was nun, Blainey?« fragte der große Indianer.

»Zuerst einmal werde ich mich vergewissern, daß die Hind-D sicher bei Ben Metcalf in Colorado Springs eintrifft. Ich habe nicht zwei Monate meines Lebens mit den Vorbereitungen für diese Mission verbracht, nur um dann zuzusehen, wie sie irgendwie doch noch scheitert. Ich mag es, die Dinge zu einem Ende zu bringen.«

Wareagle nickte wissend. »Manchmal haben wir keinen Einfluß auf das Ende, Blainey. Der Mensch ist das Geschöpf ständiger Anfänge. Deine unentwegte Besessenheit, etwas zu Ende zu bringen, führt dich auf eine Reise, die niemals enden kann. Wenn die Geister uns nicht führen, sind wir nichts weiter als Geschöpfe unserer Bestimmung.«

»Du klingst wie ein Reisebürokaufmann für die Seele.«

»Die Geister sind die Urheber. Ich bin nur der Übersetzer.«

»Sie haben dir diese Worte über mich eingegeben?«

»Sie geben mir alles ein.« Wareagle zögerte. »Ich mache mir immer noch Sorgen um dich, Blainey. Dein Manitou ist so rastlos. Dich treibt es dazu, etwas zu verfolgen, das du nicht identifizieren kannst.«

»Aber wir *haben* es identifiziert, Indianer; es ist das, was dich aus deiner Hütte oben in Maine gelockt und mich davon abgebracht hat, in Frankreich Büroklammern zu sortieren. Die Welt dreht durch. Unschuldige Menschen gehen dabei die ganze Zeit über drauf. Die Wahnsinnigen übernehmen die Macht, und es gibt nur noch ein paar von uns, die das Gleichgewicht aufrechterhalten können.«

»Du hast dich selbst nicht davon befreit, Blainey«, erwiderte Wareagle. »Und doch versuchst du, es auf diese Art und Weise wiederherzustellen. Seit dem Höllenfeuer . . .«

»Das echte Höllenfeuer waren die fünf Jahre, die ich aus dem Spiel war, Indianer. Jetzt bin ich wieder dabei, doch ich erledige die Dinge auf meine Art, nach meinen Bedingungen. Ben wollte eine Hind. Ich war ihm etwas schuldig. So einfach ist das.« Er hielt inne. »Hoffentlich habe ich nicht vergessen, dir zu sagen, wie toll es ist, wieder mit dir zusammenzuarbeiten. Niemand sonst hätte diesen Trick mit der falschen Schwinge durchziehen können.«

»Die Menschen sehen, was sie sehen wollen. Die Kunst besteht darin, es ihnen zu geben.«

»Meine Kunst besteht darin, am Leben zu bleiben, Indianer. Was hast du jetzt vor? Willst du wieder in die Wildnis von Maine zurückkehren?«

»Ein nationaler Kongreß der Sioux in Oklahoma, Blainey. Es ist an der Zeit, meine Herkunft wieder zu akzeptieren, mich als *Wanblee-Isnala* zu akzeptieren.«

»Als Wan was?«

»Mein Sioux-Name, der mir von Häuptling Silberwolke gegeben wurde.«

»Und wie lautet *sein* Sioux-Name?«

»*Unah Tah Seh Deh Koni-Sehgehwagin.*«

»Na, dann bestell ihm mal schöne Grüße.«

2

Präsident Lyman Scott blieb nicht stehen, um den Mantel auszuziehen, nachdem er das Weiße Haus betreten hatte. Statt dessen ging er direkt zu dem Fahrstuhl, der sich zehn Meter von seinem Privateingang befand und ihn zu dem geheimen Konferenzraum tief im Erdboden hinabtragen würde. Scott war ein großer, grobknochiger, athletischer Mann, und selbst seine Leibwächter vom Geheimdienst, die in außergewöhnlich guter körperlicher Verfassung waren, mußten sich anstrengen, um mit ihm Schritt zu halten.

Besonders heute.

Ein Mann mit einer dicken Brille und schütter werdendem Haar erwartete ihn vor dem Fahrstuhl.

»Sind sie alle da, Ben?« fragte der Präsident.

»Ja, Mr. President.«

Der Adjutant wartete, bis die drei Männer vom Geheimdienst nach dem Präsidenten die Kabine betreten hatten, dann drückte er auf den unteren Knopf. Der Fahrstuhl öffnete sich nur auf zwei Etagen, auf einer unterirdischen und der ebenerdigen, auf der sie ihn gerade betreten hatten.

Nun erst legte Lyman Scott Mantel und Schal ab. Er war seit knapp zwei Jahren Präsident und schien einen Teil dieser Amtsperiode seinen Pflichten gut nachgekommen zu sein. Er hatte eine Politik des Ausgleichs und der Vernunft betrieben, besonders, was das Verhältnis zur Sowjetunion betraf. Nach seinem Amtsantritt hatte er eine Reihe von Gipfelgesprächen mit einem fortschrittlichen russischen Führer angeregt, der wie er der Meinung war, ein ständiger Dialog sei die wirksamste Möglichkeit, einen dauerhaften Frieden zu sichern. Das Land stand hinter ihm — ein lange angestrebtes Ziel schien endlich in Sicht. Doch diese Entwicklung hatte ihren Preis. Als Beweis seines guten Willens hielt Scott die Versprechen seines Wahlkampfes, die Verteidigungsausgaben drastisch zu kürzen und das Militär neu zu organisieren. Es gab Gemurre und Widerstand, doch der Prozeß war nichtsdestotrotz eingeleitet worden.

Dann lagen plötzlich handfeste Beweise für eine aktive sowjetische Präsenz in Mittelamerika, Syrien und im Iran vor. Während die Russen vorgaben, in gutem Glauben zu handeln, hatten sie über die gesamte Dauer der Friedensgespräche hinweg ausländische Divisionen aufgebaut. Die russischen Führer erklärten, sie würden sie augenblicklich wieder abziehen, doch der Schaden war schon angerichtet. Als Scott sich weigerte, mit der gebotenen Stärke, ja sogar militärisch, zu reagieren, richteten sich die Wählerumfragen eindeutig gegen ihn. Das Land glaubte, sein Präsident habe sich zum Narren halten lassen, und Männer, deren Vertrauen für Scott wesentlich war, ließen ihn einer nach dem anderen im Stich, fühlten sich selbst durch seine frühere Politik betrogen. Der Präsident wurde als schwach bezeichnet. Eine Karikatur, die ein Huhn zeigte, das vor einem sich aufbäumenden Bären davonlief, erschien auf der zweiten Seite zahlreicher Tageszeitungen. In den beiden letzten Monaten hatte Scott einen Sturm überstehen müssen, der noch nicht das geringste Anzeichen zeigte, allmählich wieder abflauen zu wollen.

Die Fahrstuhltüren glitten auf. Der Präsident ließ seinen Adjutanten und die Wachen auf dem Gang stehen und trat durch eine Hochsicherheitstür in die *Gruft.*

Die vier Männer, die dort schon anwesend waren, erhoben sich augenblicklich.

»Vergessen Sie die Formalitäten, meine Herren«, sagte Scott als Begrüßung. Er warf Mantel und Schal auf ein Sofa und trat wie üblich zu seinem Sessel am Kopf des Konferenztisches. Er bot bis zu zwanzig Personen Platz, doch heute waren nur fünf Sessel besetzt; die Besitzer der anderen waren in den letzten paar Wochen, als das Vertrauen des Präsidenten in seine eigenen Berater nachließ, einer nach dem anderen verschwunden. Es zeugte in der Tat von Paranoia, daß er diese Versammlung hier in der Gruft abhielt statt im üblichen Konferenzraum. Seine Isolation war niederschmetternd offensichtlich; jedes Wort, das gesprochen wurde, schien in der hohlen Leere des Raumes widerzuhallen: Die Gruft war leer bis auf die Karten an den Wänden und das rote Telefon in Griffweite vor dem Sessel des Präsidenten. Das Licht strahlte hart und hell von den Leuchtstoffröhren unter der Decke; aus irgendeinem unbekannten Grund war keine Abblendungsvorrichtung eingebaut.

Scott seufzte tief und erwiderte nacheinander die Blicke aller vier Männer vor ihm. Zu seiner Linken saß William Wyler Stamp, der beim Geheimdienst eine steile Karriere durchlaufen und einer CIA neues Leben eingehaucht hatte, die unter der letzten Regierung unter heftigen Beschuß gekommen war. Stamp war höflich und kultiviert, mit einer leisen Zurückhaltung, die eher einem Professor als einem Meisterspion entsprochen hätte.

Einander gegenüber, wie es auch ihrer ideologischen Ausrichtung entsprach, saßen Verteidigungsminister George Kappel und Außenminister Edmund Mercheson. Kappel war ein lebenslanger Freund des Präsidenten, und dieser hielt ihn trotz seiner fortwährenden Angriffe auf die Russen und seines anscheinend unauslöschlichen Mißtrauens ihnen gegenüber in der Regierung. Sein Gegenüber, Mercheson, kannte Scott erst ein Jahr länger, als er Präsident war. Als ehemaliger Senator von Michigan schien seine spitze Nase und der leichte deutsche Akzent Mercheson dazu zu verdammen, auf ewig mit dem legendären Henry Kissinger verglichen zu werden. Die Presse nannte ihn oft ›Merchinger‹ oder ›Kisseson‹. Er war Scotts wichtigste Stütze, wenn es um die Beziehungen zur Sowjetunion und die Verhandlungen über ein gegenseitiges Abrüstungsabkommen ging, das der Präsident beinahe unterschrieben hätte, bevor sein Kabinett ihm den Teppich unter den Füßen weggezogen hatte. Obwohl Mercheson schon über sechzig war und allgemein angenommen wurde, daß seine besten Jahre hinter ihm lagen, hatte er seinen Aufgabenbereich dennoch hervorragend im Griff und war mit der ungewöhnlichen Befähigung ausgestattet, seine Meinung äußerst klar und deutlich auszudrücken.

Der letzte Teilnehmer der Konferenz war Ryan Sundowner, Direktor des Bureau of Scientific Intelligence, abgekürzt BSI, doch besser bekannt als die ›Spielzeugfabrik‹. Er war der bei weitem Jüngste der Gruppe, trug sein braunes, welliges Haar lang und zog eine abgetragene Tweed-Sportjacke den in Washington üblichen Anzügen vor. Ihm schien in der Jacke so unbehaglich zumute zu sein wie in der Gruft selbst. Das war sein erster Besuch hier.

»Mr. Sundowner«, sagte der Präsident, »berichten Sie uns von Hope Valley.«

Sundowner räusperte sich. Er erhob sich aus seinem Sessel; dabei hielt er eine schwarze Fernbedienung in der Hand.

»Die Bilder«, begann er, die wir jetzt sehen werden, sprechen wohl für sich. Und wenn nicht, werden sie von einem Kommentar begleitet, der es Ihnen besser erklären kann als ich.«

Sundowner drückte einen Knopf auf der Fernsteuerung, und die indirekte Beleuchtung der Gruft wurde gedämpft. Er drückte einen weiteren, und die Landkarte auf der Mitte der Seitenwand teilte sich und enthüllte einen riesigen Bildschirm. Bei der Fernsteuerung handelte es sich um ein handelsübliches Modell, das jedoch modifiziert worden war, und bei Sundowner stellte sich die beklemmende Vorstellung ein, er könnte auf einen falschen Knopf drücken und ein paar Interkontinentalraketen aus ihren Silos zu schicken. Er drückte auf einen dritten Knopf, und der Bildschirm füllte sich mit einer Luftaufnahme dessen, was einmal Hope Valley gewesen war.

Nichts außer einer schwarzen Wolke. Überall, von einer Seite des Bildschirms zur anderen.

»Mein Gott«, murmelte der Präsident und erhob sich, als könne er so in der Dunkelheit der Gruft besser sehen, in einer Finsternis, die nur von dem Leuchten des Bildschirms und dem Licht über der Tür erhellt wurde.

Sundowner hielt das Bild an. »Das Militär hat das BSI alarmiert, nachdem es selbst von einem Autobahn-Polizisten informiert worden war, der die Wolke bemerkt hatte. Er dachte zuerst, es sei Rauch.«

»Wollen Sie damit sagen, daß er die Stadt *betreten* hat?« fragte Verteidigungsminister Kappel, der sich der möglichen Implikationen bewußt war.

»Er war zumindest ganz in ihrer Nähe. Wir haben ihn mittlerweile in Schutzhaft genommen, weniger, weil wir eine Kontaminierung befürchten, als um ihn ruhig zu halten. Dort besteht keine Infektionsgefahr«, erklärte Sundowner und deutete auf den Bildschirm. »Ich wünschte nur, daß es so einfach wäre.«

Der Wissenschaftler ließ das Band weiterlaufen. Es zeigte die Wolke nun aus verschiedenen Höhen und Blickwinkeln, wobei von der Stadt selbst noch immer keine Spur zu sehen war.

»Was ist mit der Peripherie?« fragte CIA-Chef Stamp.

»Hope Valley liegt völlig abgeschieden«, erklärte Sundowner. »Nur eine Hauptzufahrtsstraße, die wir mit den entsprechenden Straßensperren abgeriegelt haben. Das Militär und das BSI arbeiten unter den Richtlinien der Notverordnung ›Firewatch‹ zusammen. Soviel haben wir erreicht.«

»Soviel«, echote Mercheson und zog damit die offensichtliche Untertreibung ins Lächerliche.

Auf dem Bildschirm folgte ein rascher Schnitt, nach dem das Videoband dann eine Kamerafahrt entlang der Straße nach Hope Valley zeigte.

»Aufgrund der Dichte der Wolke konnten wir von Luftaufnahmen nichts weiter erfahren. Als nächste Maßnahme haben wir dann einen Beobachter in die Stadt geschickt. Die Bilder, die Sie nun sehen, stammen von einer in seinem Helm eingebauten Kamera. Er mußte durch die Windschutzscheibe des Wagens sehen, den er fuhr. Entschuldigen Sie also bitte die schlechte Aufnahmequalität.«

»Wer hat die Entscheidung getroffen, die Stadt zu betreten?« fragte der Präsident, während der undurchdringliche Rauch auf dem Bildschirm näher kam.

»Ich, Sir«, gestand Sundowner ohne jedes Zögern ein.

»Eine ziemlich große Verantwortung, die Sie da auf sich genommen haben, bedenkt man die möglichen Risiken.«

»Es wäre ein größeres Risiko gewesen, Sir, uns *nicht* an Ort und Stelle umzusehen. Wir konnten nicht wissen, welche Spuren zum Beispiel der Wind verwehen würde, und die ersten Untersuchungsergebnisse besagten eindeutig, daß die biologischen Reaktionen zu vernachlässigen sind.«

»Inwiefern?«

»Keine Benommenheit, Übelkeit oder Schwindel bei den Soldaten, die die Stadt in einer Entfernung von zehn Kilometern abgeriegelt haben. Nicht die geringsten Symptome. Abgesehen von ihrer Angst.«

Auf dem Bildschirm hatte das Fahrzeug den Rand der Wolke erreicht; seine Scheinwerfer konnten der Dunkelheit kaum etwas anhaben, als es langsam weiterfuhr.

»Dennoch trägt der Fahrer einen TMASK-Anzug«, führte Sundowner aus. »Eine Abkürzung für Toxikologisch und Mikroklimatisch Autarke Schutz-Kleidung.«

Sundowner hielt lange genug inne, um auf den Knopf zu drücken, der die Lautstärke der verborgenen Lautsprecher des Abspielgerätes höher schaltete. »Der Bericht des Fahrers beginnt hier, also lasse ich ihn übernehmen.«

Das sanft brummende Geräusch eines Motors erklang noch vor der Stimme, deren Worte leicht durch das Echo in der Gruft verzerrt wurden. Die Anwesenden spitzten die Ohren.

»*Basis, hier ist Watch One. Ich befinde mich unmittelbar vor der Stadtgrenze. Was auch immer in dieser Wolke ist, es macht der*

Windschutzscheibe schwer zu schaffen. Wie Sie sehen können, habe ich die Scheibenwischer eingeschaltet, doch die helfen auch nicht viel. Hier bildet sich schichtweise ein grober Rückstand voller Flocken und Staub. Woraus auch immer diese Wolke besteht, sie muß eine Menge feste Bestandteile haben. Schwer zu sagen, ob . . . einen Augenblick mal. Mein Gott . . .«

Das Bild auf dem Schirm wackelte, als der Fahrer auf die Bremse trat; er hatte etwas gesehen, was die Kamera in seinem Helm noch nicht erfassen konnte. Als er sich daran erinnerte, beschleunigte er das Fahrzeug wieder.

»Ich versuche, regelmäßig den Kopf zu drehen, damit Sie alles sehen können, was mir auffällt. Ich betrete jetzt die Stadt . . . oder das, was einmal die Stadt war.«

Er setzte den Bericht fort, und die Männer im Gewölbe lauschten wie hypnotisiert. Das Band war in Farbe, doch darauf hätte man genausogut verzichten können. Das, was einmal die Stadtmitte von Hope Valley gewesen war, bestand nur noch aus schwarzem Pulver. Anhäufungen davon lagen überall, alle von verschiedener Größe, ohne ein erkennbares Muster, und sie schienen sich von einem Augenblick zum anderen durch Windstöße zu verändern. Das Pulver war so fein, daß der Wagen ohne Schwierigkeiten darüber rollen konnte. Der Soldat hielt sein Fahrzeug an, um ein so deutliches Bild wie möglich zu bekommen.

»Ich überprüfe jetzt die Instrumente«, sagte er, und eine Zeitlang waren nur die Geräusche des Motors zu vernehmen, während der Fahrer den Kopf mit dem Kamerahelm von der Stadt ab- und zu Boden wandte. *»Die Instrumente zeigen nur eine geringe Temperaturverschiebung. Keinerlei Anzeichen für eine Explosion. Ich wiederhole, nichts, was auf eine Explosion hindeutet. Was hier auch passiert ist, es war keine Atomexplosion, nicht einmal eine normale.«* Noch eine Pause. *»Die Instrumente deuten an, daß das direkt betroffene Gebiet zylindrisch und, mein Gott, symmetrisch ist.«*

»Symmetrisch«, warf Außenminister Mercheson ein. »Was genau bedeutet das?«

Sundowner drückte auf den *PAUSE*-Knopf, und das Bild erstarrte wieder. »Jede Explosion auf Bodenebene würde sich ausbreiten wie Wasser auf einem Tisch. Zerklüftete Ränder und ein allgemein unregelmäßiges Muster. Symmetrisch bedeutet, daß wir es mit einer Einwirkung aus der Luft zu tun haben.«

»Spielen Sie das Band weiter ab, Mr. Sundowner«, befahl Lyman Scott.

Der Wissenschaftler gehorchte, und die Stimme des Berichterstatters kehrte zurück, während das Bild auf dem Schirm verschwamm, weil er den Kopf näher über die Instrumente gesenkt hatte.

»Ich überprüfe jetzt die Entfernungsmesser. Ich bekomme keinerlei Anzeichen für irgendwelche Trümmerstücke. Hier steht rein gar nichts mehr. Das ergibt keinen Sinn. Was immer hier passiert ist, es hätten Rückstände bleiben müssen, die die Instrumente wahrnehmen, doch hier ist nichts außer diesem schwarzen Staub. Die Sensoren zeigen keinerlei Bewegungen, die auf Leben hindeuten. Ich überprüfe jetzt den Sauerstoffgehalt . . . Die Instrumente sagen, daß die Luft atembar ist. Sie besagen nicht, ob sie rußig ist, aber das kann ich Ihnen versichern. Ich werde jetzt weiterfahren.« Der Bildschirm wurde wieder dunkel, und die Männer in der Gruft kniffen die Augen zusammen, um die Rußwolke besser durchdringen zu können. *»Ich schätze . . .«*

Ein dumpfes Geräusch, und das Bild wackelte.

»Was zum Teufel . . .«

»Sie werden mir das nicht glauben«, sagte die Stimme des Berichterstatters wie zur Antwort, *»aber ich bin gerade mit einem anderen Wagen zusammengestoßen. Ich steige aus, um mir den Schaden mal anzusehen. Ich nehme lieber meine Lampe mit . . .«*

Der Bildschirm wurde wieder verschwommen und füllte sich dann kurz mit einer Aufnahme, wie sich die Fahrertür in die Dunkelheit öffnete. Der Atem des Soldaten ging schneller, als seine Stiefel das Pflaster berührten und er, den Strahl der Lampe direkt vor sich gerichtet, um das Fahrzeug herumging.

»Was zum Teufel . . .?«

Dem Wagen, gegen den er gefahren war, fehlten alle vier Reifen.

»Hoffentlich waren das Diebe, denn . . . einen Augenblick . . . Ich weiß nicht, ob Sie das erkennen können, doch ich sehe jetzt in den Wagen hinein, und sein Inneres ist nur noch eine leere Hülle. Keine

Spur von Stoffen oder Plastik. Wenn ich schon mal draußen bin, könnte ich genausogut einen kleinen Spaziergang machen . . .«

Sundowner nahm den Ton weg und setzte den Bericht selbst fort, während sich die Kamera auf dem Helm auf den Lichtstrahl richtete, der sich in die rußige Dunkelheit schnitt.

»Dort zwei weitere Wagen«, sagte er, als das Bild sie enthüllte, »bei denen ebenfalls die Reifen fehlen.«

»Fleißige Diebe«, versetzte Stamp.

Sundowners Worte übertönten ihn. »Hier haben wir einen Ziegelhaufen, wo früher ein Gebäude stand.«

»Sieht so aus, als wäre es in sich selbst zusammengebrochen«, sagte Kappel. »Nichts erinnert mehr an ein Gebäude, genau, wie die Instrumente es behauptet haben.«

»Von den meisten anderen Gebäuden ist überhaupt nichts übrig geblieben«, fuhr Sundowner fort, während sich die Kamera auf das richtete, was einmal eins gewesen war. »Nur Löcher in der Erde, die mit diesem schwarzen Staub gefüllt sind.«

»Was ist mit den Menschen?« fragte der Präsident.

»Keine Überlebenden.«

»Ich sprach von Spuren, Überresten.«

»Keine«, sagte Sundowner, ohne sich weiter darüber auszulassen. Er drückte wieder auf den *TON*-Knopf, und die Stimme des Fahrers erklang erneut, während er zu seinem Wagen zurückkehrte.

». . . jetzt. Ich habe mir den Stadtplan von Hope Valley eingeprägt und will mir die Wohnbezirke am Stadtrand ansehen . . .«

Sundowner spulte vor und achtete auf das Nummernwerk, um das Band an der richtigen Stelle wieder anzuhalten.

»Ich bin jetzt in einem Wohnvorort. Das gleiche wie in den Geschäftsstraßen der Innenstadt . . . nichts übrig geblieben. Aber einen Augenblick . . . Auf den Karten, die ich studiert habe, bevor ich losfuhr, waren hier jede Menge Grünanlagen verzeichnet.« Er wandte den Kopf nach links. *»Da drüben war früher ein Park, das weiß ich ganz genau. Aber wie Sie selbst sehen können, gibt es dort jetzt nur noch schwarzen Staub. Sieht so aus, als habe sich das Zeug einfach gesenkt und alles verschlungen . . .«*

Die Fundamente zahlreicher Häuser waren noch sichtbar,

aber nichts mehr ruhte auf ihnen. Es gab nur noch den schwarzen Staub, der sich aus Löchern erhob und von starken Windböen gepeitscht wurde. Die Szene hätte sich genausogut auf einem fernen Planeten abspielen können, mit einer urtümlichen, kargen Landschaft, die nicht zur Besiedlung geeignet war. Keine Pflanzen, Gebäude oder Leben. Nicht einmal der Tod.

»Was ist mit den Bewohnern, gottverdammt?« brüllte der Präsident plötzlich. »Was ist mit den Menschen passiert?«

Sundowner hielt das Bild an. »Sie wurden angegriffen, Sir.«

Der Präsident beugte sich über den Tisch; das Leuchten des Bildschirms fing die Furcht auf seinem Gesicht ein. »Vielleicht könnten Sie sich deutlicher ausdrücken, Mr. Sundowner.«

»Das kann ich nicht, Mr. President, und ich bin mir nicht sicher, ob ich jemals dazu imstande sein werde, denn ich *kann* einfach nicht erklären, was mit Hope Valley passiert ist.«

Lyman Scott sank in die Dunkelheit zurück, fort vom Licht des Bildschirms. »Ihr Bericht deutet auf etwas anderes hin. Sie sagten *symmetrisch*. Sie sagten *angegriffen*. Doch es gibt keine Waffe auf dieser Welt, die das bewirken könnte, was wir gerade gesehen haben.«

»Sie meinen, Sir, es gab bislang keine.«

3

Blaine McCracken sah zu, wie die Hind-D die Rampe von der Frachtluke der C-130-Transportmaschine herabgerollt wurde, mit der man sie zum Air-Force-Testlabor in Colorado Springs geflogen hatte.

»Du kommst spät«, bellte Lieutenant Colonel Ben Metcalf fröhlich, während er über die Rollbahn auf ihn zukam.

»Beauftrage beim nächsten Mal doch den Federal Express. Das sind die einzigen, die noch ohne Rückfragen Geschäfte mit Mistkerlen wie dir treiben.«

Die beiden Männer am Fuß der Rampe wechselten einen

festen Händedruck. Metcalfs Blick senkte sich stolz auf die Hind.

»Ich kann dir nicht sagen, was es für uns bedeutet, so ein Ding in die Hände zu bekommen.«

»Vergiß den Plural«, brummte Blaine. »Ich habe das für *dich* getan, Ben, für dich und nur für dich. Für geleistete Dienste, weißt du noch?« Vor fünfzehn Jahren hatte sich Metcalf in Vietnam für Blaine eingesetzt, so daß Blaines Einheit die Feindeslinien durchstoßen konnte, anstatt sich mit dem Amtsschimmel herumzuschlagen.

Aber in diesem Fall ist eine Million Dollar auf den Vogel ausgesetzt worden. Das Geld gehört nun offiziell dir.«

»Aber ich werde es nicht anfordern, nicht, wenn damit mein Foto auf dem Titelbild irgendeines dieser bescheuerten kriegsverherrlichenden Söldnermagazine erscheint.«

»Deine wunderschöne Visage auf dem Titelbild würde die Auflage wahrscheinlich ganz gewaltig in die Höhe treiben.«

»Ja. Die Leute müßten einfach ein Exemplar kaufen, nur um herauszufinden, ob ich ein Mensch bin oder nicht. Wenn jemand fragt, kannst du ja sagen, du hättest die Hind geerbt, nachdem die Polizei sie aus dem Halteverbot abgeschleppt hat.«

Sie gingen die Rollbahn entlang.

»Denkst du immer noch an den Krieg, Blaine?«

»Ich habe niemals aufgehört, daran zu denken. Johnny meint, ich litte unter der Besessenheit, die Dinge zu einem Ende bringen zu müssen. Vielleicht liegt es in diesem Fall daran, daß wir dort drüben niemals etwas zu Ende gebracht haben; wir wußten ja noch nicht einmal, ob wir schon angefangen hatten.« Blaine sah der Hind nach, wie sie zu einem Hangar geschleppt wurde. »Wirst du den Vogel eine Weile hierbehalten?«

»Mindestens ein paar Monate. Ich werde die Flugtests selbst überwachen, sobald ich die Löcher zugeklebt habe, die du in das Ding geschossen hast.«

»Ich hätte nichts dagegen, den Vogel selbst einmal zu fliegen.«

»Du wärest dazu mehr als nur willkommen, aber ich habe in meinem Büro eine Nachricht für dich. Von einer Frau.«
»Und ich habe ihr doch ausdrücklich gesagt, mich niemals im Büro anzurufen . . .«
Metcalf lachte kurz. »Ich hätte nicht gedacht, daß man dich so leicht aufspüren kann.«
»Wenn mich jemand braucht, ist es nicht schwer. Genau so will ich es haben.«
»Die Nachricht besagt, es sei wichtig. Kein Name, nur eine Telefonnummer. Aus Massachusetts, glaube ich.«
»Terry Catherine Hayes«, sagte Blaine eher zu sich selbst.
»Kennst du sie?«
»Früher mal.«

Ben Metcalf bestand darauf, Blaine in einem Jet der Air Force zu fliegen. McCracken saß im Cockpit und versuchte sich daran zu erinnern, wie es war, einen Düsenjäger zu steuern.

Und wie Terry Catherine jetzt aussehen mochte. Sie hatten sich über acht, fast neun Jahre nicht mehr gesehen, nach einem kurzen und romantischen Zwischenspiel, das Blaines letztes gewesen war. Es war über einen Monat zwischen ihnen ziemlich heiß hergegangen. Die Tochter eines reichen Bankiers aus Boston, die sich mit einem geheimnisvollen Agenten der Regierung einließ, über den es auch auf Anfrage keinerlei Unterlagen zu geben schien. Sie hatten sich auf einer Party kennengelernt, auf der Blaine sie absichtlich mit der Frau verwechselte, die er dort beschützen sollte.

T.C. . . . Er war der einzige, der sie so nannte, und in den Wochen, die McCracken mit ihr verbracht hatte, enger verbracht hatte als irgendwelche Zeit mit den meisten anderen Frauen, gab sie vor, diese Abkürzung zu hassen. Längere Bindungen waren in dem Beruf, für den Blaine sich entschieden hatte, nicht möglich. Zu leicht konnte die Frau zu schaden kommen oder von einem Gegenspieler, der jeden möglichen Vorteil ausnutzen würde, als Druckmittel mißbraucht werden. Und genauso gefährlich war die Möglichkeit, daß solche Beziehungen ein zu verführerisches Bild von der anderen Seite des Lebens gaben. Ein normales Dasein, sich irgendwo niederzulassen, unter seinem echten Namen und ohne die Angst zu leben, daß die Augen eines jeden, die einen musterten, zu jemandem gehörten, die einen töten wollte.

In diesem Fall jedoch war es nicht McCracken gewesen, der die Beziehung beendet hatte, sondern Terry Catherine. Er hatte ihr nicht viel von sich erzählt, doch immerhin genug, daß sie wußte, ihre Bindung würde vielleicht nur bis zum nächsten Anruf dauern können. T.C. entschloß sich, den Schmerz der Trennung unter ihren eigenen Bedingungen auf sich zu nehmen. Sie war damals gerade zweiundzwanzig, ein Mädchen frisch von der Brown-Universität, dem die ganze Welt noch offenstand. McCracken, der drei Monate zuvor dreißig Jahre alt geworden war, wußte, wie die Welt wirklich aussah. Nach nur einem Jahr hatte Vietnam das College für ihn erst einmal beendet, und er war niemals dorthin zurückgekehrt. Sein Leben bestand aus dem, was Johnny Wareagle das Höllenfeuer nannte, aus Ereignissen wie dem Projekt Phönix und der Tet-Offensive.

Das emotionale Höllenfeuer kam, als T.C. die Beziehung beendete. Er hätte es wahrscheinlich früher oder später selbst getan, doch das Wissen um die Stärke, die für diesen Schritt nötig war, bewirkte, daß er sie um so mehr liebte. Er konnte sie einfach nicht vergessen. Sobald erst einmal feststand, daß er sie nicht haben konnte, wollte er sie unbedingt.

Sie hatten in den achteinhalb Jahren seit ihrer Trennung kaum miteinander gesprochen, was um so mehr Grund für die Annahme war, daß irgend etwas in T.C.s Leben furchtbar schiefgelaufen sein mußte, wenn sie sich nun an ihn wandte. Er versuchte sich einzureden, daß das Feuer der Schönheit ihrer Jugend längst erloschen sein würde, doch er sollte erneut von ihr überrascht werden.

Sie hatten sich für diesen Abend in der Bar im Copley Plaza Hotel in Boston verabredet, nicht weit entfernt von Terry Catherines Stadthaus in Back Bay. Die Plaza Bar lag gegenüber der Hotellobby, rechts neben dem Haupteingang. An den meisten Abenden wurden die Gäste hier von dem behenden Klavierspiel des berühmten Dave McKenna unterhalten, dessen Finger in der hinteren rechten Ecke der Bar über das Elfenbein glitten. Gerade, als auf die letzten Akkorde eines von McKennas Lieblingsliedern der gebührende Applaus erklang, trat Blaine durch den handgeschnitzten Bogengang. Die Decken waren hoch, und der frische Geruch nach Ledersofas und bequemen Ledersesseln vermischte sich mit Zigarettenrauch und Parfum. Er suchte in dem Raum nach T.C., fand sie jedoch an keinem der Tische in seiner Nähe. Er ging zum anderen Ende der Bar, wo sich hinter einer spanischen Wand weitere Tische befanden. Bevor er die Abschirmung erreicht hatte, trat sie hervor, um ihn zu begrüßen.

Sie war zweifellos die schönste Frau in der Bar. Ihre Figur war groß und immer noch schlank. Sie trug nur einen Hauch von Make-up und ein Kleid, das ihren Fotomodell-Körper betonte. An ihrer Erscheinung war nichts Prätentiöses. Blaine verspürte augenblicklich die alte Zuneigung, die er zu vergessen versucht hatte. Sie stand unbehaglich da; ihr Lächeln war gezwungen und nervös, und Blaine wußte, daß hinter ihrer Anspannung mehr steckte als einfach nur dieses Wiedersehen.

Er küßte sie leicht auf die Lippen und ließ seine Hand auf der ihren verweilen.

»Du hast mir versprochen, wunderschön zu bleiben«, sagte er mit einem Kloß im Hals. »Und das bist du auch.«

»Noch immer stets charmant, was, McCracken?«

»Manche Dinge ändern sich nie, T.C.«

»Ist schon lange her, seit mich jemand so genannt hat. Ich mag es immer noch nicht.«

»Nun ja, Terry Catherine, deshalb sage ich es ja auch.«

»Wie ich sehe, hat die Zeit dich nicht reifer gemacht. Wie ich dir immer gesagt habe, wenn Gott gewollt hätte, daß wir nur Initialen benutzen, hätte er uns keine Vornamen gegeben.«

Blaine ließ ihre Hand los, und gemeinsam gingen sie zu ihrem Tisch, der in einer Nische an der Wand stand, wo sie völlig ungestört blieben. Durch ein Fenster in der Nähe konnten sie draußen auf dem Bürgersteig die Passanten sehen.

»Ich tue vieles, was Gott wahrscheinlich niemals gewollt hat«, sagte er zu ihr, nachdem sie Platz genommen hatte.

»Und wie ich gehört habe, hat dir eine dieser farbigen

Eskapaden den Spitznamen McCrackensack eingebracht«, antwortete sie wie aus der Pistole geschossen. »Ich war richtig beleidigt, als ich das hörte. Sie hätten sich bei mir erkundigen können, ob dieser Spitzname berechtigt ist.«

»Ist dein Gedächtnis so gut?«

»Manche Dinge vergißt man nicht.«

»Der Ring, den ich an deinem Finger gespürt habe, bedeutet, daß du ein Versprechen, das du dir selbst gabst, gebrochen hast.«

Sie nickte unbeteiligt. »Ein unglücklicher Fehltritt. Er währte drei Jahre. Am Tag der Scheidung war ich viel glücklicher als am Hochzeitstag. Ich trage den Ring als Ermahnung, ähnliche Fehltritte in Zukunft zu vermeiden.«

»Warum hast du denn überhaupt einen gemacht?«

Sie antwortete ihm nicht sofort, und das gab Blaine die Gelegenheit, ihr in die Augen zu sehen. Sie war wirklich wunderschön, noch schöner als vor acht Jahren. Das wenige, um das ihr Gesicht gealtert war, ließ es voller erscheinen, nicht mehr so beherrscht von den hohen Wangenknochen, über die sie immer so unglücklich gewesen war. Sie trug das Haar jetzt kürzer, etwas struppig, nach keiner Mode – es war einfach *ihr* Haar.

»Weil ich Angst hatte«, sagte sie schließlich. »Siebenundzwanzig Jahre alt, in Schale geworfen, aber sozusagen ohne Einladung auf eine Party. Ich habe mir versprochen, dem nächsten Mann, der mir einen Antrag macht, mit ja zu antworten. Es hätte schlimmer kommen können. Es hättest du sein können, McCracken.«

Blaine kniff die Augen zusammen. »Alles, nur nicht das.«

»Auf jeden Fall bin ich nun entschlossen, alleinstehend zu sterben.«

»Aber nicht als Jungfrau.«

»Dank dir.«

»Wenn ich der erste war, fresse ich dein Bettlaken.«

»Du warst der erste, der eine Rolle spielte, der erste, der kein kleiner Junge, nicht von meiner Familie handverlesen für mich ausgesucht und kein geiler Student an der Brown war. Das ist das gleiche.«

Eine Kellnerin kam, und T.C. bestellte ein Glas Wein mit Namen und Jahrgang. McCracken sagte, er würde sich anschließen.

»Rot oder weiß«, sagte er achselzuckend. »Das sind nur Farben für mich.«

»Ein Mann in deiner Position sollte solchen Dingen wirklich mehr Aufmerksamkeit schenken, McCracken.«

»Ein Mann in meiner Position sollte überhaupt nicht trinken. Du solltest mich sehen. Ich bin wirklich gut darin, den Inhalt eines Glases zu schwenken, so daß niemand merkt, daß ich gar nicht trinke.«

»Der Wein, den du gerade bestellt hast, kostet zwanzig Dollar das Glas.«

»Dann schwenke ich ihn langsamer.«

Sie lachte und wirkte zum ersten Mal entspannt. »Man kann dich nicht gerade leicht ausfindig machen.«

»Du hast mich gefunden.«

»Weißt du, ich habe dich eigentlich nie aus den Augen verloren. Ich weiß alles über deine Schwierigkeiten in England und deine anschließende Verbannung auf einen Schreibtischposten in Frankreich. Als ich von deiner Rehabilitierung erfuhr, war ich so glücklich wie sonst nur noch am Tag meiner Scheidung.«

»Aber du hast mich bis heute nicht angerufen.«

Die Kellnerin kam mit den Getränken und bewahrte T.C. davor, sofort antworten zu müssen. Sie nippte am Wein. McCracken schwenkte ihn.

»Ich hätte gedacht, es wäre viel schwieriger, dich zu erreichen.«

»Ich sorge dafür, daß Menschen, die mich kennen, mich jederzeit erreichen können. Das gehört zu dem, was ich heutzutage so tue – alte Schulden und Rechnungen begleichen. Das gibt mir das Gefühl, noch zu etwas nutze zu sein.«

»Freunden Gefallen erweisen . . .«

»So etwas in der Art. Die Freiheit ist unbezahlbar. Ich habe mit Washington nichts mehr zu tun. Aber das weißt du natürlich.«

»Ich habe davon gehört.«

»Was macht Back Bay?«

»Es zerfällt. Der Grundwasserspiegel steigt, und das Haus versinkt. Buchstäblich. Es kostet mich mehr an Reparaturen, als meine Eltern dafür bezahlt haben.« Sie hielt inne. »Ich habe eine Telefonnummer gefunden, unter der man dich erreichen kann, aber keine Adresse.«

»Ich habe sechs davon – Wohnungen. Zwei davon sind nicht einmal möbliert, aber sie liegen alle über das ganze Land verstreut. Jetzt fehlt mir nur noch ein eigener Wagen. Weißt du, daß ich niemals einen gehabt habe? Ziemlich unglaublich für einen Mann in meinem fortgeschrittenen Alter.«

T.C. trank noch einen Schluck Wein, und das Glas zitterte in ihrer Hand. Blaine nahm die andere in die seine.

»Was ist los, T.C.?«

»Ich hasse es, dich um etwas zu bitten. Nach so langer Zeit, meine ich.«

»Hast du schon vergessen? Gefallen für Freunde . . .«

Sie stellte das Weinglas auf den Tisch. »Es geht um meinen Großvater. Er . . . ist in Gefahr.«

»Cotter Hayes? Du machst Witze.«

»Nicht Cotter Hayes. Mein Großvater mütterlicherseits.« Sie hielt inne. »Erich Earnst.«

»Hmm, ganz und gar kein durchschnittlicher Yankee-Name, wie er in Boston so häufig vorkommt.«

»Ganz und gar nicht. Ein deutscher Jude. Hat den Zweiten Weltkrieg und Sobibor überlebt.«

»Wenn die Klatschkolumnisten dich jetzt hören könnten . . .«

»Ich versichere dir, das ist eins von Bostons bestgehüteten Geheimnissen.« Eine weitere Klaviereinlage Dave McKennas endete, und T.C. wartete, bis der Applaus verklang, bevor sie fortfuhr. »Daß Rawley Hayes es in Betracht zog, eine Frau jüdischen Glaubens zu heiraten . . . nun, zum Glück ist die Wahrheit niemals ans Licht gekommen. Sie hätte ihn vielleicht ruinieren können.« Ein trauriges Lächeln legte sich auf ihre Lippen. »In Wahrheit war es jedoch so, daß Großvater Erich immer viel lustiger und interessanter war als Großvater Cotter, besonders, als ich alt genug wurde, um ihn und alles, was er durchgemacht hat, zu verstehen.«

»Aber jetzt sagst du, er sei in Gefahr.«

»Weil *er* das sagt. Und ich glaube ihm. Es ist erst vor kurzem passiert. Die Polizei kauft es ihm nicht ab — er hat keine Beweise. Ich . . . wußte nicht, an wen ich mich sonst wenden könnte.«

McCracken schwenkte wieder den Wein. »Ich muß Einzelheiten wissen.«

»Es gibt nicht viele, Blaine; das ist ja das Problem. Er ist überzeugt, verfolgt zu werden. Er müßte es doch wissen, nach allem, was er durchgemacht hat, oder?« Ihre Gedanken schweiften ab. »Meine Mutter ist eigentlich gar keine Jüdin. Großvater Erich fand sie, wie sie durch Polen wanderte, und nahm sie mit, als er und seine Frau nach Amerika gingen. Sie haben ihr niemals ihre Religion aufgezwungen, weil sie sie nicht der Unterdrückung aussetzen wollten, die sie erlebt hatten. Doch er brachte nicht nur meine Mutter mit herüber, sondern auch einen Sack Diamanten, von der Größe einer Einkaufstasche. Sein Juweliergeschäft ist immer noch eins der besten in Manhattan. Das Geld machte seine Tochter immerhin würdig genug, von jemandem wie meinem Vater beachtet zu werden.«

»Du klingst verbittert.«

»Ich hasse Vorwände; das weißt du doch.«

»Nur zu gut. Und aus diesem Grund glaube ich dir, wenn du deinem Großvater glaubst.« Die Erleichterung auf ihrem Gesicht war offensichtlich. Sie schien den Wein nicht mehr zu brauchen und schwenkte das Glas nun ebenfalls.

»Das Problem besteht nur darin, daß ich nicht genau weiß, was ich unternehmen soll, T.C. Das ist nicht gerade das, worauf ich mich spezialisiert habe.«

»Du könntest mit ihm sprechen.«

»Was du zweifellos bereits getan hast. Du bist ein vernünftiger Mensch. Hilft mir etwas von dem, was er sagt, weiter?«

»Du wirst die richtigen Fragen stellen müssen. Das tust du doch immer.«

»Bis auf eine Gelegenheit. Vielleicht hätte ich dir den Ärger mit deiner Scheidung ersparen können.«

Sie schüttelte traurig den Kopf. »Dazu wäre es sowieso gekommen, Blaine, wahrscheinlich noch vor Ablauf von drei Jahren, und dieser Tag wäre dann ein schlechter und kein guter gewesen.«

»In ziemlich verdrehter Hinsicht fasse ich das als Kompliment auf.«

»So verdreht ist sie gar nicht.«

Blaine legte die Hände über die ihren. »Rufe deinen Großvater an. Sage ihm, daß ich morgen mit ihm sprechen werde.«

Sie lächelte. »Das habe ich schon. Er erwartet dich morgen früh in seinem Geschäft im Juwelierviertel.«

»Du kennst mich nur allzu gut, T.C.«

»Manche Dinge ändern sich nie.«

»Das heißt also, daß uns noch die Nacht bleibt?«

Sie zögerte. »Das mit morgen früh war seine Idee, nicht meine.«

»Dann nehme ich an . . .«

»Abendessen, Blaine. Wahrscheinlich noch ein paar Gläser Wein. Ich trinke, während du schwenkst. Weiter werden wir nicht gehen, aber das ist für mich schon ziemlich weit, weil es schon schwierig genug ist, dich einfach hier zu haben. Ich will es nicht verderben. Ich will es einfach nur so bewahren, wie es ist.«

»Ich liebe es, wenn du unflätig redest.«

4

»Ist Ihr Bericht fertig, Mr. Sundowner?«

Als der Wissenschaftler antwortete, war seine Stimme rauh vor Erschöpfung. In den letzten achtzehn Stunden hatte er nur Zeit für einen raschen Kleidungswechsel gehabt. Erneut kam ihm die Gruft gewaltig und fürchterlich leer vor. Beim Sprechen wurde er vom Echo seiner eigenen Worte abgelenkt.

»Ich bin mir nicht sicher, ob er jemals völlig vollständig sein wird, Sir«, antwortete er dem Präsidenten, »zumindest nicht in absehbarer Zukunft. Um ehrlich zu sein, weiß ich nicht mehr als gestern auch; meine ursprünglichen Eindrücke wurden nur bestätigt.«

Die anderen Männer im Raum – Kappel, Stamp, Mercheson und Lyman Scott selbst – starrten ihn mit der Verwirrung und Geringschätzung von Laien an.

»Worauf warten Sie dann?« drängte der Präsident.

Sundowner wußte nicht, wo er anfangen sollte. Oder besser gesagt, er wußte es doch – und das war das Problem.

»Es läuft alles auf die Symmetrie des Radius hinaus, in dem die Zerstörungen stattgefunden haben. Ich erspare Ihnen die erläuternden Einzelheiten. Es genügt, wenn ich Ihnen sage, daß die Stadt Hope Valley durch eine feindselige Handlung zerstört wurde, und zwar mittels einer Partikel-Strahl-Waffe, die aus einer Höhe zwischen dreitausend und sechstausend Metern abgefeuert wurde.«

»Eine *Strahlen*waffe?« fragte Verteidigungsminister George Kappel. »Sie meinen, so etwas wie ein Laser?«

»Keineswegs. Laser schießen gebündelte *Energie*strahlen ab. Ein Partikelstrahl feuert *Materie* ab, subatomare Partikel, die bis zur Lichtgeschwindigkeit beschleunigt werden. Die Masse dieser Partikel nimmt mit der Geschwindigkeit zu, und die dabei entstehende Energie erhöht sich im Quadrat.«

»Bitte für einen Nichtfachmann verständlich, Ryan«, verlangte der Präsident.

Sundowner seufzte. »Ein ganz normaler Fernsehapparat ist eigentlich ein Partikel-Strahl-Generator, der Partikel in Form von Elektronen durch zwei Magnete schießt. Blitzschnell! Man bekommt ein Bild, dessen Dichte in direktem Bezug zu der Partikelkonzentration steht, die das Gerät abfeuert. Wäre sie zu hoch, würde der Strahl den Bildschirm und alles davor zerstören. Nun stellen Sie sich das in einem viel größeren Maßstab vor, mit einem Gerät, das andere Partikel als

Elektronen abschießt. Auf der subatomaren Ebene ist fast alles möglich.«

»Wie der gestrige Tag zu bestätigen scheint«, warf Außenminister Edmund Mercheson ein. »Doch wieso bleiben bei diesem Strahl, mit dem wir es zu tun haben, keinerlei Spuren der Überreste von Menschen, Holz, Pflanzen, Bäumen, Gras, nicht einmal Gummi und Stoffen zurück?«

»Organische Materie«, erklärte Sundowner nüchtern und richtete den Blick der Reihe nach auf die Männer. »Die subatomaren Partikel brechen organische Materie auf.«

»Was heißt das im Klartext?« fragte Lyman Scott.

Sundowner schnappte nach Luft und hoffte, die dumpfe Furcht, die in ihm emporstieg, würde damit ebenfalls wieder hinabsinken. »Alles Leben auf Erden basiert auf dem Kohlenstoffatom. Die subatomaren Partikel, die den Hope-Valley-Strahl bilden, haben die Eigenschaft, den Klebstoff zu zerstören, der dieses Atom zusammenhält. Er bricht die Kohlenstoffketten in ihre grundlegenden Elemente auf. Trennt den Sauerstoff vom Wasserstoff, und zwar auf einer molekularen Ebene, die organische Materie zu schwarzem Kohlenstaub reduziert.«

»Die Wolke«, begriff der Präsident.

Sundowner nickte. »Dieser Verdacht stellte sich bei mir schon ein, nachdem ich das Band zum ersten Mal gesehen hatte. Doch ich wollte meinen Bericht zurückstellen, bis ich weitere Untersuchungen durchgeführt hatte – was hat den Strahl überstanden, und was nicht. Stahl, Steine und alle anderen Formen *anorganischer* Materie in der Stadt waren von dem Strahl nicht betroffen. Gebäude, die aus diesen Materialen bestanden, brachen zwar in sich zusammen, aber nur, weil die Bestandteile, die die anorganischen Materialien an Ort und Stelle hielten, auf Kohlenstoff basieren.«

Lyman Scott fühlte, wie seine Lippen zitterten, und kämpfte dagegen an. »Was genau braucht man, um solch einen Strahl zu erzeugen?«

»Im wesentlichen zwei Dinge. Zum einen ein uns noch nicht bekanntes subatomares Elementarteilchen, das die Kohlenstoffkette aufreißt. Zum anderen eine Energiequelle, die imstande ist, diese Partikel zu einem Strahl von der Stärke dessen zu konzentrieren, was Hope Valley ausgelöscht hat. Ohne die zweite Entdeckung ist die erste als Waffe mit großer Reichweite nutzlos.«

»Die *ultimate* Waffe«, murmelte Lyman Scott. »Eine schnelle und vollständige Zerstörung.«

»Nicht so vollständig, wie es der Fall hätte sein können«, fuhr Sundowner fort. »Der Todesstrahl zog auf fünf Kilometer Breite von Westen nach Osten über Hope Valley hinweg. Er setzte etwa an der einen Stadtgrenze ein und erlosch auf der anderen.«

»Wollen Sie damit sagen, Mr. Sundowner«, ergriff Außenminister Mercheson das Wort, »daß der Strahl genausogut eine Linie der Zerstörung über das gesamte Land hätte ziehen können?«

»Theoretisch ja.«

»Also stammt er von einem Satelliten.«

»Von *wessen* Satelliten?« fragte der Präsident. »*Wessen* Waffe? Jemand hat sie, und aus irgendeinem Grund will er uns ihre Macht demonstrieren, ohne uns seine Identität zu verraten.«

CIA-Chef Stamp beugte sich fast zögernd vor. »Vielleicht habe ich eine Spur, Sir. Kurz nach Mitternacht am vergangenen Samstag, sechs Stunden vor der Vernichtung von Hope Valley, fing unsere türkische Station auf einem geschlossenen Kanal eine Warnung auf, daß eine amerikanische Stadt . . . vernichtet werden würde.«

»Warum haben Sie uns das nicht schon gestern gesagt?«

»Die Nachricht hat mich erst vor kurzem erreicht. Unsere türkische Station leitete sie nur mit Verzögerung weiter, weil, wie ich schon sagte, der Kanal eigentlich geschlossen war. Er hätte nicht benutzt werden dürfen und wurde es auch seit Monaten nicht mehr. Jemand hat unsere Sicherheitsvorkehrungen durchdrungen und uns gezwungen, einen anderen Kanal zu benutzen.«

»Kommen Sie zur Sache.«

»Es waren die Sowjets.«

Ein langer Augenblick der Stille verstrich, bevor Verteidigungsminister Kappels Stimme die dichte Luft des Gewölbes durchschnitt. »Augenblick mal«, platzte er heraus, »wollen Sie damit sagen, daß *die Russen* eine Waffe haben, die Menschen an Ort und Stelle zusammenschmelzen kann?«

»Keineswegs«, sagte der Mann von der CIA. »Doch es bleibt die Tatsache bestehen, daß sie als einzige von dem türkischen Kanal wußten.«

»Mr. President«, setzte Edmund Mercheson in seinem typisch schleppenden, Kissinger-ähnlichen Tonfall an, »ein einziges Eindringen in einen einzigen Kanal ist wohl kaum Grund genug, die Sowjets des Angriffs zu beschuldigen. Ich bin der Ansicht, daß wir es viel eher mit einem Feind zu tun haben, der uns mit diesem Vorgehen *glauben machen will*, die Sowjets würden hinter allem stecken, um unsere möglichen Reaktionen damit ernsthaft zu beschränken.«

»Unsere Reaktionen sind so oder so ernsthaft beschränkt«, stellte der Präsident grimmig fest.

»Doch uns bietet sich eine klare Möglichkeit«, warf Kappel ein, fast bevor Lyman Scott ausgesprochen hatte. »Ich schlage vor, den DEF-CON-Status um mindestens zwei oder drei Stufen zu erhöhen. Wir sind *angegriffen* worden.«

»Die DEF-CON-Stufen dienen *lediglich* den Sowjets als Signal«, hielt Mercheson dagegen. »Sie bringen eine Eskalation ins Spiel, eine gespannte Atmosphäre, in der sich kaum ein Dialog erzeugen läßt.«

»Ich würde doch meinen, daß wir darüber schon hinaus sind.«

»Was vielleicht genau das ist, was der wahre Besitzer dieses Partikelstrahls will«, sagte der Außenminister.

»Ich sehe die Sache eher so wie Ed«, meldete sich Lyman Scott zu Wort. »Nichts gegen Ihre Meinung, George«, fügte er hinzu, als habe er Angst davor, einen der letzten Menschen vor den Kopf zu stoßen, dessen Vertrauen er noch besaß. »Doch ich kann mir nicht vorstellen, daß die Sowjets die Existenz solch einer Superwaffe bekanntmachen *und* uns im voraus auf eine so umständliche Methode warnen würden. Noch seltsamer mutet die Art und Weise an, wie die Waffe benutzt wurde. Damit scheinen sie doch ihren letztendlichen Zweck zu verleugnen. Warum haben sie nicht die Linie der Zerstörung über das ganze

Land gezogen, wenn sie die Waffe haben und planen, sie auch zu benutzen? Warum haben sie sich auf Hope Valley beschränkt?«

»Ein begründeter Einwand, Sir«, sagte Sundowner. »Und die Antwort könnte in den Gründen liegen, aus denen wir es aufgegeben haben, in Richtung der Entwicklung solch einer Waffe zu forschen. Die wissenschaftlichen Schwierigkeiten, denen wir uns gegenübergestellt sahen, schienen unüberwindlich.«

»Aber anscheinend hat *jemand* sie überwunden«, warf Kappel ein.

»Vielleicht auch nicht«, fuhr Sundowner fort. »Es könnte gute Gründe dafür geben, daß sich der Einsatz der Waffe auf Hope Valley beschränkte und uns zuvor eine Warnung zugespielt wurde. Um einen Strahl dieser Art zu erzeugen, bedarf es einer gewaltigen Energiequelle. Vielleicht sind sie nur imstande, die Waffe in kleinem Maßstab einzusetzen, so daß sie lediglich eine Demonstration wagten und uns vorher eine Warnung zukommen ließen, um uns vom Gegenteil zu überzeugen.«

»Ja«, echote Mercheson. »Wir haben bereits einmal von ihnen gehört. Sie haben dieses Szenario errichtet, weil wir noch einmal von ihnen hören werden und dann überzeugt sein sollen, daß sie ihre Drohung auch verwirklichen können.«

»Erpressung«, begriff Lyman Scott. »Hope Valley dient als Druckmittel für irgendwelche weiteren Forderungen.«

»Und ob es nun die Sowjets waren oder nicht«, führte Stamp aus, »sie sind sich zweifellos der Probleme bewußt, mit denen Washington zur Zeit zu kämpfen hat. Wir sind verletzbar, und unsere möglichen Reaktionen werden durch diese Verletzbarkeit beschränkt.«

»Gut gewählte Worte«, sagte der Präsident, »aber zu verblümt. Eine nette Geste, Willie, aber wir sind hier unter Freunden. Die Regierung ist nicht nur verletzbar, sie befindet sich von allen Seiten aus unter einem Belagerungszustand. Wir sind nicht nur Schießbudenfiguren, wir sind Schießbudenfiguren, die darauf warten, von unseren Feinden im In- und Ausland abgeknallt zu werden. Es könnte ein paar Menschen geben – vielleicht die, die früher in diesen nun leeren Sesseln gesessen haben –, die diese ganze Sache willkommen heißen würden, um uns schneller abschießen zu können.«

»Den Sowjets würde das auch sehr gut in den Kram passen«, erinnerte George Kappel. »Vielleicht wollen sie mit diesem Vorgehen eine Krise hervorrufen, die uns von innen heraus vernichtet, ohne daß sie überhaupt eine Waffe benutzen müssen. Vor uns türmen sich so viele Hindernisse auf, daß wir uns nur noch im Kreis bewegen können. Sie wissen, daß unsere Position geschwächt ist. Wenn wir mit dieser Situation nicht fertig werden, könnte uns der endgültige Zusammenbruch drohen.«

»Meine Herren«, sagte der Präsident nachdrücklich, »wenn diese Regierung nicht mehr Herr der Lage ist, werde ich dafür die Verantwortung auf mich nehmen. Doch ich will und kann nicht hier sitzen und eingestehen, daß wir verloren haben.«

»Das habe ich damit nicht gesagt, Sir«, beharrte Kappel.

»Doch es läuft darauf hinaus, nicht wahr?«

»Vielleicht sollten wir hoffen, daß es darauf hinausläuft«, warf Sundowner plötzlich ein, »denn unter diesen Umständen bliebe uns wenigstens die Zeit, Gegenmaßnahmen zu ergreifen. Wenn wir diese Waffe ausschalten können, haben wir damit auch die Bedrohung ausgeschaltet.«

»Das hört sich ganz einfach an, vorausgesetzt, wir hätten eine Möglichkeit dazu.«

»Die haben wir, jedenfalls möglicherweise: Bugzapper.«

»Ich dachte, wir hätten alle Überlegungen in dieser Hinsicht als technologisch undurchführbar aufgegeben?«

»Nicht mehr«, erwiderte der Wissenschaftler.

Nachdem Sundowner vor vier Jahren den Posten als Leiter der Spielzeugfabrik angetreten hatte, hatte er damit auch die Überreste der Strategic Defense Initiative geerbt, besser bekannt als SDI beziehungsweise das Star-Wars-System. Sowohl finanzielle wie auch technologische Probleme hatten das Projekt bereits zum Erliegen gebracht. Was ursprünglich als siebenschichtiger Schutzschirm gegen alle Fernlenkkörperangriffe entworfen worden war, war Schicht um Schicht abgeschält worden, bis schließlich nur noch ein Boden-Laser-

System übrigblieb, das mit im All stationierten Spiegeln operierte und sich als erbärmlich unzureichend gegen alle größeren Angriffe erwiesen hatte — es hatte kaum noch den Namen Schutzschild verdient.

Jahrelang hatte Sundowner seine eigenen Theorien entwickelt und sah nun die Möglichkeit, sie in die Wirklichkeit umzusetzen. Er nannte sein Programm ›Bugzapper‹, nach den tödlichen hellen Lampen, die jedes Insekt, das ihnen zu nahe kam, verbrannte. Sein System funktionierte auf der gleichen allgemeinen Grundlage. Sundowner stellte sich eine Flotte von drei oder vier Dutzend Satelliten vor, die im geostationären Orbit über den Vereinigten Staaten geparkt und miteinander über unsichtbare Energiefelder verbunden waren. Jedes Objekt, das versuchte, solch ein Feld zu durchdringen, würde das gleiche Schicksal erleiden wie ein lästiges Moskito an einem Sommerabend. Damit würde letztendlich ein undurchdringlicher Schild über die Nation gespannt werden, der sie jedem größeren Angriff gegenüber unverletzbar machte — ein Schild ohne die komplexen Unwägbarkeiten des SDI-Systems.

»Von Anfang an bestand das größte Problem bei Bugzapper darin«, fuhr Sundowner fort, »eine wirksame Abschirmung zu erzeugen. Die Energiefelder, die zwischen den einzelnen Satelliten bestehen, müssen ständig in Betrieb sein. Der Energieaufwand wäre daher gewaltig. Und da die Satelliten imstande sein müssen, sich selbst im Weltall wieder aufzuladen, war Sonnenenergie die einzige Möglichkeit. Doch bis vor kurzem war es unmöglich, einen ausreichenden Energiespeicher zu entwickeln.«

»Jetzt behaupten Sie bloß nicht«, sagte George Kappel, »daß Sie eine Möglichkeit gefunden haben, Ihre Satelliten mit der Sonne selbst zu verbinden.«

»Nicht gerade das«, sagte Sundowner, »aber etwas Ähnliches.«

Das rote Telefon summte zweimal, und der Präsident beugte sich über den Tisch vor und hob ab.

»Ja?« sagte er, das Telefon ans Ohr drückend. Sein Mund klaffte auf, als er aufmerksam lauschte, und sein Gesicht schien von Sekunde zu Sekunde bleicher zu werden. »Und das war es?« fragte er schließlich. »Ich verstehe . . . Nein, wir kümmern uns von hier aus darum . . . Ja, natürlich, sie sollen alles aufzeichnen.« Lyman Scott wandte sich, den Telefonhörer noch immer gegen das Ohr gedrückt, den Männern vor ihm zu. »Jemand hat in der Türkei wieder Kontakt mit uns aufgenommen. Der gleiche Kanal, der gleiche Kode.«

»Sir?« fragte einer von ihnen, für sie alle sprechend, in der Hoffnung, den Inhalt der Mitteilung zu erfahren.

Doch der Präsident sah lediglich Sundowner an. »Spannen Sie Ihre Verbindung, Ryan. Und spannen Sie sie schnell.«

Die beiden Männer saßen in der hintersten Reihe eines Kinos in Bangkok. Das Licht, das von der Leinwand fiel, erreichte sie kaum.

»Ich habe die Anweisung, Ihren Namen und Ihren Status zu verlangen, bevor ich das Gespräch mit ihnen fortsetzen darf«, sagte der kleinere der beiden.

»Mein Name ist Katlow, und als Status ist ›Renegat‹ eingetragen«, sagte der andere leise und drehte den Kopf, so daß in der Dunkelheit eine Klappe über seinem linken Auge sichtbar wurde. Die restlichen Gesichtszüge waren nicht auszumachen.

»Seltsam, daß ein Renegat einen KGB-Sektionschef aufsucht.«

Auf der Leinwand näherte sich ein amerikanischer Western, auf Thai synchronisiert, seinem Höhepunkt.

»Für mich sind Sie lediglich ein Nachrichtenübermittler, Sektionschef.«

Der KGB-Mann grunzte. »Ich bin ein vielbeschäftigter Mann.«

»Und ein unbedeutender.«

»Kommen Sie zur Sache.«

»Sie werden für mich eine Nachricht nach Moskau weiterleiten.«

»Ach ja?«

»Sie werden ihnen sagen, daß ich ihnen Raskowski liefern kann.«

Der Mund des KGB-Mannes klaffte auf.

»Sie werden ihnen sagen, daß ich keine Zeit für Spielchen oder Verzögerungen habe. *Die Welt* hat keine Zeit. Ich werde ihren Gesandten hier treffen.«

»Das ist meine Sektion«, sagte der KGB-Mann abweisend.

»Es gibt Bedingungen, die *Sie* nicht erfüllen können.«

»Aber . . .«

»Ich will nichts mehr davon hören!« schnappte Katlow. »Ich werde Ihnen den Schlüssel geben, den wir für den türkischen Kanal benutzt haben. Mehr Beweise werden sie nicht verlangen. Damit steht fest, daß ich wirklich derjenige bin, der zu sein ich behaupte.«

»Ich weiß nichts von der Bedeutung solch eines Schlüssels.«

»*Sie* werden es wissen, Sie Narr! Sie werden meine Anweisungen an sie weitergeben. Sie werden betonen, wie wichtig ein schnelles Handeln ist, und daß nur ich die Möglichkeit besitze, diesem Wahnsinn ein Ende zu machen.«

»Welchem Wahnsinn?« fragte der Sektionschef, nun nachdenklich geworden.

Katlow machte Anstalten, sich zu erheben. Der KGB-Mann hielt ihn sanft zurück.

»Bitte. Ich . . . werde tun, was Sie verlangen.«

Katlow ließ sich wieder auf seinen Stuhl fallen.

5

New Yorks berühmtes Juwelenviertel nimmt nur einen Straßenzug ein, die West 47th Street zwischen der Fifth und der Sixth Avenue. Von der anderen Straßenseite aus wirkte Earnsts Juweliergeschäft auf den ersten Blick winzig und bescheiden; der kleine Laden war zwischen zwei größeren und aggressiver werbenden Geschäften eingequetscht. Doch auf den zweiten Blick erhob es sich, wie Blaine McCracken von seinem Beobachtungsposten vor dem mit Töpfen und Krügen gefüllten Schaufenster von *Kaplan's Delicatessen* aus erkannte, sowohl von seiner Klasse wie auch von seiner Klientel her über die beiden Nachbarn. Das enthüllte zum einen die Tatsache, daß es die Schaufenster nicht mit Reihen von Diamanten vollstopfen mußte, und zum anderen ein kleiner Vorraum hinter dem Vordereingang, in dem ein bewaffneter Wächter saß.

McCracken und T.C. hatten die Neun-Uhr-Maschine von Boston aus genommen. Sie hatte darauf bestanden, ihn zu begleiten, und er hatte erst zögernd zugestimmt, nachdem sie versprochen hatte, nichts zu unternehmen, sondern in ihrem Zimmer im Waldorf auf seinen Anruf zu warten. Das Taxi setzte sie beide am Hotel ab, und Blaine ging die kurze Strecke zu Earnsts Geschäft zu Fuß.

Er hätte die Gelegenheit nutzen sollen, um nach möglichen Beschattern Ausschau zu halten, doch seine Gedanken kreisten noch immer um den vergangenen Abend. T.C. hatte die Bar im Copley Plaza um ein Uhr morgens verlassen, ihn jedoch sofort angerufen, nachdem sie in ihrem zerfallenden Stadthaus eingetroffen war, und sie hatten sich noch eine Stunde unterhalten. Blaine wußte nicht, was er mehr bedauerte: daß sie in diesem Augenblick nicht neben ihm lag oder daß sie ihre Beziehung vor all diesen Jahren abgebrochen hatte. Er schlief schlecht, träumte von ihr und fühlte sich am nächsten Morgen ganz elend, weil er ihr nur im Traum so nahe sein konnte, wie er es wollte.

Während Blaine diese Gedanken erneut verfolgten, ließ er sich von den Passanten in westlicher Richtung dahintreiben. Über dem Eingang befand sich ein vergoldetes Schild mit der Adresse: 70 West 47th. McCracken trat durch die erste Tür und wandte sich an den uniformierten Wachtposten, der hinter einem Tisch eingeklemmt saß.

»Guten Morgen, Sir«, sagte der Posten freundlich. »Um Sie hineinlassen zu können, müßten Sie mir Ihren Ausweis geben.«

Blaine zog einen seiner zahlreichen Führerscheine hervor und gab ihn dem Mann. Der Wächter fummelte unter dem Tisch herum, bis er schließlich den Türknopf gefunden hatte. Es folgte ein ohrenbetäubendes Summen, und Blaine beobachtete, wie sich die innere Glastür elektronisch öffnete. Er trat ein und fand sich in dem langen, schmalen und elegant eingerichteten Verkaufsraum von Earnst wieder. Ein Kristalleuchter warf ein schimmerndes Licht und wurde von zahlreichen gläsernen Theken und Ausstellungsfächern reflektiert. Statt der üblichen Stühle hinter den Tischen waren diese hier mit dickem Velour gepolstert, der der Farbe des Teppichbodens entsprach.

McCracken ging an einer Reihe von Ausstellungsfächern vorbei und stellte überrascht fest, daß er keine verborgenen Drähte hinter dem Glas bemerkte. Dann begriff er, daß die Edelsteine von höherem Wert nicht hier, sondern in den oberen Etagen des Ladens aufbewahrt wurden. Der Zutritt zu diesen Stockwerken war begrenzt und erfolgte nur strikt nach Verabredung.

»Kann ich Ihnen helfen?« fragte ihn ein Verkäufer, als er vor einem Fach stehenblieb, in dem Halsketten mit Diamanten und Saphieren ausgestellt waren.

»Ich möchte Mr. Earnst sprechen. Er erwartet mich. Mein Name ist Blaine McCracken.«

»Einen Augenblick.«

Der Verkäufer drehte sich um und ging eine Treppe hinter einer der Theken hinauf. Eine Minute später kehrte er mit einem älteren Mann an seiner Seite wieder zurück.

Erich Earnst mußte eher an die achtzig als an die siebzig Jahre sein. Sein dünnes weißes Haar war strubblig, und seine Haut grau. Er ging mit einem leichten Hinken.

Blaine trat vor, um ihn zu begrüßen.

»Mr. McCracken«, sagte der alte Mann dankbar und reichte ihm die Hand. »Ich bin so froh, daß Sie gekommen sind. Bitte, gehen wir doch hinauf.«

Blaine befreite sich von dem überraschend kräftigen Händedruck des alten Mannes und stellte fest, daß der unstete Blick von Earnsts Augen eher auf Furcht denn auf dem Alter beruhte. T.C. hatte gesagt, ihr Großvater sei in Gefahr, und das genügte ihm. Wenn man die gewaltigen Summen bedachte, mit denen Earnst Tag für Tag zu tun hatte, war alles möglich. Blaine war es T.C. schuldig, jeder denkbaren Spur nachzugehen.

»Wir unterhalten uns in meinem Büro«, sagte Erich Earnst,

während sie zu der Treppe hinter der Theke gingen, die er gerade hinabgekommen war.

Blaine folgte dem älteren Mann die Stufen hinauf. Am Kopf der Treppe wandten sie sich nach rechts, und direkt vor ihnen erhob sich eine Hochsicherheitstür aus Stahl und Glas. Earnst schob eine Computerkarte in einen Schlitz, und die Tür schnappte auf.

Offensichtlich in Eile, trat Earnst hindurch und vergewisserte sich, daß sich die Tür hinter ihnen wieder schloß.

»Hier entlang«, bat er, und Blaine folgte ihm den Gang entlang in ein wunderschön eingerichtetes Büro mit einem Teppichboden in den gleichen Farben wie in dem ebenerdigen Verkaufsraum. Der alte Mann schloß die Tür und ging hinkend zu seinem Schreibtisch.

»Meine Enkelin hat mir viel von Ihnen erzählt, Mr. McCracken«, sagte er. »Bitte setzen Sie sich doch. Verzeihen Sie, daß ich so nervös bin, aber ich habe seit über einem Monat kaum noch geschlafen.«

Blaine nahm Earnst gegenüber auf einem von zwei samtüberzogenen Stühlen vor dem Schreibtisch Platz.

»Seit einem Monat«, stellte McCracken fest. »Da hat es also angefangen?«

»Ja. Das Gefühl, beobachtet zu werden, ist mir gut bekannt. Man entwickelt einen Sinn dafür, wenn man jahrelang um sein Leben gelaufen ist.«

»Das kann ich verstehen. Deshalb bin ich hier.«

»Die anderen glauben mir nicht. Die Polizei ... ach. Ich erzähle es ihnen, und sie hören auch zu, doch sie halten mich für verrückt.«

McCracken beugte sich vor. »Mr. Earnst, Sie haben gesagt, man würde Sie beobachten. Bedeutet das, daß man Ihnen auch folgt?«

»Nein. Ich gehe nirgendwo hin, also besteht kein Grund, mir zu folgen. Ich komme hierher und gehe dann wieder nach Hause. Mehr nicht. Ich werde den gesamten Tag über beobachtet. Manchmal auch nachts.«

»Und es fing vor einem Monat an.«

— »Ja.«

»Ist Ihnen während dieses Zeitraums noch etwas aufgefallen?«

Earnst mußte nicht nachdenken. »Nein. Der Raub geschah zwei Wochen früher.«

»T.C. hat nichts von einem Raubüberfall gesagt.«

»Ich bin mir nicht sicher, ob ich ihn ihr gegenüber erwähnt habe. Ich wollte nicht, daß sie sich unnötige Sorgen macht. Es wurden nur ein paar Stücke gestohlen.«

»Und zwar?«

»Rubinrote Kristalle, die ich von einem Lieferanten aus Griechenland bekommen habe.«

»Rubine?«

»Nur der Farbe nach. Ich habe so etwas noch nie gesehen. Ich nahm an, sie könnten ziemlich wertvoll sein, und erklärte mich bereit, sie in Kommission zu übernehmen.« Der Blick des alten Mannes richtete sich ins Leere. »Es waren seltsame Kristalle, zerklüftet und unregelmäßig. Nicht geschliffen. Es gab nur eine Kundin, die überhaupt Interesse an ihnen zeigte. Warum ist das wichtig?«

»Ich weiß es noch nicht. Erzählen Sie mir von dieser Kundin.«

Earnst drückte sich vom Stuhl hoch und humpelte hinter seinen Schreibtisch. Aus der obersten Schublade nahm er einen Terminkalender. Er blätterte ihn durch und hatte den fraglichen Tag schnell gefunden.

»Lydia Brandywine ließ sich von mir alle fünf Kristalle zeigen. Sie sagte, sie sei auf der Suche nach einem exotischen und völlig ungewöhnlichen Schmuck. Mir fällt jetzt wieder ein, daß ich ihr an diesem Nachmittag sehr viele Juwelen zeigte, doch sie interessierte sich nur für die Kristalle. Sie vereinbarte mit mir einen Termin, um eine Einfassung auszuwählen, doch die Kristalle wurden ein paar Tage später gestohlen.«

»*Nur* die Kristalle?«

»Wegen ihrer möglichen Einzigartigkeit habe ich sie separat aufbewahrt.« Der alte Mann schüttelte den Kopf. »Meine Sicherheitsvorkehrungen waren antiquiert. Die Tür, durch die wir getreten sind, wurde erst nach dem Überfall eingebaut. Wissen Sie, es war mein erster in all diesen Jahren.«

»Und etwa zehn Tage danach stellte sich bei Ihnen das Gefühl ein, beobachtet zu werden?«

»Ja.«

»Ich brauche Lydia Brandywines Adresse.«

Earnst schrieb sie mit großen, ungelenken Buchstaben auf und reichte sie ihm. »Warum?« fragte er.

»Weil ich nicht an Zufälle glaube. Ich möchte der Spur dieser Kristalle folgen und sehen, wohin sie führt. Also muß ich mit Mrs. Brandywine sprechen. Wenn mir das nicht weiterhilft, werde ich irgendwo anders anfangen.«

Earnst verzog nachdenklich das Gesicht, als er sich wieder setzte. »Das ist seltsam.«

»Was?«

»Der Mann, der mir die Kristalle geliefert hat, verlangte kurz nach dem Raub ihre Rückgabe. Er klang ziemlich aufgebracht, ja sogar verängstigt, als ich ihm sagte, daß sie gestohlen wurden.«

»Erzählen Sie mir von ihm.«

»Er ist ein Grieche namens Kapo Stadipopolis. Er ist ein bekannter Händler in Antiquitäten und Edelsteinen, die er manchmal durch dunkle Kanäle erwirbt. Alle Händler, ich nicht ausgenommen, sind von Zeit zu Zeit auf den Schwarzen Markt angewiesen.«

»Das spielt hier keine Rolle, Mr. Earnst. Es geht nur um Ihre Sicherheit.«

»Stadipopolis hat ein Geschäft in Athen, am Monastiraki-Platz. Er ist ein zuverlässiger Mann und begeht nur selten einen Fehler. Doch er behauptet, er habe mir diese Kristalle versehentlich zugeschickt. Er sagte, er brauche sie unbedingt zurück.«

»Was sind sie Ihrer Ansicht nach wert?«

»Was immer der Markt für ein einzigartiges Objekt hergibt. Glauben Sie mir, Mr. McCracken, wenn ich Ihnen sage, daß ich nie zuvor etwas Ähnliches gesehen habe. Nun ja, bei einer Frau wie Lydia Brandywine kann man nicht sagen, wie hoch sie gegangen wäre, um etwas zu bekommen, was sonst niemand hat.«

»Sie ist Ihnen also nicht unbekannt.«

»Kaum. Alle Händler kennen sie. Sie ist immer auf der Suche nach dem Ungewöhnlichen.«

»Also waren die Kristalle einen Diebstahl wert.«

»Um so mehr, weil sie praktisch nicht mehr ausfindig zu machen sind. Nachdem man sie einmal weiterverarbeitet und für eine Einfassung geschliffen hat, erinnern sie kaum noch an das, was ich aus Griechenland erworben habe.« Earnst schaute ungeduldig drein. »Ich verstehe noch immer nicht, was das damit zu tun hat, daß ich beobachtet werde.«

»T.C. hat ebenfalls gesagt, Sie fürchteten um Ihr Leben.«

»Die Übertreibung eines alten Mannes.«

»Wirklich?«

»Ich . . . bin mir nicht sicher.« Er zögerte und suchte nach den richtigen Worten, die seine Gefühle ausdrücken konnten. »Ich spüre, daß sie da draußen warten; worauf, weiß ich nicht. Manchmal gehe ich zu Fuß zu meinem Laden, und ich sehe Gesichter, die ich nicht wiedererkennen sollte, die ich aber trotzdem erkenne. Das Haus, in dem ich wohne, bekommt plötzlich einen neuen Pförtner. Der Wachservice, den ich beauftragt habe, schickt mir plötzlich einen neuen Mann, der . . .«

Die Gegensprechanlage auf Earnsts Schreibtisch summte.

»Ja?« sagte der alte Mann hinein.

»Mr. Obermeyers Bote ist mit der Lieferung hier, Sir«, erklang die Stimme eines Verkäufers.

»Hmm, viel zu früh. Schicken Sie ihn hinauf.« Dann, an McCracken gewandt, während er zur Tür ging: »Entschuldigen Sie die Unterbrechung.«

Doch Blaine streckte den Arm aus und hielt ihn fest. Seine Gedanken verliefen in eine ganz andere Richtung. »Es stört Sie, daß er zu früh kommt . . .«

»Ja, aber . . .«

»Das entspricht nicht der Routine. Um wieviel zu früh kommt er, verdammt?«

»Um eine Stunde, vielleicht zwei.«

»Und wer überprüft seine Personalien?«

»Der Wachmann am Vordereingang natürlich.«

»Der, den Ihre Wachgesellschaft ausgewechselt hat«, sagte

McCracken leise und erinnerte sich an die Schwierigkeiten, die der Mann gehabt hatte, den Türknopf unter seinem Pult zu finden.

Earnst nickte langsam, und Furcht erfüllte seine Augen, als er begriff, was McCracken schon erkannt hatte.

»Was tun wir jetzt? Was tun wir jetzt? Sie kommen! O mein Gott, sie sind endlich da!«

»Sie haben uns einen Gefallen getan, Mr. Earnst, denn sie wissen nicht, daß ich hier bin, und selbst, wenn sie es wüßten, können sie nicht ahnen, wer ich bin. Wie läuft die übliche Prozedur ab?«

»Ein Verkäufer wird den Boten zur Sicherheitstür bringen.«

»Und dann?«

»Ich öffne sie und lasse den Mann hinein.«

»Befolgen Sie diese Prozedur.«

»Aber . . .«

»Vertrauen Sie mir, Mr. Earnst. Ich werde die ganze Zeit über direkt hinter Ihnen stehen. Aber wir müssen jetzt handeln. Schnell!«

Sobald McCracken wieder auf dem Gang war, lief er schnell und gebückt zur Sicherheitstür, so daß man ihn zwei Drittel des Weges nicht durch das Glas sehen konnte. Als der alte Mann fünf Meter von der Tür entfernt war, erschien ein Gesicht vor dem Glas.

»Mein Verkäufer«, sagte Earnst zu McCracken, der nun neben der Tür an der Wand gekauert stand, so daß sie ihn verdecken würde, wenn man sie öffnete.

Blaine bedeutete ihm, dies zu tun, und flüsterte ihm zu: »Wenn Sie geöffnet haben, treten Sie so schnell Sie können zu mir.«

Earnst tippte eine Zahlenfolge auf einem Ziffernschalter ein. Die Tür schnappte auf und öffnete sich.

Der Rest geschah zu schnell, als daß die Blicke des alten Mannes ihm hätten folgen können, doch McCracken erfaßte die Lage sofort. Die Gestalt des Verkäufers wurde durch die Tür auf den Gang geschoben. Ihr folgte ein großgewachsener Mann. Ein leises Zischen ertönte, und der Verkäufer ging zu

Boden. Blaine bemerkte die seltsam anmutende Pistole in der Hand des Mannes und griff ein.

Der Mann trat auf Earnst zu und richtete die Waffe auf ihn. Er sah McCracken erst, als der ihn schon erreicht hatte. Blaine benutzte die Pistole des Mannes gegen ihn selbst, richtete sie auf seinen Leib und drückte ab. Ein zweites Zischen zerriß die Luft, und der Mann versteifte sich augenblicklich.

»O mein Gott«, murmelte ein zitternder Earnst.

»Nur Pfeile mit einem Beruhigungsmittel«, erklärte McCracken, steckte die seltsame Pistole in seine Hosentasche und verriegelte die Tür wieder. »Wer immer auch dahintersteckt, er muß Sie lebend haben wollen.« Er ergriff den alten Mann und führte ihn den Gang zurück. »Aber jetzt haben wir die Spielregeln verändert, was vielleicht dazu führen wird, daß auch *sie* ihre Pläne ändern werden. Sie wollen Sie immer noch haben, und es werden andere kommen. Vielleicht gehört der Wachmann an der Tür auch zu ihnen. Gibt es von dieser Etage aus einen zweiten Ausgang?«

Earnst nickte ängstlich. »Mein Privatfahrstuhl führt zu einem gemeinsamen Eingang für dieses und vier andere Stockwerke.«

»Gut. Zuerst in Ihr Büro, und dann werden wir diesen Ausgang nehmen.«

Sie kehrten zu Earnsts Büro zurück. Blaine schob den alten Mann hinein und ging mit ihm zu einem Schaukasten an der Wand. Er war mit kleinen ungeschliffenen Diamanten gefüllt.

»Stecken Sie so viele ein, wie Sie können.«

»Was?«

»T.C. hat mich hergeschickt, um Sie am Leben zu halten und in Sicherheit zu bringen, und genau das habe ich vor.«

Der alte Mann trat zu dem Glaskasten und füllte einen Teil des Inhalts in einen kleinen schwarzen Juwelenkasten. »Aber warum die Diamanten?«

»Als Rückversicherung«, erwiderte Blaine und ging wieder zum Korridor voraus, den Kopf zur Sicherheitstür gerichtet. »Sie wollen Sie lebend. Das können wir für uns nutzen.«

Der Fahrstuhl befand sich am der Tür gegenüberliegenden Ende des Ganges. Earnst bekam kaum seinen Sicherheitsschlüssel, mit dem er ihn einschalten konnte, in das Spezialschloß. McCracken half ihm und schob den alten Mann zuerst hinein.

Blaine zog seine Waffe. Als die Fahrstuhltüren wieder aufglitten, stand er vor Earnst und schirmte ihn ab. Die Lobby vor ihnen war leer. McCracken verschwendete keine Zeit und schob den alten Mann sanft voran.

»Gehen wir.«

McCracken führte ihn durch eine Glastür, die sich zur 47th Street öffnete. Er hielt die Pistole an seiner Hüfte, damit sie zum Teil von seiner Sportjacke verdeckt wurde. Earnst hielt die Juwelenschachtel mit beiden Händen an die Brust gedrückt, als er hinter Blaine aus der Tür und auf die Straße trat.

»Bleiben Sie dicht neben mir«, flüsterte McCracken und wandte sich nach rechts, in östliche Richtung.

Auf der West 47th drängelten sich Fußgänger und Fahrzeuge dicht an dicht. Jetzt, zu Anbruch der Mittagszeit, schoben sich die Menschenmassen aneinander vorbei und ergossen sich zwischen dem stehenden Verkehr auf die Straße. Hupen schmetterten. Reifen qualmten im ständigen, irrwitzigen Stop-and-Go.

Blaine führte Earnst im Fluß der Menge weiter. Ein Frösteln kroch sein Rückgrat hinauf und warnte ihn, auf Widersacher zu achten, die sich näherten, ihnen auf der Spur waren – aber von wo aus?

Ein paar Meter weiter wurde der Grund für den Verkehrsstau ersichtlich. Ein Lastwagen hatte sich auf einer Kreuzung in eine unmögliche Position bugsiert. Die geringste Bewegung würde einen Wagen auf der einen oder der anderen Seite beschädigen. Mehrere Passanten halfen dem Fahrer bei seinem vorsichtigen Rangieren. Blaine verlangsamte seine Schritte.

»Was ist los?«

»Der Lastwagen da vorn. Das gefällt mir nicht.«

»Warum nicht? Wie *kommen* Sie nur darauf?«

Blaines Antwort bestand darin, den alten Mann am Ellbogen zu fassen und ihn voranzuschieben. Das Gefühl eines kurz bevorstehenden Angriffs nagte an seinem Magen. Doch von wo aus würde er kommen? Wer mochten die Angreifer sein, wenn es überhaupt welche gab? Wohin er sich auch wandte, irgendeine andere Schulter streifte die seine. Es waren zu viele Menschen hier, um sich sicher zu sein. Doch solange sie Earnst lebend haben wollten, konnte er . . .

In der kühlen Frühlingsluft erhaschte Blaine ein Geräusch. Es war nur schwach, aber von schrecklicher Eindeutigkeit: das dumpfe Klacken des Bolzens einer Maschinenpistole, der zurückgezogen wurde, und sofort danach ein plötzliches *Klick*.

Lebend, verdammt, ihr wollt ihn doch lebend haben!

Von Beruhigungspfeilen zu echten Kugeln. Irgend etwas hatte sich geändert. Das Zurückschieben der Bolzen bedeutete, daß die Schützen sie entdeckt hatten und sich nun näherten.

Moment! Die Menge! Es gab eine Möglichkeit, wie er sie sich zunutze machen konnte!

Sie befanden sich jetzt auf halber Höhe zur Fifth Avenue. Direkt vor ihnen erhob sich an einem Gebäude, an dessen oberen Stockwerken gearbeitet wurde, ein Gerüst.

»Öffnen Sie Ihre Juwelenschachtel«, flüsterte McCracken dem alten Mann zu.

»Warum?«

»Tun Sie nur, was ich sage. Und wenn ich Ihnen ein Zeichen gebe, werfen Sie den Inhalt hoch in die Luft.«

Earnst starrte ihn ungläubig an. »Sind Sie verrückt? Sie sprechen da von Millionen von Dollar! Von Millionen!«

»Ihr Leben ist mehr wert. Uns bleibt keine Zeit. Sie haben uns. Das ist unsere einzige Chance. Sobald es hier hoch hergeht, mischen Sie sich unter die Menge und verschwinden. Sie haben das schon zuvor getan. Sie können es auch jetzt.«

»Aber dann werden die Killer *Sie* verfolgen.«

»Genau das ist meine Absicht.«

Blaine fühlte, wie sich irgendwo hinter ihm Schritte näherten. Ihre Verfolger würden gleich zuschlagen.

»Jetzt!« rief McCracken.

Der alte Mann senkte den Blick und zögerte. McCracken wollte die Schachtel schon selbst in die Luft schlagen, als Earnst ihren Inhalt über seine Schulter zurückwarf.

Die Diamanten flogen hoch und schimmerten in der Mittagssonne. Die gesamte Straße schien zu erstarren. Dann regneten die Juwelen wie aus heiterem Himmel nieder, und das Chaos setzte ein.

Männer und Frauen drängten sich aneinander vorbei. Einige warfen sich auf die Straße oder auf den Bürgersteig, um nach dem geringsten Funkeln zu greifen. Andere tauchten unter den Passanten hinweg oder sprangen um sie herum, um sich nach Steinen zu bücken, die weit kleiner als ein Fingernagel waren. Überall Aufruhr, Schreie, Wutausbrüche, Drohungen. Menschen warfen sich übereinander. Stärkere Männer schoben sie beiseite, um Platz für ihre Arme zu schaffen.

Blaine half Earnst um das Chaos herum und drängte sich dann gegen den Strom, stieß gegen Passanten, die zum Mittelpunkt des Wahnsinns stürmten. Er sah nach hinten, und der Anblick verschlug ihm den Atem.

Vier Männer mit der schwarzen Kleidung, den Bärten, welligen Locken und den Filzhüten der orthodoxen jüdischen Sekte der Hasidim hatten Maschinenpistolen unter ihren Mänteln hervorgezogen. Die Hasidim waren auf dieser Straße ein vertrauter Anblick, aber nicht mit Waffen in den Händen. Ihre ersten Salven zerrissen in Blaines Richtung die Luft. Menschen brachen mit blutigen Einschlägen in ihren Körpern zusammen. Das Geschrei wurde noch lauter.

Blaine knirschte angesichts des Gemetzels mit den Zähnen. Zwar hatte seine Strategie die Attentäter entlarvt, doch als Ergebnis davon waren nun mehrere Menschen tot. Er lief weiter, tauchte in der Menge unter, die vor den Schüssen floh, und prallte mit Fußgängern zusammen, die stehengeblieben waren, um zu schauen, was es mit dem Tumult auf sich hatte. Er tauchte unter dem Gerüst hinweg, lief an einem weiteren Feinkostgeschäft vorbei und auf die Kreuzung zu.

Wenigstens waren die Killer ihm nun bekannt. Sobald er das Gerüst hinter sich gelassen hatte, würde er sie dann von der Menge weglocken. Dann würden ihre Schüsse keine unschuldigen Passanten mehr gefährden, und er würde gezielt gegen sie vorgehen können. Es würde nicht leicht werden; ihre schallgedämpften Maschinenpistolen zeugten davon, daß sie abgebrühte Profis waren, aber . . .

Eine Frau rempelte ihn von hinten an. Die Wucht des

Aufpralls schlug seinen Arm gegen eine Straßenlampe, und die Pistole versank in einem Meer trampelnder Füße.

Hinter ihm kamen die vier schwarz gekleideten Gestalten näher. Blaine blieb nichts anderes übrig als zu laufen; Flucht war seine einzige Möglichkeit.

Doch nicht auf Kosten weiterer unschuldiger Menschen. Mit diesem Gedanken im Kopf sprintete er in die 47th Street, schlug sich im Zickzack quer zur Fifth Avenue durch den Verkehr; vielleicht die U-Bahn, ein Taxi oder Bus. Kugeln durchschlugen die Luft. Schreie dröhnten in seinen Ohren, dann fiel das Kreischen von Bremsen ein und das Scheppern von Metall gegen Metall, als Autos scharf zur Seite zogen, um ihm auszuweichen. Im Bewußtsein, daß die Killer dicht hinter ihm waren und eine weitere Flucht wahrscheinlich noch mehr unschuldige Menschenleben fordern würde, lief er auf die Fifth Avenue. Wollte er einen Vorteil erringen, mußte er das Schlachtfeld verkleinern.

Irgendwelche Lieferanten hatten den Hintereingang eines nagelneuen Gebäudes an der 590 Fifth Avenue offenstehen lassen, und Blaine spurtete hinein und eine breite Treppenflucht hinauf. Er hörte Gesang und lief drei weitere Etagen hinauf, bevor einige Kisten auf dem Gang ihm den Weg versperrten. Er hatte keine andere Wahl, als durch eine Tür zu stürmen, die ihn zur Quelle des Gesangs führte.

Er befand sich auf der Estrade einer Synagoge, die den zweiten und dritten Stock des Gebäudes einnahm. Ein Mann in einer Robe, anscheinend ein Rabbi, stand neben einem kleinen Jungen, während ein Mann in einer andersfarbigen Robe, anscheinend der Vorsänger, ein Lied von einer Schriftrolle anstimmte. Ansonsten waren nur wenige Menschen anwesend. Es mußte sich um eine Prüfung handeln, eine Prüfung für die bevorstehende Bar Mitzvah des Jungen.

»Raus hier!« rief Blaine, während er in den Raum lief, doch er hatte die Warnung kaum über die Lippen gebracht, als ihm zwei der Hasidim auf die Estrade folgten. Einer stolperte und glitt aus, doch der andere kam direkt auf McCracken zu und richtete die Maschinenpistole auf ihn.

Blaine ergriff die schweren Holzenden der Thora und

schwang die Schriftrolle wie einen Knüppel, während er auf den ›Hasid‹ mit der Pistole zusprang. Das heilige Symbol schlug dem Mann ins Gesicht und riß ihm die Füße weg, während der zweite ›Hasid‹ sein Gleichgewicht wiederfand und ein dritter durch den Vordereingang der Synagoge kam.

McCracken warf sich auf den Boden der Estrade und rutschte nach vorn. Er ergriff die Maschinenpistole, die der gestürzte ›Hasid‹ fallen gelassen hatte, und feuerte eine Salve auf den zweiten Mann ab, der nun über die Estrade auf ihn zulief. Die Kugeln trafen den Mann in den Leib und warfen ihn kopfüber auf den Thoraständer. Der Ständer brach zusammen und enthüllte den verängstigten Jungen, der darunter Schutz gesucht hatte.

Die Kugeln des dritten Attentäters peitschten ungezielt über die Estrade. Ein Mann schrie, dann eine Frau. Der Junge kauerte sich verängstigt zusammen.

Blaine sprang zu ihm, um ihn abzuschirmen, während der dritte ›Hasid‹ eine Salve in die Richtung feuerte, in der der Junge gerade noch gehockt hatte. Dabei hatte Blaine die Waffe verloren, und er griff verzweifelt nach ihr und fand sie, als der kostümierte Killer gerade ein neues Magazin in die Waffe schob, wobei er durch den Hauptgang der Synagoge lief. Blaine feuerte eher auf eine Bewegung als auf eine Gestalt, als die Vordertür aufgerissen wurde und der vierte ›Hasid‹ hindurchstürmte.

Der dritte war mittlerweile zusammengebrochen. Blaine wirbelte herum, um die Maschinenpistole auf den vierten zu richten. Er drückte einen Sekundenbruchteil vor dem letzten Killer auf den Auslöser. Die Kugeln warfen den Mann über zwei Sitzreihen. Als er auf dem Boden aufschlug, war er schon tot.

McCracken hielt den Jungen dicht unter sich, während er die Estrade überprüfte. Eine junge Frau hielt sich den Arm. Der Rabbi blutete ziemlich stark aus einer Beinwunde. Blaine hob den verängstigten Jungen vorsichtig an den Schultern hoch.

»Jetzt«, sagte er zu ihm, »kannst du leben, um zum Mann zu werden.«

6

»Blaine, wo bist du gewesen? Was ist passiert? Ich habe im Geschäft angerufen, und . . .«

»Schon gut, T.C. Dein Großvater ist in Sicherheit, doch es war knapp. Ich weiß nicht, worauf er sich da eingelassen hat, doch es muß eine große Sache sein. Und wenn ich mich nicht ganz irre, muß es etwas mit zweimal gestohlenen Kristallen zu tun haben.«

»Kristallen? Du meinst Juwelen? *Gestohlenen?* Blaine . . .«

»Hör mir zu. Ich bin mir nicht sicher, was das für Kristalle sind, doch sie sind Teil dieses Geheimnisses und die einzige Spur, die ich derzeit verfolgen kann. Doch jemand möchte, daß ich nicht sehr weit komme, und es wird vielleicht nicht lange dauern, bis sie die Teile des Puzzles richtig zusammengesetzt haben. Bleib im Waldorf, bis du wieder von mir hörst.«

»Nein, ich will . . .«

»Du tust, was ich sage«, beharrte er fest und senkte dann die Stimme. »Ich werde dir sagen, wie du einen Freund von mir erreichen kannst, einen Indianer, nur für den Fall, daß mir etwas zustößt. Bei ihm bist du sicher. Er wird sich um dich kümmern.«

»Blaine, du machst mir Angst . . .«

»Vielleicht möchte ich nur, daß du mich richtig zu würdigen weißt, wenn ich dich abholen komme.«

McCracken mietete einen Wagen in einer Hertz-Filiale in der Innenstadt und fuhr zu Lydia Brandywine, die in Woodmere wohnte. Er war sich nicht sicher, ob sie überhaupt etwas mit all dem zu tun hatte, doch die Verbindung war offensichtlich: Der Raub war ein paar Tage geschehen, nachdem sie sich die Kristalle angesehen hatte. Also hatte sie jemanden, vielleicht die Hintermänner der ›Hasadim‹, auf ihre Existenz aufmerksam gemacht. Ob dies bewußt oder zufällig geschehen war, konnte Blaine nicht sagen. Er hatte aber die Absicht, es herauszufinden.

Lydia Brandywine wohnte in einem großen Haus, fast schon einem Landsitz, an der Chester Road. Es war weiß getüncht, und die Fassade wurde von drei mächtigen Säulen dominiert. Das Grundstück war weitläufig, und eine kreisförmige Auffahrt führte von der Straße hinauf. McCracken parkte direkt vor dem Eingang und ging die Treppe hinauf. Er klingelte, wartete ein paar Sekunden und klingelte dann erneut. Er hörte, wie ein Schlüssel im Schloß gedreht wurde, und dann ging die Tür ein Stück auf.

»Haben Sie meine Katze gesehen?« fragte eine alte Stimme durch den Spalt, den die Kettensicherung gewährte. »Haben Sie Kitty gesehen?«

»Nein«, sagte McCracken und setzte sein bestes Lächeln auf. »Erich Earnst schickt mich. Er hat die Kristalle zurückbekommen, an denen Sie interessiert waren, und ich soll Sie fragen, welche Einfassung Ihnen zusagen würde.«

Sie sah an ihm vorbei. »Hat er mein Kätzchen gefunden? Aber es ist ja vorher verschwunden. Es kommt immer zurück, wenn es Hunger hat.«

»Darf ich hereinkommen, Mrs. Brandywine?«

»Warum?«

»Um mit Ihnen über die möglichen Einfassungen für die Kristalle zu sprechen.«

»Ach ja.« Sie schob die Tür ein Stück vor, um die Kette zu öffnen. »Natürlich.«

Nachdem sie die Tür aufgeschwungen hatte, bat sie Blaine herein. Er sah, daß sie zerbrechlich und verrunzelt war; sie ging stark gebückt. Sie war kaum die Art von Kundin, die er in der zweiten Etage von Erich Earnsts Geschäft und überhaupt im gesamten Diamantenviertel erwartet hätte. Sie trug ein langes, dunkles Kleid und hatte einen Schal über die Schultern gelegt.

»Es ist so nett, Gesellschaft zu haben. Wenn ich doch nur Kitty finden könnte. Hier, Kitty«, rief sie. »Hier, Kitty . . .«

Blaine folgte ihr durch die große, marmorne Halle zu einer Doppeltür. Sie stieß sie auf und enthüllte eine große, holzgetäfelte Bibliothek, deren Regale hauptsächlich ledergebundene Bände enthielten.

»Ich füttere sie manchmal hier drinnen. Manchmal versteckt

sie sich.« Sie ging hinein, schaute sich um und rief mit noch höherer Stimme: »Hier, Kitty. Dein Freßchen ist fertig. Dein Lieblingsessen. Hier, Kitty. Oh, wo *ist* diese verdammte Katze nur?«

»Mrs. Brandywine«, setzte McCracken an, »wenn Sie ein paar Minuten für mich erübrigen könnten . . .«

»Wie war doch gleich noch Ihr Name?«

»McCracken.«

»Ist das der Vor- oder der Nachname?«

»Der Nachname.«

»Haben Sie Katzen, Mr. McCracken?«

»Nein.«

»Dann legen Sie sich auch ja keine zu. Die machen mehr Mühe, als es die Sache wert ist.« Sie trat zu einem eleganten Glastisch mit Messingbeinen, auf dem eine antike Schüssel und eine Dose mit Katzenfutter stand. Sie beugte sich vor und löffelte den Inhalt der Dose in die Schüssel. »Sie wird ihr Futter riechen und angelaufen kommen. Das will ich zumindest hoffen. Hier, Kitty . . .«

»Mrs. Brandywine, wegen der Einfassung . . .«

Sie drehte sich zu ihm um. »Ja. Ich wollte ein Halsband für Kitty daraus machen lassen. Etwas Außergewöhnliches. Die Kristalle gefielen mir auf den ersten Blick. Genau das, was mir vorschwebte.«

»Die Kosten störten Sie nicht?«

»Warum sollten sie das?« Sie löffelte nun weiter und schaufelte den letzten Rest des Doseninhalts auf die Seite der antiken Schüssel. »Hier, Kitty!«

Blaine zwang sich zur Geduld. »Die Kristalle, Mrs. Brandywine. Haben Sie jemand von ihnen erzählt?«

»Nur Kitty. Sie war sehr glücklich. Ist die ganze Woche danach nicht davongelaufen. Verdammte Katze. Warum mache ich mir nur solche Mühe mit ihr?«

»War da sonst noch jemand?«

Sie musterte ihn scharf. »Wobei?«

»Mit dem Sie über die Kristalle gesprochen haben.«

»Wer sonst würde sich schon dafür interessieren? Wissen

Sie, ich komme nicht mehr oft hinaus.« Sie rührte jetzt im Katzenfutter herum. »Hier, Kitty!«

»Wie sind Sie an dem Tag, an dem Sie unser Geschäft besucht haben, in die Stadt gekommen?«

Lydia Brandywine mußte innehalten und nachdenken. »Mein Fahrer. Viktor.«

»Wo ist er?«

»Beim Wagen. Ich rufe ihn an, wenn ich ihn brauche.«

Blaine hoffte, daß das eine Spur sein könnte. »Haben Sie seine Telefonnummer?«

»Irgendwo.«

»Haben Sie mit ihm über die Kristalle gesprochen, als er Sie vom Geschäft nach Hause fuhr?«

»Kitty spricht nicht viel«, sagte Lydia Brandywine. »Manchmal, aber nicht oft. Ah, da kommt sie ja . . .«

McCracken blieb nur die Zeit für die Erkenntnis, daß das Tapsen der sich nähernden Pfoten zu laut und zu ungewöhnlich war. Er fuhr herum, zu spät, wie seine Augen ihm verrieten, und erstarrte mitten in der Bewegung.

Kitty war ein Schwarzer Panther.

Die große Raubkatze öffnete das Maul und gab ein kehliges Schnauben von sich.

»Sie tragen eine Waffe«, sagte Lydia Brandywine, nicht mehr an dem Katzenfutter interessiert und plötzlich wieder im Vollbesitz ihrer geistigen Kräfte. »Ich habe die Ausbuchtung gesehen. Greifen Sie in Ihren Gürtel und ziehen Sie sie langsam heraus. Wenn Sie sich zu schnell bewegen, wird Kitty Sie anspringen. Fordern Sie sie nicht heraus.«

Wie zur Bekräftigung der Worte der alten Dame schnaubte die große Katze erneut und fuhr mit einer Tatze, deren Klauen entblößt waren, durch die Luft. Sie war nur einen einzigen Sprung entfernt, einen Sprung, den sie im Schatten eines Augenblicks bewältigen konnte. Blaine zog die Pistole, die er einem der Attentäter von der 47th Street abgenommen hatte, aus dem Halfter und ließ sie zu Boden fallen.

»Sehr gut, Mr. McCracken«, sagte Lydia Brandywine. »Jetzt

schieben Sie sie hierher.« Nachdem er ihrem Befehl Folge geleistet hatte, bückte sie sich, um sie aufzuheben; die ganze Zeit über hielt sie den Blick auf ihn gerichtet. »Und jetzt treten Sie ganz langsam zurück und nehmen in diesem Sessel dort Platz. Vergessen Sie nicht, ganz langsam, und halten Sie die Hände an Ihren Seiten.«

Erneut tat Blaine, was man ihm sagte. Er stieß mit den Kniekehlen gegen den Sessel und setzte sich langsam. Die große Katze rückte ein Stück vor und blieb eine Sprunglänge entfernt stehen.

»Ich werde Sie jetzt für einen kurzen Augenblick verlassen. Erheben Sie sich von diesem Sessel, und sie wird Sie zerreißen. Nehmen Sie die Arme von den Lehnen, und sie wird Sie zerreißen. Solange Sie sich nicht bewegen, bewegt sie sich auch nicht.«

Lydia Brandywine hielt die Augen auf ihn gerichtet, während sie, die Pistole in der Hand, an ihm vorbeiging. Sie wirkte überhaupt nicht mehr alt und tätschelte auf ihrem Weg den Kopf des Panthers. Blaine sah sich um. In diesem Raum befand sich kein Telefon, und er vermutete, daß sie zu einem ging, um Verstärkung anzufordern. Zweifellos noch einige der Männer, die hinter dem Angriff auf der 47th Street steckten, und sie würden in einigen Minuten hier sein.

Die Katze schnaubte erneut, zog die Lippen weit zurück, um die Zähne zu zeigen, und peitschte mit dem langen Schwanz von einer Seite zur anderen. Blaine wußte, daß sie ihn erreicht haben würde, bevor er sich irgendwie bewegen konnte. Panther waren in vieler Hinsicht die gefährlichsten Dschungelkatzen, die besten Kämpfer und die präzisesten Killer. Er war ganz bestimmt kein gleichwertiger Gegner für Kitty, wenngleich es ihm vielleicht gelungen wäre, die Frau kampfunfähig zu machen. Sobald sie jedoch zurückkehrte, hatte er es mit zwei Widersachern zu tun. Wenn er also etwas unternehmen wollte, mußte es schnell geschehen. Doch was konnte er tun?

Ihm fiel ein, daß er noch die Pistole mit einem letzten Beruhigungspfeil in seiner rechten Tasche hatte. Wenn er sie hinausziehen und abfeuern konnte, bevor die große Katze ihn erreicht hatte . . . Nein, selbst wenn er den Panther traf, bliebe dem Tier noch die Sekunde, die es brauchte, ihm an die Kehle zu gehen. Blaine mußte sich diese Sekunde und die Möglichkeit zum Schuß verschaffen.

Er wußte, daß Kitty ihn beim ersten Anzeichen einer Bewegung anspringen würde. Doch wenn diese Bewegung die Katze täuschte, konnte er sich vielleicht die Zeit verschaffen, welche die Wirkung des Pfeils benötigte. Blaine hörte, wie Lydia Brandywine mit jemandem am Telefon sprach. Er wußte, daß das Gespräch nicht mehr lange dauern würde.

Blaine spannte die Beine an. Es hing alles davon ab, ob die große Katze wirklich so schnell und tödlich war, wie die Legende es behauptete. Wenn sie also angriff, mußte er ihren Sprung zu seinen Gunsten ausnutzen. Er drückte die Beine fest auf den Boden und stieß seinen Körper zurück, verlagerte sein gesamtes Gewicht gegen den Stuhl. Wie erwartet kippte er hintenüber. Der Panther sprang, schätzte jedoch seinen Sturz falsch ein. Er landete kurz vor ihm auf dem Boden und verschaffte Blaine damit die Sekunde, die er brauchte.

Die Tranquilizer-Pistole war in seiner Hand, und er schoß, als der Panther herumfuhr und springen wollte. Das geringste Zittern hätte den sicheren Tod bedeutet, doch der Pfeil schoß zischend heraus und schlug in die vorgewölbte Schulter des Tieres ein. Die Katze gab nicht auf und sprang trotzdem. Die großen Kiefer öffneten sich weit und senkten sich zu ihm hinab. Blaine sah die Fangzähne, roch den heißen Atem, spürte Speichel, der auf ihn hinabtropfte, und schloß voller Schrecken die Augen, instinktiv die Kehle des Tiers umklammernd.

Doch der Panther war bereits steif und fiel bewußtlos zu Boden. Blaine hörte, wie Lydia Brandywines Absätze auf dem Boden klapperten, und sprang auf. Sie hatte seine Pistole, und er hatte keine Pfeile mehr. Doch er hatte noch eine andere Waffe.

Als sie die Doppeltür durchschritt, hielt McCracken den schlafenden Panther am Hals gepackt und ließ seine Füße über den Boden baumeln. Es erforderte all seine Kraft, und er fühlte, wie seine Schultern aufgrund der Anspannung hervortraten. Lydia Brandywine trat durch die Tür, blieb wie vom Schlag getroffen vier Meter vor ihm stehen und richtete die Waffe mit beiden Händen auf ihn.

»Das ist eine Brin-10, Mrs. Brandywine«, sagte Blaine ganz ruhig. »Hat einen ganz schönen Rückschlag. Ist nicht leicht ruhig zu halten. Vielleicht haben Sie Glück, vielleicht aber auch nicht. Ihr Kätzchen hier ist nur betäubt, doch wenn Ihr erster Schuß vorbeigeht, breche ich ihm das Genick. Und wenn der zweite Schuß vorbeigeht, breche ich Ihnen das Genick.«

»Nein!« rief die alte Frau, eher um die Katze als um sich selbst besorgt.

»Ich bin ein Tierfreund, Mrs. Brandywine. Mir käme es nie in den Sinn, einem Tier etwas anzutun, wenn es nicht sein muß. Sie schläft jetzt nur. Sie atmet noch«, sagte er und vergewisserte sich, daß die sich hebende und senkende Brust zu sehen war. »Sehen Sie? Aber das wird sich ändern, wenn Sie nicht die Pistole fallenlassen und hierher schieben.«

Lydia Brandywines alte Hände zitterten ein paar Sekunden lang unkontrollierbar, dann ließ sie die Waffe fallen.

McCracken hielt die Katze weiterhin fest. »Sie haben jemanden angerufen. Wen?«

»Die Leute, die mich von Zeit zu Zeit beschäftigen.«

»Inwiefern?«

»Ich soll seltene, kostbare Edelsteine ausfindig machen und ihnen dann genaue Beschreibungen liefern. Die Katze, Sie tun ihr weh!«

»Nein, das tue ich nicht. Haben Sie auch bei den Kristallen so verfahren, die Sie bei Earnst gesehen haben?«

»Ja.«

»Und dann wurden sie gestohlen.«

»Damit habe ich nichts zu tun. Bitte lassen Sie die Katze los!«

McCracken war noch nicht dazu bereit. »Was sind das für Leute?«

»Das weiß ich nicht! Ich schwöre es! Sie haben sich an mich gewandt und zahlen mir genug, daß ich nicht aus meinem Haus ausziehen muß. Ich wollte doch keinen Schaden anrichten!«

»Diese Männer haben heute schon genug Schaden angerichtet. Sie kommen hierher, nicht wahr?«

»Ja.«
»Wann werden sie hier sein?«
»Lassen Sie die Katze los.«
»Wann?«
»In einer halben Stunde. Vielleicht schon in fünfundzwanzig Minuten.«
»Dann werde ich jetzt gehen. Ich muß Sie fesseln, aber ich verspreche Ihnen, daß ich die Schnüre nicht allzu fest anziehen werde.«

Er ließ den Panther behutsam zu Boden und fesselte Lydia Brandywine mit Vorhängeschnüren, die er von der Wand riß, auf einen Sessel. Er überprüfte die Fesseln, um sich zu vergewissern, daß sie nicht zu eng saßen, und war schon halb zur Tür hinaus, als er sich noch einmal umdrehte und zum Glastisch ging.

»Wenn Ihr Kätzchen aufwacht, wird es wahrscheinlich in ziemlich schlechter Stimmung sein«, sagte er, nahm die Schüssel mit dem Katzenfutter und stellte sie neben den schnarchenden Panther. »Ich mag es nicht, wenn eine gute Mahlzeit verschwendet wird.«

Der Wagen fuhr genau siebenundzwanzig Minuten später mit kreischenden Reifen auf Lydia Brandywines Grundstück. McCracken beobachtete ihn von seinem Versteck hinter einem Baum aus; den Mietwagen hatte er schon außer Sichtweite gefahren. Nach fünfzehn Minuten kehrten die drei Männer zu ihrem Wagen zurück, und Blaine lief zu dem seinen und folgte ihnen bis nach Manhattan. Die Hauptverkehrszeit hatte begonnen, und er wurde ziemlich nervös, als der Wagen, den er beschattete, den Abstand vergrößerte und zeitweilig sogar außer Sicht geriet. Doch er konnte es sich nicht leisten, von den Männern entdeckt zu werden. Wenn sie Profis waren, würden sie auf der Hut sein. Er hatte Lydia Brandywine seinen wirklichen Namen genannt, und sie würde ihn an sie weitergegeben haben. Die Männer würden ihn überprüfen und dann wissen, daß sie Probleme hatten.

Es gelang ihm, an ihrem Wagen dranzubleiben, bis sie von

der Park Avenue auf die East 48th Street abbogen. Sie fuhren an der Lexington vorbei und wurden langsamer, als sie das Turtle-Bay-Viertel erreichten. Schließlich fuhren sie in eine Parklücke im Bereich der niedrigen 200er-Hausnummern. Blaine zog an ihnen vorbei und parkte in der zweiten Reihe. Im Rückspiegel beobachtete er, wie die drei Männer ausstiegen und die Treppe zur rechten Hälfte eines verschieferten Doppelhauses hinaufgingen, das zwischen zwei größeren Backsteinhäusern eingequetscht war. Einer von ihnen zog das stählerne Sicherheitsgitter auf, und ein anderer öffnete die Tür. Sekunden später waren alle drei Männer in dem Haus verschwunden.

McCracken erspähte eine schmale Parklücke fast direkt gegenüber von dem Haus und setzte diagonal über die Straße zurück. Die Reifen scheuerten am Bürgersteig, doch es paßte. Er lehnte sich zurück. Jetzt mußte er warten, bis die drei Männer, oder zumindest zwei von ihnen, das Haus wieder verließen, bevor er sich Zutritt verschaffen konnte. Bis dahin war er mit seinen Gedanken allein.

Die Wahl, Turtle Bay als Standort für ein Hauptquartier oder einen Treffpunkt zu wählen, kam ihm befremdlich vor. Schließlich war dieses Viertel eins der elegantesten von ganz Manhattan, der Wohnsitz zahlreicher Prominenter und wohlhabender Geschäftsleute. Die Häuser auf der nördlichen Straßenseite lagen um einen kleinen Park herum, den Amster Yard, den man von der Straße aus nicht einsehen konnte; einer von zahlreichen Vorteilen, die Turtle Bay zu einer der begehrtesten Wohngegenden der Stadt machten.

Zwei Stunden verstrichen. Blaine wartete, während der Abend sich langsam senkte und die Straßenlampen eingeschaltet wurden, dann nach und nach die hinter den Fenstern der Häuserreihen. Auch weiterhin zogen Autos an ihm vorbei, doch der Verkehr war merklich schwächer geworden. Gegenüber leuchtete über dem Hauseingang, den er beobachtete, eine Lampe auf.

McCracken bekam den Eindruck, daß irgend etwas nicht stimmte, und sah zu den Fenstern empor. Hinter keinem schien Licht. Seltsam. Wenn die Männer noch im Haus waren, hätten sie zumindest eine Lampe eingeschaltet. Ihr Wagen stand noch in der Parklücke, und Blaine war sicher, daß keiner von ihnen das Haus verlassen hatte.

Ein vertrautes Frösteln überkam ihn, dem auf dem Fuße ein langsames Erschaudern folgte. Er sprang aus dem Wagen und stürmte die Treppe zum Eingang des Hauses hinauf. Das stählerne Gitter war nicht verschlossen, also mußte er sich nur noch mit der Tür befassen. Ein einziges Schloß, das Blaine in nicht ganz einer halben Minute geknackt hatte. Die Tür öffnete sich in Finsternis. McCracken trat ein und wartete, bis seine Augen sich an die Dunkelheit gewöhnt hatten, bevor er weiterging. Sein Blick wurde schärfer, und er sah eine Diele mit schmalen Räumen an beiden Seiten, einer davon eine Küche, und keiner möbliert. Ein paar Meter vor ihm führte eine Wendeltreppe zum Obergeschoß. Er schaltete kein Licht ein und stieg sie leise hinauf, für den Fall, daß oben doch jemand war.

Die Treppe bog sich nach rechts, als sie sich der ersten Etage näherte, und Blaine erstarrte. Vor ihm ragte ein Paar Schuhe aus einer Türöffnung hervor. Dann sah er das Blut, eine große Pfütze mitten auf dem Parkettboden des Zimmers. Der Raum roch nach Schimmel, Moder, Leere.

Und Tod.

Die beiden anderen Leichen lagen fein säuberlich ausgestreckt an der Wand, als hätte man sie nach ihrem Tod durchsucht. Alle drei wiesen Einschußlöcher in der Stirn auf, die wie kleine Rubine aussahen. Aber alle hatte man auch in den Leib geschossen, was das Blut auf dem Boden erklärte. Erst die Kopfschüsse hatten ihrem Leben ein Ende bereiten sollen.

Wer immer sie erschossen hatte, er mochte es, anderen Menschen Schmerz zuzufügen. Oder hatte einen derartigen Befehl bekommen.

McCracken trat einen weiteren Schritt in den Raum. Dieses Zimmer verfügte über ein großes Fenster – vor dem nun ein Vorhang zugezogen war – von dem aus man den Park überblicken konnte. Der Killer hatte sich von einem anderen Haus aus Zutritt zu der Gartenanlage verschaffen und dann hier hinten einsteigen können. Nachdem er sein Werk vollendet hatte, war er auf dem gleichen Weg wieder verschwunden. Deshalb hatte Blaine ihn nicht gesehen.

Doch hatte er seine Aufgabe auch zufriedenstellend ausführen können? Der Killer hatte einen der Männer lange genug am Leben gelassen, daß er ihm seine Fragen beantwortet hatte; doch die Antworten hatten ihm nicht unbedingt gefallen. Überall an der spärlichen Einrichtung des Zimmers waren die Spuren einer Durchsuchung festzustellen. Die Polster der Möbel waren aufgeschlitzt und über das Zimmer verstreut worden. Die Schubladen des einzigen Schreibtisches im Zimmer waren herausgerissen, ihr Inhalt achtlos entleert worden.

McCracken hatte all das schon einmal gesehen. Das Haus mußte ein zeitweiliges Hauptquartier für ein Agententeam gewesen sein. Bis hin zum schwarzen Telefon mit dem Schwenkarm; die üblichen Ausrüstungsgegenstände einer mobilen Operation.

Diese Männer hatten für die Regierung gearbeitet!

Und jetzt waren sie tot. Doch wer hatte sie umgebracht? McCracken verspürte eine zunehmende Verwirrung. Er hatte angenommen, die drei Männer gehörten zu den Leuten, die auch hinter dem Überfall auf der 47th Street und dem Mann mit der Pfeilpistole standen. Jetzt war er sich nicht mehr sicher. Eine zweite Partei hatte eingegriffen – ein brutaler und erfahrener Killer.

Mit nun pochendem Herzen bemerkte Blaine den Fetzen eines gelben Notizblocks, der unter dem Schreibtisch lag. Er trat hinüber, um ihn sich anzusehen, und fand genau dort, wo er es erwartet hatte, die Reste von Klebeband. Ja, die übliche Prozedur sah vor, daß das Einsatzteam Aufzeichnungen über alle Stadien der Operation machte, um später einen genauen Bericht liefern zu können. Diese Aufzeichnungen versteckte man; normalerweise klebte man sie unter eine Schreibtischschublade, wo man sie bei einer flüchtigen Suche nicht finden würde. Das entsprach ebenfalls dem üblichen Vorgehen.

Leider mußte der Killer darüber informiert gewesen sein; der zerfranste Rand des Notizblocks wies darauf hin, daß mehrere

Seiten abgerissen worden waren. Die noch verbliebenen Seiten waren alle leer.

Aber nicht völlig. McCracken legte den Block auf den Schreibtisch und suchte nach einem Bleistift. Er rieb leicht mit der Spitze über die oberste leere Seite, um herauszufinden, was man auf die darüberliegende geschrieben hatte. Die Aufzeichnungen dieser Seite mußten die neuesten sein. Es bedurfte einiger Minuten sehr vorsichtiger Arbeit mit dem Bleistift, bevor die durchgedrückten Buchstaben und Wörter sichtbar wurden. Die Kristalle waren erwähnt, Lydia Brandywine und Earnsts Juweliergeschäft.

Und ganz unten stand eine vierstellige Nummer. Der allerletzte Eintrag, den die toten Agenten vorgenommen hatten.

McCracken wurde eiskalt.

Es war die Nummer von T.C.'s Zimmer im Waldorf.

7

Blaine rannte atemlos die beiden Blocks zum Waldorf. Als er den prachtvollen Eingang des Hotels erreichte, hatte er alle Gedanken verdrängt. Sie erzeugten nur Schmerz, die Erkenntnis eines Verlusts, der zu schrecklich war, als daß er ihn akzeptieren konnte.

Er lief durch die Tür und zur marmornen Treppe, nahm zwei Stufen auf einmal. Er stürmte zu den Fahrstühlen und drückte auf den Knopf mit dem Pfeil nach oben. Eine Kabine glitt auf, und er sprang augenblicklich hinein und hämmerte auf den Knopf, mit dem man die Tür wieder schließen konnte, als könne er die Maschine damit zu größerer Eile antreiben. Zwölf Stockwerke später sprang er hinaus und lief zu T.C.'s Zimmer. Die Tür war verschlossen, doch der Sicherheitsriegel und die Kette waren nicht vorgelegt. Kaum dreißig Sekunden später schob er sie über den Teppichboden auf.

T.C. saß in einem Stuhl neben dem Fenster, das Gesicht dem

Fernsehgerät zugewandt. Blaine hielt die Luft an, als er sich ihr näherte, und atmete erst wieder aus, als er das kleine rote Loch mitten in ihrer Stirn sah.

Blaine trat näher, nagte mit den Zähnen an der Unterlippe, kämpfte gegen Tränen an. Er wollte, daß sie lebte, daß sie sich nur totstellte, um den Mann zu verwirren, der gekommen war, um sie umzubringen.

Er hatte noch vor fünf, vielleicht sechs Stunden mit ihr gesprochen. Ihr gesagt, sie solle in ihrem Zimmer bleiben. Wenn er sie nach Hause geschickt hätte, hätten sie sie vielleicht nicht gefunden. Vielleicht würde sie dann noch leben. Vielleicht . . .

Er konnte sie sehen, wie sie vor nicht allzu langer Zeit auf ein Klopfen hin zur Tür lief, wahrscheinlich in der Hoffnung, er sei es. Das Ende war sehr schnell gekommen. Kein Kampf. Kaum Schmerzen.

McCracken sank auf das Bett, zu schockiert, um zu weinen. Er kämpfte gegen ein heftiges Zittern an.

»Verdammt«, stöhnte er. »Verdammt . . .«

T.C. war tot, und er hatte dazu beigetragen, sie zu töten. Er akzeptierte die Verantwortung, weil er den Zorn brauchte, der mit ihr kam, weil er die Schuld brauchte, um die Trauer zurückzudrängen. Der Schmerz in ihm war scharf und anhaltend, schlimmer als jede Kugel, jedes Messer. Er wollte sie zurückhaben. Er wollte, daß die Uhr um acht Jahre zurückgedreht wurde, damit sie eine neue Chance bekamen.

Warum? Sie hatte doch nichts gewußt, verdammt noch mal!

Wer auch immer hinter den Morden in dem Haus in Turtle Bay steckte, steckte zweifellos auch hinter diesem – sogar der gleiche Killer, der Schußverletzung nach zu urteilen. Daß hier zwei verschiedene Gruppen operierten, war mittlerweile offensichtlich. Doch welche war wofür verantwortlich? Wer steckte hinter den ›Hasidim‹, dem Mann mit der Pfeilpistole? Was war passiert, daß so viele Morde begangen wurden, um alle Spuren zu verwischen? Die ungezielten Salven auf der Straße, drei tote Regierungsagenten, T.C. und vielleicht noch einige . . .

McCracken kämpfte seine aufsteigende Trauer und Schuld zurück und zwang sich zum Nachdenken. Die toten Agenten waren seine einzige Spur. Sie würde ihn zu jemandem in der Regierung führen, der mehr über das wußte, was hier vor sich ging und wie die Kristalle damit zusammenhingen.

Was ihn dann zu jenen führen würde, die hinter dem Mord an T.C. steckten. Sie dafür bezahlen zu lassen war das einzige, was er noch für T.C. tun konnte.

Rache war zwar kein Trost, mußte aber Trost genug ein.

Blaine bedeckte T.C.'s Leiche mit einem Bettuch. Er wußte nun, welche Räder der Maschinerie er in Bewegung setzen mußte. Für Situationen wie jene in dem Haus in Turtle Bay unterhielten verschiedene Regierungsabteilungen einen gemeinsamen ›Aufräumdienst‹. Die Nummer, unter der man ihn erreichen konnte, wurde zwar oft geändert, ließ sich aber verhältnismäßig leicht beschaffen, wenn man dazugehörte. Es war immer eine Nummer, bei der man gebührenfrei anrufen konnte. Er wählte sie.

»Sanitäre Einrichtungen«, sagte eine Stimme.

»Im Haus 222 East 48th Street in New York City gibt es einiges zu tun. Sie haben wahrscheinlich Unterlagen über die Operation.«

»Das ist eine unzureichende Meldung«, entgegnete die Stimme.

»Schicken Sie ein Team.«

»Geben Sie bitte Ihren Namen an.«

»Richten Sie den Leuten aus, es wird eine lange Nacht werden.«

»*Was?* Wer *spricht* da?«

McCracken legte auf. Er hatte genug gesagt. Er wußte, daß sie handeln würden, weil nur ein Mitglied eines der Geheimdienste diese Nummer kennen konnte. Sie würden alle zur Zeit stattfindenden Operationen überprüfen und feststellen, daß das besagte Haus tatsächlich von einem Team benutzt wurde. Danach würden sie ein paar Leute losschicken.

Blaine ging zur East 48th Street zurück, ziemlich langsam, um wieder zu Atem zu kommen und seine Nerven zu beruhigen. Er wußte, es würde eine Weile dauern, bevor die

Leute vom Aufräumdienst dort eintrafen. In der Tat erschien erst neunzig Minuten nach seiner Rückkehr ein weißer Lieferwagen ohne jede Aufschrift und parkte in der zweiten Reihe vor dem Haus. Zwei Männer stiegen aus und gingen zur Tür. Blaine beobachtete, wie einer von ihnen das Stahlgitter zurückzog, während der andere mit einem Dietrich am Schloß hantierte. Er brauchte dreißig Sekunden. Viel zu lange. Die beiden trugen dunkelblaue Overalls, die den Monturen der Gas- oder Stromwerke verdächtig ähnlich sahen. Niemand würde wegen ihnen mißtrauisch werden.

Endlich hatten sie die Tür geöffnet und gingen hinein. McCracken wartete, bis die beiden außer Sicht waren; erst dann näherte er sich ihrem Wagen so weit, um sich vergewissern zu können, daß nur noch der Fahrer darin saß. Er hatte den Ellbogen auf der heruntergedrehten Seitenscheibe hinausgelehnt. Blaine schlich am Wagen entlang, ergriff den Arm und zerrte ihn brutal hinaus und hinab.

Der Kopf des Fahrers prallte hart gegen den Fensterrahmen. Als der Mann mitbekommen hatte, was passiert war, hatte Blaine ihn an der Kehle gefaßt und drückte sie gerade hart genug zu.

»Eine Chance«, sagte er zu dem Mann. »Wem erstatten Sie Bericht?«

»Keine Ahnung«, keuchte der Mann, bemüht, die Silben überhaupt über die Lippen zu bekommen. »Die im Haus haben das Kommando.«

McCracken drückte die Halsschlagader des Fahrers zusammen, bis der Mann bewußtlos war. Dann lief er zur Tür des Hauses und drückte die Schultern links gegen den Rahmen. Jede Sekunde würde nun ein Mann vom Aufräumkommando zum Wagen zurückkehren, um Plastiksäcke oder Kisten zu holen, in denen sie die Leichen abtransportieren würden. Er sah, wie sich im Haus ein Schatten die Treppe hinabbewegte, und drückte sich noch fester gegen die Mauer. Vom Haus aus war nun nicht einmal ein Hauch seines Umrisses zu sehen.

Der Mann hatte kaum Zeit, die Tür zu öffnen, bevor Blaine über ihn herfiel, ihm die Hand ins Gesicht rammte und den Mann zurückwarf, während er sich ins Haus drängte. Er schlug den Mann noch einmal gegen die Wand und vergewisserte sich, daß er ohnmächtig war, bevor er ihn zusammensacken ließ. Das letzte Mitglied des Teams war oben. Von ihm würde Blaine sich die Antworten verschaffen.

Nachdem er die Eingangstür geschlossen hatte, stieg er die Treppe hinauf und ging leise zu dem Zimmer weiter. Das dritte Teammitglied machte sich, Blaine den Rücken zugewandt, an den Leichen zu schaffen. Blaine faßte ihn von hinten mit einem Griff, der ihm die Luft abschnürte.

Er zerrte den Mann zu dem nächsten nicht umgeworfenen Stuhl und ließ ihn daraufallen. Dann lockerte er den Griff so weit, daß der Mann atmen konnte, und trat neben ihn, so daß er dem Mann in die Augen sehen und ihm die Entschlossenheit in seinen eigenen zeigen konnte.

»Ich gebe Ihnen eine Chance, nicht zu sterben«, sagte Blaine, den Arm noch immer um die Kehle des Mannes. »Aber nur eine.«

Der Mann betrachtete ihn aus vor Schrecken hervorquellenden Augen, die von Unschuld wie auch von Angst kündeten.

»Für welche Abteilung arbeiten Sie?« fragte Blaine.

Der Mann kam wieder zu Atem. Die Frage schien ihn zu überraschen. »Ich habe eine Telefonnummer, nur eine Telefonnummer.«

»Ich höre.«

»585-6740.«

»Vorwahl?«

»Keine. Eine Nummer in New York City.«

»Das trifft sich ja gut.«

Er fesselte die Männer und ließ sie in dem Wagen zurück. Er funktionierte jetzt wie eine Maschine und versuchte, nicht an T.C. zu denken.

Sein nächster Halt war eine Telefonzelle drei Blocks entfernt. Er mußte die Adresse erfahren, zu der die Telefonnummer 585-6740 gehörte, und dazu war nur ein Tastentelefon erforderlich. Er hatte noch immer Freunde in der CIA, die ihm einige Gefallen schuldig waren und ihre Schulden teilweise abbezahlten, indem sie ihn ständig über Kodeänderungen und Telefonnummern auf dem laufenden hielten, über die man sich schnell

Informationen verschaffen konnte. Er wählte eine Nummer in Langley, Virginia, die ihn mit der Datenbank der Company verband. Danach tippte er den Kode für eine Anfrage ein, wartete auf einen Piepton und gab dann die fragliche Nummer ein, als würde er sie ganz normal wählen.

»Hotel National«, gab eine mechanische, synthetische Stimme nach zwanzig Sekunden zurück. »42nd Street und Seventh Avenue, New York City.«

Blaine hängte ein.

Um Mitternacht herrschte auf dem Times Square ein hektisches Leben, wenngleich auch kein so hektisches, wie die alten Legenden es immer besagten. Die meisten Menschen spazierten einfach durch die Nacht, auf der Suche nach nichts anderem als einem hellen Licht, auf das sie zugehen konnten, um dann vorbeizuschlendern. Der Times Square bot genug von diesen Lichtern: zahlreiche Restaurants und rund um die Uhr geöffnete Kinos. Abgesehen von der Pornographie und Prostitution bot er jetzt auch neue Gebäude wie das Newsday Building und das Marriott-Hotel, die es darauf abgesehen hatten, die Gegend von ihrer alten Reputation zu befreien. Doch eine Menge Gebäude klammerte sich noch starrsinnig an die alten Zeiten oder zumindest Abbilder davon.

Dazu gehörte auch das Hotel National. Sein Reklameschild verkündete ›Frisch renoviert‹, und während dies auch der Fall sein mochte, wirkte eine andere Reklametafel, die die Zimmer stundenweise anpries, doch viel auffälliger. Die Fassade des Gebäudes war sehr gut beleuchtet, abgesehen von einem Schirmdach, auf dem sämtliche Glühbirnen durchgebrannt waren. Als McCracken unter ihm herging, hörte er das elektrische Summen der Stromspannung, die sich zu weigern schien, einfach aufzugeben.

Er trat durch den gläsernen Eingang und schritt geradewegs zu einem Glaskasten direkt vor ihm, in dem ein Farbiger in einem weißen, nur halb zugeknöpften Hemd stand. Blaine mußte sich eingestehen, daß die Lobby gut aussah, fragte sich aber gleichzeitig, ob sich die Renovierungen vielleicht nicht auf sie beschränkten.

Der Portier sah ihn nicht, und Blaine mußte gegen das Glas klopfen, um sich seine Aufmerksamkeit zu verschaffen. Der Mann schob eine Scheibe in der Abtrennung zur Seite.

»Wollen Se 'n Zimmer?« fragte er, an einer widerlich stinkenden Zigarre ziehend.

Blaine hatte seine Pistole gezogen, entsichert und durch die Öffnung dem Mann unter das Kinn gesteckt, bevor der seinen nächsten Zug machen konnte.

»Nicht unbedingt«, erwiderte Blaine und drückte die Pistole soweit hoch, daß sich der Pförtner auf die Zehenspitzen stellen mußte. »Ich mag diese Pistole nicht«, sagte er. »Sie liegt nicht ruhig genug in der Hand. Man müßte sie eigentlich mit beiden Händen halten, aber ich will es trotzdem mal mit einer versuchen. Sie werden mir doch ein paar Fragen beantworten, oder?«

Der Pförtner versuchte zu nicken.

»Sie haben heute ein Zimmer an ein paar Leute vermietet, die nicht so aussehen, als würden sie hierher gehören, nicht wahr?«

Ein weiterer Versuch eines Nickens.

»Wie viele?«

»Vier. Jetzt ist nur noch einer oben. Zimmer Siebenundzwanzig. Zweiter Stock.«

»Sind Sie sicher?«

»Sah, wie die anderen gingen, und sie sind noch nicht zurück. Das da drüben ist die einzige Tür.«

Drei, überlegte Blaine, genauso viele, wie in dem Haus in Turtle Bay umgekommen waren . . .

Er zog einen Zwanzig-Dollar-Schein aus der Tasche und legte ihn auf den Tresen. »Danke.«

Dann lief er zur Treppe, die Pistole noch in der Hand. Ein Mann war noch in dem Zimmer oben, ein Mann, dem das Aufräumkommando Bericht erstattet hätte, ein Mann, der ein paar Antworten haben mußte. Für ihn. Für T.C.

Er erreichte die fragliche Tür, an der die untere Hälfte der ›2‹ und die obere Hälfte der ›4‹ fehlte, und sah, daß das Holz des

Rahmens so morsch war, daß es nicht einmal einem leichten Tritt, geschweige denn einem ernsthaften, widerstanden hätte.

Er warf sich voll gegen das Türblatt. Es zersplitterte am Schloß und flog auf.

Blaine war schon hindurch, während die Tür noch aufflog, und hatte die Pistole gehoben, bevor sie gegen die Wand schlug. In seinem Hinterstübchen hatte er schon registriert, daß das Zimmer ganz und gar nicht seinen Erwartungen entsprach: Es war zu groß, zu geräumig, zu gut eingerichtet, und roch sogar gut. Er hatte all das festgestellt, bevor die Stimme des einzigen Benutzers ihn in der Halbdunkelheit erreichte.

»Guten Abend, Mr. McCracken«, sagte Ryan Sundowner. »Ich habe Sie erwartet.«

8

McCracken musterte den jungen Mann in der abgetragenen Sportjacke; dann fiel sein Blick auf die Pistole in seiner Hand.

»Ich bin Ryan Sundowner«, fuhr der Mann fort. »Leiter des Bureau of Scientific Intelligence.«

»Der Spielzeugfabrik«, sagte McCracken. »Ich habe von Ihnen gehört. Die Tatsache, daß Sie wußten, daß ich kommen würde, trägt nicht gerade zu unserer Freundschaft bei.«

Sundowner blickte auf die Pistole, die Blaine nur ein Stück gesenkt hatte. »Wenn sich diese Aussage auf die Tatsache bezieht, daß ich ein Teil dessen bin, worin Sie verwickelt wurden, nehme ich die Verantwortung auf mich. Das Problem ist nur, daß ich genauso verwirrt und durcheinander bin wie Sie.«

»Nicht ganz. Sie haben mich erwartet, ich Sie nicht. Was zum Teufel hat die Spielzeugfabrik mit all dem zu tun?«

»Eine lange Geschichte.« Sundowner hielt inne. »Die Pistole brauchen Sie wirklich nicht, Mr. McCracken.«

»Lassen Sie mich das entscheiden.«

»Ich habe meine Leute fortgeschickt, um alle unangenehmen Zwischenfälle zu vermeiden.«

»Da können Sie von Glück reden.«

»Ich weiß, was Sie durchgemacht haben. Wenn es ein Trost für Sie ist . . . die drei Leichen, die Sie in dem Backsteinhaus entdeckt haben, gehören zu meinen Männern.«

»Das waren *Ihre* Leute? Wer hat sie denn . . .«

»Getötet? Sie und diese Frau? Das weiß ich nicht. Doch ich hoffe, daß wir beide gemeinsam es herausfinden können. Unten wartet ein Wagen auf uns. Ich fliege nach Washington zurück, und es wäre schön, wenn Sie mich begleiten würden.«

»Ich begleite Sie bis zum LaGuardia-Flughafen. Der Rest hängt davon ab, ob mir Ihre Gesellschaft paßt oder nicht. Wieso wissen Sie von der Frau?«

»Ihren Anruf beim Aufräumdienst haben wir zu ihrem Hotelzimmer zurückverfolgt.«

»Nächste Frage: warum mußte sie sterben?«

Sundowner antwortete erst, als sie auf dem Rücksitz des Wagens saßen und der Fahrer sich in den Verkehr eingefädelt hatte. »Es fängt mit diesen Kristallen an.«

»Dann arbeitet Lydia Brandywine für Sie«, begriff McCracken.

»Arbeitete. Vergangenheitsform. Sie haben auch sie erwischt.«

»Gründliche Leute, nicht wahr?«

»Das ist alles neu für mich, Mr. McCracken. Wenn ich ruhig klinge, dann nur, weil ich, Sie, wir alle, es mit etwas zu tun haben, das viel schrecklicher ist als nur ein paar Todesfälle.«

Blaines Augen blitzten. »Nicht ›nur‹ ein paar. Vergessen Sie das nie wieder!«

»Ich verstehe ja, was Sie wegen der Frau empfinden. Ich habe einen großen Teil der Nacht damit verbracht, Ihre vollständige Akte zu studieren. Sie war darin enthalten.«

»Diese Akte wurde nach Omega versiegelt. Das war eine meiner Bedingungen.«

»Ich habe sie wieder hervorgeholt. Wenn die nationale Sicherheit betroffen ist, ist jemandem mit den nötigen Befugnissen fast nichts unmöglich.«

»Ich habe mit der nationalen Sicherheit nichts mehr zu tun. Oder stand das nicht in der Akte?«

»Nein, darauf wurde sehr deutlich verwiesen.«

»Es war wohl ein Fehler, Lydia Brandywine meinen wirklichen Namen zu nennen. Sie hat ihn an Ihre Laufburschen weitergegeben, und die dann vor ihrem Tod noch an Sie. Ich wußte damals noch nicht genug, um meine große Klappe zu halten.« Blaine schaute wieder wütend drein. »Im Augenblick würde ich diese Kristalle gern in die Ihre schieben.«

»Ich hätte nichts dagegen, wenn Sie genug davon hätten. So wichtig sind diese Kristalle für uns. Wir suchen seit Monaten, eigentlich schon seit Jahren, nach etwas in der Art.« Er griff in seine Tasche. »Hier. Gerade Sie sollten wissen, wie sie aussehen.«

Sundowner zog die Hand mit einem unregelmäßig geformten rubinroten Kristall darin wieder hervor. An seiner längsten Stelle maß er etwa fünfzehn Zentimeter. Er war voller Kanten und Ecken und schien sogar im trüben Licht des Rücksitzes zu leuchten. McCracken nahm ihn in die Hand. Er fühlte sich kühl an, wenngleich er es gar nicht war. McCracken wußte, daß er sich die Kälte nur einbildete; sie entstammte der Tatsache, daß er nun in der Hand hielt, was zu T.C.s Tod geführt hatte. Er wollte den Kristall aus dem Fenster werfen, hielt ihn statt dessen aber fest umklammert.

»Wir nennen ihn Atragon«, erklärte Sundowner. »Sie halten die größte natürliche Energiequelle in der Hand, die die Menschheit jemals gekannt hat. Wir hoffen, aus diesen Kristallen die Batterien herstellen zu können, die Bugzapper mit Strom versorgen werden.«

»Bugzapper?«

»Sobald wir in Washington sind, werde ich Ihnen alles erklären.«

»Ich entsinne mich nicht, dem zugestimmt zu haben. Verstehen Sie, ich muß meiner eigenen Spur folgen.«

»Wenn ich mich nicht völlig irre, ist das die gleiche Spur wie meine. Terry Catherine Hayes wurde von Leuten getötet, die nicht wollen, daß wir weitere Atragon-Kristalle finden. Finden Sie die Kristalle, und Sie haben die Mörder gefunden.«

»Ist das wirklich so einfach?«

»In gewissem Sinne ja. Doch in einem anderen Sinn haben wir es mit der gefährlichsten Bedrohung für unsere Existenz zu tun, die wir jemals gekannt haben.«

»Sie haben einen ausgeprägten Sinn für das Melodramatische.«

»Glauben Sie mir, in diesem Fall untertreibe ich eher. Vor drei Tagen wurde eine Kleinstadt von einem Partikelstrahl mit ziemlich einzigartigen Eigenschaften ausgelöscht. Es blieb kein einziges Kohlenstoffatom bestehen. Das schließt die Einwohner der Stadt ein.«

McCracken musterte ihn genau.

»Mr. McCracken, Ihre Akte unterstreicht die Tatsache, daß Sie von dem Drang besessen sind, die Welt vor dem Untergang zu retten, und es nicht ertragen können, wenn unschuldige Menschen sterben. Nun, in der Stadt Hope Valley sind Tausende gestorben, und das war vielleicht erst der Anfang. Der Besitzer der Strahlwaffe will uns erpressen. Klipp und klar gesagt: wir haben drei Wochen, um mit einem einseitigen Abbau unseres Atomraketenarsenals zu beginnen, oder wir werden ausgelöscht.«

»Die Sowjets?«

»Es gibt Anzeichen dafür, wahrscheinlich sogar zu viele. Doch es kommt nur darauf an, daß jemand diesen Todesstrahl hat und wir im Augenblick nichts unternehmen können, um ihn aufzuhalten.«

»Ich liebe Redewendungen wie ›im Augenblick‹.«

»Ich versichere Ihnen, hier trifft sie zu. Bugzapper ist ein Energieschild, der praktisch das gesamte Land umschließt und es vor jedem Angriff schützt.«

»Vor Raketen wie auch Todesstrahlen?«

»Unter den richtigen Umständen unbedingt. Doch die richtigen Umstände schließen Atragon als Energiequelle für den Schild ein. Der Kristall, den Sie in der Hand halten, fungiert praktisch als Sonnenzelle mit ungeheuren Speicherkapazitäten. Ein anderer Kristall gleicher Größe versorgte letzte Woche über eine Stunde lang drei Stockwerke der Spielzeugfabrik mit Strom.«

»Ohne auszubrennen?«

»Im Gegenteil, wir mußten das System ausschalten, weil unsere Schaltkreise durchzubrennen drohten.«

»Dann waren *Sie* es, der ursprünglich die Kristalle von Earnst stehlen ließ.«

Sundowner nickte. »Ja. Eine Routinemaßnahme, fürchte ich, um zu verhindern, daß unsere Experimente Aufmerksamkeit erregten. Zu diesem Zeitpunkt bestand noch kein Anlaß, sie in aller Eile abzuschließen.«

»Bis zu Hope Valley.«

Ein weiteres Nicken. »Mit der Erkenntnis, daß die Kristalle vielleicht unser einziger Schutz vor der völligen Vernichtung sind, bekam Atragon eine völlig neue, ungeheure Bedeutung. Ich befahl unseren Männern, von Earnst in Erfahrung zu bringen, woher er sie bekommen hatte.«

»Doch wegen mir scheiterten sie. Und dann wurden sie von einem erstklassigen Killer beseitigt, ein paar Stunden, nachdem diese vier Burschen mit Bärten und schwarzen Mänteln das Tallith gegen eine Maschinenpistole eintauschten.«

»Zweifellos gedungen von jemandem, der entschlossen ist, unsere Suche nach den Atragon-Reserven zu beenden, bevor sie überhaupt richtig angefangen hat.«

»Und wahrscheinlich beherrscht der gleiche Jemand den Todesstrahl, den Atragon vielleicht neutralisieren kann.«

»Genau.«

»Na schön. Aber Sie stellen die falschen Fragen. Wie hat diese geheimnisvolle Macht von Ihrer plötzlichen Suche nach Atragon erfahren? Nein, lassen Sie mich die Frage anders stellen. Wem haben Sie von den Kristallen berichtet, und wann?«

»Dem Krisenausschuß. Gestern.«

»Krisenausschuß?«

Sundowner zählte die Teilnehmer an der Konferenz im Gewölbe auf.

»Einer von denen hat Sie verpfiffen, Sundance. Hat Ihren großen Plan zunichte gemacht und ein Mädchen umgebracht, das ich hätte lieben können, wenn sie es nur zugelassen hätte.«

»Das kann doch nicht sein!«

»Wollen wir wetten? Glauben Sie mir, ich kenne mich da aus. Der einzige, den ich ausschließe, sind Sie, denn wenn Sie das Leck wären, wäre ich jetzt schon tot.«

Sundowners Lippen zitterten. »Doch was Sie da sagen . . . das ist . . .«

»Willkommen in der großen Stadt, Sundance.«

Die ersten Hinweisschilder auf den Flughafen erschienen.

»Wenn Sie einer Zusammenarbeit also zustimmen, sollte das strikt unter uns bleiben.«

»Machen Sie sich keine vergebliche Mühe, denn zu viele Leute wissen schon, daß ich in die Sache verwickelt bin. Der Maulwurf – wer immer er auch ist – wird es sowieso sehr bald erfahren.« Blaine lenkte seine Gedanken in eine andere Richtung. »Ich nehme an, Ihre Operation in diesem Bumshotel war keine Verzweiflungstat in letzter Minute?«

»Das Hotel ist unser Stützpunkt in New York.«

»Dann gehörte der Pförtner zu Ihnen?«

»Ja.«

»Ein weiterer Mund, der sprechen könnte. Halten Sie nichts vor mir zurück, denn was Ihre Probleme betrifft, werde ich Ihnen nicht helfen. Ganz egal, was passiert, so läuft es nun mal. Verstehen Sie, Sundance, ich habe diesen feierlichen Schwur geleistet. Einen hochheiligen Eid. Die Regierung hat mich zu oft reingelegt, und ich habe mich entschlossen, mich nie wieder von ihr reinlegen zu lassen. Jemand hat Terry Catherine Hayes umgebracht, und wenn diese Person zufällig weiß, wo die Kristalle für Ihren Atragon-Schild sind . . . na schön. Aber im Augenblick interessieren mich Ihre Kristalle nur, weil ich sie dem, der T.C.s Tod befohlen hat, in den Arsch rammen will.«

Ein weiteres Hinweisschild auf den LaGuardia-Flughafen.

»Washington, Mr. McCracken?«

»Nennen Sie mich Blaine. Warum nicht? Ich habe heute morgen sowieso nichts Besseres vor.«

Hope Valley war nur ein Beispiel für den Einsatz der fürchterlichen Waffe, in deren Besitz wir nun sind. Die Vereinigten Staaten von Amerika haben drei Wochen Zeit, also bis Mitternacht des 21. April, um einseitig alle Atomwaffen abzuschaffen, oder der Vernichtung durch unseren Todesstrahl entgegenzusehen.

McCracken las das zweite Kommunique, das über den türkischen Kanal hereingekommen war, in einem Privatjet, der in Richtung Washington unterwegs war.

»Sie meinen es ernst, was?« war seine erste Reaktion.

»Scheint so.«

»Haben wir vor, tatsächlich zu kapitulieren und die Abrüstung durchzuführen?«

»Nein.«

»Könnte man überhaupt alle Atomwaffen innerhalb von drei Wochen vernichten?«

»Natürlich nicht.«

»Glauben Sie nicht, daß der Urheber dieser Drohung das auch weiß? Glauben Sie nicht, daß er überhaupt nicht davon ausgeht, wir würden unter irgendwelchen Umständen eine einseitige Abrüstung einleiten?«

»Nur, wenn er sehr naiv ist. Worauf wollen Sie hinaus?«

»Irgend etwas stinkt hier, Sundance. Es roch schon ziemlich kräftig, als Hope Valley ausgelöscht wurde, und stinkt geradezu zum Himmel, als vor ein paar Stunden eine unschuldige Frau sterben mußte. Warum sollte uns jemand eine Waffe vorführen, um uns dazu zu bringen, etwas zu tun, was wir sowieso nicht tun würden?«

»Wir haben schon darüber gesprochen.«

»Und zu welch brillantem Schluß sind Sie gekommen?«

»Wir sind der Hoffnung, daß die Waffe noch nicht völlig ausgereift oder in großem Maßstab einsatzfähig ist.«

»Eine Hoffnung ist keine Schlußfolgerung. Wir müssen der Tatsache ins Auge sehen, daß der Verfasser dieses Kommuniques vorhat, uns zu erpressen, ohne der Ansicht zu sein, wir würden seinen Forderungen nachkommen. Was bedeutet, daß seine Demonstration in Hope Valley einen ganz anderen Zweck hatte.« Blaine hielt inne. »Wer verfügt über die erforderliche Technologie, solch eine Strahlenwaffe zu bauen?«

»Wenn man die Kosten für die Forschung bedenkt, beschränken sich die möglichen Kandidaten auf uns . . . und die Sowjets.«

»Was sagt der Generalsekretär? Ich nehme an, der Präsident hat mit ihm gesprochen.«

»Er streitet den Besitz, ja sogar alle Kenntnisse über solch eine Waffe ab. Hat uns jede nur erdenkliche Hilfe angeboten.«

»Die üblichen Floskeln. Er könnte genausogut selbst dahinterstecken und uns nur beschwichtigen wollen. Doch zumindest sprechen sie miteinander. Das sollte den Dritten Weltkrieg noch um eine Weile verzögern.«

»Wir haben die Alarmstufe DEF-CON 3 ausgerufen. Viel Verzögerung bleibt da nicht mehr.«

McCracken fuhr sich über den Bart. »Angenommen, ich stolpere zufällig über Ihre Kristalle . . . wieviel Zeit bliebe mir noch, sie Ihnen zu liefern?«

»Aus Gründen, die ich Ihnen in Washington erklären werde, etwa eine Woche.«

»Sie sind ja wirklich großzügig mit Ihrer Zeit, was?«

»Meinen Schätzungen zufolge wurde Hope Valley in höchstens drei Sekunden ausgelöscht. Der Präzedenzfall ist geschaffen.«

Es dämmerte, als sie ins Washington landeten. Sie fuhren direkt zum Bethesda-Hauptquartier der Spielzeugfabrik weiter. Das Bureau of Scientific Intelligence verschmolz mit der Landschaft, in der es errichtet war. Der Gebäudekomplex, der es beherbergte, war nicht eingezäunt und wirkte eher wie eine kleine Stadt. McCracken und Sundowner fuhren zwischen gepflegten Grünanlagen zum Eingang.

Zwei uniformierte Wachtposten hielten Sundowner die Tür auf; McCracken folgte ihm auf dem Fuß. In der Eingangshalle gingen sie zu einem Fahrstuhl, mit dem man zu den unterirdischen Stockwerken gelangen konnte, in denen die meisten empfindlichen Experimente durchgeführt wurden.

Vier Etagen tiefer stiegen sie aus — das Stockwerk war mit einem ›D‹ bezeichnet — und gingen geradewegs zu einer Tür, vor der ein weiterer Posten stand. Obwohl er Sundowner erkannte, mußte der Wissenschaftler diesmal eine Kodesequenz auf einem kleinen Schaltbrett eintippen, um sich Zutritt zu verschaffen. Blaine folgte Sundowner und stellte fest, daß sie sich allein in dem Labor befanden.

»Willkommen bei Bugzapper«, sagte Sundowner.

Das Labor wurde von einer Nachbildung der Erdkugel von etwa drei Metern Durchmesser beherrscht, auf dem die Vereinigten Staaten genau in der Mitte angesiedelt waren. Über dem Kontinent hingen von einer Plattform unter der Decke sechzehn Miniatursatelliten an Drähten hinab, die für Blaine wie schmucke fluoreszierende Glühbirnen aussahen.

»Ein maßstabgetreues Modell«, erklärte Sundowner. »Da die richtigen Bugzapper-Satelliten eine geostationäre Umlaufbahn einnehmen, können wir auf Rotation verzichten.«

Er trat zu einem Computerterminal in der Nähe der Erdkugel und drückte, noch immer stehend, ein paar Tasten. Augenblicklich leuchteten die Miniatursatelliten auf und warfen einen hellen Schein über die gesamte maßstabgetreue Nachbildung der Vereinigten Staaten. Blaine stellte fest, daß das Licht gleichzeitig von allen Seiten der Miniatursatelliten ausging und miteinander zu verschmelzen schien.

»Das Licht ist nur zur besseren Darstellung gedacht«, erklärte Sundowner. »Der echte Energieschild wird unsichtbar sein.« Er kehrte zu Blaine zurück und führte ihn die Treppe zu einer erhöhten Plattform hinauf, von der aus man über und in das Modell hineinschauen konnte. »Was Sie jetzt sehen, wird von einem Atragon-Kristall von der Größe des Flügels einer Fliege gespeist.«

McCracken hörte ein schwaches Summen.

Sundowner griff zu einer Schüssel, die neben einem weiteren Computerterminal auf einem Tisch unter ihnen stand, und holte eine Murmel heraus. Er gab sie McCracken und sagte: »Wir haben einen Atragonschild im Miniaturformat errichtet. Werfen Sie die Murmel ins Licht und sehen Sie, was passiert.«

Blaine ließ die Murmel fallen. Es folgte ein kurzes Zischen, und sie war verschwunden.

»Im richtigen Maßstab«, erklärte der Wissenschaftler, »hätte diese Murmel die Größe eines beachtlichen Asteroiden. Sie sehen, mit welchen Kräften wir es hier zu tun haben.«

»Abgesehen davon, daß Ihr Schild einen Todesstrahl abwehren muß und keine Murmeln oder auch Asteroiden.«

Sundowner nickte, als habe er diesen Kommentar erwartet. »Genauer ausgedrückt, Mr. McCracken, ein Partikelstrahl, der aus *Materie* besteht, zwar Materie im subatomaren Bereich, aber zu dem Zeitpunkt, da sie auf den Schild stößt, zu einer ungeheuren Massenenergie konzentriert, von einer Dichte, die den Spürmechanismus aktiviert.«

»Was meinen Sie damit? Ist der Schild denn nicht immer in Betrieb?«

»*Aktiv*, ja, aber nicht in Betrieb. Ansonsten wäre der Energieaufwand unermeßlich. Die Lösung dieses Problems war dann auch der erste wirkliche Durchbruch, der uns gelungen ist.« Er hielt inne und musterte Blaine genau. »Denken Sie doch an die bescheidenere Wirkung von Bugzappers Namensvetter. Sie haben einen negativen und einen positiven Pol. Das Potential ist jedoch nicht groß genug, um den Kreislauf zwischen ihnen zu schließen – bis ein Insekt hineinfliegt und als Leiter dient. Energie fließt durch das Insekt, und die Felder werden miteinander verbunden, wobei das Insekt natürlich den Preis dafür zahlt.«

»Aber Ihr System funktioniert nicht ganz so einfach, oder?«

»Kaum. Das System wird sich aus vier Dutzend Satelliten zusammensetzen. Und die Regeln der Astrophysik bedingen, daß sie keine gleichbleibende Entfernung voneinander halten können. Also müssen wir sie auf ihren Umlaufbahnen streunen lassen. Die Entfernungen werden variieren, und es bedarf eines Supercomputers, um den Energiefluß von einem Satelliten zum anderen zu regulieren und sicherzustellen, daß die Potentialdifferenz groß genug bleibt, damit sich der Kreislauf nicht schließt, bis eine Rakete oder ein Partikelstrahl als Leiter fungiert. Die Einschätzungen und Anweisungen des Computers müssen in Mikrosekunden getroffen und ausgeführt werden.«

Sundowner zögerte und kehrte zur Bodenebene zurück. McCracken folgte ihm. »Natürlich hat erst die Entdeckung Atragons diese Theorie zu einer möglichen Realität werden lassen. Ohne diese Kristalle als Energiequelle würde der Schutzschild nicht funktionieren.«

»Und«, griff McCracken den Faden auf, »Sie brauchen verdammt viele Kristalle, um achtundvierzig Satelliten damit auszurüsten, ganz zu schweigen davon, sie noch rechtzeitig in die Umlaufbahn zu bekommen.«

»Die Installation ist kein Problem, da die Satelliten bereits für Sonnenzellen ausgerichtet sind. Es wird nicht lange dauern, das Atragon in die Satelliten einzubauen, sobald wir es erst einmal haben. Ich schätze, daß die Satelliten zehn Tage nach dem Erhalt des Atragons in die Umlaufbahn geschickt werden können und der Schild achtundvierzig Stunden später voll einsatzbereit ist.«

»Wenn man die drei Wochen in der Erpressermitteilung berücksichtigt, dürfte die Zeit ziemlich knapp werden.«

»Aber zumindest haben wir noch eine Chance«, hielt Sundowner dagegen. »Ich habe Ihnen erklärt, womit wir es zu tun haben. Nun wissen Sie, wie wichtig dieses Atragon für uns ist.«

»Einen Augenblick, Sundowner. Habe ich mich nicht klar ausgedrückt? Ich werde Ihnen Ihr Atragon gern beschaffen, solange seine Spur mich zu den Leuten führt, die T.C. umgebracht haben. Aber wenn sich die Spur irgendwo gabelt, wissen Sie, welcher ich folgen werde.«

»Ich bin bereit, das zu akzeptieren.«

»Sie haben auch gar keine andere Wahl. Versuchen Sie nicht, mir zu folgen; Ihre Leute haben keine Chance, und der Versuch wird mich nur unnötig aufhalten. Wenn man mich wütend macht, ist nicht gut Kirschen essen mit mir, Sundowner.«

»Können Sie mir wenigstens eine Andeutung machen, wohin Sie jetzt gehen werden?«

»Über den Atlantik.«

»Das schränkt es ja schon etwas ein ... Ich werde dem

Krisenausschuß nicht mitteilen, daß Sie in die Sache verwickelt sind, um Ihnen etwas mehr Bewegungsfreiheit zu verschaffen.«

»*Darüber* haben wir doch auch schon gesprochen. Nein, ich mache mir größere Sorgen wegen eines gewissen Fettsacks namens Vasquez. Das ist ein großer Drogenhändler, den ich auffliegen ließ, bevor man mich auf meinen Schreibtischposten in Frankreich versetzt hat. Er hat geschworen, mich zu töten, sollte ich je wieder einen Fuß in sein Revier setzen.«

»Und was ist sein Revier?«

»Fast ganz Europa.«

»Hervorragend«, stöhnte Sundowner. »Sie wissen natürlich, daß der Mörder meiner Männer und dieser Frau Sie vielleicht finden wird, bevor Sie ihn gefunden haben, wenn Sie mit dem Leck in der Gruft recht haben.«

»Genau das, Sundowner, hoffe ich ja gerade.«

Sundowner erklärte das alles den Männern, die sich in der Gruft versammelt hatten. Er ließ lediglich McCrackens Vermutung aus, es könne sich ein Maulwurf unter ihnen befinden, und mußte die Geschichte ein wenig zurechtbiegen, um keine Widersprüche offenzulassen.

»Arbeitet er also nun für uns oder nicht?« fragte der Präsident schließlich.

»Offiziell leider nicht. Doch er hat zugestimmt, sich regelmäßig bei mir zu melden, und ich vermute, daß er der Versuchung nicht widerstehen kann, das Atragon für uns zu suchen.«

»Warum?«

»Weil so viel auf dem Spiel steht, Sir. Wenn dieser Todesstrahl zum Einsatz gebracht wird, werden Millionen unschuldiger Menschen sterben, und das ist etwas, was McCracken nicht hinnehmen kann.«

»Stellen Sie ihn doch nicht als Helden dar«, warnte CIA-Chef Stamp. Zum Präsidenten gewandt fuhr er fort: »In Wahrheit sprechen wir hier über einen Gesetzlosen, einen Renegaten, einen Killer.«

»Killer ist vielleicht etwas zu viel gesagt«, warf Sundowner ein.

»Na gut, das räume ich ein. Aber die anderen Begriffe treffen auf ihn zu. Das hat der Vorfall erwiesen, der als ›Omega-Kommando‹ bekannt wurde. Er hat den Ruin beziehungsweise Rücktritt zahlreicher unserer Vorgänger erzwungen.«

»Soweit ich mich erinnere, war das nicht McCrackens Werk«, äußerte sich Verteidigungsminister Kappel. »Schuld daran waren diese Menschen selbst, die die Situation ganz einfach falsch gehandhabt haben.«

»Im Nachspiel der Omega-Affäre hat McCracken gleichzeitig als Ankläger und Richter fungiert«, führte Mercheson aus. »Ja, jetzt fällt mir alles wieder ein. Dieser McCracken stellt für uns eine nicht zu kontrollierende Bedrohung dar.«

»Meine Herren«, sagte der Präsident. »Jetzt haben Sie mich aber doch etwas verwirrt. Wollen Sie damit sagen, daß dieser McCracken überhaupt nicht für uns arbeitet?«

»McCracken arbeitet für niemanden, und *besonders* nicht für uns.«

»Warum nicht?«

Diesmal antwortete Sundowner. »Eine lange Geschichte. Sie fängt in Vietnam an, wo McCracken unser absolut bester Mann war, ein Experte für Infiltration, Sabotage und alle Belange der Spionageabwehr. Er war ein Einzelgänger, ja, der sich außerhalb aller Dienststrukturen stellte und jede Verpflichtung, Rechenschaft abzulegen, geradeheraus ablehnte. Wir versuchten, ihn in unseren Diensten zu halten, aber während einer Zusammenarbeit mit den Engländern nahm eine Geiselnahme ein unerfreuliches Ende. Um seinem Mißfallen darüber Ausdruck zu verleihen, wie wir die Sache angefaßt hatten, richtete McCracken eine Uzi auf Churchills Statue auf dem Parliament Square und schoß gewisse Teile seiner marmornen Anatomie kurz und klein. Daher hat er auch seinen Spitznamen bekommen.«

»Welchen Spitznamen?«

»McCrackensack.«

»Wie bei . . .«

»Ja.«

»Es kommt darauf an, Sir«, warf Stamp ein, »daß die . . . äh . . . Säcke, die McCracken im Laufe der Jahre zerquetscht hat, nicht alle aus Stein bestanden. Viele waren aus Fleisch und Blut und gehörten zu den edelsten Körperteilen seiner Vorgesetzten.«

»Nun, normalerweise mit gutem Grund«, hielt Sundowner dagegen. »Omega war solch ein Fall. Die Regierung holte ihn aus dem Exil zurück, damit er wieder für sie arbeitete, und hat ihn anschließend mit einer unentschuldbaren Niedertracht behandelt. Daraufhin hat er geschworen, nie wieder für uns zu arbeiten. Er wurde sozusagen freiberuflich tätig und hat Aufträge und Missionen übernommen, die sonst kaum jemand mit der Kneifzange anfassen wollte, hauptsächlich, um alte Schulden und Gefallen zu bezahlen.«

»Und jetzt ist er hinter dem Mörder dieser Frau her«, erinnerte der Präsident ihn, »und nicht hinter dem Atragonvorkommen.«

»Sein einziger Weg zu dem Mörder besteht darin, der Spur des Atragons zu folgen, und dazu ist er besser geeignet als jedes Team, das wir an seiner Stelle einsetzen könnten.« Sundowner hielt einen Augenblick inne, um seinen Worten den nötigen Nachdruck zu verleihen. »Entweder, er findet die Kristalle, oder er folgt der Spur, die direkt zu der Macht führt, die noch unentdeckt bleiben will – der Macht, die im Besitz des Strahls ist. Wir gewinnen so oder so.«

»Niemand gewinnt bei McCracken«, sagte Mercheson. »Außer McCracken selbst.«

»Ich sehe nicht ein, was wir zu verlieren haben, wenn wir uns darauf einlassen«, entschied der Präsident. »Wir haben wohl auch gar keine Wahl. McCracken wird die Spur so oder so aufnehmen, und er ist der einzige, dem Earnst den richtigen Weg gewiesen hat. Er arbeitet nicht für uns, also sind wir für seine Handlungen in keiner Weise verantwortlich. Er war aufrichtig zu uns, und Ryan war aufrichtig zu ihm. Soweit es uns betrifft, gibt es gar keinen Blaine McCracken mehr.«

»Für den Augenblick«, sagte Stamp.

Sergei Tschernopolow, Generalsekretär der Sowjetunion, drückte den Telefonhörer dichter an sein Ohr.

»Wir haben unsere Pläne ändern müssen, Tomaschenko«, informierte er die Person am anderen Ende der Leitung. »Ein amerikanischer Agent ist ins Spiel gekommen. Bangkok muß auf Eis gelegt werden, bis wir dieses Problem beseitigt haben.«

»Wer ist dieser Agent?«

»Blaine . . .«

»McCracken«, vollendete Tomaschenko.

»Also kennen Sie ihn.«

»Ich habe von ihm gehört.«

»Ist er so gut, wie man behauptet, gut genug, um etwas in Erfahrung zu bringen?«

»Das wäre möglich.«

»Auch wahrscheinlich?«

»Schwer zu sagen, unter diesen Umständen.«

Tschernopolow nickte nachdenklich. »Dann wissen Sie, was Sie zu tun haben. McCracken hat die höchste Dringlichkeitsstufe. Leiten Sie alle Schritte ein, die Sie für notwendig halten. Vergessen Sie Ihre Verpflichtung zur Rechenschaftsablegung. Sie erstatten nur mir Bericht.« Er hielt inne. »Wenn Sie Erfolg haben, sind wir miteinander quitt. Sie wissen, was das bedeutet.«

»Ja.« Mehr erwiderte Tomaschenko nicht.

Noch ein Auftrag, noch eine Mission, und noch ein Erfolg, weil es sein mußte. Soviel hing davon ab. Mehr als je zuvor.

Seltsam, wie sehr ihr dabei half, daß sie eine Frau war. Die Männer unterschätzten ihre Fähigkeiten, zögerten vielleicht in einem Anflug lächerlicher Ritterlichkeit oder ließen sich von einem schönen Körper und einem verlockenden Lächeln ablenken. Zwei fast entblößte Brüste waren die beste Waffe, wenn man sie nur richtig einzusetzen verstand. Und die Frau setzte die ihren ein, wie sie auch alle anderen Mittel einsetzte, die erforderlich waren, um ihre Missionen zu einem erfolgreichen Abschluß zu bringen.

Ihr Name war Natalja Illjewitsch Tomaschenko. Und sie war die erfolgreichste gedungene Mörderin des KGB.

9

Die Stadt Pamosa Springs liegt am Fuß der San Juan Mountains, die sich ihren Weg durch das südwestliche Colorado hinaufwinden. Die Einwohner der Stadt, knappe siebenhundert Seelen, leben in einem der tief eingeschnittenen Flußtäler zwischen den Vorbergen eingezwängt, hinter denen sich dann die San Juans selbst erheben. Man kommt sich ziemlich schnell klein vor, wenn man auf beiden Seiten von Bergen umgeben ist, die sich fast fünf Kilometer in den Himmel recken, doch die Einwohner von Pamosa Springs sehen das ganz anders. Die Tatsache, daß hinter der dritten Seite der Stadt bis hin nach Silverton nur trockenes, offenes Land liegt, bekümmert sie nicht im geringsten. Die einzige Zufahrtsstraße zweigt von der Autobahn 149 ab, und sie führt nur nach Pamosa Springs. Auf drei Seiten von der Zivilisation abgeschnitten zu sein, führt zu einer Einsamkeit, die die Einwohner als Sicherheit bezeichnen.

Das Stadtzentrum von Pamosa Springs, in dem die meisten Geschäfte angesiedelt sind, ist eigentlich gar kein Zentrum, sondern nur eine Hauptstraße mit mehreren Gebäuden auf jeder Seite, errichtet zu einer Zeit, da die Stadt wuchs, und nun, da sie nicht mehr wächst, ums Überleben kämpft. Ein Restaurant und eine Bar, deren Besitzer Hal Taggart war, befanden sich gegenüber einem Kino mit siebzig Sitzen. In einem Gemischtwarenladen konnte man die meisten Güter des täglichen Bedarfs kaufen, und in einem kleinen Krämerladen, der einer Tankstelle mit zwei Zapfsäulen angeschlossen war, den Rest. Die Bank diente gleichzeitig als Postamt, und die öffentlichen Gebäude beschränkten sich auf zwei: das Gefängnis und das Bürgermeisteramt. Ein kleiner Supermarkt, der seit zwanzig Jahren in der Stadt gewesen war, hatte vor sieben Lenzen geschlossen und war durch einen anderen ersetzt worden, der gerade so lange geöffnet blieb, bis feststand, daß er sich nicht rentierte.

Zu dieser Zeit – und auch schon lange davor – war Pamosa Springs nicht gerade das, was man eine blühende Stadt nannte, hatte sich aber auf dem besten Weg dazu befunden. Die natürlichen heißen Quellen, die es in der Nähe des Sees San Cristobal gab, waren damals noch nicht ausgetrocknet, und es kamen ziemlich viele Touristen durch die Stadt, die dort gerade ein Bad genossen hatten, dem die Legende eine verjüngende Wirkung nachsagte. Silberadern in den San Juans lockten Grubenarbeiter an, die einen Platz zum Schlafen brauchten und Essen und Ausrüstung kaufen mußten, und die Eisenbahn baute einen Güterbahnhof mit Lagerhallen in der Stadt, in der Absicht, eine Zugverbindung zwischen der Durango- und der Silverton-Schlucht zu schaffen. Doch dann verödeten die Silberadern, und die Eisenbahn ging bankrott, bevor sie noch den nächsten Wasserspeicher erreicht hatte. Die Bevölkerung von Pamosa Springs schrumpfte von über zweitausend Seelen auf die jetzige Zahl, und bald gab es fast so viele leerstehende Häuser wie bewohnte in der Stadt.

Die derzeitigen Einwohner waren geblieben, weil sie der Ansicht waren, daß immer noch mehr für Pamosa Springs sprach als dagegen. Viele arbeiteten in der Urlaubssaison — die sich manchmal über acht Monate erstreckte — in den benachbarten Skigebieten und verdienten dort nicht schlecht. Andere führten kleine Versandhäuser oder behaupteten, Künstler zu sein. Die meisten arbeiteten jedoch in Städten, die bis zu zweihundertfünfzig Kilometer entfernt lagen. Solange man nicht zuviel erwartete, konnte man in Pamosa Springs für wenig Geld fast wie ein König leben. Noch niemand war in der Stadt arm gestorben, doch es war auch noch niemand reich geworden.

Bis jetzt vielleicht, wie sich einige Einwohner zurückhaltend äußerten.

Es war ein besonders harter Winter in diesem Teil Colorados gewesen, und das oberflächlich abfließende Wasser, das auf das Tauwetter im Frühling folgte, verursachte in den gesamten San Juans und den umliegenden Hügeln starke Erosionen und verschiedene kleinere Erdrutsche. Ein paar Hügel gaben frei, was in ihnen verborgen lag.

Da in der Vergangenheit in dieser Gegend ziemlich viel Silber gefunden worden war, dachten die Einwohner zuerst, die funkelnden Steine, die sie aus der Erde und den Felsen herausholten, seien weitere Funde dieses gesegneten Minerals. Doch in Wirklichkeit hatten die Berge mindestens sechs verschiedene Arten von Steinen freigegeben, und keine davon war Silber, was nicht bedeutete, daß sie wertlos gewesen wären. Ganz im Gegenteil, verschiedene waren sehr vielversprechend, einschließlich eines Fundes, der an einen rosa Diamanten erinnerte. Die Einwohner schickten Proben davon zur Identifizierung ans Chemische Untersuchungsamt in Washington und setzten sich geduldig zurück, um auf die Ergebnisse zu warten.

In diesen drei Wochen hatten sie jedoch noch nichts gehört, und das Leben in Pamosa Springs verlief fast wieder in den gewohnten Bahnen. Im Kino wurde in der neunten Woche eine Doppelvorstellung mit *Rambo* und *Rote Dämmerung* gegeben. Der Frauenverein in der Stadt entwarf seinen zwanzigsten Brief an Jerry Falwell und bat ihn, als Gast auf seiner jährlichen Versammlung zu sprechen. Ein Rundschreiben, das den bevorstehenden Wahlkampf einleitete, erinnerte die Einwohner daran, daß bei der letzten Wahl der republikanische Kandidat Pamosa Springs mit zweiundneunzig Prozent der Stimmen gewonnen hatte.

Und Hal Taggart verlor weiterhin immer mehr Kunden. Da er das einzige Restaurant in Springs besaß, sollte man eigentlich meinen, daß das unmöglich war. Doch Taggart war seit dem Tod seines Sohnes in Beirut vor vier Jahren zum seltsamen Eigenbrötler geworden, und manche behaupteten sogar, er sei nun endgültig über die Klippe gesprungen. Nachdem er die Nachricht bekommen hatte, war er drei Wochen einfach verschwunden, und ein paar Monate später weitere zwei Wochen. Seitdem hatte er die dem Restaurant angegliederte Bar aufgegeben und öffnete das Restaurant selbst nur noch sporadisch, wann immer es ihm paßte. Und wenn er nun geöffnet hatte, kam niemand mehr. Doch Taggart spülte trotzdem noch die Teller und sprach hinter dem Tresen mit sich selbst. Einige behaupteten sogar, an manchen Abenden serviere er das jeweilige Tagesgericht an Gäste, die es gar nicht gab. Und in letzter Zeit schoß er mit seinem alten 22er

Jagdgewehr, aus dem seit einem Jahrzehnt kein gerader Schuß mehr gekommen war, auf die Ratten in seiner Vorratskammer. Die Ratten traf er natürlich nicht, und die Bewohner der Stadt gewöhnten sich allmählich an die schnellen Schüsse in dem Restaurant.

Es war an einem ereignislosen Dienstagnachmittag, als Hal Taggart eine ganze Kompanie Ratten an seinen Cornflakes-Vorräten knabbern sah. Er suchte verzweifelt nach seinem Gewehr, als der erste Armeewagen über die Zufahrtsstraße den Stadtrand erreichte. Der Konvoi – Jeeps, ein Dutzend Lastwagen, einige Panzerwagen mit Schlitzen für die Maschinengewehrläufe und Soldaten in voller Kampfkleidung und Ausrüstung – lenkte Augen und Ohren aller Einwohner auf sich. Viele traten zögernd auf die Straßen, um zu beobachten, wie die Soldaten von den Lastwagen sprangen und ausschwärmten, den Befehlen eines Mannes gehorchend, der eine Kampfmontur, doch statt eines Helms eine Mütze trug.

Hal Taggart hatte sein Gewehr gerade gefunden, als der Trupp in die Stadt einrückte, doch die verdammten Ratten waren davongehuscht, bevor er sie aufs Korn nehmen konnte. Die stinkenden Biester liefen zwischen den Getreidesäcken durch ein Loch in der Wand. Taggart hatte genug. Mit schußbereitem Gewehr lief er durch die Hintertür des Restaurants hinaus und setzte den Ratten über die Hauptstraße nach.

»*Ihr verdammten Arschlöcher!*«

Taggarts Schrei hallte über die Hauptstraße, und er stürmte hinterher, das Gewehr in den Armen.

Der Rest geschah so schnell, daß er überhaupt nicht zu geschehen schien.

Zwei Soldaten sahen Taggart kommen und richteten ihre Waffen auf ihn. Er wurde langsamer, blieb aber nicht stehen; er hielt nach den Ratten Ausschau und sah nichts anderes. Er lief noch immer, als beide Soldaten feuerten. Ein paar kurze, abgehackte Salven, und Hal Taggart wurde zurückgerissen. Sein Leib und seine Schürze waren blutdurchtränkt, und seine Arme und Beine zuckten, als er auf dem Boden aufschlug.

Die anderen Soldaten richteten ihre Waffen auf die Einwohner der Stadt, die die Szene schockiert beobachtet hatten.

Finger legten sich auf Abzüge, und keiner wußte, was er nun tun sollte, als einige Leute zögernd vortraten.

»Feuer einstellen!« rief der Kommandant mit der Mütze. »Feuer einstellen!«

Die Echos einiger ungezielter Schüsse hallten über die Hauptstraße. Irgendwo zersplitterte Glas. Dann senkte sich benommene Stille über die Straße, und die Bürger von Pamosa Springs waren zu Gefangenen in ihrer eigenen Stadt geworden.

Zweiter Teil

INS LABYRINTH

Athen: Mittwoch nachmittag

10

Am Mittwoch nachmittag traf McCracken in Athen ein. Die Reise hatte zwanzig anstrengende Stunden gedauert, was hauptsächlich auf einen dreifachen Maschinenwechsel zurückzuführen war, der ihm für den Fall nötig erschien, daß Sundowner doch versuchen würde, ihn verfolgen zu lassen.

Er mietete sich in einem kleinen Hotel im Zentrum des modernen Teils der Stadt ein. Der Portier sprach so gut Englisch, daß er ihm versichern konnte, Kapo Stadipopolis, der Antiquitätenhändler, von dem Earnst die Atragon-Kristalle erhalten hatte, habe seinen Laden mitten auf dem berühmten Monastiraki-Platz.

Blaine beabsichtigte ihn aufzusuchen, sobald er geduscht und sich umgezogen hatte.

Der Frühling im Mittelmeerraum erwies sich − wie meistens − als warm, und als er wieder auf die Straße trat, trug er nur eine leichte Jacke über dem Hemd, um sein Schulterhalfter zu verbergen. Er stellte fest, daß Athen eine paradoxe Stadt war, aber auf eine angenehme Art und Weise. In ihr verschmolz der moderne Lebensstil und Luxus einer nationalen Hauptstadt mit den uralten Traditionen, die der Stadt ihren Ruhm eingebracht hatten. Von seinem Hotel am Omonia-Platz aus wollte Blaine eigentlich zu Fuß zu Stadipopolis' Laden gehen, doch er hatte die Entfernung unterschätzt und nahm schließlich ein Taxi. Der Fahrer fuhr in südlicher Richtung über die Athena-Straße und setzte ihn im Herzen von Athens Einkaufsstraßen ab.

Im Prinzip markierte der Monastiraki-Platz den Anfang der Altstadt, der *Plaka*. Der Platz selbst bestand aus drei hier zusammenlaufenden Straßen, an denen Geschäfte und offene Marktstände jeder Art lagen. Wie üblich herrschte eine fast hektische Aktivität. Die heiße Sonne brannte auf die Menschen nieder, doch die Kauflustigen schienen sie nicht zu bemerken; einige schlenderten einfach umher, andere feilschten auf der Suche nach dem günstigsten Angebot mit den Ladenbesitzern. Kellner in langen weißen Schürzen versuchten, dem Zustrom der zahlreichen Gäste in die zahlreichen Cafés unter freiem Himmel Herr zu werden. Fliegende Händler, die ihre Waren aus Bauchläden verkauften, versuchten die Aufmerksamkeit der vorbeigehenden Touristen zu erregen und wechselten die Sprachen dabei genauso oft wie ihr Lächeln.

Dem Hotelportier zufolge befand sich Kapo Stadipopolis' Antiquitätengeschäft auf halber Höhe der Pandrosos-Straße, die Blaine schnell gefunden hatte. Er fühlte sich ziemlich sicher. Niemand konnte wissen, daß er sich in Griechenland aufhielt, und das war schon eine gewisse Beruhigung

Stadipopolis' Geschäft, ›Kapo's‹ genannt, war so einfach, wie Earnsts Geschäft elegant war. Es war zwischen zwei anderen Gebäuden eingeklemmt, einem Obstgeschäft und einer Bäckerei, die sich auf original griechische Backwaren spezialisiert hatte. Blaine ging zweimal an dem Geschäft vorbei und stellte fest, daß es vom Boden bis zur Decke mit Antiquitäten der unterschiedlichsten Preisklassen vollgestopft war. Alle Preise waren sowohl in Drachmen wie auch in Dollar ausgezeichnet. Stimmen drangen aus dem Inneren. Ein Verkäufer — wahrscheinlich Stadipopolis — redete auf einen möglichen Käufer ein. Blaine trat ein und hörte das leise Klimpern eines Glockenspiels. Das Durcheinander am Eingang bot kaum Bewegungsfreiheit, und so ging er weiter.

»Ich sage Ihnen, keine Drachme weniger«, beharrte ein lockenköpfiger Grieche mit einem dichten Schnurrbart. »Einhundert amerikanische Dollar.«

»Fünfzig«, erwiderte ein gutgekleideter Mann, dessen Frau dicht neben ihm stand. McCracken hatte den Eindruck, daß er sie mit seinen Kenntnissen über das Feilschen zu beeindrucken versuchte.

Der Grieche hob eine Vase hoch. »Mister, die ist Hunderte

von Jahren alt. Wollen Sie nach Hause zurückfahren und etwas Echtes zum Vorzeigen haben, oder wollen Sie sich brüsten, einen armen Händler heruntergehandelt zu haben? Was Sie uns antun, ist ein Verbrechen. Glauben Sie, ich wäre nicht imstande, diese Vase dem nächsten Menschen zu verkaufen, der durch diese Tür schreitet? Glauben Sie, ich wäre dazu nicht imstande?«

»Na gut«, gab der Mann nach, »fünfundsiebzig.«

»Hah! Fünfundsiebzig, sagte er. Ich zahle achtzig dafür, und er bietet mir fünfundsiebzig an, als würde er mir einen Gefallen tun. Was sollen meine Kinder essen, wenn ich bei all meinen Geschäften Verlust mache? Haben Sie vielleicht Kinder?«

»Nein«, erwiderte die Frau unangenehm berührt.

»Aber ich. Sieben Stück, und jedes sieht wie die Mutter aus, Gott sei Dank. Ich sage Ihnen, ich bin zwanzig wunderbare Jahre mit ihr verheiratet, seit meinem siebzehnten Lebensjahr. Sind Sie schon so lange verheiratet?«

Das Ehepaar sagte nichts.

»Wir fangen hier jung an. In Griechenland fängt man mit allem jung an. Selbst mit den Geschäften. Ich kann Ihnen diese Vase unter keinen Umständen unter meinem Einkaufspreis abgeben. Das ist nicht persönlich gemeint. Der nächste, der durch die Tür kommt, wird sie sofort für hundert Dollar nehmen, sogar für hundertfünfundzwanzig.« Er bemerkte McCracken. »He Sie, kommen Sie mal her. Was halten Sie davon? Kommen Sie, seien Sie ehrlich.«

Blaine ging zu der Theke und kniff die Augen zusammen, während er mit dem Finger vorsichtig über die Vase fuhr. »Sehr beeindruckend«, stellte er fachmännisch fest. »Aus der hadrianischen Periode, würde ich sagen. Ja, aufgrund des ionischen Propylons kann man sie eindeutig auf das zweite Jahrhundert vor Christus zurückdatieren, plus/minus ein Jahrhundert. Ich biete Ihnen fünftausend amerikanische Dollar dafür.«

Das junge Paar ging bereits kopfschüttelnd und ohne ein weiteres Wort zur Tür. Sie öffnete und schloß sich wieder. Erneut schlug das Glockenspiel leise an.

Der lockenköpfige Grieche schüttelte enthusiastisch und mit weit aufgerissenen Augen Blaines Hand. »Ich will Ihnen eins sagen, mein Freund. Es heißt, ich wüßte mehr über Geschichte als jeder andere hier am Platz, aber Sie wissen sogar noch mehr als ich. Ich respektiere Sie, und daher überlasse ich Ihnen dieses Stück für, nun ja, ich will großzügig sein, sagen wir . . . zweitausend Dollar.«

»Ich habe mir das nur aus den Fingern gesogen«, erwiderte Blaine.

»Was?«

»Ich bezweifle, daß irgendein Stück aus der hadrianischen Periode den Stempel ›Made in Japan‹ auf dem Boden hat.«

Stadipopolis ertappte sich, wie er wie ein Narr die Vase umdrehte, während McCracken schon zu einer offenen Vitrine mit ›authentischen‹ griechischen Altertümern ging, deren Preisschilder geradezu unglaublich waren.

»Ich will Ihnen etwas sagen, mein Freund«, sagte der Grieche und folgte ihm um die Theke herum. »Sie haben mich gerade um eine Stange Geld gebracht. Und das sind Sie mir jetzt schuldig. Vielleicht habe ich etwas . . .«

»Ich kaufe nicht«, sagte Blaine, während er mit einer kleinen grünen Schüssel spielte. Dann wandte er sich dem Griechen zu. »Ich verkaufe.«

»Wie Sie vielleicht sehen können, ist mein Warenlager gut gefüllt.«

»Was ich zu verkaufen habe, beansprucht nicht viel Platz, Mr. Stadipopolis.«

Der Gesichtsausdruck des Griechen wurde furchtsam. McCracken ging wieder zur Theke, und Kapo Stadipopolis folgte ihm.

»Woher kennen Sie mich, Amerikaner?«

»Ich kenne Sie nur dem Namen nach.«

»Und wie kommt es, daß ich Sie nicht kenne?«

»Weil wir nicht miteinander bekannt gemacht wurden und das auch jetzt nicht geschehen wird.«

»Ich sage Ihnen gleich, ich kaufe nicht von Fremden.«

»Wirklich nicht?« sagte Blaine und legte das kleine Stück Atragon, das Sundowner ihm überlassen hatte, auf die Theke. »Wie schade . . .«

Stadipopolis' Augen wölbten sich vor. Seine Lippen zitterten, und seine olivenbraune Haut erbleichte.

»W-W-Woher haben Sie das? W-W-Wie . . .«

»Amerika. Erich Earnst. Mehr müssen Sie nicht wissen. Die weiteren Fragen stelle ich.«

Der Grieche schien ihn nicht gehört zu haben. »Für wen arbeiten Sie?« fragte er ängstlich. »Wer hat Sie geschickt?«

»Ich habe Ihnen doch gesagt, keine weiteren Fragen. Erzählen Sie mir von den Kristallen.«

»Da gibt es nichts zu erzählen.«

»Earnst sagt, Sie hätten sie ihm versehentlich zugeschickt und dann, nachdem sie gestohlen wurden, ihre Rückgabe verlangt.«

»Earnst *lebt* noch?«

»Wenn ich nicht gewesen wäre, wäre er jetzt tot.«

Ein weiteres Paar, älter als das letzte, kam zur Tür hinein. Das Geräusch des Glockenspiels folgte.

»Verschwinden Sie!« brüllte Stadipopolis. »Geschlossen!«

Das Paar ging so schnell, wie es gekommen war.

»Ich habe Earnst das Leben gerettet«, sagte McCracken, »und ich werde auch Ihr Leben schützen — wenn Sie mir helfen.«

»Wieso kommen Sie auf den Gedanken, ich sei in Gefahr?«

»Weil ich, wenn Sie nicht mit mir zusammenarbeiten, auf der Straße verbreiten werde, daß *Sie* mir heute diesen Kristall verkauft haben. Man merkt doch sofort, daß Sie vor jemandem Angst haben. Was meinen Sie, wie lange wird das dauern, bis es vom Monastiraki-Platz bis an die Ohren dieses Jemands gedrungen ist, was Sie mir verkauft haben?«

»Nein!« jammerte Stadipopolis und schlug die Hände vors Gesicht. »Das können Sie nicht tun!«

»Aus Gründen, die Sie nicht verstehen werden, kann ich es sehr wohl. Und ich werde genau das tun, wenn Sie nicht reden.«

»Nicht hier«, sagte der Grieche und sah sich fürchtend um. »Vielleicht beobachtet man mich. Das wäre möglich.«

»Wann? Wo?«

»Heute abend. Um zehn Uhr am Friedhof Kerameikos. Kennen Sie ihn?«

»Ich werde ihn finden.«

Der Grieche wollte sich umdrehen. Blaine ergriff mit eisernen Fingern seinen Arm. »Ich werde es erfahren, wenn Sie mich hereinlegen sollten, Kapo. Der Mann, vor dem Sie Angst haben, ist vielleicht ein gleichwertiger Gegner für mich, vielleicht aber auch nicht. Ich würde nicht darauf wetten. Wir wollen doch nicht, daß der Monastiraki-Platz ärmer wird, weil er Sie verliert. Der Platz wäre einfach nicht mehr der alte.« Dann, mit eiskalten Worten: »Rufen Sie ihn nicht an, Kapo.«

»Das werde ich nicht! *Das kann ich gar nicht*!«

Blaine nickte zufrieden, steckte den Kristall wieder ein und drehte sich zur Tür um.

»Nein«, sagte Stadipopolis. »Sie müssen etwas mitnehmen. Mich bezahlen, verstehen Sie? Wenn ich beobachtet werde, würde das auffallen.«

»Es würde auffallen, wenn ich hier etwas kaufe.«

»Bitte! Nur, um ganz sicher zu gehen.«

McCracken gab ihm eine Zwanzig-Dollar-Note und griff nach der umstrittenen Vase. »Für die wüßte ich noch ein Plätzchen.«

»Aber . . .«

Blaine war schon auf dem Weg zur Tür. »Heute abend zehn Uhr, Kapo, auf diesem Friedhof. Sie haben die Spielregeln bestimmt. Und jetzt halten Sie sie auch ein.«

Und das Glockenspiel schlug erneut an.

Draußen, auf der Straße vor Kapos Geschäft, hielt ein beinamputierter Bettler, der sich auf einem kleinen Holzkarren abstieß, plötzlich an. Seine Augen mußten ihn trügen. Er wollte sich den Mann, der gerade aus dem Antiquitätenladen gekommen war, genauer ansehen, und rollte auf ihn zu, doch der Strom der Fußgänger war zu dicht und zwang den Bettler, den Bürgersteig zu verlassen und sich kurz zwischen den fließenden Verkehr auf der Straße zu wagen.

Fußgänger sprangen zur Seite, und Autos kamen mit kreischenden Bremsen zum Halt. Der Bettler erreichte die andere Straßenseite und erhaschte einen kurzen Blick auf den schnell ausschreitenden Mann; dann stieß er sich durch die Tür eines Gemüseladens. Ein Kunde und seine Tasche flogen durch die Luft, und eine Kiste Apfelsinen fiel zu Boden.

Der Bettler hielt nicht inne.

»Dein Telefon, Andros!« rief er, als er den Laden halb durchquert hatte. »Gib es mir! Schnell!«

Der verwirrte Ladenbesitzer nahm den Hörer vom Apparat und reichte ihn dem Bettler hinab.

»Und jetzt wähle diese Nummer! Na komm, mach schon!«

Andros wählte die Nummer, die der Bettler ihm nannte. Es klingelte, einmal, zweimal.

»Ich muß mit Vasquez sprechen«, sagte der Bettler zu dem Mann, der schließlich abhob.

11

Kapo Stadipopolis pfiff leise vor sich hin, um sich abzulenken, während der Zeiger seiner Uhr auf zwei Minuten nach zehn rückte. Er wartete wie vereinbart seit fünf Minuten vor zehn vor dem Grab des Dionysios von Kollytos, und es war keine Spur von dem Amerikaner zu sehen. Gut. Vielleicht würde er gar nicht kommen. Stadipopolis wäre gar nicht überrascht gewesen, wenn er schon tot wäre.

Der Grieche versuchte, sich eine Zigarette anzuzünden, doch die steife Abendbrise machte ihm einen Strich durch die Rechnung. Nach einem halben Dutzend Versuchen gab er auf, summte weiter und legte die Arme vor die Brust, um die Kälte abzuwehren. Hinter ihm erhob sich ein Stier aus weißem Stein, das Symbol des Dionysios, auf Zwillingssäulen. Er schien jeden Augenblick hinabspringen zu wollen.

Stadipopolis' Summen war das einzige Geräusch auf dem Friedhof Kerameikos.

»Buh«, flüsterte eine Stimme in sein Ohr, und ein harter Finger schob sich wie ein Pistolenlauf in seinen Rücken.

Stadipopolis fuhr völlig überrascht herum. »Soll ich einen Herzanfall bekommen, Amerikaner?«

»Sie haben genug Lärm gemacht, um die Toten aufzuwekken.« Blaine blickte sich um. »Buchstäblich.«

»Sie kommen zu spät«, brachte der Grieche heraus, nachdem er sich etwas beruhigt hatte.

»Wohl kaum. Ich bin seit kurz nach acht hier. Ich mußte mich vergewissern, daß Sie keine Dummheiten vorhaben.«

»Sie vertrauen mir nicht?« Stadipopolis tat beleidigt.

»Ich vertraue niemandem, bis er mir einen Grund dafür gegeben hat.«

»Wir müssen uns beeilen.«

»Da bin ich allerdings einer Meinung mit Ihnen.«

Blaine hielt den Friedhof Kerameikos für eine gute Wahl für das Treffen. Er erinnerte eher an die Vergangenheit als an die Toten und war aus guten Gründen bei Touristen sehr beliebt. Der Friedhof enthielt die ausgegrabenen Überreste des alten athenischen Stadtviertels Kerameikos und Standbilder großer Gestalten der Geschichte von der vormykenischen Epoche bis in die späte Antike. Innerhalb der ausgegrabenen Bereiche sahen sich keine zwei Gräber ähnlich.

Der Friedhof wurde von gewundenen Gehwegen in Abschnitte unterteilt und wirkte daher größer, als er in Wirklichkeit war. Man hatte gerade so viel Ausgrabungen durchgeführt, um eine Übersättigung zu vermeiden, aber einen wirklichen Eindruck der griechischen Geschichte zu vermitteln. Das Grab des Dionysios befand sich nördlich vom Kerameikos-Museum an der Seite des Friedhofs, die an die Pireos-Straße grenzte. Direkt südlich vom Tor, durch das McCracken den Friedhof betreten hatte, lag die Agora, der alte Markt, am Fuß eines steilen, grasbewachsenen Hügels, der zu der berühmten Akropolis hinaufführte.

»Sie verstehen, daß es meinen Tod bedeuten kann, wenn ich mich mit Ihnen treffe«, sagte Stadipopolis ängstlich.

»Wären Sie nicht gekommen, wäre Ihnen der Tod sicher gewesen.«

Die Nacht wurde vom Halbmond erhellt, und der Grieche trat in den Schatten zurück, den der steinerne Stier über dem Grab warf.

»Ich will alles erfahren, was Sie über die Kristalle wissen«, sagte Blaine zu ihm. »Und zwar von Anfang an.«

»Der Anfang ist in diesem Fall schwierig auszuloten. Soweit wir wissen, liegt er vor dem Anbeginn der Zivilisation.«

»Ersparen Sie mir die Geschichtsstunde. Fangen wir damit an, wie Sie in den Besitz der Kristalle gekommen sind.«

»Sie wurden einem Mann von großer Macht gestohlen. Er wird der Löwe von Kreta genannt. Er ist verrückt, doch niemand wagt es, ihm in die Quere zu kommen.«

»Wie lautet sein Name?«

»Er ist unter vielen Namen bekannt. Der, der der Wahrheit am nächsten kommt, lautet Megilido Fass.«

»Also haben Sie ihm die Kristalle gestohlen und sie dann an Earnst geschickt . . .«

»Nein!« beharrte Stadipopolis und zog sich gegen eine Säule zurück. »Eins sage ich Ihnen, Amerikaner: Schon meiner Kinder wegen würde ich es niemals wagen, einem Mann wie Megilido Fass in die Quere zu kommen. Er hat eine Villa im Südwesten Kretas, und es heißt, sie sei so groß wie eine Stadt. Man weiß, daß schon viele Menschen dorthin gegangen und nie wieder zurückgekehrt sind. Hauptsächlich Knaben.«

»Knaben?«

Der Grieche nickte zögernd. »Der Reichtum bringt einen gewissen Luxus mit sich, darunter auch die Möglichkeit, sich den . . . Vergnügungen hinzugeben, an denen man den größten Gefallen findet. Fass kann tun, was ihm beliebt. Wie ich schon sagte, niemand kommt ihm in die Quere, und das schließt die Behörden ein.« Er spuckte aus. »Nichtsnutzige Schweine sind das. In diesem Land wird Korruption betrieben . . .«

»Nicht nur in diesem Land, Grieche. Na gut, also haben die Kristalle ursprünglich diesem Fass gehört. Dann wurde er bestohlen.«

Stadipopolis nickte. »Von einem törichten, wagemutigen jungen Mann, dessen Familie der Heide Unrecht getan hat. Er schwor Rache, und seine Freunde haben ihn noch dazu angestachelt. Er fing eine für Marokko bestimmte Lieferung von Fass ab. Darunter waren die Kristalle.«

»Und wie kommen Sie ins Spiel?«

»Wie lautet noch Ihr Spruch, Amerikaner? In dieser Stadt bin ich als Mann bekannt, der Waren verschieben kann, an denen man sich vielleicht die Finger verbrennt. Der törichte junge Mann brachte die gestohlenen Güter zu mir. Ich habe sie für einen vernünftigen Preis erworben, ohne natürlich ihre Herkunft zu kennen.«

»Natürlich.«

»Hätte ich . . . nun, für solche Spekulationen ist es zu spät. Um einen Profit zu machen und Schwierigkeiten zu vermeiden, wollte ich die Edelsteine schnell fortschaffen. Über Amerika, wie immer.«

»Und über Erich Earnst.«

»Genau. Die Kristalle waren von besonderem Interesse für mich, weil ich so etwas noch nie gesehen hatte.«

»Genau das hat Earnst auch gesagt.«

»Sie waren . . . faszinierend.«

»Doch offensichtlich haben Sie aus irgendeinem Grund die Kristalle von Earnst zurückgefordert, kurz, nachdem Sie sie ihm geschickt hatten.«

»Ich will Ihnen etwas sagen, Amerikaner. Meine Geschäfte mit Earnst waren über all die Jahre hinweg für beide Seiten immer profitabel. Er war ein ehrenhafter, integerer Mann.«

»Aber das hinderte Sie nicht daran, die Kristalle zurückzuverlangen.«

»Ich hatte keine andere Wahl. Ein paar Wochen, nachdem ich die Lieferung abgeschickt hatte, kamen ein paar Männer in mein Geschäft. Auf dem Platz waren sie als Handlanger von Fass bekannt. Sie waren sehr höflich, widerwärtig höflich. Sie kauften sogar mehrere Stücke. Dann erkundigten sie sich nach den Kristallen. Da ich wußte, daß sie nicht sicher sein konnten, ob ich sie weiterverkauft hatte, stritt ich natürlich ab, sie jemals gesehen zu haben. Sie lächelten und gingen friedfertig, baten mich allerdings, sie anzurufen, sollte ich irgendwelche Gerüchte aufschnappen.«

»Aber sie haben Ihnen trotzdem Angst eingejagt.«

Stadipopolis schluckte hart. »Damals noch nicht. Erst eine Woche später. Die Männer kamen in meinen Laden zurück und waren so höflich wie beim ersten Mal. Einer trug eine Schachtel unter dem Arm, und ich dachte, sie wären nur zurückgekommen, um ein Stück, das sie gekauft hatten, umzutauschen. Vielleicht wollten sie auch noch ein kleines Geschäft an dem Handel machen, das ich ihnen gern zugestanden hätte. Sie baten mich, die Schachtel zu öffnen.« Der Grieche hielt inne, als müsse er sich zwingen, weiterzusprechen. »Es war ein Kopf in der Schachtel, ein Kopf, der zu dem Jungen gehörte, der Megilido Fass beraubt und seine Beute dann an mich weiterverkauft hatte.«

»Also haben Sie ihnen von Earnst erzählt.«

»Nein, Amerikaner, das habe ich nicht. Ich hätte es, hätten sie die Schachtel mit dem Kopf des Jungen bei mir zurückgelassen.«

»Was macht das denn für einen Unterschied?«

»Die Tatsache, daß sie sie wieder mitnahmen, bewies mir, daß sie nicht sicher waren, ob ich die Kristalle weiterverkauft hatte. Sie zeigten sie in der ganzen Stadt Männern wie mir herum und hofften, daß einer von uns zusammenbrach. Fass ist ein schrecklicher Mensch, doch er will sich nicht unnötig Feinde in Athen machen. Das würde seinen Bedürfnissen zuwiderlaufen.«

»Dann wußte Fass nichts von Earnst.«

»Er konnte nichts von ihm wissen. Hätte er von ihm gewußt, wäre Earnst schon seit Monaten tot, und er hätte sich die Kristalle zurückgeholt.«

»Aber sie wurden gestohlen . . . von einer anderen Partei.«

»Ja«, sagte Stadipopolis wissend, »und die Tatsache, daß sich einer davon in Ihrem Besitz befindet, beweist, daß Sie für diese Gruppe arbeiten.«

»Mit ihr zusammen, nicht für sie.«

»Das spielt keine Rolle.«

»Für mich schon.«

»Dann sprechen wir darüber, was für mich eine Rolle spielt, Amerikaner. Sie suchen nach weiteren dieser Kristalle, weil Ihre Hintermänner deren Potential als Energiequelle erkannt haben.«

Stadipopolis' Bemerkung traf Blaine völlig überraschend. Er

versuchte, sich nichs anmerken zu lassen. Woher konnte dieser Mann davon wissen?

»Für den Mann, der uns hilft, die restlichen Vorräte dieser Kristalle ausfindig zu machen, könnte ein stattlicher Profit herausspringen.«

»Die restlichen Vorräte sollten für immer begraben werden, zusammen mit den Kristallen, die Sie noch besitzen.« Die Stimme des Griechen klang gepreßt.

»Hören Sie auf, in Rätseln zu sprechen. Das kann ich nicht mehr hören. Was hat es mit den Kristallen auf sich?«

»Der Tod folgt ihnen überall und immer. Ich habe das nicht gewußt. Hätte ich es gewußt . . .«

McCracken zerrte Stadipopolis am Hemd zu sich heran. »Was sind das für Kristalle?«

Die Lippen des Griechen zitterten. »Ihre Herkunft erfuhr ich später, zu spät. Sie sind ein Produkt der Mythen.«

»Menschen werden nicht wegen Mythen umgebracht.«

»Dieser Mythos wird sich vielleicht als Wirklichkeit erweisen.« Und er schnappte so viel Luft, wie McCrackens Griff ihm zugestand. »Atlantis«, sagte er.

McCracken brauchte einige Sekunden, bis er Stadipopolis' Worte begriffen hatte. »Augenblick mal«, sagte er und ließ den Griechen los. »Atlantis? Meinen Sie diese Insel, die im Meer versank?«

»Genau die.«

»Ich bin hierher gekommen, um die Wahrheit zu erfahren«, schnappte McCracken. »Und nicht, um irgendeinen lächerlichen Mythos zu hören.«

»Die Wahrheit, Amerikaner, ist eine Frage der Perspektive. Die meine änderte sich, als ich auf eine Verbindung stieß, die ich nicht einfach abtun konnte. Viele glauben, daß sich das Volk von Atlantis die Kräfte der Sonne nutzbar machte, um eine Energie zu schaffen, die stärker ist als Atomenergie. Sie bewerkstelligten dies, indem sie einen rubinroten Kristall benutzten, der gewaltige Mengen Sonnenenergie für den späteren Gebrauch speichern konnte. *Rubinrot!* Sie haben sie gesehen. Sie besitzen solch einen Kristall!«

»Und Sie werden mir helfen, noch mehr davon zu finden.«

»Nein! Das Volk von Atlantis zerstörte sich selbst, indem es die Macht dieser Kristalle mißbrauchte. Sie versuchten, sie als *Waffen* einzusetzen. Ich habe darüber gelesen. Und jetzt erzählen Sie, Amerikaner, mir mit vielen Worten, daß jemand, den Sie repräsentieren, das gleiche erneut versucht. Sie wollen sich die Macht von etwas nutzbar machen, das der Mensch niemals entdecken sollte, niemals . . .«

»Warten Sie! Still!«

»Warum . . .«

»Still, sage ich!« flüsterte Blaine.

Er hatte etwas gehört, Kiesel, die unter einem Stiefel knirschten. Dann weitere Geräusche, das leise Schlagen von Autotüren, die sanft geschlossen wurden.

Blaine sah sich um. Die zahlreichen Gräber und Monumente verdeckten seine Sicht auf die nahegelegenen Straßen.

Wo waren Sie, verdammt? Wo?

Die Geräusche verstummten, was kein gutes Zeichen war, denn es bedeutete, daß seine Widersacher — wer immer sie auch waren — sich schon genähert hatten und nun abwarteten. Blaine dachte an New York. Vielleicht die gleiche Gruppe, die hinter dem Überfall auf der 47th Street steckte. Oder vielleicht Fass' Leute.

Stadipopolis machte einen Schritt auf ihn zu. »Amerikaner, was ist los? Stimmt etwas nicht?«

McCracken zerrte seine Pistole aus dem Halfter. »Bleiben Sie aus dem Licht!«

»Ich werde nicht . . .«

»Ich sagte, *bleiben Sie* . . .«

Es war zu spät. Die ersten Schüsse peitschten auf.

12

McCracken hatte sich bereits zu Boden geworfen, als Kapo Stadipopolis' Gesicht verschwand. Blut und Knochen spritzten in alle Richtungen und klatschten gegen eine weiße Steinsäule. Der Leichnam des Griechen schlug einen Augenblick, nachdem Blaine sich in Deckung geworfen hatte, auf dem Boden auf.

Weitere Schüsse hallten über den Friedhof. Schritte knirschten auf der Erde und kamen näher. McCrackens Gedanken rasten. Die Dunkelheit war sein Verbündeter. Die Killer hatten nach ihren Salven nur gesehen, wie zwei Männer zu Boden gingen; sie konnten unmöglich wissen, ob sie ihre Opfer getroffen hatten oder nicht. Blaine kroch liegend, sich nur mit den Ellbogen abstoßend, um Dionysios' Grab herum.

Zwei Männer in Schwarz stürmten aus der Dunkelheit in den Lichtkreis eines der Scheinwerfer, die die Monumente anstrahlten. McCracken schoß, und einer schrie auf und brach zusammen. Der andere tauchte in die Deckung eines Monuments. Er rief um Hilfe, und Blaine erkannte die Sprache.

Es war Russisch!

Wagen näherten sich mit dröhnenden Motoren auf der naheliegenden Straße. Weitere Türen wurden leise zugeschlagen. Schritte hallten auf Beton und dann hartem Erdboden. Wenn McCracken etwas unternehmen wollte, dann mußte es jetzt geschehen.

Im nächsten Augenblick war er auf den Füßen. Der Schütze hinter dem Monument feuerte sein Automatikgewehr auf den laufenden Blaine ab, und Blaine erwiderte das Feuer mit ungezielten Schüssen, um den Mann in Schach zu halten. Blaine glitt hinter ein anderes Grab, ein größeres, das in großen Buchstaben die Aufschrift DEXILEOS trug. Er tauchte auf der anderen Seite wieder auf und wurde von einer weiteren kurzen, abgehackten Salve empfangen. Stucksplitter und kleine Brocken uralten Marmors flogen ihm ins Gesicht. Erneut warf sich Blaine zu Boden und feuerte auf Schatten in der Dunkelheit. Der Bolzen traf auf eine leere Kammer, und er rollte sich herum, um ein neues Magazin einzuschieben.

Er hatte jetzt Deckung, doch der Lärm des nahen Verkehrs verwirrte ihn und erschwerte es, die Zahl und die Nähe der flüsternden Stimmen auszumachen.

Russen, gottverdammt, Russen!

Doch wer hatte sie geschickt?

Blaine zog sich durch das schlüpfrige Gras und benutzte die flutlichterhellte Akropolis über ihm als Orientierungspunkt. Sein Problem bestand nicht darin, sich zu verteidigen, sondern zu entkommen. Er konnte zahlreiche Feinde töten, doch für jeden gefallenen würden mehrere neue nachrücken. Schließlich würden sie ihn erwischen. Es war unausweichlich. Er kroch weiter.

Seine Widersacher wurden ungeduldiger und die Stimmen um ihn herum lauter. Jede Sekunde, die er ihnen entging, arbeitete zu seinen Gunsten. Mit zunehmender Aussicht, daß ihr Opfer vielleicht entkommen könnte, würden ihre Ratlosigkeit und Verwirrung größer werden.

Blaine verharrte hinter einer kleineren Grabreihe vor dem Heiligen Weg, der den Friedhof Kerameikos in zwei Hälften teilte. Als er aufblickte, sah er, daß hier unter anderem Pythagoras begraben lag. Seltsam, dachte er bei sich, daß er bei dem kleinsten Fehler seinerseits nun über dem griechischen Vater der exakten Mathematik sterben würde. Er hatte noch keinen Plan. Es kam erst einmal darauf an, in Bewegung zu bleiben.

Gut hundert Meter vor ihm lagen die Überreste der Mauer, die Themistokles nach der persischen Invasion um Athen errichtet hatte. Wenn er sie erklimmen konnte, war ihm vielleicht eine Flucht möglich, bevor die Russen reagieren konnten.

Leise, mahnte er sich, als Schritte keine zwei Meter von eben den Gräbern entfernt innehielten, die ihm gerade Schutz gaben. Blaine hielt seine Pistole bereit, wollte jedoch unter allen Umständen vermeiden, sie zu benutzen, weil sie die Aufmerksamkeit sofort wieder auf sein neues Versteck lenken würde.

Zum Glück bogen die Angreifer auf den Heiligen Weg und gingen zur anderen Seite des Friedhofs. McCracken kroch noch zehn Meter weiter, schlüpfte dann unter die erhöhte Plattform eines anderen Monuments und schöpfte Atem. Es waren noch sechzig Meter bis zu den Mauern, und er konnte nicht hoffen, diese Strecke auf dem Bauch zurücklegen zu können. Er mußte für eine Ablenkung sorgen, die die Angreifer von der Richtung fortlocken würde, in die er fliehen wollte.

Blaine drehte sich in dem engen Spalt, versuchte, seine verkrampften Muskeln zu entspannen. Zuerst spielte er mit dem Gedanken, das neue Magazin in seiner Heckler & Koch dazu zu benutzen, einen beträchtlichen Teil eines Monuments anzuschießen. Er konnte davon ausgehen, daß seine Widersacher dort zusammenlaufen würden, und dann fliehen. Doch vielleicht würde der Marmor nicht absplittern, und dann hätte er nichts anderes erreicht, als den Killern sein tatsächliches Versteck zu verraten. Nein, er mußte sich etwas anderes einfallen lassen.

McCracken lächelte, als sein Blick auf das Kerameikos-Museum fiel, das einzige moderne Gebäude auf dem Friedhofsgelände. Er wußte, daß dort zahlreiche kostbare Antiquitäten ausgestellt wurden, die eine ausgeklügelte Alarmanlage erforderlich machten. Eine oder zwei Kugeln in ein Fenster müßten für Ablenkung sorgen, die er so dringend brauchte. Blaine zielte auf das größte Fenster, das er sah. Er schoß nur einmal.

Der kreischende Alarm setzte in dem Augenblick ein, da das Glas zersplitterte. Große Scheinwerfer auf dem Dach des Museums flammten plötzlich auf und erhellten unregelmäßige Abschnitte des Friedhofs mit einem unheimlichen Glanz. Blaine beobachtete, wie die Russen vor dem Licht ausschwärmten, hin und her liefen, sich in Deckung warfen und völlig verwirrt durcheinanderriefen.

McCracken schob sich unter dem Monument hervor und war augenblicklich auf den Füßen. Er sprang auf den Heiligen Weg, der zur Innenmauer und damit zum Tor und zur Freiheit führte.

Der Alarm jaulte weiterhin, und immer näherkommende Sirenen vergrößerten das Chaos.

Zwei atemlose Russen brachen direkt vor ihm auf den Weg. Er sah sie, bevor sie ihn sahen, früh genug, um dem einen heftig gegen die Kehle zu schlagen und dem anderen in den

Unterleib zu treten. Zwei Schläge später waren beide bewußtlos.

»*Da! Da!*«

McCracken hörte die Schreie in seinem Kielwasser, als er gerade die Innenmauer erreicht hatte, die sich zwischen ihm und dem Heiligen Tor erhob. Und er hatte die Mauer gerade erklommen, als neben seinen Händen Kugeln in die Steine schlugen. Staub und Gesteinsbrocken wurden in die Luft geschleudert. Blaine sprang hinüber und landete auf beiden Beinen zugleich, um sich nicht einen Knöchel zu verstauchen.

Er lief fünfzehn Meter und erreichte das Heilige Tor. Es war Teil einer Mauer von mindestens drei Metern Höhe, und da das Tor verschlossen war, wußte Blaine, daß ihm keine andere Wahl blieb, als über die Mauer zu klettern. Dabei bot das Tor den meisten Halt, und so sprang er an ihm hinauf und griff mit beiden Händen nach einem schmalen Vorsprung knapp einen halben Meter unter dem Kopfende. Er schlug und trat mit den Beinen, um nicht wieder hinabzurutschen. So nahe, wie die Russen waren, hatte er nur eine Chance.

McCracken zog sich hoch, griff mit einer Hand über die andere, ein Rhythmus, den auch seine Füße mitmachten. Er hatte mit der rechten Hand gerade über das Kopfende gegriffen, als die Angreifer die Innenmauer hinter ihm erreichten und zu schießen anfingen. Die Polizei traf auch ein und schien zuerst einmal lediglich bemüht, in Deckung zu gehen. Blaines Lage wurde immer mißlicher. Eine verirrte Kugel streifte seine Schulter, und der sengende Schmerz erzeugte den letzten Adrenalinausstoß, den er brauchte, um sich über die Mauer zu werfen.

Diesmal nahm sein Sturz kein so elegantes Ende. Er landete mit einem dumpfen Geräusch auf dem Boden, und der Aufprall nahm ihm die Luft. Er versuchte, auf die Füße zu kommen, und hätte es beinahe geschafft, doch dann stürzte er wieder auf den Hügel, der den östlichen Rand des Friedhofs bildete.

Zwei dunkle Mercedes-Limousinen bogen um eine Ecke und hielten auf ihn zu. Blaine blieb keine andere Wahl: Er zwang sich auf die Füße und lief benommen über das Gras.

McCracken fühlte sich geschlagen. Die Fahrer der Limousinen hatten ihn zwar noch nicht erspäht, würden dies aber jede Sekunde, und er mußte auch noch die Angreifer auf dem Friedhof berücksichtigen. Die Anwesenheit der Polizei von Athen würde einige zwar ablenken – aber keineswegs alle. Und in seinem jetzigen Zustand waren nur zwei oder drei Mann nötig, um seinem Leben ein Ende zu bereiten.

Er stolperte mit gesenktem Kopf weiter, doch als er schließlich aufschaute, bot sich ihm ein erstaunlicher Anblick. Von modernen Scheinwerfern taghell beleuchtet, erhob sich majestätisch der Parthenon auf der Akropolis, Athens antikem Hügel des Staatswesens und Handels. Der Tempel, der zu dieser Jahreszeit bis Mitternacht für Touristen geöffnet war, mochte ihm vielleicht eine Fluchtmöglichkeit bieten.

Eine uralte, in den felsigen Hügel gemeißelte Treppe bot Zugang zur Akropolis. Die Erhabenheit des strahlenden Anblicks, die Hoffnung, den er zu versprechen schien, gab Blaine die Kraft, die er benötigte, um über die Straße zu laufen und die uralten Stufen zu erklimmen. Die Treppe stieg steil an, und zahlreiche Stufen waren ausgetreten oder abgebröckelt. Blaine rutschte mehrmals aus, verlor aber nie das Gleichgewicht. Wenn er die Akropolis erreichen und sich unter die Touristen mischen konnte . . .

Kugeln zerrissen die Stille der Nacht. Ihr Echo wurde vom Hügel zurückgeworfen. Blaines Gedankenfaden riß; erneut lagen nur die nächsten Sekunden vor ihm.

Nachdem er nun drei Viertel der Treppe hinter sich gebracht hatte, trat er von den Stufen auf den grasbewachsenen Hügel der Akropolis. Die Dunkelheit verbarg ihn. Er kämpfte sich weiterhin hinauf, lief diagonal auf die Propyläen zu, die den ursprünglichen, aus fünf Toren bestehenden Eingang zur Akropolis bildeten. Die Touristen betraten den Tempel normalerweise durch das Beule-Tor, das jedoch für McCracken viel zu hell erleuchtet war.

Seine Hände scharrten am zerklüfteten Fels, während er durch einen abgesperrten Teil der Anlage kletterte. Sobald er auf ebener Erde war, lief er zum Tempel der Athena. Er sah, daß sich ein Stück vor ihm der Großteil der Touristengruppe mit ihrem Führer nun vor dem majestätischen Parthenon selbst versammelt hatte.

»Kürzlich eingeleitete Maßnahmen der griechischen Regierung haben den Schaden, den die Umweltverschmutzung an diesen antiken Gebäuden verursacht, drastisch reduziert«, erklärte die Führerin, eine Frau mit olivenbrauner Haut, auf Englisch. »Trotzdem sind die Steinoberfläche und die Marmorverkleidungen irreparabel geschädigt worden. Der Tempel hat Jahrtausende der Geschichte überstanden, nur um nun . . .«

Blaine fand sich neben einem Mann mit Schnurrbart wieder, vor dessen Brust eine Kamera baumelte. Der Mann drehte sich um, überrascht von seinem plötzlichen Auftauchen.

»Ist gar nicht so einfach, hier zu pissen, was?« witzelte Blaine. »Hätte mich fast umgebracht. Aber bei den alten Griechen gab es wohl noch keine moderne Kanalisation.«

Der Mann lächelte und wandte seine Aufmerksamkeit wieder der Führerin zu.

»Der Parthenon wurde als Tempel zu Ehren der Athena errichtet, und eine Statue von ihr stand am Ostende . . .«

McCracken hörte, wie sich Schritte näherten, und mußte sich nicht umdrehen, um zu wissen, daß die Russen kamen. Er mußte schnell etwas unternehmen. Aber was?

Wenn du im Zweifel bist, tue gar nichts, lautete eine eher humorvolle Regel aus dem Lehrbuch, doch heute abend stellte Blaine fest, daß sie gar nicht so humorvoll gemeint war. Die Killer hatten ihn auf dem Kerameikos-Friedhof kaum zu Gesicht bekommen, und er bezweifelte, daß sie mehr als höchstens eine vage Beschreibung von ihm hatten. Sie waren nicht davon ausgegangen, daß ihr Opfer eine Gestalt in einer großen Menschenmenge sein würde.

Blaines Flucht hatte das geändert. Seine staubige Kleidung hätte ihn vielleicht verraten, doch die abendliche Brise hatte auch andere Touristen eingestaubt. Das einzige Merkmal, an dem man ihn identifizieren konnte, war seine Schulterverletzung. Die Blutung war zum Erliegen gekommen, und der Fleck war eingetrocknet. Ein geübtes Auge mochte ihn jedoch trotzdem ausfindig machen.

Blaine postierte sich zwischen zwei Frauen.

»Damit ist unsere Führung beendet, meine Damen und Herren«, sagte die Touristenführerin, und die Gruppe applaudierte höflich. »Wenn Sie mir nun folgen möchten«, fuhr sie fort und bahnte sich einen Weg durch die Menge, »werden wir über den östlichen Pfad zum Bus zurückkehren.«

McCracken mischte sich unter die Touristen. Als er sich umdrehte, sah er die Russen zum ersten Mal im Licht. Sie wirkten in ihren Anzügen, die sie sich beim Erklimmen des Hügels schmutzig gemacht hatten, fehl am Platze. Sie musterten aufmerksam die Teilnehmer der Führung, und ihre Blicke verweilten kurz auf jedem Mann, während sie ebenfalls versuchten, sich unter die Menge zu mischen. Sie unterzogen Blaine der gleichen kurzen Musterung wie die anderen auch und beratschlagten achselzuckend miteinander. Einige ihrer Kollegen waren zum Tempel zurückgekehrt, vielleicht in der Annahme, daß sich ihr Opfer dort irgendwo verbarg.

Blaine dankte seinem Glück. Wenn sie davon ausgingen, daß er sich noch versteckte, mochte er ihnen vielleicht entkommen, indem er einfach bei der Touristengruppe blieb. Er ging mit den anderen über den gut beleuchteten östlichen Pfad den Hügel hinab. Über seinen nächsten Zug dachte er noch nicht nach; es bestand kein Grund dafür, bis er wußte, was die Gruppe am Fuß des Hügels erwartete. Er war sich zweier Russen bewußt, die, ein wenig zurückhängend, der Gruppe folgten. Ein dritter marschierte am Kopf der Prozession mit. Von seiner Position in der Mitte aus konnte Blaine alle drei mühelos mit seiner Waffe ausschalten, wenn es darauf hinauslaufen sollte.

Sie waren noch etwa vierzig Meter vom Fuß des Hügels entfernt, als Blaine zum ersten Mal den Bus der Gruppe sah. Den Bus und noch etwas.

Zwei schwarze Mercedes-Limousinen, deren Scheiben herabgedreht wurden, als die Gruppe in Sicht kam. Die Wagen waren uralt, genauso Überbleibsel ihrer Art wie die Gebäude auf der Akropolis, die er gerade verlassen hatte. Zwei übergroße Ungetümer aus einem anderen Zeitalter, hintereinander am Straßenrand stehend und wartend.

Blaine bemerkte auch einige gut gekleidete Männer auf der anderen Straßenseite gegenüber dem Bus. Sie alle trugen trotz der warmen Frühlingsnacht Übermäntel. Die Strategie des Feindes war offensichtlich: abzuwarten, bis die Gruppe den Fuß des Hügels erreicht hatte, um dann alle männlichen Teilnehmer der Führung zu töten, wenn sich ihr Opfer nicht zeigte. Die Medien würden den Überfall irgendwelchen Terroristen zuschreiben, und ein halbes Dutzend rechter Gruppen würde die Verantwortung übernehmen.

Blaine fühlte, wie kalter Schweiß sein Gesicht hinabtropfte und die Haut unter seinem Hemd durchnäßte. Sein Herz hämmerte gegen seinen Brustkorb, und sein Atem ging plötzlich schwer. Er mußte unbedingt handeln, durfte kein Gemetzel an Unschuldigen zulassen. Er schob die rechte Hand langsam in den Gürtel, um nach der Heckler & Koch P-7 zu tasten, für die er noch sieben Schuß hatte. Die Schlüsselfrage war, wann und wo er etwas unternehmen konnte. Sie näherten sich schnell der Straße. Die Russen befanden sich auf allen Seiten. Er mußte vor ihnen handeln, aber so, daß sie nicht willkürlich in die Menge feuerten.

Denk nach, verdammt, denk nach!

Der Bus befand sich jetzt direkt vor ihm. Die Gestalt, die sich hinter dem Steuerrad zusammenkauerte, war offensichtlich der Fahrer. Das große Fahrzeug konnte ihm Deckung geben. Es würde sicherlich . . . Nein, keine Deckung. Plötzlich wußte Blaine, was er zu tun hatte, doch es war noch die Menschenmenge zu berücksichtigen.

Noch zehn Meter zum Bus . . .

Bevor er etwas unternahm, mußte er dafür sorgen, daß der Touristengruppe nichts geschah. Das war die einzige Möglichkeit.

In der Nähe des Busses und auf der anderen Straßenseite zogen die Russen ihre automatischen Waffen hervor. Alle Fenster der schwarzen Limousine waren hinabgedreht. Das Zeichen zum Angriff würde von dort kommen.

Blaine wußte, daß sein nächster Schritt nun kommen mußte, und spurtete ohne jeden weiteren Gedanken vor.

»AHHHHHHHHHHHHH!«

Der Schrei zerriß die Nacht und ließ, wie Blaine es

beabsichtigt hatte, die Touristen erstarren. Im gleichen Augenblick hatte er seine Pistole gezogen und feuerte in die Richtung der beiden schwarzen Wagen, eher ein Ablenkungsmanöver als ein ernsthafter Angriff. Er hatte genau das getan, womit die Russen als allerletztes gerechnet hätten, und diese Handlungsweise ermöglichte es ihm, die Bewegung der Touristengruppe zu steuern. Als seine Schüsse erklangen, warfen sich die Teilnehmer der Führung schreiend zu Boden und gerieten so aus der Schußlinie.

McCrackens plötzlicher Ansturm hatte die Männer in dem Mercedes davon abgehalten, die Eröffnung des Feuers zu signalisieren, und die Männer in den Übermänteln gezwungen, in Deckung zu gehen. Als seine Widersacher begriffen hatten, was geschehen war, hatte Blaine die Seite des Busses erreicht und vier Kugeln auf die Männer abgefeuert, die am Ende der Touristengruppe geblieben waren und nun den Hügel hinabgelaufen kamen. Zwei Männer stürzten sofort zu Boden, ein dritter einen Augenblick später.

Nur noch eine Kugel, und keine Zeit, sein letztes Magazin einzuschieben . . .

Salven aus einem Schnellfeuergewehr schnitten sich in die Seite des Busses. Zwei Männer in Übermänteln liefen über die Straße, um eine bessere Schußposition einzunehmen, während Blaine zur geöffneten Tür des Fahrzeugs rannte. McCracken sprang gebückt die Stufen hoch. Er sah, daß der Fahrer über dem Lenkrad zusammengebrochen war; er mußte von einer verirrten Kugel getroffen worden sein. Blaine zog den Kopf des Mannes zurück und erkannte an der hervorstehenden Zunge und dem blau angelaufenen Gesicht, daß er erwürgt worden sein mußte. Plötzlich erhob sich eine Gestalt aus der Dunkelheit im hinteren Teil des Busses.

Blaine feuerte seine letzte Kugel ab, doch er befand sich noch in der Drehung, und der Schuß verfehlte sein Ziel. Er traf den Bolzen der russischen Maschinenpistole und verklemmte ihn. Weiteres Automatikfeuer schlug in den Bus ein, während McCracken den toten Fahrer vom Lenkrad zerrte und sich auf seinen Sitz kauerte. Die Schlüssel steckten noch, und er drehte sie. Der Motor spuckte und sprang dann an.

McCracken sah, wie sich der Russe von hinten näherte, nun mit einem Messer in der Hand, warf den Gang ein und drückte das Gaspedal durch. Der Bus machte einen Satz vorwärts, und der Russe taumelte zurück.

Die Reifen waren von so vielen Kugeln durchschlagen worden, daß der Bus holpernd und knirschend auf den Felgen fuhr. Blaine hielt den Kopf knapp über das Armaturenbrett gesenkt, und weitere Kugelsalven zerschmetterten die wenigen noch intakten Fensterscheiben. Er konzentrierte sich darauf, den schlingernden Bus einigermaßen in der Spur zu halten. Während Blaines hektische Drehungen am Lenkrad unausweichlich immer einen Augenblick zu spät kamen, brach das große Fahrzeug zur einen und dann zur anderen Seite aus. In den Überresten des Seitenspiegels sah er, daß die Mercedes-Limousinen die Verfolgung aufgenommen hatten; bei beiden schwarzen Wagen lehnten sich Männer mit Waffen in den Händen aus den Fenstern. Blaine raste am römischen Markt und der Hadriansbibliothek vorbei und bog dann nach links zur bekannten Umgebung des Monastiraki-Platzes ab. Flüchtig kam ihm der traurige Gedanke, daß die Kinder des Ladenbesitzers Stadipopolis nun doch als Halbwaisen aufwachsen mußten.

Das Knirschen eines Stiefels auf dem stählernen Boden hinter ihm ließ Blaine herumwirbeln, und diese Bewegung rettete ihm das Leben. Das Messer des Russen verfehlte ihn und grub sich in den Stoff der Rückenlehne. Der Bus raste führerlos über den Monastiraki-Platz und brach durch Tische und Verkaufsstände. Blaine griff mit der einen Hand zum Lenkrad, während er mit der anderen versuchte, den Russen abzuwehren.

Hinter ihm fuhren die beiden Limousinen in Schlangenlinien, um den Trümmern auszuweichen, die der Bus hinterließ. McCracken hörte sie mehr, als er sie sah, während er mit dem Russen hinter sich kämpfte. Der Mann hob erneut sein Messer, und Blaine wußte sofort, daß er dem Stich nicht ausweichen konnte. Er konnte nur eins tun.

Er trat auf die Bremse.

Der Russe prallte gegen die Windschutzscheibe und ließ das Messer los. Blaine trat wieder aufs Gas und packte den Mann mit der freien Hand an den Haaren, während er mit der anderen hektisch am Lenkrad riß. Der Bus schepperte auf der einen Straßenseite an einer Hausmauer vorbei und nahm auf der anderen dann eine Ladenfassade mit.

Die beiden Mercedes-Limousinen prallten wie Autoscooter auf einem Jahrmarkt gegeneinander, als ein Fahrer die Kontrolle über seinen Wagen verlor. Es gelang ihm zwar, das Auto wieder in die Gewalt zu bekommen und die Verfolgung des Busses fortzusetzen, doch McCracken hatte den Abstand vergrößert.

Blaine rammte das Gesicht des Russen immer wieder gegen das Armaturenbrett, bis der Mann schließlich erschlaffte. Er sah aus den Augenwinkeln, wie er zu Boden ging, und richtete seine Aufmerksamkeit dann wieder auf die Straße. Er riß das Lenkrad hart nach links, bog auf eine der vielen kleinen Nebenstraßen ein, die das Stadtviertel Kerameikos durchzogen, und hielt nach einer Gelegenheit Ausschau, den ohnmächtigen Russen aus dem Bus zu werfen. Blaine sah die beiden Limousinen nicht mehr im Rückspiegel und gab sich der Hoffnung hin, sie endgültig abgeschüttelt zu haben. Er riß das Lenkrad genauso hart nach rechts und bog in eine andere Seitenstraße ein.

Er sah den Pferdewagen viel zu spät, um noch etwas anderes tun zu können als auf die Bremse zu treten und wie verrückt am Lenkrad zu drehen. Doch auf zwei Felgen und zwei durchschossenen Reifen versagte die Lenkung, und der Bus legte sich auf die Seite. Er verfehlte das Pferdegespann haarscharf, rutschte die Straße entlang und prallte auf einige abgestellte Autos und dann gegen eine Hauswand. McCracken fühlte, wie sein Bewußtsein schwand, und stellte fest, daß er auf die Fahrertür hinabgefallen war, als der Bus auf die Seite gekippt war. Blaine zwang seinen schmerzenden Körper hoch. Aus einer häßlichen Platzwunde auf der Stirn strömte Blut sein Gesicht hinab. Er benutzte den blechernen Erste-Hilfe-Kasten, um die Überreste einer Fensterscheibe zu entfernen, und zog sich hoch. Er roch Benzin und hörte, wie der Motor zischte.

Blaine gelang es, seinen Oberkörper und dann, unter wesentlich größerer Mühe, auch die Beine aus der Fensteröffnung zu bekommen. Doch er hatte das Gleichgewicht verloren und stürzte hart auf den Bürgersteig, während es um ihn herum dunkel und dann wieder hell wurde.

Das Geräusch kreischender Reifen ließ ihn sich aufrappeln, und als er zwei schwarze Limousinen sah, nahm er die Flucht wieder auf. Er stolperte und taumelte, und sein gesamter Körper schmerzte. Er hatte die Pistole verloren, doch sie war ja sowieso leer gewesen. Blaine humpelte auf einen Laden zu, in dem noch Licht brannte.

Kugeln schlugen neben seinen Füßen in den Boden ein. Wagentüren wurden aufgerissen, und mehrere Männer machten sich an die Verfolgung.

Verdammt! Er hätte nicht davonlaufen sollen. Er hätte wissen müssen, daß sie ihn dann augenblicklich entdecken würden.

Noch immer taumelnd erreichte er den Bürgersteig und wäre beinahe über dessen Kante gestolpert. Er zog sich jetzt an den Hauswänden entlang, weigerte sich, aufzugeben. Es mußte eine Möglichkeit geben. Irgend etwas, das er als Waffe benutzen konnte . . .

Mehrere Salven aus Schnellfeuergewehren peitschten auf, und er warf sich auf den Bürgersteig und kroch verzweifelt einer Deckung entgegen, die es nicht gab. Es schien vorbei zu sein. Es mußte einfach vorbei sein.

Der kleine Wagen, der mit eingeschaltetem Fernlicht auf ihn zugerast kam, überraschte ihn genauso sehr wie die Russen. Die Scheinwerfer erfaßten sie, und sie sprangen zur Seite, als sicher schien, daß der Kleinwagen sie überfahren wollte. Im letzten Augenblick zog der Wagen, ein VW-Käfer, an ihnen vorbei, bremste am Bürgersteig und kam zwischen dem liegenden McCracken und seinen Verfolgern zum Stehen. In der nächsten Sekunde schob sich eine Ingram-Maschinenpistole aus dem Fahrerfenster und eröffnete das Feuer auf die schockierten Russen. Sie erwiderten es.

McCracken beobachtete das alles benommen. Wenn er tatsächlich gerettet wurde, mußte das ein Traum sein, und bald würde er tot aufwachen. Doch dann wurde die Beifahrertür

aufgestoßen, und durch die Dunkelheit machte er das kälteste
Augenpaar aus, das er je im Gesicht einer Frau gesehen hatte.
»Steigen Sie ein!« rief die Frau, ohne das Feuer einzustellen.

13

Als die Frau auf das Gas trat, machte der Wagen einen Satz.
McCracken gelang es, die Tür zu schließen, während der VW
mitten durch die mit ihren Waffen fuchtelnden Russen schoß.
»Wer zum Teu. . .«
Der Rest von Blaines Worten ging in einer Kugelsalve unter.
Glas hagelte hinab, als die Windschutzscheibe zersplitterte. Er
duckte den Kopf neben den Schaltknüppel und fühlte, wie die
Splitter ihn übersäten. Die Frau riß, noch immer mit der Ingram
aus dem Fenster auf der Fahrerseite feuernd, das Lenkrad hart
herum.
»Legen Sie den zweiten Gang ein!« befahl sie Blaine.
Er tat wie geheißen, wie erstarrt von dem wild entschlos-
senen Blick im Gesicht der Frau. Er hatte schon genug Profis
gesehen, um zu wissen, daß sie auch einer war.
Hinter ihnen erklangen weitere Schüsse; einer zerschmet-
terte das Heckfenster. Der Volkswagen fuhr jedoch schnur-
stracks weiter, und die Russen waren gezwungen, zu ihren
schwer beschädigten Mercedes-Limousinen zurückzulaufen.
»Den dritten«, sagte die Frau und zögerte kurz, als sie in eine
Kurve gingen. »Jetzt!«
Erneut gehorchte Blaine und setzte sich dann wieder auf. Die
Frau zog die Ingram hinein und gab sie ihm. Ihr Blick wechselte
zwischen dem Außen- und dem Rückspiegel.
»Sie müssen wissen, daß bei der ersten Verabredung Küssen
für mich nicht in Frage kommt«, sagte Blaine.
Die Frau schien ihn nicht zu hören. Sie blickte konzentriert
auf die Spiegel und kniff plötzlich die Augen zusammen.
»Verdammt«, stieß sie hervor. »Sie verfolgen uns.«

Und der Käfer legte an Geschwindigkeit zu. Die Frau bog von der Sari-Straße rechts auf eine kleine Seitenstraße ein, die nicht einmal ein Namensschild hatte. Als die Limousinen mit kreischenden Reifen um die Ecke bogen, schimmerte der Glanz von Scheinwerfern im Rückspiegel auf. Die Frau bog erneut rechts ab und fuhr auf eine schmale Gasse zu, die diese Straße mit der dahinter verband. Sie hatten sie fast erreicht, als Blaine bemerkte, wie eng sie war. Nicht einmal der kleine Volkswagen würde hindurchpassen.

»He«, sagte er, »he!«

Erneut ignorierte die Frau ihn, knirschte mit den Zähnen und schaltete herunter, um die Geschwindigkeit des Volkswagens zu verringern, während er in die Gasse raste. Auf beiden Seiten blieben kaum jeweils zehn Zentimeter Platz. Funken sprühten, als die Fahrertür an einer Hauswand entlangschleifte. Die Frau steuerte etwas zu hart gegen, und Blaines Tür wurde eingedrückt.

Die Frau blieb ausdruckslos. Das Ende der Gasse lag nur noch dreißig Meter vor ihnen. Erneut blitzten Scheinwerfer im Rückspiegel auf, diesmal jedoch schwächer. Blaine drehte sich lächelnd um.

»Na kommt, ihr Arschlöcher«, drängte er die heranbrausenden Russen. »Versucht es doch!«

Sie versuchten es wirklich, doch der Fahrer des vorderen Mercedes erkannte zu spät, wie schmal die Gasse vor ihm war. Er trat auf die Bremse, und der Mercedes brach aus und knallte gegen eine Hauswand. Die zweite Limousine fuhr von hinten in ihn hinein, und dem Heck wiederfuhr das gleiche Schicksal wie dem Kühler. Der erste Mercedes erinnerte nun an ein Akkordeon.

Die Frau bog rechts auf die Evripidou-Straße ab und nahm die Geschwindigkeit des Käfers zurück, paßte sie dem übrigen Verkehr an.

»Beim nächsten Mal überlasse ich das Fahren den Leuten von Greyhound«, sagte Blaine und wischte sich mit einem Ärmel das Blut und den Schweiß aus den Augen.

»Wir haben nur wenig Zeit«, entgegnete die Frau, ohne auf seine scherzhafte Bemerkung einzugehen, und Blaine stellte fest, daß sie mit einem Akzent sprach. Er verspürte ein Frösteln.

»Sie sind Russin, nicht wahr?« brachte er heraus.

»Von Geburt an«, erwiderte die Frau, ohne ihn anzusehen.

»Wir haben viel zu besprechen«, sagte die Frau, als sie die Tür des Hotelzimmers hinter ihnen abschloß.

»Wie zum Beispiel Ihren Namen«, sagte Blaine. »Das könnte uns helfen, während der Konversation Verwirrung zu vermeiden.«

Das Hotel befand sich drei Häuserblocks von dem seinen entfernt, war aber in keinem Reiseführer oder Hotelplan verzeichnet. Es vermietete hauptsächlich an Gäste, die ein Zimmer stundenweise oder vielleicht für eine Nacht beanspruchten, und nahm keine Reservierungen entgegen. Das Bett wies kein Laken auf, und die Einrichtung beschränkte sich ansonsten auf einen Stuhl und einen kleinen Schrank. Das Fenster war schmutzverkrustet, und am Rahmen war die Glasscheibe überstrichen.

»Natalja Illjewitsch Tomaschenko«, sagte die Frau als verspätete Vorstellung.

Blaines Blick glitt durch das Zimmer. »KGB. Ich habe von Ihnen gehört.«

»Und ich von Ihnen, Mr. McCracken.«

»Meine Freunde nennen mich Blaine.«

»Wir sind keine Freunde, nur Verbündete, die aus Notwendigkeit zusammenarbeiten müssen.«

»Ich habe schon aus weit nichtigerem Anlaß mit Frauen geschlafen.« McCracken kniff die Augen zusammen.

»Ihr Sinn für Humor ist uns gut bekannt und zu diesem Zeitpunkt völlig unangemessen.«

»Uns?« Blaine runzelte die Stirn. »Ich dachte, Sie sprechen für sich selbst.«

»In der Sowjetunion gibt es keine Einzahl«, entgegnete sie, ohne sich die Mühe zu machen, eine gewisse Verbitterung zu verbergen.

»Uncharakteristische Worte für einen erstklassigen KGB-

Agenten. Ja, jetzt fällt es mir wieder ein. Sie haben sich zurückgezogen. Dann sind Sie wieder aus der Versenkung hervorgekommen.«

»Ich hatte meine Gründe.«

Blaine sah sie an. »Womit haben sie Sie in der Hand, Natalja?«

Die Bemerkung traf sie. Sie schien etwas sagen zu wollen, überlegte es sich dann aber anders.

»Entspannen Sie sich«, sagte McCracken. »Meine Regierung ist auch nicht gerade mein größter Fan.«

»Würden Sie es vielleicht vorziehen, Ihre Regierung für Ihre eigenen törichten Fehler verantwortlich zu machen?« gab sie heftig zurück.

»Was für Fehler?«

»Ein Hotelpförtner mit einem großen Mund und einer leeren Brieftasche. Meine russischen Freunde haben Ihre Zimmernummer für zwanzig amerikanische Dollar von ihm bekommen.«

»Verdammt, ich hatte gedacht, ich sei mehr wert . . .«

»Zwei Stunden zuvor habe ich vierzig für einen Schlüssel für Ihr Zimmer bezahlt«, sagte Natalja Tomaschenko, öffnete die Tür des einzigen Schranks im Zimmer und holte Blaines Koffer daraus hervor. »Ich wußte, daß Sie heute abend nicht mehr auf Ihr Zimmer zurückkehren können, und habe mir erlaubt, Ihre Besitztümer an mich zu nehmen.«

»Wie aufmerksam.« Blaine stellte fest, daß Natalja mehr als nur attraktiv war. Ihre Schönheit war unbestreitbar. Dafür sorgten allein schon die dunklen, slawischen Gesichtszüge und die großen, dunkelbraunen Augen, ganz zu schweigen von dem schulterlangen, schwarzen Haar. Doch ihr unnachgiebiges Kinn und ihr eiskalter Blick verhinderten, daß sie so hinreißend war, wie sie es hätte sein können. Blaine hätte diese namenlosen Gesichtszüge fast maskulin genannt, doch dieser Begriff war nicht ausreichend dafür. Ihre Kälte, eine fast maschinelle Entschlossenheit, war nicht geschlechtsspezifisch. Sie war wie eine Maschine, die auf Befehle wartete. Doch unter dieser Maschine war noch etwas verborgen. Blaine war sich dessen so sicher wie ihrer Schönheit.

»Sie bluten am Kopf und an der Schulter«, sagte sie in ihrem bislang freundlichstem Tonfall, als habe sie seine Gedanken gelesen. »Ich habe Verbandszeug und Antiseptika dabei.«

»Haben Sie meine Verletzungen auch vorhergesehen?«

»Es schien unvermeidlich, daß Sie sich ein paar zuziehen würden. Sie waren gewaltig in der Minderzahl.«

»Bis Sie dann kamen. Sie haben sich genau den richtigen Augenblick für Ihren Auftritt ausgesucht.«

»Das war ebenfalls unumgänglich. Ich konnte weder den Friedhof betreten noch Ihnen zur Akropolis folgen. Mein Gesicht ist den Killern zu gut bekannt.«

»Dann sind Sie mir gefolgt.«

»Nein. Den Killern. Ich wußte zwar, daß Sie in Athen waren, aber nicht genau, wo, und Ihre Sicherheitsvorkehrungen haben eine Zeitlang funktioniert.«

»Na gut. Aber woher haben Sie das alles gewußt?«

Natalja ging zu dem türlosen Badezimmer, das aus einem Waschbecken und der Toilette bestand. »Zuerst müssen wir uns um Ihre Wunden kümmern. Sagen Sie mir, wo Sie verletzt sind.«

»Das würde den ganzen Abend dauern.«

»Nur die schlimmsten Verletzungen.«

»Meine Schulter hat sich schon mal besser angefühlt«, sagte er und verzog das Gesicht, als er die Jacke auszog und den blutigen Riß enthüllte, den der Streifschuß verursacht hatte. »Und mein Kopf natürlich auch.«

»Sonst noch etwas?«

»Geben Sie mir ein paar Stunden, und ich bin sicher, daß ich auch noch ein paar andere Stellen finden werde.«

Zehn Minuten später war Blaines Schulter abgetupft und dick verbunden. Die Kopfverletzung, die nicht so schlimm war, aber stark blutete, wurde mit einem einfachen Pflasterstreifen versorgt. Das Blut war schon geronnen. Er setzte sich unbehaglich auf das Bett, während sich Natalja Tomaschenko ihm gegenüber steif auf den Stuhl hockte.

»Sie wollten mir gerade erklären«, begann Blaine, »woher Sie gewußt haben, daß ich in Athen bin.«

»Als uns die Nachricht erreichte . . .«

»Wer ist ›uns‹?«

»Eine Frage nach der anderen. Als wir erfuhren, daß Sie den Auftrag bekommen hatten . . .«

»Ich habe von niemandem einen Auftrag bekommen. Ich bin auf eigene Faust hier.«

»Eine schlechte Wortwahl. Verzeihung. Als wir erfuhren, daß Sie in diese Sache verwickelt sind, wurden auf zahlreichen Flughäfen Agenten postiert.«

»Plural?«

»Ihr Sicherheitsdrang ist uns gut bekannt. Der Agent auf dem Kennedy-Airport erfuhr, daß Sie nach Paris flogen.«

»Aber ich hatte ein Ticket nach London gekauft.«

»Auch er wurde über Ihre Methoden informiert. Wir hatten in ganz Europa Agenten stationiert; praktisch jeder größere internationale Flughafen wurde überwacht.«

»Eine ziemlich aufwendige Operation. Ich habe nicht bemerkt, daß ich verfolgt wurde, weil man mir im Prinzip ja auch gar nicht folgte. Ich muß sehr wichtig für Sie sein.«

»Wichtiger, als Sie ahnen«, gab Natalja zu. »Wichtig wurden Sie für uns erstmals in New York. Die Männer in dem Diamantenviertel waren Sowjets.«

»Ihre Leute?« fragte Blaine verwirrt.

»Keineswegs. Die Macht, die hinter ihnen steckt, ist auch für den Überfall heute abend verantwortlich, wie auch für die Morde an den Regierungsbeamten in New York. Und den an der Frau.«

Blaine war bemüht, nicht die Beherrschung zu verlieren. »Eine *sowjetische* Macht?«

Natalja nickte zögernd. »Die betreffende Partei wußte, von wem Earnst die Kristalle erworben hatte. Damit war Ihr nächstes Ziel klar. Stadipopolis durfte nur so lange weiterleben, bis er Sie in die Falle gelockt hatte.«

»Ich stelle hier eine gewisse Polarität fest . . .«

»Ich komme jetzt zu der Erklärung.« Sie erhob sich und trat zu dem schmutzverkrusteten Fenster, blickte halb hinaus und halb zu McCracken, und fuhr schließlich fort. »Vor fünf Tagen wurde eine Stadt in Ihrem Bundesstaat Oregon vernichtet, und zwar mittels einer Waffe, die Ihre Wissenschaftler ganz richtig als kohlenstoffauflösenden Todesstrahl bezeichnet haben. Die Waffe wurde vor mehreren Jahren in der Sowjetunion entwickelt, aber wieder aufgegeben, als Generalsekretär Tschernopolow erkannte, zu welch wahnsinnigem Rüstungswettlauf sie führen würde. Die Operation war als Projekt Alpha bekannt.«

»Alpha wie der erste griechische Buchstabe?«

Natalja nickte. »Weil diese Forschungen das Ziel hatten, eine neue Generation von Waffen zu entwickeln.«

»Nun, die Welt wird wohl nicht sicher sein, bis die Waffenkonstrukteure das gesamte griechische Alphabet durch haben . . .«

»Noch während sich das Projekt seinem erfolgreichen Abschluß näherte, kam Generalsekretär Tschernopolow zu dem Schluß, daß solch eine Entwicklung ein einziges vorstellbares Ende nehmen würde: Krieg. Er wußte, daß es in Moskau eine starke Fraktion gab, die auf dem Einsatz der Waffe bestehen würde, wäre ihre Entwicklung abgeschlossen worden. Seine einzige Möglichkeit, einen Krieg zu vermeiden, bestand also darin, das Projekt Alpha vor seinem Abschluß einzustellen. Die Entscheidung war überaus unpopulär und führte zu einer Spaltung im Kreml.«

»Und wegen dieser Spaltung wurde das Projekt Alpha doch noch zum Abschluß gebracht.«

»Durch Generalsekretär Tschernopolows größten Rivalen, den Mann, dem das Projekt Alpha unterstand: General Wladimir Raskowski.«

»Ich habe von ihm gehört«, sagte McCracken. »Er sieht sich als Inkarnation Alexanders des Großen.«

»Um so schlimmer, daß er nun im Besitz der Mittel ist, um diesen Anspruch auch durchzusetzen. Raskowski war – *ist* – ein Verstoßener, ein Verrückter. Er vertritt die Auffassung, es sei die Bestimmung der Sowjetunion, Europa zu überrennen und den geringen Widerstand, den die NATO leisten kann, zu zerschmettern. Es gab eine Zeit, da seine Vorstellungen im Kreml beträchtliche Unterstützung fanden. Doch die neue Führung unter Tschernopolow sagte sich von Raskowski und seinen verrückten Plänen los, die mit Sicherheit einen atomaren Weltkrieg entfesselt hätten. Das Projekt Alpha wurde eingestellt. Raskowskis Karriere nahm ein Ende. Er wurde ins Exil geschickt und offiziell aller KGB-Titel und militärischen Ränge entkleidet.«

»Ein ziemlich extremes Vorgehen für Ihr Volk.«

»Nicht extrem genug. Vor gut einem Jahr ist Raskowski verschwunden.«

»Mit allen Aufzeichnungen über das Projekt Alpha, nehme ich an.«

»Natürlich. Der General kam niemals darüber hinweg, daß wir Amerika nicht vernichtet haben, als wir die Möglichkeit dazu hatten. Einige wichtige Leute in Moskau unterstützten seine Ansichten. Mehrere von ihnen verschwanden zur gleichen Zeit wie der General. Andere blieben auf ihren Posten und heuerten Geheimdienstagenten für Raskowskis Pläne an, bevor sie dann ebenfalls verschwanden.«

»Verräter im Kreml? Kneifen Sie mich, ich muß träumen.«

»Moskau ist nicht immun, und das gilt auch, wie ich bereits erwähnt habe, für Washington. Raskowski beherrscht den höchsten Maulwurf in der Geschichte der Geheimdienste, einen Mann, der das Vertrauen des Präsidenten persönlich besitzt.«

»Das würde einiges erklären«, sagte Blaine nickend. Er war ja auch überzeugt, daß der Krisenausschuß ein Leck aufwies. »Ich nehme nicht an, daß Sie mir sagen können, wer dieser Maulwurf ist.«

»Ich kenne nur den Kodenamen, den Raskowski in der Vergangenheit für ihn benutzt hat: der Bauernjunge. Angeblich wurde er auf einem sowjetischen Landgut als Sohn einer amerikanischen Mutter und eines russischen Vaters geboren. Der Bauernjunge gehörte zu einem handverlesenen Dutzend junger Sowjets, die *innerhalb* Amerikas zu Spionen heranwachsen sollten. Sie wurden als Kinder dorthin geschickt. Raskowski hat alle Agenten, die er kontrolliert, so tief begraben, daß ihre Identitäten, einschließlich die des Bauernjungen, selbst uns ein Geheimnis geblieben sind.«

McCracken dachte kurz nach. »Na gut. Nachdem Raskowski also durch den Bauernjungen erfuhr, daß man gewisse Kristalle entdeckt hat, die imstande sind, ein Energiefeld zu speichern, das seinen Todesstrahl wirkungslos machen könnte, hat er befohlen, Earnst umzubringen, um die Spur zu verwischen.«

Sie nickte. »Denn er konnte nicht dulden, daß seine große Vision vereitelt wird. Verstehen Sie, die Vernichtung oder die Herabwürdigung Ihres Landes ist dafür von geradezu lebenswichtiger Bedeutung.«

»Wenn uns das eine oder das andere widerfährt, wird man in Moskau einen roten Teppich für ihn ausrollen, der geradewegs zu Tschernopolows Stuhl führt.«

»Leider ist dem so. Die Vernichtung der Vereinigten Staaten würde ihn an die Macht bringen, genau wie Ihre einseitige Abrüstung, wenn Sie seinen Forderungen nachgeben sollten. Und wenn Sie sich zum Kampf entschließen, bleibt dem Kreml vielleicht keine andere Wahl, als sich an ihn zu wenden, denn sein Todesstrahl würde ja den sicheren Sieg bedeuten.«

»Was wir auch tun, er gewinnt, und wir verlieren«, stellte Blaine ernst fest. »Und Ihre Regierung kann nicht einmal eingestehen, daß Raskowski eine Bedrohung darstellt, denn das würde ja bedeuten, daß sie die Kontrolle verloren hat. Undenkbar für die Sowjetunion.«

»Dieses Eingeständnis würde die Regierung zu Fall bringen, und auch damit hätte Raskowski sein Ziel erreicht. Es wäre in *jedem* Land undenkbar. Ich wurde von Generalsekretär Tschernopolow persönlich beauftragt, dafür zu sorgen, daß keine dieser Möglichkeiten Wirklichkeit wird. Er kann es sich genausowenig wie Ihr Land leisten, die traditionellen Streitkräfte einzusetzen.«

»Und wo genau trete ich auf den Plan?«

»Vor zwei Tagen bekamen wir eine Information, die uns vielleicht zu Raskowskis Aufenthaltsort führt, zumindest aber zu dem Versteck, von dem aus sein Todesstrahl eingesetzt wird. Falls ich . . . versage, besteht unsere einzige Hoffnung darin, daß Sie entweder mit Ihrer Suche nach den Atragon-Kristallen Erfolg haben oder aber Raskowski aufscheuchen.«

»Sehr viel spricht allerdings nicht dafür.«

»Doch, Sie werden das Risiko eingehen, genau wie ich, denn für uns beide steht sehr viel mehr auf dem Spiel.«

Blaine dachte über diesen Satz nach und kratzte sich am

Verband an seiner Stirn. »Ich habe mich heute mit einem griechischen Antiquitätenhändler getroffen, der mich auf die Spur eines Mannes namens Megilido Fass gebracht hat. Dieser Fass scheint einige ungewöhnliche sexuelle Vorlieben zu haben, über die ich vielleicht an ihn herankommen kann. Glauben Sie, Sie könnten einige weitere Einzelheiten für mich ausgraben?«

»Ich werde die nötigen Telefonate führen.«

Blaine schüttelte den Kopf. »Die reinste Ironie, nicht wahr? Zwei Supermächte, die von ihren eigenen Unzulänglichkeiten beeinträchtigt werden. Und was bleibt? Wir . . . zwei Ausgestoßene, die eine verrückte Welt wieder zur Vernunft bringen sollen.«

»Soll sie ruhig verrückt bleiben. Solange sie überlebt.«

14

Die Nacht senkte sich am zweiten Tag der Besetzung früh über Pamosa Springs. Soldaten patrouillierten zu Fuß und in Jeeps durch die Straßen, um das Ausgangsverbot durchzusetzen, und um acht Uhr abends konnte man keine Menschenseele mehr sehen, die keine Uniform trug. Die Vorhänge und Gardinen waren vor allen Fenstern zugezogen, als könne man das, was mit der Stadt geschah, einfach verdrängen.

Diejenigen Einwohner, die zwischen den Jalousien hervorspähten, sahen einen großen hellen Fleck in der Dunkelheit. Auf dem Hügel, der drei Wochen zuvor seine Mineralien freigegeben hatte, waren zahlreiche Flutlichtscheinwerfer installiert worden. Aus dieser Entfernung konnten sie jedoch nicht sehen, daß dort zahlreiche Männer mit hydraulischen Bohrern und anderen Werkzeugen an der Arbeit waren und große Teile des Hügels abtrugen. Und sie konnten auch nicht die fünf Wagenladungen an Maschinen und Ausrüstungsgegenständen sehen, die in der tiefen Schlucht hinter dem flutlichterhellten Hügel darauf warteten, entladen zu werden.

Die vier Mitglieder des Stadtrats von Pamosa Springs hatten sich nun, kurz nach ein Uhr morgens, in der von Kerzen erhellten Dachstube des Hauses des ältesten Mitglieds eingefunden. Niemand führte Protokoll über die Versammlung, und alle flüsterten. Das einzige andere Geräusch neben ihren Stimmen war das der Preßluftbohrer auf dem Hügel.

»Nun gut«, sagte Bürgermeister Jake ›Hundeohr‹ McCluskey, »möchte jemand dieses Treffen formell eröffnen?«

»Wie ich es sehe«, ergriff Clara Buhl das Wort und versuchte, ihre stämmigen Beine in der Enge der Dachstube auszustrecken, »sollten wir annehmen, daß sie wirklich zur Armee gehören, wahrscheinlich zu den Pionieren. Sie haben sich wahrscheinlich eine Tarngeschichte ausgedacht, die jede Menge Sinn ergeben hätte . . . bis Hal Taggart auf der Szene erschien.«

»Und ihre Geschichte zur Hölle fuhr«, warf McCluskey ein.

»Gemeinsam mit Taggart«, fügte Sheriff Pete Heep hinzu.

»Also brach plötzlich die Hölle los«, nahm Clara den Faden wieder auf, »und es wurde ziemlich offensichtlich, daß sie nicht zu den echten Streitkräften gehören. Sie haben ihre schöne Geschichte vergessen und uns alle gefangengenommen.«

»Was uns noch immer nicht verrät, weshalb sie hier sind«, wandte der Bürgermeister ein. McCluskey war ein fleischiger Mann mit einem Bauch, der schon seit langem über seinen Gürtel hing. Er war einmal ein Footballstar gewesen, und die Wände seines Büros waren mit zahlreichen Fotos gepflastert, die ihn in den unterschiedlichsten Posen zeigten. Sie machten eine ganz schöne Sammlung aus, und die meisten Einwohner von Pamosa Springs waren schon oft genug in seinem Büro gewesen, um sagen zu können, in welchem Jahr und an welchem Tag jedes einzelne Foto aufgenommen worden war. McCluskey hatte ein eckiges Gesicht und Kinn, was dank seinem Bürstenhaarschnitt um so mehr auffiel. Der Spitzname Hundeohr rührte von der Tatsache her, daß ihm ein beträchtlicher Teil seines linken Ohrläppchens fehlte, den er eingebüßt hatte, als ihn als Kind ein angriffslustiger Beagle angefallen hatte.

Sheriff Pete Heep andererseits war spindeldürr, bestand nur

aus Haut und Knochen, und seine Gelenke knackten und knarrten bei jeder Bewegung. Er hatte in Korea gedient und war mit Granatsplittern in drei seiner vier Glieder nach Hause zurückgeschickt worden. Was das Knacken – und den Schmerz – betraf, hatte Heep seinen Humor bewahrt und riß gelegentlich den einen oder anderen Witz über seinen mitgenommenen Körper, den des morgens aus dem Bett zu schaffen er regelmäßig um die zwanzig Minuten benötigte.

»Und sie sind sehr gut organisiert«, fügte der Sheriff hinzu. »Erfahrene Leute, wer immer sie auch sind, und verdammt gut bewaffnet.« Mit einem klangvollen Knacken bewegte er den Ellbogen. »Sie können jedoch nicht damit rechnen, uns auf ewig gefangenzuhalten. Ich meine, das ist ja schließlich eine *Stadt*.«

»Vielleicht nicht auf ewig«, warf Clara Buhl ein, »doch lange genug. Der Geschwindigkeit nach zu urteilen, mit der sie arbeiten, würde ich sagen, daß sie nicht länger hierbleiben wollen als unbedingt nötig. Auf der einzigen Straße, die zur Stadt führt, haben sie eine Sperre errichtet. Wer würde schon der Armee mißtrauen? Sie müssen nur etwas von einer verheerenden Seuche oder einem mißlungenen Atomtest sagen, und die Leute werden schnell wieder verschwinden.«

Clara war eine feiste Frau von fast sechzig Jahren, die über ein Viertel dieses Zeitraums mit einem schwachen Herzen gestraft war. Sie war in Springs geboren und aufgewachsen und hatte noch nie im Leben den Staat Colorado verlassen. Sie verließ – bis auf die Ratssitzungen – sogar ihr Haus nur selten, und zu welcher Tages- oder Nachtzeit man sie auch besuchte, man fand sie vor, wie sie einem alten Radio lauschte und nähte. Ihr Haus war voll mit ihren Näharbeiten, die schlechter geworden waren, nachdem ihre Sehkraft nachgelassen hatte. Clara weigerte sich jedoch, eine Brille zu tragen, und wenn sie einmal las, was selten genug vorkam, griff sie auf ein uraltes Vergrößerungsglas zurück.

»Wer immer sie auch sind, sie haben das verdammt gut geplant«, faßte Hundeohr McCluskey zusammen. »Sie wußten, wo die Strom- und Telefonleitungen liegen, die sie durchtrennen müssen. Und sie hatten sogar eine Liste von allen registrierten Amateurfunkgeräten.«

»Die kann sich jeder besorgen«, sagte Clara.

»Wißt ihr«, begann der Bürgermeister, »ich hatte mal einen Freund bei der Fernmeldetruppe, und ich glaube, der hat mir mal erklärt, wie man einen normalen Radioempfänger in einen Sender umbauen kann. Ich will jedoch verdammt sein, wenn ich mich daran erinnern könnte.«

»Selbst, wenn du es noch wüßtest«, sagte Clara, »bezweifle ich, daß du dir die nötigen Einzelteile besorgen könntest, ohne daß sie es merken. Bei Gott, sie achten auf jede unserer Bewegungen, selbst, wenn sie wie heute erlauben, daß wir mal an die frische Luft gehen.«

»Ich habe über einhundert von ihnen gezählt«, sagte der zweiundachtzigjährige Isaac T. Hall. »Und ich zähle jetzt seit zwei Tagen. So um die hundert sind es bestimmt. Siebzig bis achtzig arbeiten immer auf dem Hügel oder in der Schlucht, und der Rest paßt auf die Stadt auf.«

»Das sind ziemlich viele«, murmelte der Sheriff. Er zog die Knie vor die Brust, und es knackte vernehmlich.

»In meinen Augen gar nicht mal«, erwiderte Ike T. Hall scharf. »Ich habe zwei große Kriege mitgemacht und Dinge gesehen, bei denen sich einem der Magen so weit rumdreht, daß man durch den Bauchnabel scheißt. Die Nazis waren am schlimmsten. Die haben die Leute niedergemacht, weil sie es einfach zugelassen haben. Die, die gekämpft haben – die in den Ghettos zum Beispiel – hatten wenigstens eine Chance. Wir könnten auch kämpfen«, beharrte Hall und schob sich das dünne, strähnige Haar aus der Stirn. »Das wäre mein Vorschlag. Wir sind ihnen zahlenmäßig überlegen. Verdammt, wir sind siebenhundert Seelen. Wenn es nach mir ginge, würde ich Onkel Wyatts alten Sechsschüsser durchladen und auf die Mistkerle losgehen. Ich erwische drei oder vier von ihnen, bevor sie mich umpusten, und wir sind schon ein paar Punkte voraus.«

Isaac Hall hatte seine gesamten zweiundachtzig Jahre in Pamosa Springs gelebt und die Hälfte dieser Zeit als Marshall gedient. Sein größter Anspruch auf Ruhm lag in der Behauptung, entfernt mit Wyatt Earp persönlich verwandt zu sein. Über den genauen Verwandtschaftsgrad gab es jedoch verschiedene Angaben, vom Großneffen über den Vetter bis zum Urenkel. Ikes Haut war schon so lange faltig und runzlig, wie die meisten Einwohner sich zurückerinnern konnten, doch sein Haar wurde von Jahr zu Jahr dünner und strähniger.

»Es ist nicht nur die zahlenmäßige Überlegenheit, Ike«, hielt Sheriff Heep dagegen. »Es sind die Waffen. Wenn wir überhaupt eine Chance haben wollen, müssen wir mit wesentlich mehr aufwarten als mit deinen Sechsschüssern, und unsere Waffenkammer ist nicht gerade besonders gut bestückt.«

»Was ist mit *ihrer* Waffenkammer?« schlug Clara vor.

»Was?«

»Ihre Waffenkammer. Wenn wir herausfinden, wo sie ihre Waffen aufbewahren, könnten wir uns ein paar davon ›ausborgen‹.«

»Angenommen, das würde uns wirklich gelingen«, wandte Hundeohr ein, »wie viele Bürger dieser Stadt können denn vernünftig damit umgehen? Nein, ich denke in eine ganz andere Richtung. Wir liegen nicht so abgeschieden, daß es uns nicht möglich wäre, einen von uns hinauszuschicken, der dann Hilfe holt.«

Sheriff Heeps Ellbogen knackte, als er verächtlich auf seinen Schenkel schlug. »Hast du dir denn auch schon überlegt, wie du diese Person hinausschmuggeln willst, Hundeohr?« fragte er. »Ich meine, die Straße kannst du vergessen, die wird bewacht, und der einzige andere Weg führt östlich über die San Juans. Das wäre unter den besten Umständen ein Fünftagesmarsch, aber nur für jemanden, der sich wirklich dort auskennt.«

»So einen muß es doch in der Stadt geben.«

»Er müßte verrückt sein, so ein Risiko einzugehen. Zu dieser Jahreszeit würde ich seine Chancen, es lebend über die San Juans zu schaffen, bestenfalls auf fünfzig Prozent einschätzen.«

»Was vielleicht immer noch besser ist, als wenn wir hier herumsitzen und nichts unternehmen.«

Eine laute Explosion ertönte am Hügel. Sie ließ die vier

Mitglieder des Stadtrats verstummen und ihre Herzen für einen Schlag aussetzen.

»Es würde vielleicht helfen, wenn wir herausbekämen, was zum Teufel sie eigentlich hier wollen«, sagte der Bürgermeister.

»Das ist doch offensichtlich«, erwiderte Heep. »Da oben in dem Hügel ist etwas, das ziemlich wertvoll ist, und sie sind hier, um es uns unter der Nase wegzustehlen.«

»Ja«, stimmte Clara Buhl zu, »das erklärt, weshalb sie da oben graben. Aber hat jemand eine Idee, was sie in der Schlucht bauen?«

Der Soldat langweilte sich. Er hatte nicht gewußt, was ihn bei diesem Einsatz erwarten würde, doch er hatte sich etwas Besseres vorgestellt, als nach Mitternacht allein über eine verlassene Straße zu patrouillieren. Die M-16 über seiner Schulter schlug gegen seine Hüften und bat geradezu darum, benutzt zu werden. Der Soldat gähnte. Die Aussichten für ein Feuergefecht heute abend – oder irgendwann in naher Zukunft – waren abscheulich gering. Er schritt mittlerweile ganz mechanisch auf und ab. Die Schicht nach Mitternacht war beträchtlich reduziert worden, und der Vollmond stellte einen Segen für einige dar, wenngleich der Soldat eine nebelverhangene Nacht bevorzugt hätte, in der wenigstens einige dieser Dorftrottel versucht hätten, an ihm vorbei zu fliehen. Sollten sie es doch nur versuchen . . .

Er erhaschte in den Augenwinkeln eine Bewegung, eine große, dünne Gestalt, die am Stadtrand herumschlich und sich im Schatten hielt. Der Soldat wollte einen Warnruf ausstoßen, entschloß sich dann jedoch dazu, die M-16 von der Schulter zu nehmen. Er entsicherte sie, während er leise ein paar Schritte lief, um eine bessere Schußposition zu bekommen. Breitbeinig vor einer Hauswand stehend, drückte er das Auge an den Infrarot-Sucher und erkannte den Mann im Fadenkreuz als den Sheriff der Stadt. Aber das spielte keine Rolle. Seine Befehle ließen ihm in solch einer Situation einen breiten Entscheidungsspielraum. Er würde dem Kommandanten sagen, er hätte angenommen, der Mann habe ein Gewehr gehabt. Der Soldat legte den Finger auf den Abzug.

Er hörte die Schritte, die sich von hinten näherten, erst, als es zu spät war. Er wirbelte in der Erwartung herum, einen seiner Kameraden zu sehen, schaute statt dessen jedoch dem Tod selbst ins Antlitz.

Der Soldat verspürte einen schrecklichen Schmerz im Rücken und wollte schreien, doch eine übelriechende Hand legte sich auf seinen Mund. Das war sein letzter Gedanke — daß die Hand sehr groß war und fürchterlich stank. Die dunkle Gestalt zog die Klinge zurück, zerrte die Leiche zwischen zwei Häuser und verschwand in der Nacht.

15

Als McCracken am nächsten Morgen steif und kalt auf dem Fußboden erwachte, war Natalja verschwunden. Die Decke, unter der sie geschlafen hatte, war sauber am Fußende des Bettes zusammengefaltet.

»Der Antiquitätenhändler hatte recht, was Megilido Fass' sexuelle Vorlieben betrifft«, sagte sie, als sie zwanzig Minuten später zurückkehrte.

»Und wie können wir einen Vorteil aus diesen Neigungen ziehen?«

»Da bin ich mir noch nicht sicher.« Sie zuckte die Achseln. »Am Donnerstag bekommt Fass von seinem Kontaktmann seine wöchentliche Lieferung, aber ich weiß noch nicht, wie wir das ausnutzen können.«

Blaine fühlte sich von der perversen Welt des zurückgezogen lebenden und mächtigen Fass angeekelt. »Haben Sie etwas über diesen Kontaktmann erfahren?«

»Einiges.«

Blaine lächelte.

Zwei Stunden später war mit Nataljas Hilfe die Verkleidung perfekt, die nötig war, wollte Blaine in die Rolle des Kontaktmannes schlüpfen.

»Zum Glück trägt dieser Bursche einen Bart«, sagte er und schob sich das Haar zurecht. »Ich hätte meinen nicht gern abrasiert.« Er beobachtete, wie Natalja ihre Sachen zusammenpackte. »Wohin geht es von hier aus?«

»Nach Bangkok«, erwiderte sie nüchtern, »um mich mit einem anscheinend verzweifelten Helfer Raskowskis zu treffen, der gern auspacken möchte. Ich wäre jetzt schon dort, hätte ich wegen Ihnen nicht einen Umweg machen müssen.«

»Bitte akzeptieren Sie meine Entschuldigung.«

»Nur, wenn Sie akzeptieren, daß ich Ihnen viel Glück wünsche. Einer von uns muß Erfolg haben. Ansonsten werden unsere beiden Länder die Rechnung begleichen.«

McCracken verließ das heruntergekommene Hotel in bauschigen weißen Hosen und einer etwas schmutzigen weißen, formlosen Jacke. Er hatte sich den Bart ausgekämmt, um ihm einen ungepflegten Eindruck zu verleihen, und sein welliges Haar durcheinandergebracht. Eine Make-up-Mischung erzeugte die nötige dunklere Hautfarbe und verbarg gleichzeitig seine auffälligeren Narben. Er mußte jedoch darauf achten, nicht zu lächeln, denn der Mann, dessen Rolle er einnehmen würde, hatte einen goldenen Schneidezahn. Blaine hatte einen weichen Schlapphut in die Gesäßtasche geschoben, den er sich dann als letzten Bestandteil seiner Verkleidung aufsetzen würde. Es war zwar nicht bekannt, ob der wirkliche Lieferant einen Hut trug, doch ein paar Improvisationen waren unumgänglich, wollte er an Fass herankommen.

Sein Abschied von Natalja war steif und rein geschäftsmäßig gewesen. Er bewunderte ihre Fähigkeit, ihren Auftrag ganz nüchtern anzugehen. Sie war lediglich nach Griechenland gekommen, um Blaine zu retten und ihm zu erklären, womit sie es zu tun hatten. Nachdem dies geschehen war, konnte sie mit dem Wissen abreisen, daß sie sich aller Wahrscheinlichkeit nach niemals wiedersehen würden. Blaine konnte das nicht einfach so hinnehmen, obwohl er es sich im Grunde seines Herzens wünschte. Nach dem Schmerz, T.C. in New York tot aufzufinden, war er überzeugt davon gewesen, sich nie wieder zu einer Frau hingezogen fühlen zu können. Und doch erinnerte Natalja ihn seltsamerweise so sehr an T.C., daß er Zuneigung für sie empfand. Sie wirkte genauso stark, unabhängig und geheimnisvoll, wie T.C. es immer für ihn gewesen war. Er versuchte, Nataljas Geheimnis zu ergründen, indem er sie mit sich selbst verglich. Während er seine Gefühle wie einen alten Anzug trug, heruntergekommen, aber deutlich sichtbar, verbarg sie die ihren, und ihre stoische Ernsthaftigkeit war genauso ein Überlebensmechanismus wie sein oftmals mißverstandener Sinn für Humor. Blaine bezweifelte nicht, daß ihre energische Entschlossenheit von einer tiefen inneren Verletzung herstammte.

Blaine ging die Straße entlang und versuchte, unter den zahlreichen Menschen, die an diesem wunderschönen Donnerstagmorgen in Athen unterwegs waren, nicht weiter aufzufallen. Er hatte noch reichlich Zeit, seinen Flug über das Mittelmeer zu erreichen, und kam zu dem Schluß, die beste Möglichkeit, sie sinnvoll zu nutzen, sei, Sundowner anzurufen. Dies konnte er am besten von einem erstklassigen Hotel aus, dessen Telefonzentrale ihm das Ferngespräch vermitteln würde. Zwanzig Minuten später hatte er ein Zimmer im Athener Hilton gemietet. Weitere zwanzig Minuten später kam das Ferngespräch zustande.

»Guten Morgen, Blaine«, sagte Sundowner, erleichtert, von ihm zu hören, wenn auch eine halbe Welt entfernt.

»Hoffentlich habe ich Sie nicht geweckt.«

»Die Spielzeugfabrik schläft niemals. Wie kommen Sie mit Ihrer Suche nach Atragon voran?«

»Noch keine greifbaren Ergebnisse, doch ich erziele Fortschritte. Eigentlich rufe ich wegen einiger Komplikationen an, die sich auf einer anderen Spur herausgestellt haben.«

»Und zwar?«

»Es reicht, wenn ich Ihnen sage, daß ich mit einer ausländischen Agentin zusammenarbeite, für deren Land genausoviel auf dem Spiel steht wie für uns. Sie hat mir eine interessante Geschichte über einen Bauernjungen erzählt, den die Sowjets in die USA eingeschleust haben und der seitdem für sie arbeitet.«

»Ein *Kind* als Spion?«

»Mittlerweile ist er erwachsen und genießt das Vertrauen des Präsidenten.«

»Du lieber Gott . . .«

»Ich glaube, *den* können wir erst einmal ausschließen. Doch die Existenz eines Maulwurfs würde unsere Probleme in New York erklären. Sie würde sogar verdammt viel erklären. Zählen Sie mir noch mal die Mitglieder des Krisenausschusses auf.«

»William Wyler Stamp, Direktor der CIA. George Kappel, Verteidigungsminister. Und Edmund Mercheson, Außenminister.«

»Stamp können wir eliminieren. Er hat seine Position mehr oder weniger zufällig bekommen, und heutzutage ist niemand mehr versessen darauf, Chef der Company zu sein. Erzählen Sie mir von Kappel.«

»Ein richtiger Falke. Angesichts der zur Verhandlung stehenden Vorschläge ist seine Position ein wenig archaisch . . . andererseits vielleicht aber auch nicht, denn die ganzen Friedensgespräche sind jetzt ja praktisch hinfällig geworden. In Washington nennt man Kappel einen Überlebenden. Regierungen kommen und gehen, doch irgendwie gelingt es ihm immer wieder, sein Amt zu behalten.«

»Und Mercheson?«

»Eine Taube. Den Umfragen zufolge seit dem Zusammenbruch der Abrüstungsverhandlungen der unpopulärste Mann im Land, abgesehen vom Präsidenten selbst. Die Leute sind der Meinung, er habe sie betrogen, indem er den Sowjets zu viele Zugeständnisse machte, und sei damit von ihnen hereingelegt worden, weil sie eigentlich gar keinen Friedensprozeß einleiten wollen. Ich nehme an, das Volk erwartet von ihm die gleichen Zauberkunststückchen wie von Kissinger. Aber dazu hat er nicht das Format.«

»Ich nehme an, auch Mercheson hat in Washington die Karriereleiter erklommen.«

»Nicht so offen wie Kappel, aber es trifft durchaus zu. Er ist schon ewig in der Politik und wird sich auch noch eine Weile halten. Ich kann ganz gut mit Computern umgehen, Blaine«, fügte Sundowner nach einem Augenblick hinzu. »Ich könnte ja mal in aller Stille ihren jeweiligen Werdegang unter die Lupe nehmen.«

»Sparen Sie sich die Mühe. Die Wahrheit ist zu tief vergraben, als daß man sie so leicht finden würde. Die Sowjets gehen bei ihren Maulwürfen immer sehr gründlich vor. Ihnen wird auch bei dem Bauernjungen kein Fehler unterlaufen sein.«

Sundowner kam etwas in den Sinn. »Vielleicht doch«, sagte er. »Mercheson ist auf einer Farm in Michigan aufgewachsen.«

Manolokis schwitzte in dem warmen weißen Lieferwagen, während die Fähre über die Wellen des Mittelmeers stampfte. Endlich war der Hafen von Khania in Sicht gekommen. Manolokis verabscheute diese Donnerstag-Touren, doch die Bezahlung war zu gut, als daß er sie hätte ablehnen können. Sehr viel Geld für wenig Arbeit. Jede Woche eine neue Lieferung und eine neue Barzahlung. Manchmal fragte er sich, was mit der Lieferung der vergangenen Woche geschehen war, doch er versuchte, so wenig wie möglich darüber nachzudenken. Es gehörte zu seiner Arbeit, keine Fragen zu stellen.

Manolokis gab der Versuchung nach und drehte die Scheibe auf der Fahrerseite des Lieferwagens herunter.

»Seid leise«, befahl er den jungen Fahrgästen hinter ihm, »oder ich schneide euch die Eier ab.«

Er hatte sie – wie üblich – die ganze Woche über in verschiedenen Städten am Mittelmeer aufgelesen, um sie heute, am Donnerstag, abzuliefern. Es waren Bettlerjungen, die für eine anständige Mahlzeit und ein paar Pfennige zu allem bereit waren. Doch Manolokis hatte ihnen viel mehr versprochen. Ein Heim. Ein Leben. Für eine Zeitlang zumindest, obwohl er sich bei der Dauer nie festlegte. Jede Woche vier oder fünf Jungen zwischen elf und fünfzehn Jahren. Da sie keine Eltern mehr hatten oder von zu Hause fortgelaufen waren, fiel niemandem ihr Verschwinden auf.

Manolokis versuchte, niemals über die möglichen Folgen dessen nachzudenken, worauf er sich eingelassen hatte; es war sowieso zu spät, um noch einen Rückzieher zu machen. Sein Auftraggeber war kein Mann, mit dem man sich anlegen sollte, genausowenig wie seine Leute, mit denen Manolokis direkt zu tun hatte. Megilido Fass hatte seine Villa in Sfakia fest im Griff. Nachrichten kamen hinein, aber niemals hinaus.

Das gleiche galt für die Ware, die Manolokis ihm regelmäßig lieferte.

Er döste in der Hitze kurz ein, bis er schließlich von dem Stoß geweckt wurde, mit dem die Fähre am Dock des Hafens anlegte. *Endlich*, dachte er. Manolokis streckte sich; seine schweißdurchtränkten Hosen und die weiße Leinenjacke klebten am Sitz. Er drehte das Fenster hoch, schaltete den Motor ein und stellte die segensreiche Klimaanlage auf die höchste Stufe.

Wenn Manolokis von der Fähre fuhr, mußte er niemals irgendwelche Fragen beantworten. Die Behörden, die sie hätten stellen können, standen mit höchster Wahrscheinlichkeit ebenfalls auf Fass' Lohnliste. Das war schließlich Kreta. Und Kreta gehörte Fass.

Der Lieferwagen bockte kurz, als er vom Dock auf die Straße fuhr. Manolokis würde sich nicht lange im eigentlichen Khania aufhalten, dann in östliche Richtung nach Vryses und schließlich zur Südküste nach Sfakia fahren, wo Fass' Villa lag. Am Ende des Hafenbezirks trieb ein Schäfer seine Tiere über die Straße. Manolokis lehnte sich zurück und wartete, daß die Herde vorbeizog.

Es klopfte an der Fensterscheibe. Manolokis drehte sich um und sah einen Bettler, der eine Blechbüchse hochhob. Er scheuchte den Mann davon, ohne ihm weitere Beachtung zu schenken. Dann klopfte es erneut. Manolokis betrachtete den Bettler genauer. Durch die getönten Scheiben konnte man jedoch genauso schlecht hinaus- wie hineinsehen, und Manolokis kam zur Einsicht, daß er am besten das Fenster hinabdrehte, um sich mit dem Bettler zu befassen. Der Mistkerl hatte einen anständigen Schlag ins Gesicht verdient, weil er es gewagt hatte, ihn zu belästigen. Er sollte ihn eigentlich Fass' Leuten melden. Wahrscheinlich würden sie dem Mistkerl die Hände abhacken, weil er sich hier herumtrieb.

»Hör mal«, sagte Manolokis, »ich weiß nicht, wer . . .«

Und hielt inne, einfach so. Denn der Mann neben dem Lieferwagen war kein Bettler. Es war . . . *er* hätte sein Zwillingsbruder sein können. Das gleiche Gesicht, das er immer im Spiegel sah, abgesehen davon, daß kein Goldzahn aufblitzte, als der Mann lächelte. Manolokis sah, wie die Hand seines Zwillingsbruders durch das offene Fenster vorstieß. Er erinnerte sich, wie er zurückwich, und dann an nichts mehr.

Einen Augenblick später hatte Blaine McCracken die Tür geöffnet und war in den Wagen gestiegen. Schnell schob er den bewußtlosen Griechen vom Fahrersitz und nahm seine Stelle hinter dem Lenkrad ein.

Blaine sah in den Rückspiegel. Fünf verängstigte Gesichter erwiderten seinen Blick, nicht einmal halbwüchsige Jungen, die sich in ihre Sitze drückten. Ein paar redeten auf Griechisch auf Blaine ein, zu schnell, als daß er sie verstanden hätte.

»Tut mir leid«, sagte er achselzuckend, »ich beherrsche eure Sprache nicht allzu gut, aber dafür spreche ich eine andere.«

Er steuerte den Lieferwagen auf eine Seitenstraße, stieg aus und bedeutete den Jungen, ihm zu folgen. Sie zögerten einen Augenblick lang, verwirrt, sogar verärgert, doch dann kam einer nach dem anderen heraus. Dabei drückte Blaine jedem Jungen einen abgegriffenen Fünf-Dollar-Schein in die Hand, mehr Geld, als auch nur einer von ihnen schon einmal gesehen hatte. Die Bettlerjungen scharten sich um ihn, sprangen auf und ab, redeten auf ihn ein und wollten McCracken schließlich sogar alle auf einmal aus Dankbarkeit umarmen. Er wehrte sie ab, so gut er konnte, doch sie klammerten sich starrsinnig an ihn. Schließlich gelang es ihm, ihnen mit seinen wenigen Brocken Griechisch klarzumachen, was er von ihnen verlangte. Die Jungen weigerten sich zuerst, trabten aber dann einer nach dem anderen davon, als Blaine wieder in den Wagen stieg.

Fünf Minuten später – den geknebelten und gefesselten Manolokis hatte er im Gebüsch am Straßenrand liegen lassen – war Blaine in südlicher Richtung unterwegs. Es war eine lange Fahrt auf unbekannten Straßen, doch der Weg zu Fass' Villa außerhalb von Sfakia war einigermaßen einfach, und Nataljas Anweisungen waren präzise. Seine Heckler & Koch war Geschichte – er hatte sie in der vergangenen Nacht auf irgendeiner Straße Athens verloren –, doch Natalja hatte ihr Bestes versucht, diese Lücke mit zwei halbautomatischen Brin-10-Pistolen zu schließen. Sie stellten einen erträglichen Ersatz dar, und Blaine verstaute seine beiden neuen Pistolen unter dem Sitz.

Er wußte nicht viel über den Teil Kretas, dem er sich nun näherte. Natalja hatte lediglich eine geschichtsträchtige Landschaft voller uralter Höhlen erwähnt. Von Fass' Villa war kaum mehr bekannt, als daß sie sehr groß sei. Fass selbst war ein überaus geheimnisvoller Mann, ein Schmuggler jeglicher Waren, solange nur der Preis stimmte. Man wußte lediglich von seinen perversen sexuellen Gelüsten, doch die Behörden unternahmen nichts dagegen. Kreta war sein Territorium, und die üppige Schönheit der Insel stand in direktem Gegensatz zu dem Bösen des Mannes, von dem viele glaubten, er sei ein direkter Nachkomme des Teufels.

Nach zwei Stunden stieß McCracken auf die Privatstraße, die ihn zu Fass' Villa führen würde. Videokameras drehten sich auf Baumkronen, während sie den Lastwagen verfolgten, und verkündeten freimütig ihre Anwesenheit. Blaine nahm an, daß an der Straße auch jede Menge Wachen postiert waren, doch sie hatten sich wahrscheinlich gut versteckt und würden sich dem Fahrzeug nur nähern, wenn sie davon ausgehen mußten, daß es eine Bedrohung darstellte.

Vor einigen Kilometern hatte Blaine die beiden Brin-10 unter der weiten Leinenjacke in den Gürtel geschoben. Jetzt setzte er den zusammengeknüllten Schlapphut auf und zog ihn gerade so weit in die Stirn, daß seine Augen im Schatten lagen. Als der Eingang zur Villa, ein großes, weißes Steintor, vor ihm erschien, beruhigte er sich mit einem tiefen Atemzug. Die beiden Wachen an den Seiten schienen den Lieferwagen wiederzuerkennen und schenkten ihm kaum Beachtung.

Er drehte die Fensterscheibe ein paar Zentimeter hinab, als er das Tor erreicht hatte, und hielt den Lieferwagen kurz an. Die

Wachen rührten sich nicht. Das Tor schwang elektronisch auf, und sie winkten ihn durch.

Der Hof ist sehr groß. Ein Brunnen, hervorragend gepflegte Rasenflächen und Sträucher. Folgen Sie der Auffahrt nach links, wo sie in einem Halbkreis vor Fass' Villa endet. Die Wachen werden kommen, um die Ware entgegenzunehmen. Von diesem Augenblick an sind Sie auf sich allein gestellt.

Nataljas Beschreibung der Villa war absolut präzise. Sie hatte nur nichts von ihrer wahren Größe erwähnt. Die Villa stellte mit Sicherheit eins der größten Häuser dar, die Blaine je gesehen hatte, und war völlig aus weißem Stein errichtet.

McCracken beschleunigte den Lieferwagen etwas und fuhr die Auffahrt zu der Villa entlang. Gleichzeitig nahm er eine Hand vom Lenkrad und nahm eine Rasierklinge vom Armaturenbrett, die er zuvor dorthin gelegt hatte. Sollte sein Plan funktionieren, durften die Wachen auf keinen Fall bemerken, daß er nicht der echte Manolokis war. Er führte die Klinge zur Stirn und zog sie schnell über eine alte Narbe. Sofort trat Blut hervor und tropfte in seine Augen. Ausgezeichnet. Zu Ablenkungsmanövern eignete sich Blut immer noch am besten.

Er drückte auf die Hupe und brachte den Lieferwagen mit kreischenden Bremsen direkt vor der Doppeltür der Villa zum Stehen.

»Hilfe! Hilfe!« rief er, ließ sich schwerfällig aus dem Wagen fallen und vergewisserte sich, daß auch auf seinen Ärmeln genug Blut war. Die Wachen näherten sich ihm im Laufschritt. »Sie haben mich von der Straße abgedrängt und die Jungen mitgenommen.«

»Wer?« fragte ein Wachposten auf Griechisch.

»Fass! Ich muß Fass sprechen!«

Sobald McCracken Fass erst einmal gegenüberstand, zählte er auf das Überraschungsmoment. Ein schneller Griff nach der Pistole oder dem Messer, und der Grieche war seiner Gnade ausgeliefert. Dann würden ihm alle Wachen auf der Welt nichts mehr nützen.

Die Wachen führten ihn zum Haus.

»Ich weiß, er wird wütend sein«, fuhr McCracken fort, ohne eine Anstrengung zu unternehmen, sich das Blut aus dem

Gesicht zu wischen, »aber es war nicht meine Schuld. Das wird er verstehen . . .«

Sie hatten eine große Wendeltreppe erreicht und stiegen zur ersten Etage des Landsitzes hinauf. Der Gang am Kopf der Treppe war lang und vollzog eine Biegung. Auf beiden Seiten waren Wachen postiert. Während sie Blaine weiterführten, atmete er in äußerlicher Panik schnell ein und aus, doch innerlich beruhigte er sich für seine Aufgabe.

»Hier hinein«, sagte ein Wachposten und riß die Tür zu einem Raum auf, bei dem es sich um Fass' Privatzimmer handeln mußte.

Blaine hob das Gesicht nur ein wenig, als sie eintraten, machte sich sprungbereit, griff schon nach seinen Pistolen.

Der Anblick von einem halben Dutzend Männern mit Maschinenpistolen in den Händen ließ ihn erstarren. Hinter den Wachen befand sich ein großer Schreibtisch, und Blaine erhaschte einen flüchtigen Blick auf den Mann, der dahinter saß.

»Willkommen in meinem Heim, Mr. McCracken«, sagte Megilido Fass.

16

»Bitte machen Sie es sich bequem«, fuhr Fass fort, »doch zuerst lassen Sie Ihre Waffen fallen.«

Zwei von Fass' weißgekleideten Wachen nahmen neben ihm Stellung, und McCracken leerte verzweifelt seinen Gürtel. Dann schickten sich die Männer an, ihn zu durchsuchen.

»Seid vorsichtig«, warnte Fass sie. »Er ist imstande, euch die Gewehre abzunehmen, noch bevor ihr blinzeln könnt.«

»Schön, daß man meine Qualitäten einmal zu würdigen weiß«, sagte Blaine, nachdem die beiden ihn gefilzt hatten.

Fass erhob sich hinter dem Schreibtisch. »Hier«, sagte er und warf McCracken ein Handtuch zu. »Das Blut steht Ihnen gar nicht.«

Blaine fing das Handtuch in der Luft auf und wischte damit über seine Stirn. Dabei bemerkte er zum ersten Mal einen Fernsehmonitor auf Fass' Schreibtisch.

»Ich habe Ihre Vorstellung draußen auf Band aufgenommen«, erklärte der Grieche. »Höchst beeindruckend.«

»Ich erwarte für jede Vorführung Tantiemen.«

»Seien Sie versichert, daß ich Ihre Darbietung sehr oft vorführen werde. Ich werde sie in meine Sammlung aufnehmen.«

Blaine sah sich verstohlen um und suchte nach Möglichkeiten, sich aus seiner mißlichen Lage zu befreien. Fass entsprach ganz und gar nicht seinen Vorstellungen. Der griechische Schmuggler war groß und hager; er trug einen weißen Anzug, ein weißes Hemd und eine weiße Seidenkrawatte. Seine Haut war von der Mittelmeersonne gebräunt, und sein pechschwarzes Haar lag glatt am Kopf. Die Augen wurden von einer schmalen Sonnenbrille verborgen. Ein Junge in einem weißen Hemd und ebensolchen Hosen stand hinter ihm an der Wand, in die eine Bar eingelassen war. Der Diener hatte langes, lockiges Haar, das ihm bis auf die Schultern fiel, und konnte nicht älter als vierzehn Jahre sein.

»Sie haben mich erwartet.«

Fass kicherte und grinste teuflisch. »Ein alter Freund von Ihnen hat ein paar Telefonate getätigt, um uns vor Ihrer Ankunft zu warnen.«

»Vasquez...«

Fass nickte. »Er wird sicher erfreut sein, daß Sie sich noch an ihn erinnern. Er hat mich zweimal angerufen. Aus irgendeinem Grund war er sicher, daß Sie mich als nächstes aufsuchen würden.«

»Wenn Sie gewollt hätten, hätten Sie mich schon unten töten lassen können.«

»Natürlich hätte ich das.« Fass strahlte. »Aber das wäre unsportlich gewesen.« Er richtete den Blick auf den Monitor. »Und der Nachwelt blieben keine Aufzeichnungen des Versuchs, Ihr Leben zu retten.« Fass grinste erneut und zog etwas aus der Tasche, während er den Jungen von der Bar zu sich heranwinkte. »Ein Menschenleben ist nur ein Besitz, den man auslöschen und wieder ersetzen kann. Der Mensch ist im Prinzip ein entbehrliches Geschöpf. Leben und Tod sind lediglich relative Daseinsstadien, über die innerhalb dieser Mauern ich die Herrschaft habe.«

Fass ergriff den Jungen an den Haaren und zog seinen Kopf zurück. Im gleichen Augenblick sah Blaine, daß der Gegenstand, den er aus der Tasche gezogen hatte, ein kleines Messer war, das er dem Jungen nun über die Kehle zog.

»*Nein!*« schrie McCracken. Doch als die Wachen auf beiden Seiten ihn packten, war es schon zu spät.

Blut strömte aus dem schmalen Schlitz in der Kehle des Jungen und ergoß sich über sein weißes Hemd. Der Junge taumelte mit leerem Blick zurück und griff vergeblich nach der Wunde, während er hinter Fass' Schreibtisch auf dem weißen Teppich zusammenbrach. Blaine hörte das schreckliche, atemlose Gurgeln, mit dem sich der Tod einstellte. Er sah, wie das Blut des Jungen auf dem Teppich eine Pfütze bildete.

»Wie ich schon gesagt habe«, führte Fass ruhig aus, »Menschen sind nur Besitztümer. Sie haben mich allerdings um die Lieferung dieser Woche gebracht. Ich mußte mir überlegen, wie Sie dafür gewissermaßen einen Ausgleich schaffen können.«

McCracken gab den Versuch auf, sich loszureißen. »Wie wäre es, wenn Sie Ihre anderen ›Besitztümer‹ fortschicken und versuchen würden, *mir* die Kehle durchzuschneiden?«

Fass lachte und trat hinter dem Schreibtisch hervor. »Ihr Ruf eilt, wie man so schön sagt, Ihnen voraus, Mr. McCracken. Vasquez hat mich gewarnt, Ihnen nicht nahezukommen. Er sagte, Sie könnten mit bloßen Händen einen Menschen innerhalb von zwei Sekunden auf zwölf verschiedene Arten töten.«

»Vierzehn. In den letzten Jahren sind noch ein paar hinzugekommen.«

»Vasquez hat nicht vergessen, daß er Ihnen noch etwas schuldig ist.«

»Ich nehme an, er möchte, daß Sie mich ihm ausliefern.«

»Nein«, sagte Fass, »er will nur, daß Sie sterben. Die genauen Umstände Ihres Todes hat er mir überlassen.«

»Sie haben noch nicht einmal gefragt, was mich hierher geführt hat.«

»Weil das keine Rolle spielt. Weshalb auch immer Sie gekommen sind, Sie werden es nicht erreichen.«

»Wie schade.«

»Nicht unbedingt.« Fass trat näher heran und schien McCracken anstacheln zu wollen, sich loszureißen. »Es ist heutzutage nicht leicht, einen Mann wie Sie zu finden. Viele sind durch diese Tür geschritten, aber keiner mit Ihren körperlichen Fähigkeiten und Ihrem Mut. Vasquez hat mich nur gebeten, Sie zu töten. Die Wahl der Todesart überließ er mir, doch wie ich schon erwähnte, sollte man den Tod genau wie das Leben als Sport betrachten. Haben Sie jemals von dem mythischen Labyrinth gehört, Mr. McCracken?«

»Dem mit dem Minotaurus? Sicher.«

»Gut, denn in dieses Labyrinth werden Sie jetzt gehen.«

»Ich habe es nach den alten Plänen rekonstruiert, Mr. McCracken«, sagte Fass zu ihm, während die Wachen sie den Korrridor hinabgeleiteten. »Hier.«

Sie erreichten eine Treppe am Ende des langen, gewundenen Ganges und stiegen sie hinab.

»Ich darf Ihnen den Mythos in Erinnerung rufen, der Sie bald vereinnahmen wird«, fuhr Fass fort. »König Minos ließ das Labyrinth für den Minotaurus errichten. Aus der unheiligen Verbindung zwischen einem Stier und der Frau des Königs hervorgegangen, die sich in einer hölzernen Kuh verborgen hatte, war der Minotaurus ein Geschöpf mit dem Kopf eines Stieres und dem Körper eines Menschen.« Als sie den Fuß der Treppe erreicht hatten, gingen sie einen weiteren Gang entlang und verließen die Villa dann durch eine Hintertür. »Athen mußte jedes Jahr eine bestimmte Anzahl junger Männer und Frauen als Tribut – und Nahrung – für den Minotaurus schicken. Schließlich segelte Theseus von Athen nach Kreta, um das gefürchtete Geschöpf zu erschlagen. Und dies bewerkstelligte er mit der Hilfe von Minos' Tochter Ariadne, die ihm ein Wollknäuel gab. Er wickelte es auf dem Weg in das

Labyrinth ab und fand so später wieder den Weg hinaus.« Sie blieben vor einer Öffnung in einer Reihe dichter grüner Sträucher stehen. »Wie würde es Ihnen gefallen, bei meinem kleinen Spiel heute die Rolle des Theseus einzunehmen, Mr. McCracken?«

»Nur, wenn ich genau wie er gewinne. Doch das hängt wohl davon ab, wer die Rolle des Minotaurus übernimmt.«

Fass grinste und ging durch die schmale Öffnung in den Büschen voran. Blaine sah die Kuppel eines kreisrunden Gebäudes von vielleicht sechzig Metern Durchmesser vor sich, wenngleich er das von seinem Standpunkt aus schlecht einschätzen konnte. Durch eine Reihe weißgekleideter, bewaffneter Wächter näherten sie sich der Kuppel.

»Darf ich Ihnen *meinen* Minotaurus vorstellen, Mr. McCracken?« verkündete Fass stolz.

Die Wachen traten auseinander, und Blaine verspürte ein Frösteln. Vor ihm stand ein großer Mann. Nein, mehr als nur groß, monströs. Abgesehen von einem Lendentuch um die Taille und Sandalen nackt, war der Riese genauso muskulös, wie er groß war. An den Armen, der Schulter und der Brust wölbten sich unter der schweißglänzenden Haut Muskeln, und auch seine Schenkel waren mit dicken Muskelpaketen ausgestattet. Er stand wie eine Statue da, und seine Brustmuskulatur hob sich leicht bei jedem seiner regelmäßigen Atemzüge.

»Und das sind die Spielregeln, Mr. McCracken«, erklärte Fass. »Sie werden das Labyrinth als erster betreten, natürlich unbewaffnet.«

»Nicht einmal mit einem Wollknäuel?«

»Es würde Ihnen sowieso nicht helfen, meinen Minotaurus zu besiegen. Er wird es irgendwann von unten betreten, durch eine Falltür. Besiegen Sie ihn, und Sie haben Ihre Freiheit gewonnen.«

»Lassen Sie mich raten«, sagte Blaine. »Sie haben da unten jede Menge Videokameras versteckt, um jeden Augenblick unseres Kampfes aufzuzeichnen.«

»Natürlich. Ohne Zuschauer gibt es keinen Sport. Sie sollten dankbar sein, Mr. McCracken. Ich lasse Ihnen wenigstens noch eine Chance.«

Selbst falls dies zutreffen sollte, ist die Chance nur minimal, dachte Blaine, als er beobachtete, wie Fass' Minotaurus ein Paar mit spitzen, etwa zwei Zentimeter vorstehenden Eisendornen besetzte Handschuhe überzog. Schließlich legte der Riese noch eine Stiermaske mit spitzen Hörnern an, die für einen Mann, der sie einzusetzen wußte, wie es bei diesem bestimmt der Fall war, ebenfalls fürchterliche Waffen darstellten.

»Ich muß Sie warnen, Mr. McCracken«, sagte Fass. »Mein Minotaurus ist einer Niederlage bislang nicht einmal nahegekommen. Andererseits hatte er es auch noch nie mit einem so würdigen Herausforderer zu tun, wie Sie es zweifellos sind. Vergessen Sie nicht, ein Sieg bedeutet Ihr Leben. Ich erwarte einen guten Kampf.« Und dann, an seine Wachen gewandt: »Führt ihn hinein, doch durchsucht ihn zuerst noch einmal.«

Die Männer filzten Blaine zweimal, bis sie überzeugt waren, daß er keine Waffen mehr am Körper trug. Dann führten sie ihn zur Eingangstür des Labyrinths und stießen ihn hindurch. Mit einem lauten Echo schlug die Tür hinter ihm zu. Blaines erster Gedanke war, daß das Licht ziemlich schwach war, eher wie das Leuchten einer Digitaluhr in einem verdunkelten Schlafzimmer. Das würde er womöglich zu seinen Gunsten ausnutzen können. Ohne darauf zu warten, daß sich seine Augen an das Halbdunkel gewöhnten, ging er los. Fünf Meter den Gang hinab stieß er auf einen Stützpfeiler, der ihn zwang, nach rechts abzubiegen, und dann einen zweiten, der ihn nach links zwang. Er war dem Labyrinth völlig ausgeliefert.

Es stellte ihn vor zahlreiche Probleme, und in den Sekunden, die ihm blieben, bevor der Minotaurus es betrat, überdachte Blaine die wichtigsten davon. Zuerst einmal waren da die Mauern des Gebildes selbst. Wenn er in einer Sackgasse gefangen war, mit dem Rücken gegen die Wand, bestand kaum noch eine Aussicht, den gehörnten und dornenbewehrten Riesen besiegen zu können. Er mußte das Labyrinth irgendwie zu *seinen* Gunsten ausnutzen, das Ungetüm vielleicht von hinten überraschen. Doch dieser Versuch war ohne eine Waffe fast unmöglich zu bewältigen. Ein so großer und muskulöser Mann würde einen Schlag, der einen normalen Menschen fällen würde, kaum bemerken. Nur ein perfekter Schlag würde überhaupt eine Auswirkung erzielen, und McCracken bezweifelte, daß er in der Halbdunkelheit einen solchen zustande bringen würde.

Selbst wenn es ihm gelang, den Minotaurus zu besiegen, machte er sich keinerlei Illusionen, daß Fass ihm wirklich das Leben schenken würde. Vielleicht war der Sportsmann in Fass der Hoffnung, die alleinige *Aussicht* darauf würde McCracken motivieren, sein Bestes zu geben. Doch niemand in einer Position, wie der Grieche sie einnahm, würde sich mit Vasquez anlegen. McCracken mußte hier sterben, auf Video durch die Hände des Minotaurus oder unter den Kugeln von Fass' Wachen. Wie, das spielte keine Rolle. Er mußte nicht nur den Minotaurus töten, er mußte auch auf einem anderen Weg als durch den Eingang aus dem Labyrinth entkommen – ein viel größeres Problem als das, dem Theseus mit seinem Wollknäuel gegenübergestanden hatte.

Blaine ging weiter und versuchte zuerst, sich die verwirrenden Abzweigungen einzuprägen, um später darauf zurückgreifen zu können. Doch jede Biegung führte ihn an eine Ecke, von der er geschworen hätte, daß er sie schon einmal gesehen hatte, obwohl er genau wußte, daß das nicht der Fall sein konnte. Er war völlig verwirrt und hatte jeden Richtungssinn verloren. Vielleicht hatte er das Labyrinth schon auf voller Länge durchschritten, oder er war nur im Kreis gelaufen. Er konnte es einfach nicht sagen.

Es erklang das leise Echo einer Tür, die ins Schloß zurückfiel, und McCracken wußte, daß der Minotaurus aus den unterirdischen Gängen unterhalb des Gebäudes hinaufgekommen war. Er spitzte die Ohren, um die sich nähernden Schritte des Ungetüms zu vernehmen, doch dann fiel ihm wieder ein, daß die Füße des Riesen ja in leichten Sandalen steckten, die kein Geräusch verursachen würden. Er konnte an Ort und Stelle bleiben und darauf warten, daß der Minotaurus seinen Zug machte, doch Untätigkeit entsprach nicht McCrackens Natur. Er mußte das Ungetüm jagen; damit würde es am wenigsten rechnen. Fass würde eine bessere Vorstellung auf Video bekommen, als er es sich jemals erhofft hatte.

Die Kameras! Wenn er sie finden und ausschalten konnte, würde

Fass nicht wissen, welchen Fluchtweg er wählte, nachdem er den Minotaurus getötet hatte . . .

Blaine zwang sich zur Ruhe. Einen Schritt nach dem anderen . . . er griff zu weit vor. Zuerst mußte er sich mit dem Ungetüm selbst befassen, was ja an sich schon eine fast unlösbare Aufgabe war.

Kein Ungetüm, rief er sich in Erinnerung zurück. *Das ist nur ein Mensch, und als Mensch muß ich von ihm denken.*

McCracken bog nach rechts ab und fand sich vor einer Wand. Eine schnelle Umkehr nach links führte ihn vor eine weitere Mauer. Er war in eine Sackgasse geraten und mußte jetzt umkehren. Verdammt! Wie sollte er das Ungetüm jagen, wenn er sich ständig verlief? Er nahm an, daß sich der Riese die Gänge eingeprägt hatte, doch vielleicht gab es an den Wänden oder auf dem Boden auch verschlüsselte Zeichen.

Blaine spürte, wie sich sein Herzschlag beschleunigte, und versuchte, ganz ruhig zu atmen. Er lauschte auf Geräusche, die der sich nähernde Riese vielleicht verursachte, doch seine eigenen Gedanken waren ihm im Weg.

Entspanne dich! mahnte er sich. *Gehe in deiner Umgebung auf!*

Ein Ratschlag und eine Unterweisung von Johnny Wareagle. Gib alles auf, hatte der große Indianer ihm geraten, und ergib dich den Mächten. Fühle, was sich um dich herum befindet. Warte nicht, bis du es siehst oder hörst. *Gehe in deiner Umgebung auf!*

McCracken hielt inne. Er hatte einen Punkt im Labyrinth erreicht, wo er sich nach rechts oder links wenden konnte. Er beruhigte sich und ließ seine Gefühle übernehmen. Wenn er sich nach links schlug, würde er wieder umkehren. Der richtige Weg führte nach rechts.

Er blieb in Bewegung und kam zum Schluß, daß es die beste Strategie sei, den Minotaurus doch in eine Sackgasse zu locken und dort anzugreifen. Er erreichte das Ende eines kurzen Ganges und kehrte wieder um.

Das Geräusch war leise, Haut, die über Holz streift, doch er hatte es gehört. Blaine *entspannte sich.* Der Minotaurus war drei Biegungen entfernt, kam direkt auf ihn zu, wußte genau, wo er sich befand.

Eine Waffe, ich brauche eine Waffe . . .

McCracken zog schnell sein Hemd hoch. Fass' Wachen hatten ihn durchsucht, aber nicht daran gedacht, ihm den Gürtel mit der schweren Messingschnalle abzunehmen. Sie hatten ihn einfach vergessen, genau wie er. Richtig geschwungen, stellte er eine gefährliche Waffe dar.

Blaine zerrte ihn durch die Schlaufen seiner Hose und schlang ihn zweimal um seinen Arm, wobei er etwa einen halben Meter mit der hinabbaumelnden schweren Schnalle freiließ. Er fühlte nun, wie der Minotaurus näherkam, und stellte sich die Handschuhe mit den spitzen Dornen und die scharfen Hörner vor. Andere in seiner Lage hätten darauf gewartet, den Riesen anzuspringen, wenn er in ihre Nähe kam. Doch genau dieses Warten hatte sie umgebracht.

McCracken ging auf den Minotaurus zu, spürte ihn direkt hinter der nächsten Biegung und sprang genau in dem Augenblick, in dem er um die Ecke kommen mußte.

Sein Timing war perfekt. Der Minotaurus bog im gleichen Augenblick um die Kurve, als Blaine mit aller Kraft mit dem Gürtel ausholte. Die Schnalle prallte gegen die Maske des Riesen. Er grunzte auf, und Blaine schlug augenblicklich noch einmal zu. Der Minotaurus bückte sich zu spät, und die Gürtelschnalle bohrte sich in sein Auge. Diesmal heulte der Riese vor Schmerz auf und taumelte; er war geblendet und hob instinktiv die Faust mit dem Dornenhandschuh an den Kopf.

McCracken setzte seinen Angriff fort und versetzte dem viel größeren Gegner mehrere Schläge in die Nieren. Dann sprang er hinter den Minotaurus und schlang den Gürtel um dessen Kehle. Er zog das freie Ende durch die Schnalle und verstärkte den Griff. Blaine hörte, wie der Atem in der Kehle des Ungetüms rasselte, und war sich schon sicher, gesiegt zu haben.

Doch Fass' Minotaurus war es gelungen, eine Hand hochzureißen und zwischen den Hals und die Schnalle zu schieben. Die Dornen hatten den Gürtel bald durchgescheuert. McCracken war es zwar gelungen, dem Minotaurus die Atemluft abzuschneiden, doch das Ungetüm war noch bei Bewußtsein und kämpfte weiter.

Blaine zerrte heftig an der Würgeschlinge, und der Kehle des Riesen entfuhr ein gequältes Geräusch. Blaine trat näher und versuchte, den Druck zu verstärken, um das Ungetüm endgültig zu töten.

Ein Fehler.

Der Minotaurus erahnte seine Position und schlug mit seinem freien Handschuh, mit dem, der nicht verzweifelt versuchte, den Gürtel zu durchtrennen, nach hinten. Die Dornenspitzen fuhren über McCrackens Leib. Der Schmerz war gewaltig, und Blut floß durch die Risse in seinem weißen Hemd und der Jacke. Jetzt war es McCracken, der schrie und den Griff so weit lockerte, daß der Minotaurus sich von der Schnalle befreien konnte.

Er schlug mit einer Faust nach Blaine, und McCracken gelang es im letztmöglichen Augenblick, sich zu bücken. Er fühlte, wie der Stahl über seinen Kopf pfiff. Das hauptsächliche Problem bestand nun darin, die tödlichen Hände des Ungetüms zu neutralisieren. McCracken schlang die Arme um die Hüften des Minotaurus, zwängte dessen muskulöse Arme damit an den Seiten ein und drängte den starken Körper rückwärts gegen die Wand. Das gesamte Labyrinth schien zu erzittern, und Blaine spürte, wie das Ungetüm vergeblich versuchte, seine Hände aus dem Griff zu befreien, während er selbst den Körper zurückbog, um dem Riesen das Knie in den Unterleib zu rammen.

Die gewaltigen Hoden – sie hatten tatsächlich die Größe von denen eines Stieres – boten ein willkommenes Ziel, und Blaine trat zweimal zu. Der Minotaurus keuchte nach McCrackens zweitem Tritt vor Schmerzen auf, senkte den Kopf, spannte die Halsmuskulatur an und stieß mit den scharfen Hörnern auf McCracken ein.

Blaine spürte, wie sie sich in seinen Rücken bohrten, und schrie ebenfalls vor Schmerz. Der Riese riß sie wieder heraus und nahm dabei einige Fleischbrocken mit. Dann warf er McCracken mit einer schnellen Bewegung zu Boden.

Selbst in der Dunkelheit konnte Blaine sehen, wie die Dornenhandschuhe auf seinen Kopf zufuhren. Er warf sich zurück, und der Stahl prallte zusammen. McCracken kroch rückwärts, während das Ungetüm ihm folgte, um ihm den Todesstoß zu versetzen.

Der Gürtel! Der verdammte Gürtel! Wo ist er? Blaine brauchte eine Waffe, und zwar sofort.

Das Ungetüm hatte seine Schritte verlangsamt, um wieder zu Kräften zu kommen und den Schmerz in seinen Lenden zu lindern. Es bewegte sich unwillkürlich mit zusammengedrückten Beinen, um die in Mitleidenschaft gezogenen Hoden zu schützen. McCracken zog sich zurück, bis er das Ende einer Sackgasse erreicht hatte. Er konnte fast spüren, wie Megilido Fass in Erwartung des Todesstoßes gebannt auf den Videoschirm starrte. Nun, so schnell, wie er dachte, würde es nicht gehen . . .

McCracken zog seine Slipper aus und steckte die Hände hinein. Dann trat er von der Wand fort, um den Minotaurus dort zu treffen, wo er den Vorteil der größeren Beweglichkeit hatte. Seine Strategie war einfach. Er konnte nicht darauf hoffen, die Dornenhandschuhe lediglich mit den Händen abzuwehren. Er brauchte etwas, mit dem er seine Schläge abwehren konnte, um sich Zeit zu verschaffen.

Der Minotaurus zögerte verunsichert und stürmte dann schnell und energisch auf Blaine zu. Mit der rechten Hand schlug er nach Blaines Kehle. McCracken wehrte den Schlag mit dem Schuh ab und trat dem Riesen mit der Ferse gegen das Knie. Der Minotaurus brüllte auf, humpelte zur Seite und schlug mit der anderen Hand durch die Luft. Diesmal trat McCracken auf ihn zu und hob die Hand mit dem Schuh, um die Dornen abzuwehren. Den zweiten Schuh rammte er dem Minotaurus in den Magen. Erneut stöhnte der Riese auf und taumelte zurück. Einen Augenblick lang lag der Vorteil auf Blaines Seite.

Was hältst du davon, Fass?

Er verhöhnte den Schmuggler nur in Gedanken, doch das reichte aus, um seine Konzentration zu stören. Der Minotaurus holte mit einem Dornenhandschuh weit aus, und Blaine versuchte, den Schlag abzublocken und dem Riesen die Dornen in den Leib zu treiben. Doch dabei hatte er völlig den zweiten Handschuh vergessen, der gegen seine linke Seite prallte. Ein heftiger Schmerz durchzuckte Blaine, als sich die Dornen in die Haut bohrten und dann wieder herausgezogen wurden. Instinktiv sprang McCracken auf den Riesen zu, um ihn daran zu hindern, ihm einen tödlichen Schlag zu versetzen, doch der Minotaurus war ihm kräftemäßig ebenbürtig. Er legte McCracken beide Arme um den Hals, riß ihn hoch und schleuderte ihn gegen die Wand. McCracken sah, wie sich die Dornen beider Hände gleichzeitig seiner Kehle näherten. Doch bevor sie ihr Ziel gefunden hatten, konnte Blaine dem Riesen die Fäuste auf die Ohren schlagen. Der Minotaurus verlor das Gleichgewicht und ließ Blaine fallen.

Blaine prallte hart auf dem Boden auf und rollte sich herum; er war überzeugt, daß der Riese augenblicklich wieder zuschlagen würde. Doch der Minotaurus versuchte noch immer, sein Gleichgewicht zu bewahren. Er hatte Schmerzen und atmete schwer. McCracken machte sich jedoch keine Hoffnungen, das Ungetüm selbst unter diesen Umständen besiegen zu können. Es war einfach zu groß und zu stark. Und Blaine hatte zu viele Verletzungen erlitten, um noch die Schläge anbringen zu können, die nötig waren, um den Minotaurus auszuschalten. Das Ungetüm stürmte erneut auf ihn zu, und McCracken duckte sich unter dem Schlag hinweg und lief zurück ins Labyrinth.

Er wußte, daß das Ungeheuer ihm auf den Fersen war, wußte es, noch während der Schmerz in seinen Seiten und im Rücken explodierte. Er fühlte, wie das warme Blut ihn überall durchnäßte. Er merkte, daß er seine Schuhe verloren hatte, und allmählich wurde ihm schwindlig. Er stolperte und stürzte gegen eine Wand.

Nein! Entspanne dich! *Entspanne dich!*

Er bemühte sich, sich daran zu erinnern, was Johnny Wareagle ihm beigebracht hatte. Was würde *er* in dieser Situation tun? Wahrscheinlich dem Minotaurus mit bloßen Händen die Kehle herausreißen. Blaine bezweifelte nicht, daß Johnny dazu in der Lage wäre. Doch ohne Johnnys übermenschliche Kräfte mußte er sich etwas anderes einfallen lassen.

Entspanne dich!

Er atmete jetzt etwas leichter und fand den Weg durch die Abzweigungen und um die Ecken überraschend gut, lief nur einmal in eine Sackgasse.

Einen Augenblick! Genau solch eine Sackgasse brauchte er, ein Wegstück, durch das der Minotaurus ihm einfach folgen mußte. Durch all das Blut und den Schmerz konzentrierte sich McCracken auf etwas, das ihm an der Struktur des Labyrinths aufgefallen war. Zwischen dem oberen Ende der Mauern und der Decke befanden sich noch zwei oder drei Zentimeter Luft, was bedeutete, daß die Decke selbst falsch sein mußte. Die Deckenplatten hingen an Stahlträgern und mußten also abnehmbar sein. Ja, das war es!

Der gequälte Atem des Minotaurus war hinter der letzten Ecke zu hören. Nur noch ein paar Biegungen, und er würde ihn eingeholt haben!

Blaine kletterte die Wand hinauf, lief praktisch an ihr hoch, bis sich seine Finger in den Spalt zwischen der Wand und der Decke gruben. Er stützte sich mit einem Fuß an der Wand ab, hob eine Hand, schlug eine Deckenplatte hoch und ergriff den Stahlträger, an dem die Platte verankert war. Dann zog er sich vollends hoch und spannte die Beine abstoßbereit vor der Brust. Er hing mit den Händen an dem Träger und drückte die Füße gegen die Seitenwände, um einen besseren Halt zu haben. Wenn es hier dunkel genug war, hatte er eine Chance, seinen Plan durchzuführen. Aber nur eine . . .

Der Minotaurus bog um die Ecke und lief in den Gang hinein, bis er sah, daß sich sein Opfer nicht in der Sackgasse befand. Er wirbelte herum.

McCracken ließ sich auf ihn hinabfallen und stieß sich gleichzeitig mit den Beinen ab, um sich zusätzlichen Schwung zu verschaffen. Mit einer schnellen Bewegung ergriff er die Stiermaske an den Hörnern und riß sie ab. Dann fiel er zu Boden, und der verwirrte Riese taumelte herum, brüllte auf und griff ihn an, die beiden Dornenhandschuhe über den Kopf gehoben.

Er sah nicht, wie McCracken die Stiermaske vorstieß. Sie drang tief in seinen Leib ein, und der Riese brach zusammen.

Schwer atmend glitt McCracken zur Wand zurück. Die

blutige Maske fiel zu Boden. Mein Gott, sein gesamter Körper schmerzte, doch er hatte Fass' verdammtes Ungetüm besiegt.

Aber der Grieche würde alles über die Monitore verfolgt haben. In diesem Augenblick würden seine Wachen in das Labyrinth stürmen, um die Aufgabe des Minotaurus zu beenden. Blaine brauchte einen Fluchtweg, und zwar sofort!

Der Minotaurus hatte mehr als nur einen Aufstieg aus den unterirdischen Tunneln zur Verfügung gehabt, doch wie konnte er diese Eingänge finden? Wo lagen sie?

Blaine hörte, wie die schweren Schritte von Fass' Wachen im Labyrinth hallten. Seine Häscher würden aufgrund der zahlreichen Biegungen und Sackgassen jedoch nur langsam vorankommen. Ihm blieb noch etwas Zeit. Er mußte sie nutzen.

McCracken ließ sich auf die Hände und Knie fallen; die Bewegung jagte glühende Schmerzen durch seine verletzten Seiten und den Rücken. Mit den Händen tastete er den Boden unter sich ab, während er nach einem schmalen Spalt Ausschau hielt, der die Anwesenheit eines solchen Einstiegs von unten verraten würde.

Die schweren Schritte hatten ihn beinahe erreicht, als er den Einstieg fand. Blaine schob die Finger in eine Öffnung und zog. Die Falltür schnappte auf. Darunter lag völlige Dunkelheit. McCracken stieg mit den Beinen zuerst hinein und ließ sich dann in die Finsternis fallen.

17

»Was meinen Sie, er ist nicht da?« fragte Megilido Fass seinen Sicherheitsoffizier. »Ich habe doch selbst gesehen, wie er in den Gang lief! Ich habe es auf Band!«

»Wir haben überall gesucht und keine Spur von ihm gefunden.« Atemlos erstattete der Hauptmann der Wachen Bericht.

»Unmöglich! Bringen Sie ihn her, oder ich schneide *Ihnen* die Kehle durch!«

»Ich kann nicht bringen, was nicht mehr da ist!«

»Er kann nicht entkommen sein! Wie denn?«

»Herr«, sagte der Hauptmann so beschwichtigend wie möglich, »bitte vergessen Sie nicht, daß das Labyrinth über verschiedenen uralten Eingängen zu den Höhlen von Sfakia errichtet wurde. McCracken hat vielleicht einen dieser Eingänge gefunden, bevor wir kamen, und ist jetzt in den Höhlen.«

»Unmöglich, sage ich Ihnen, unmöglich!« beharrte Fass. In seiner Stimme schwang Panik mit.

»Es war auch unmöglich, den Minotaurus zu besiegen . . . das haben wir zumindest bis heute geglaubt. Aber seien Sie versichert, daß der Mann so gut wie tot ist. Niemand findet einen Ausweg aus dem Höhlenirrgarten unter diesem Landstrich!«

»Ich will, daß Sie Ihre Leute in die Höhlen schicken, nur, um ganz sicherzugehen.«

»Herr«, sagte der Hauptmann bittend, »das ist zu gefährlich. Auch *sie* würden sich verirren und niemals den Rückweg finden.«

»Sagen Sie ihnen, sie sollen ein Wollknäuel mitnehmen«, fuhr ihn Fass nervös an, doch der Hauptmann hatte jeden Sinn für Humor verloren.

Stunden verstrichen, und die Nacht senkte sich. Fass' Wachen hatten die unterirdischen Kammern unter dem Labyrinth wieder und wieder durchsucht; ein Team nach dem anderen kehrte verschmutzt und frustriert wieder zurück. Mehrere Gruppen mußten das Höhlenlabyrinth durchstreifen; sie waren durch Seile, die ihnen eine Reichweite von etwa dreihundert Metern gewährten, mit den Eingängen verbunden. Die Beleuchtung war unzureichend, die Luft abgestanden und feucht. Bei Einbruch der Nacht schien die Suche hoffnungslos und wurde abgebrochen. Irgendwie hatte Blaine McCracken eine Möglichkeit gefunden, ihnen zu entgehen. Fass beharrte darauf, daß die Wachen um die Villa verdoppelt wurden. Der Hauptmann stimmte zu, auch wenn er davon ausging, daß

McCracken nicht so schnell zurückkehren würde, nachdem ihm gerade erst die Flucht gelungen war.

In Wirklichkeit hatte Blaine das Gelände jedoch gar nicht verlassen. Die Schmerzen, die ihm seine Verletzungen bereiteten, drängten ihn dazu, sich erst einmal auszuruhen. Doch er konnte seine Wunden noch nicht versorgen. Im Augenblick ging es nur ums Überleben.

Blaine rechnete damit, daß Fass seine Wachen alarmieren würde, sobald er sah, wie Blaine durch die Falltür verschwunden war. Also würde er nicht mehr auf seine Bildschirme achten. Nachdem Blaine die Falltür hinabgesprungen war, hatte er bis fünf gezählt, war wieder ins Labyrinth hochgestiegen und hatte sich hinter einer Biegung versteckt, als die Wachen gerade die Falltür erreichten, die er offen gelassen hatte. Später war er tiefer ins – so vermutete er zumindest – Herz des Labyrinths eingedrungen, in der Hoffnung, die Wachen würden niemals auf den Gedanken kommen, es zu durchsuchen. Da man gesehen hatte, wie er entkommen war, bestand ja auch gar kein Grund dazu.

In den nachfolgenden Stunden hatte Blaine so gut wie möglich seine Wunden versorgt, indem er sein Hemd in Streifen gerissen und damit Verbände und Aderpressen angelegt hatte. Ohne Medikamente konnte er jedoch nur still liegen bleiben, bis sich die Wunden von selbst geschlossen hatten. Nach drei Stunden ließen die Schmerzen nach, und nach einer weiteren wich die Erschöpfung einem tiefen Schlaf. Als Blaine erwachte, hatte sich der Abend schon gesenkt. Sein innerer Zeitsinn verriet ihm, daß es zwischen zwanzig und einundzwanzig Uhr sein mußte. Die Geräusche der Männer, die unter ihm die Höhlen durchsucht hatten, waren verstummt.

Doch seine Auseinandersetzung mit Megilido Fass war keineswegs beendet.

Blaine wußte, daß seine Verletzungen ihn extrem behinderten, doch mit Geschick und Klugheit konnte er immer noch tun, was getan werden *mußte*. McCracken wollte Fass nun unbedingt, mehr noch als das Atragon. Er genoß das Töten nicht, eher verabscheute er es. Doch einem Mann das Leben zu nehmen, für den ein Menschenleben wertlos war, der einem unschuldigen Jungen so gedankenlos die Kehle durchgeschnitten hatte, wie man eine Fliege totschlug, würde Blaine eine gewisse Befriedigung verschaffen. Das konnte er – auch vor sich selbst – nicht leugnen.

Kurz vor Mitternacht verließ Blaine vorsichtig sein Versteck. Er fand den Weg zum Eingang des Labyrinths und öffnete die Tür einen Spalt breit. Die Nacht war mondlos, doch Licht fiel von der Villa hinüber und machte ein direktes Anschleichen unmöglich. Blaines erster Gedanke war, den Sicherungskasten kurzzuschließen, doch solch ein Vorgehen würde Fass nur dazu bewegen, seine Sicherheitsvorkehrungen noch einmal zu verschärfen.

Also blieb ihm nur die Wahl, eine der Wachen auszuschalten. Blaine drückte die Tür etwas weiter auf.

Ein Posten stand zwischen dem Labyrinth und den niedrigen Büschen, die es umschlossen. Was für ein Glück! Blaine atmete vor Erleichterung auf; er würde den Mann nicht töten müssen, um die nächste Phase seines Plans zu verwirklichen.

Er schob sich durch die Tür und achtete darauf, daß sie sich leise hinter ihm schloß. Geduckt und jedem Licht so weit wie möglich ausweichend, glitt er geräuschlos über das nebelverhangene Gras.

McCracken wartete, bis der Wachtposten sich umdrehte, dann sprang er ihn an und legte ihm den Arm mit einem Griff um die Halsschlagader, der die Luftzufuhr zum Gehirn unterbrach. Ein erfahrener Profi benötigt auf diese Art und Weise nur zehn Sekunden, um einen Gegner mit einem Minimum an Lärm auszuschalten.

Sekunden später hatte Blaine sich die weiße Uniform des Postens über die blutverschmierte Kleidung gezogen. Er ließ das Gewehr liegen, steckte aber das Messer ein und schob die Pistole in den engen Gürtel. Die Schuhe saßen ebenfalls sehr eng, doch er konnte in ihnen laufen. Dann nahm McCracken die Position der Wache ein und entschloß sich in der letzten Sekunde doch noch, sich für den Fall, daß man ihn sehen sollte, das Gewehr über die Schulter zu werfen. Er spähte durch die enge Öffnung in den Büschen zum Haus hinüber. Der Anblick entmutigte ihn. Drei Wachen waren zu sehen, alle zu gut postiert, um einzeln ausgeschaltet zu werden. Da Blaine keine Zeit blieb, sich etwas anderes einfallen zu lassen, ließ er das Gewehr doch zurück und lief durch die Öffnung auf den Hinterhof der Villa, wobei er sich so geduckt wie möglich hielt.

Nun, da Blaine den Weg des Postens gleich rechts von ihm studierte, war das Licht sein größter Feind. Der Mann schien das Gebiet vom Anfang der Veranda bis zum Rand des nierenförmigen Swimmingpools abzudecken. Seine Schritte muteten gelangweilt und nachlässig an. Das würde Blaine die Sache etwas leichter machen.

Blaine schlich weiter, hielt sich so lange wie möglich im Schatten der Büsche, bis er sich in einer geraden Linie zum Schwimmbecken befand. Dann wartete er, bis der Posten den Endpunkt seiner Strecke erreicht hatte und sich wieder zur Veranda umdrehte, und sprintete in die Deckung der Badehäuschen. Jetzt kam es nur noch darauf an, geduldig zu warten . . . und im richtigen Augenblick zuzuschlagen.

Der Posten kehrte auf dem gleichen Weg gemächlich zum Haus zurück. Blaine zählte die Sekunden, um sich abzulenken, und sprang dann genau in dem Augenblick los, in dem der Posten die Schatten betrat. Ein harter Schlag auf den Hinterkopf, dann schnell ein zweiter, um zu gewährleisten, daß er auch mit Sicherheit bewußtlos war. Das einzige Geräusch war ein ersticktes Stöhnen, das schon wieder verklungen war, als McCracken den Posten in die Deckung der Badehäuschen zog.

Und jetzt der nächste Schritt.

»Hier drüben! Hier drüben!«

Blaine hob die Stimme und ließ Besorgnis erklingen, aber keine Panik, nichts, was die Wachen dazu bewegen würde, nach den Sprechfunkgeräten zu greifen, bevor sie nachgesehen hatten, was überhaupt geschehen war. Er hätte mehr gesagt, wären seine Kenntnisse der griechischen Sprache nicht so beschränkt gewesen. Doch er hoffte, damit durchzukommen.

Er hörte die Schritte der beiden anderen Wachen, blickte aber nicht zurück, aus Angst, sie würden sein Gesicht sehen und noch rechtzeitig die Waffen auf ihn anlegen können. Doch so bemerkten sie nichts, bis Blaine herumwirbelte. Die beiden standen dicht beieinander, was die Aufgabe noch vereinfachte. Er holte aus, um den ersten lediglich kampfunfähig zu machen; ein harter Schlag gegen die Nase verschaffte ihm die Zeit, die er brauchte, um dem zweiten einen harten Tritt in den Unterleib zu versetzen. Der erste taumelte hilflos umher, und Blaine faßte ihn an den Schultern, zwang sein Gesicht hinab und rammte ihm das Knie gegen das Kinn. Der zweite war schon auf den Knien und griff nach seiner Pistole, als Blaine ihm einen Ellbogenhieb gegen Schläfe und Ohr versetzte.

Damit hatte er alle Hindernisse auf dem Weg zur Villa ausgeräumt. Er mußte nun darauf hoffen, daß die Uniform ihm weiterhelfen würde, nachdem er das Landhaus betreten hatte. Ein schneller, schmerzhafter Spurt brachte ihn zum Hintereingang. Die Tür war verschlossen, doch eins der Messer, die er den Posten abgenommen hatte, war schmal genug, um es in den Spalt zwischen Tür und Rahmen zu schieben. Dann befand er sich in der Villa und suchte nach der Treppe, die er unter bewaffneter Begleitung vor einigen Stunden hinabgeführt worden war.

Er fand sie augenblicklich und stieg sie gemessenen Schrittes hinauf. Er war sicher, daß am Kopf der Treppe eine Wache postiert war, und wollte nichts tun, was deren vorzeitige Aufmerksamkeit erregen würde. Und so ging Blaine einfach an dem Posten vor der Treppe vorbei, der sich nicht im geringsten für einen anderen Uniformierten zu interessieren schien. Blaine ging zu Fass' Büro weiter und fand zwei mit Gewehren bewaffnete Wachen vor der Tür. Er kämpfte gegen ein kurzes Zögern an und blieb nicht stehen.

Die Wachen musterten ihn nur kurz, als er an ihnen vorbeischritt, und taten seine Anwesenheit viel zu schnell ab. Blaine wirbelte herum und machte im gleichen Augenblick einen Satz, trieb sein Messer dem Posten neben ihm in die Brust, während der Mann auf der anderen Seite der Tür das Gewehr hob und herumschwang. Eine törichte Bewegung, denn sie dauerte viel zu lange; Gewehre waren im Nahkampf viel zu unhandlich. Blaine schlug ihm die Faust gegen den Hals, dann ein zweiter Schlag gegen den Kopf, und er sank bewußtlos zu Boden.

Fass erleichterte ihm den Rest.

McCracken hörte, wie die Tür von innen entriegelt wurde, und drückte sich gegen die Wand.

»Was geht hier draußen vor . . .«

Noch immer mit dem weißen Anzug bekleidet, doch nun ohne Krawatte, steckte Fass den Kopf gerade weit genug hinaus, um zu sehen, wie seine Wachposten auf dem Boden lagen. Er schrak zurück und wollte die Tür wieder schließen, als Blaine vorsprang und ihm einen harten Schlag ins Gesicht versetzte, der den Griechen zu Boden warf. Sekunden später lagen die beiden Wachen an einer Wand in Fass' Büro, und McCracken zerrte den Schmuggler an den Haaren wieder auf die Füße. Vor Wut zitternd, drückte er ihm die blutige Schneide des Messers an die Kehle.

»Willst du deinen Tod auf Video aufzeichnen, mein Freund? Das gibt bestimmt ein interessantes Band.«

»Nein!« bettelte Fass. »Ich gebe Ihnen alles, was Sie wollen! *Alles!*«

»Jetzt ist es für deine Großzügigkeit zu spät. Beantworte mir nur meine Fragen. Ich will dir eine Geschichte erzählen. Ein kleiner Räuber hat dir ein paar Kristalle gestohlen. Kommt dir das bekannt vor?«

Fass nickte ängstlich, und seine Augen quollen hervor, als er zu atmen versuchte.

»Sie waren dunkelrot und mit zahlreichen Sprüngen und Furchen durchzogen, nicht wahr?«

Ein weiteres Nicken.

»Woher hattest du sie?«

Als Fass nicht sofort antwortete, schleuderte Blaine ihn so durch den Raum, daß er rücklings auf den Schreibtisch stürzte. Dahinter konnte Blaine den großen Blutfleck sehen, der von der Ermordung des Jungen zurückgeblieben war. Er drückte Fass das Messer etwas fester gegen den Hals. »Sprich!«

»Sie wurden mir von Marokko geschickt. Viele Leute in meiner Branche bekamen sie zugeschickt.«

»Warum?«

»Um Angebote für die noch bestehenden Vorkommen einzuholen.«

»Soll das heißen, daß du keines dieser Kristalle mehr hast?«

»Nur die, die gestohlen wurden. Ich schwöre es!«

»Dann sind die anderen in Marokko?«

»Ich weiß es nicht!«

»Du lügst!« Blaine zog mit dem Messer eine dünne Blutspur über den Hals des Griechen.

»Nein! Nein! Ich sage die Wahrheit. Wir sollten die Kristalle von unseren eigenen Wissenschaftlern untersuchen lassen. Das war vor Monaten, vor Monaten! Ich erfuhr, daß es sich um unglaubliche Energiequellen handelt, mit denen man eine verheerende neue Waffe konstruieren kann. Wer immer sie besitzt, könnte sich eine ungeheure Machtposition verschaffen.«

»Eine Versteigerung!« Jetzt begriff Blaine. »Du willst sagen, daß es zu einer Versteigerung gekommen ist, nicht wahr?«

»Ja! Ja!«

»Und dein Gebot?«

»Zu niedrig.«

»Wer hat den Zuschlag bekommen?«

»Das weiß ich nicht. Vielleicht gar keiner. Ich habe es niemals erfahren. Ich sage Ihnen die Wahrheit! Meine Kontakte mit Marrakesch blieben allgemein. Auch, als ich noch mitgeboten habe, erfuhr ich so gut wie keine Einzelheiten.«

»Kontakte mit *wem* in Marrakesch?«

»Mit einem Mann, der als El Tan bekannt ist.«

»Seine Adresse, verdammt, seine Adresse!«

Fass' Blicke huschten wild von links nach rechts. »Man kann ihn nicht direkt erreichen. Es gibt einen Mittelsmann, einen Schlangenbeschwörer namens Abidir, irgendwo auf dem Platz Djema El Fna. Man kann El Tan nur über ihn erreichen.«

Es folgte ein Augenblick des Zögerns, in dem keiner der beiden Männer wußte, was nun kommen würde. Das Messer zitterte in Blaines Hand, während er versuchte, seinen Zorn zu beherrschen.

»Ich würde dich liebend gern umbringen, Fass, aber das wäre ein zu einfacher und zu schneller Tod«, sagte er schließlich. »Wegen dieser Jungen, die du von der Straße aufgelesen und hier in deine private Hölle gebracht hast, hast du ein längeres

Leiden verdient. Aber Gnade hat nichts damit zu tun, denn wenn Vasquez herausfindet, daß du mich hast entkommen lassen – und glaube mir, das wird er herausfinden –, wird er sich auf eine viel raffiniertere Art und Weise mit dir befassen, als ich es könnte.«

McCracken drückte dem Griechen das Messer härter an die Kehle, während er seinen Gürtel löste, um ihn damit zu fesseln. »Vielleicht bitte ich den Fettsack sogar, mir ein Videoband von deiner Hinrichtung zu schicken. Alles Gute für die Ewigkeit«, sagte Blaine, während er dem Griechen die Hände auf den Rücken fesselte. »Du kannst es brauchen.«

Johnny Wareagle kniete auf einer Wiese des weitläufigen Landstrichs in Oklahoma, der das Reservat der Sioux darstellte. Hinter ihm näherte sich vorsichtig Häuptling Silberwolke und blieb stehen, als er bemerkte, daß sich der große Indianer seiner Anwesenheit bewußt war.

»Es tut mir leid, *Wanblee-Isnala*.«

Wareagle schaute über die wogende Savanne, die sich meilenweit unter der leichten Brise ausdehnte. »Es besteht kein Grund für eine Entschuldigung.«

»Ich glaube doch. Die Blassen Seelen wollten unser Land, obwohl die Gerichte etwas anderes entschieden haben. Sie wurden grausam und wütend, und ihre Geister dunkel und schmutzig. Ich konnte mich an niemanden sonst wenden.«

Wareagle drehte sich um und betrachtete den alten Mann. Er lächelte aufmunternd. »Ich bin hier. Nur das ist wichtig.«

»Ich hätte dir die Wahrheit sagen sollen, *Wanblee-Isnala*«, murmelte Häuptling Silberwolke, und seine bronzene, lederartige Haut zeugte plötzlich von den gesamten siebzig Jahren, die sie bereits einer grellen Sonne ausgesetzt gewesen war. »Statt dessen habe ich dich zu einer Stammesversammlung eingeladen, die es gar nicht gibt. Ich wußte, daß du solch eine Einladung nicht ausschlagen konntest. Ich hatte befürchtet, wenn du die Wahrheit kennst, wolltest du nichts damit zu tun haben.« Der Häuptling trat näher; er bewegte sich, wie sich ein vorsichtiger Jäger einem Tier nähert, das er für mehr oder weniger zahm hält. »Du bist eine Legende bei unserem Volk, Johnny. Dein Manitou ruft Erinnerungen an die Krieger der Legenden wach.«

»Das Höllenfeuer hat keine Legenden geschaffen, nur Erinnerungen«, entgegnete Wareagle.

»Was wirst du tun?«

»Heute neben dir sitzen.«

»Und wenn die Bleichen Seelen kommen?«

»Dann kommen sie eben.«

Wareagle hatte erst tags zuvor von dem Streich erfahren, den man ihm gespielt hatte. Häuptling Silberwolke hatte ihm erklärt, daß kürzlich auf dem Gelände des Reservats Öl gefunden worden war und die weißen Nachbarn sich über die starrköpfige Weigerung der Indianer ärgerten, die Förderungsrechte zu verkaufen, die dem armen Landstrich Wohlstand gebracht hätten. Heute würden die Weißen mit ihrer schweren Ausrüstung kommen, um die Wiese zu räumen. Die örtliche Polizei hatte sich nicht für zuständig erklärt, und die Ehre der Indianer verlangte, nur innerhalb ihres Volkes Hilfe zu suchen.

Also hatten sie sich an Johnny gewandt.

Er saß auf der Mitte der zweispurigen Straße, die zum Reservat führte. Um ihn herum hatten sich hundert weitere Sioux jeglichen Alters niedergekauert, Männer und Frauen. Die Weißen würden sie überfahren müssen, um ihre Ausrüstung an ihnen vorbeizubekommen, und während Wareagle überzeugt war, daß sie soweit nicht gehen würden, wußte er doch, daß es vielleicht zu einer handgreiflichen Auseinandersetzung kommen würde. In seinen Händen lag ein ungefähr einen Meter und zwanzig langer hölzerner Stab, der wie der Spazierstock eines zwei Meter und zehn großen Mannes aussah. Der Stab bestand aus Birkenholz, und Johnny hatte ihn gestern abend persönlich geschnitzt.

Der Konvoi der Lastwagen fuhr eben über den letzten Hügelkamm und rollte auf sie zu. Zwanzig Meter vor ihnen kreischten Bremsen auf, und die Lastwagen blieben stehen. Wareagle sah, daß die beiden ersten mit zwei Dutzend

Männern besetzt waren, die nun mit Ketten, Knüppeln, Axtstielen, Keulen und anderen Schlagwaffen in den Händen ausstiegen.

Als Wareagle sich erhob, ruhten die Blicke seines gesamten Volkes auf ihm, und den Stab locker in den Händen wiegend, näherte er sich dem Halbkreis der Männer, die sich vor den Lastwagen aufgebaut hatten. Er blieb einen Meter vor einem schnurrbärtigen Mann mit einem Baseball-Schläger stehen.

»Du und deine Freunde, ihr verschwindet am besten und laßt uns durch, Indianer.«

»Das ist unser Land.«

Der Mann zog eine Grimasse und sah sich hilfeheischend um. Wareagle war fast dreißig Zentimeter größer als er, doch er hatte mehr als zwanzig Mann Verstärkung, die nun langsam aufrückten.

»›Unser Land‹? Doch eher ›dein‹ Land, da du ja als einziger hier stehst. Wir wollen doch nicht, daß du verletzt wirst, oder?«

»Dann geht wieder.«

»Das können wir nicht, Indianer.«

Der Mann holte über die Schulter mit dem Baseballschläger aus, doch Johnnys Stab schoß noch schneller hoch. Er wehrte den Schläger mit dem einen Ende ab und schlug das andere dem Mann an den Kopf. Drei Männer stürmten von hinten vor, die Waffen gehoben, doch Wareagle schwang seinen Stab in einer weiten Drehung herum, die einen Mann nach dem anderen von den Füßen riß und zu Boden warf.

Ein Mann, der ihn von vorn mit einer Keule angriff, wurde mit einem wuchtigen Stoß in den Leib abgewehrt, während ein anderer, der von hinten kam, mit einem ebenso heftigen Stoß zurückgeworfen wurde. Dann griff der größere der Stadtbewohner an; er schwang eine schwere Kette in den Händen. Der Indianer machte einen Satz, um die Lücke zu schließen, und ergriff die Kette mit einer Hand, während er dem Angreifer gleichzeitig in den Unterleib trat.

Ein anderer Stadtbewohner sah eine Chance zum Eingreifen und nutzte sie, indem er mit einem Axtstiel nach Johnnys Kopf schlug. Wareagle wich dem Schlag aus, indem er sich auf ein Knie fallen ließ, und schlug dem Mann den Stab hart in die

Rippen. Doch auf dem Boden war er verletzbar, und zwei Männer versuchten den Vorteil auszunutzen, indem sie gleichzeitig von vorn und von hinten mit ihren Keulen angriffen. Johnny riß den Stab hoch und wehrte beide Schläge gleichzeitig ab. Holz schlug auf Holz; die Männer hoben ihre Keulen erneut, doch Johnny stieß dem ersten den Stab wie einen Billardstock in den Leib, wirbelte dann herum und traf den zweiten in die Lenden.

Der Mann mit dem Schnurrbart humpelte zum Führerhaus seines Lastwagens zurück; er blutete ziemlich heftig aus dem Mund und fluchte erbittert.

Drei Männer kamen mit dreschenden Waffen auf Wareagle zu. Johnny bückte sich und senkte den Stab, und zwei stolperten darüber. Dann riß er ihn wieder hoch, um einen weiteren Schlag abzuwehren, und versetzte dem Gesicht und den Rippen des Angreifers einige Hiebe.

Der Rest der Stadtbewohner trat ängstlich zurück.

Der Mann mit dem Schnurrbart hatte eine Pistole aus dem Handschuhfach gezogen, hob sie und zielte auf Wareagle.

Johnny schien ihn nicht einmal anzusehen. Mit einer fließenden Bewegung verließ der Stab seine Hand und flog durch die Luft. Genau in dem Augenblick, als der Mann abdrücken wollte, prallte der Stab gegen sein Handgelenk. Sein einziger Schuß ging hoffnungslos daneben, und der Mann kletterte mit schmerzverzerrtem Gesicht in das Führerhaus zurück.

Wareagle stand breitbeinig da und beobachtete, wie die anderen an ihm vorbeistürzten; ein paar hielten inne, um ihren auf dem Boden liegenden Gefährten aufzuhelfen. Johnny trat beiseite und ging zu den Indianern zurück, die sich erhoben, als er sich ihnen näherte, und ihn ehrfürchtig musterten. Häuptling Silberwolke trat zu ihm, während die Weißen in ihren Lastwagen flohen.

»Die Geister erhellen dich, *Wanblee-Isnala*«, sagte er, genau wie alle anderen wie benommen von dem, was er gerade gesehen hatte.

»Sie erhellen alle, die ihren Lehren Folge leisten.«

»Die Bleichen Seelen werden zurückkommen.«

Wareagle schüttelte den Kopf. »Das glaube ich nicht. Dieser Vorfall wird bekannt werden. Die Behörden können es sich nicht leisten, noch einmal wegzusehen.«

»Aber du wirst doch noch eine Weile bei uns bleiben? Gib uns Gelegenheit, unsere Schuld zu begleichen.«

»Keine Tat bewirkt eine Schuld. Jede existiert für sich allein, ist eigenständig. Ich muß gehen.«

Häuptling Silberwolke nickte traurig. »Ich verstehe.«

»Es liegt nicht an dir, Häuptling. Du hast getan, was die Geister verlangten. Doch gestern nacht kamen sie mit einer Botschaft zu mir: Ein alter Freund wird mich bald wieder brauchen.«

Der Häuptling betrachtete ihn ehrfurchtsvoll. »Vergiß nicht, welche Straße zu uns zurückführt, Johnny.«

»Es gibt nur eine Straße, Häuptling Silberwolke, und sie führt überall zweimal vorbei.«

18

General Wladimir Raskowski haßte Bangkok und hielt es hier nur dank seines voll klimatisierten Bungalows außerhalb der Stadt aus. Zahlreiche wohlhabende Einheimische teilten den Ausblick auf die wunderbare Landschaft mit ihm, doch er sprach mit keinem von ihnen und verließ das Haus nur selten.

Jahre zuvor hatte die Stadt noch ein Versprechen geborgen, doch dann hatte die Angleichung an den Westen eingesetzt. Und nun überzogen die amerikanischen Kapitalisten eine weitere Region, die eigentlich zur Sowjetunion gehören sollte, mit ihrem Krebsgeschwür. Das Ergebnis war eine elende, vor Menschen nur so wimmelnde Stadt, in der der Gedanke an Konsum vor allem anderen kam. In der Fühlingshitze drang der kollektive Gestank der Massen unausweichlich an seine Nase. Raskowski reagierte so empfindlich auf den Geruch, daß er dreimal täglich duschen mußte, selbst an den Tagen, an denen er keinen Fuß vor die Tür seines Bungalows setzte.

Noch empfindlicher war er, was seine Größe betraf. Natürlich war man mit knapp einem Meter und sechzig nicht direkt ein Zwerg, doch er wußte, daß er im Vergleich zu anderen sowjetischen Generälen der Vergangenheit und Gegenwart ein Opfer der Legende war. Alle sowjetischen Militärführer seit Peter dem Großen waren angeblich hochgewachsene, drahtige Männer gewesen, und Raskowski hatte die Karriereleiter mit dem Bewußtsein erklommen, daß, je mächtiger er wurde, seine Gestalt ihm um so mehr schadete. Er war wie besessen von diesem Gedanken; er bestellte drei Paar Lederstiefel mit erhöhten Absätzen und ließ seinen Schreibtisch auf ein Podest setzen. Und als sein lockiges, ergrauendes Haar in Büscheln ausfiel, ließ er sich ein Transplantat einsetzen. Kahlköpfigkeit würde ihm mehrere Zentimeter seiner Größe stehlen.

Er hatte seine jüngeren Jahre mit dem Versuch verbracht, den Mangel an Größe mit dem Aufbau von Muskeln auszugleichen. Mit der Hilfe eines Trainers der russischen Gewichthebermannschaft für die Olympischen Spiele hatte er einen Körper entwickelt, der viel zu mächtig für seine Gestalt war. Seine Arme waren groß und muskelverknotet, sein Brustkorb tonnenförmig. Raskowski war immer stolz auf die Tatsache gewesen, daß all seine Uniformen nach Maß geschneidert werden mußten; mit noch mehr Stolz erfüllte es ihn, daß dies auch mit fast sechzig Jahren noch zutraf.

Natürlich konnte er seine Uniformen nicht mehr in der Öffentlichkeit tragen, nicht, solange er im Exil lebte, denn sie hätten zuviel Aufmerksamkeit auf ihn gelenkt. Bei den wenigen Gelegenheiten, wo er gezwungen war, sich nach Bangkok zu begeben, trug er westliche Kleidung und gab sein Möglichstes, wie ein Tourist auszusehen. Dabei juckte seine Haut, und er fühlte sich schmutzig. Es waren diese seltenen Stunden außerhalb seines Bungalows, die seine Gesichtszüge dermaßen verkrampften, daß sein spitzes Kinn sich zur Nase hochzuschwingen schien. Es hätte nicht dazu kommen dürfen. Bei allem, was recht war, hätte er in diesem Augenblick Generalsekretär sein sollen. Er hatte dafür gearbeitet und es verdient, doch man hatte ihn um den Lohn seiner Mühen betrogen. Er sei ein Mann aus einer anderen Zeit, hieß es, ein

Relikt der Vergangenheit. Raskowski stritt dies nicht ab. Doch die Zeiten waren das Produkt der Menschen, die in ihnen lebten. Die Menschen bestimmten, wie die Zeiten aussahen, und Raskowski wußte genau, wie sie seiner Meinung nach sein sollten und auch bald sein würden.

Nachdem er aus der Dusche getreten war, trocknete er mit zwei Handtüchern jeden Zentimeter seines Körpers ab und zog dann eine frisch gebügelte Uniform an. Wenn die Jalousien seines Bungalows sorgfältig geschlossen waren, konnte er die frische Wolle riechen und sich im Spiegel sehen, wie man ihn eigentlich sehen sollte. Bald würde er imstande sein, die Uniform wieder zu tragen, wann immer er wollte. Bald würde seine Stellung innerhalb der Sowjetunion *erfordern*, daß er Uniform trug. Das Unrecht, das man ihm angetan hatte, würde wieder gutgemacht werden. Er würde dafür sorgen. Er war ein Mann, der völlig Herr über sein Schicksal war.

Und über das der Welt.

Der General rieb sein Haar trocken und kämmte es ordentlich. Die Versammlung, die er einberufen hatte, würde per Konferenzschaltung und nicht von Angesicht zu Angesicht stattfinden, doch nichtsdestotrotz hatte er dafür geduscht und sich umgezogen. Er zog die Stiefel mit den erhöhten Absätzen an und ging zu dem fensterlosen Hinterzimmer hinab, in dem die technischen Geräte für diese Konferenzen installiert waren.

Raskowskis gestärkte Uniform knirschte steif, als er schnell an dem großen Erkerfenster vorbeischritt, bei dem er vergessen hatte, die Vorhänge zuzuziehen. Niemand hatte ihn gesehen. Niemand achtete auf ihn. Doch bald würde die ganze Welt auf ihn blicken.

Es hätte nicht so kommen müssen. Er hatte die Forschungsergebnisse seines Projekts Alpha in gutem Glauben dem Politbüro übergeben und als Dank nur Beleidigungen zu hören bekommen und Enttäuschungen erlitten. Raskowski hatte sich geweigert, ihre Ablehnung hinzunehmen, doch das Politbüro bestand mittlerweile aus zu vielen schwachen alten Männern neben den jüngeren, die sich ›Reformer‹ nannten, um dagegen anzukommen. Er hatte sein Exil mit genug Würde akzeptiert, um die Gelegenheit zu nutzen, sein bereits vorher geplantes

›Verschwinden‹ in die Wirklichkeit umzusetzen. Er hatte bereits Männer in allen Ebenen der sowjetischen Regierung und Militärführung rekrutiert, die genauso empfanden wie er. Wenn er seinen Plan verwirklichte, würden sie hinter ihm stehen.

Der Schlüssel war und blieb jedoch der Todesstrahl. Sobald alle Tests erfolgreich abgeschlossen waren, war es Raskowski gelungen, den Satelliten in die Umlaufbahn zu bekommen, der seinen Plan erst durchführbar machte. In der gesamten Sowjetunion schickten sich seine Leute an, die kommenden Umwälzungen vorzubereiten. Jede Phase der Operation, jedes noch so winzige Detail war bis ins Kleinste durchdacht worden. Die Vernichtung von Hope Valley hatte reibungslos geklappt, wie auch sein indirekter Kontakt mit den Amerikanern. Alles verlief genau nach Plan.

Bis das Undenkbare eingetreten war. Eine wissenschaftliche Fehlberechnung, keineswegs die seine, setzte den gesamten Plan aufs Spiel. Es blieb Raskowski überlassen, ihn aus den Trümmern aufzulesen und eine gewagte, fast unmögliche neue Strategie zu ersinnen. Nun, unmöglich für andere vielleicht, aber nicht für ihn. Ein wahres Genie, so hatte er immer geglaubt, zeichnete sich durch die Fähigkeit aus, sofort auf Änderungen reagieren zu können. Besonders auf dem Schlachtfeld, und zu einem solchen war die gesamte Welt ja geworden. Nur eine Handvoll Menschen waren über die veränderte Operation informiert, und so würde es auch bleiben. Nun kam alles auf das Timing an. Der leichteste Fehltritt, die kleinste Fehlberechnung würde alles verderben.

Das Hinterzimmer enthielt nur einen einzigen Tisch und Stuhl. Auf dem Tisch befanden sich drei Telefone mit Lautsprechern: ein weißes, ein rotes und ein grünes. Für jeden seiner drei wichtigsten sowjetischen Untergebenen war einer dieser Apparate reserviert, und Raskowski dachte längst nur noch in den Begriffen der Farben ihrer Lautsprecher von ihnen. Raskowski setzte sich auf den einzigen Stuhl und rückte vorsichtig an den Tisch, sorgsam darauf bedacht, die Uniform nicht zu zerknittern.

»Grün, sind Sie da?« fragte er genau um elf Uhr Ortszeit.

»Ja, Genosse General«, gab die Stimme auf Russisch zurück.
»Weiß?«
»Hier, Genosse General!«
»Rot?«
»Ich höre, Genosse General.«
»Sehr gut. Dann wollen wir anfangen. Mein Bericht, Genossen, ist kurz. Alles verläuft planmäßig.«
»Was ist mit der amerikanischen Erwiderung auf unsere zweite Nachricht, die wir ihnen über die Türkei zugespielt haben?« fragte Weiß.
»Verwirrung und Furcht. Haben Sie weniger erwartet?«
»Ich habe beträchtlich mehr erwartet«, sagte Weiß. »Ich bin der Meinung, daß wir zu lange warten, bis wir den Strahl mit voller Kapazität einsetzen.«
»Die Gründe für diese Strategie haben wir bereits besprochen. Verschwenden wir keine Zeit damit, sie zu wiederholen.«
»Sie haben vorgehabt, uns heute über die Einzelheiten der letzten Phase aufzuklären«, erinnerte Rot ihn.
»Ich fürchte, das müssen wir um kurze Zeit verschieben.«
»Also ist die ganze Sache auch weiterhin eine Frage des Vertrauens«, stellte Grün fest. »Sie verlangen von uns, Ihnen zu vertrauen, erwidern dieses Vertrauen jedoch nicht.«
»Moskau ist eine zu kleine Stadt, um dieses Risiko einzugehen. Das habe ich im Verlauf meiner Karriere bereits erfahren. Ich beabsichtige nicht, den gleichen Fehler zweimal zu begehen.«
»Dennoch«, sagte Weiß, »wenn wir die Möglichkeit haben, Amerika zu zerstören, erscheint es töricht, diese Möglichkeit nicht auszunutzen, bevor die Amerikaner vielleicht einen wirksamen Schutz davor entwickeln.«
»Zumindest eine größere Demonstration wäre angebracht«, schlug Grün vor.
»Genosse Grün«, setzte Raskowski an und griff nach dem Vorteil, »Sie haben mich bereits darüber informiert, daß Sie die Kommunikationseinrichtungen von Omsk in frühestens vier Tagen übernehmen können. Zu diesem Zeitpunkt wird das russische Volk von dem Ultimatum erfahren, das die wahre

Führung unseres Landes an die Vereinigten Staaten gerichtet hat. Was könnten wir also gewinnen, von diesem Zeitplan ausgehend, wenn die Dinge nun schon eskalierten? Also schlage ich vor, daß Sie, daß wir alle uns lediglich mit unseren jeweiligen Aufgaben befassen. Die Zeit kann nur für uns arbeiten. Je mehr Zeit wir den Vereinigten Staaten lassen, desto deutlicher werden sie begreifen, wie hoffnungslos ihre Lage ist. Wenn die Vereinigten Staaten auf unsere Forderung eingehen, wird ihre Unterwerfung uns den Weg zur Machtergreifung ebnen. Wenn die USA unsere Forderungen nicht akzeptieren und wir gezwungen sind, sie zu vernichten, wird die Sowjetunion als die einzige Supermacht übrigbleiben, und die derzeitige unfähige Regierung wird keine andere Wahl haben, als zu unseren Gunsten abzudanken.«

Einen Augenblick lang erklangen nur Atemgeräusche aus den Lautsprechern. Schließlich ergriff Rot wieder das Wort.

»Wann werden Sie uns über den genauen Ablauf der letzten Phase informieren?«

»In zwei Tagen. Spätestens in drei.«

»Das kann ich akzeptieren«, entgegnete Rot.

»Ich auch.«

»Ich auch.«

Raskowski lächelte und entspannte sich wieder. »Dann wäre unser Gespräch für heute wohl beendet, Genossen. Ich werde über die üblichen Kanäle wieder Kontakt mit Ihnen aufnehmen. *Dos swedanja.*«

19

»*Banna es su sei! Banna es su sei!*«

Natalja Tomaschenko schob sich durch die Menge der jungen Thai-Kinder, die auch weiterhin mit ausgestreckten Händen um Geld bettelten. Sie war am Vortag in Bangkok eingetroffen und hatte ein Zimmer im Siam Intercontinental Hotel gemietet, um zu warten, daß sich Raskowskis Untergebener meldete.

Sein Name war Katlow, und die Geheimdienstberichte, die sie gelesen hatte, bevor sie Moskau verlassen hatte, enthielten keinen Eintrag über ihn. Er würde jeden Tag das Meldebuch des Hotels auf einen bestimmten Namen hin überprüfen, und wenn er ihn gefunden hatte, würde kurz darauf ein Brief mit weiteren Anweisungen für sie eintreffen.

Wie versprochen, war dieser Brief vor knapp einer Stunde gekommen. Er enthielt die Anweisung, sie solle einen blauen Hut tragen, von ihrem Hotel zum Taa-Phra-Pier gehen und dort ein Boot zum Treibenden Markt von Thonburi nehmen. Sie hatte den Hut in einem Geschäft im Hotel gekauft und sich augenblicklich in den heißen, feuchten Tag begeben. Die Wetterankündigungen sagten Gewitter vorher. Sie liebe Bangkok wegen der Vitalität und der Schnelligkeit, die in der Stadt vorherrschten, und auch, weil sie sich an uralte Traditionen und Gebräuche klammerte. Die Straßen waren voller Menschen, doch die Einheimischen traten im allgemeinen zur Seite, um die Touristen vorbeizulassen.

Während Natalja zum Pier ging, wandten sich ihre Gedanken Blaine McCracken zu. Sie fühlte sich hauptsächlich aus Bewunderung für sein persönliches Ehrgefühl zu ihm hingezogen. Natalja wußte, was er durchgemacht hatte, wußte, was seine Regierung ihm angetan hatte. In gewisser Hinsicht unterschied sich das gar nicht so sehr von dem, was ihre Regierung ihr angetan hatte. Der Unterschied bestand darin, daß in Amerika McCracken die Möglichkeit gefunden hatte, aus dem Spiel auszusteigen. Es war Nataljas Schicksal, sich diese Möglichkeit erst verschaffen zu müssen.

Doch schon bevor McCracken und seine ehemaligen Arbeitgeber sich getrennt hatten, hatte ein unnachsichtiger Individualismus seine Laufbahn geprägt. In einer Hinsicht war er ein Söldner, ein gedungener Killer. Doch in einer anderen war er ein Befreier, ein Mann, der für etwas eintrat. Irgendwie waren diese beiden Gegensätze in ihm miteinander verschmolzen und hatten einen Menschen mit einem unglaublich schwierigen Innenleben geschaffen, der aber mit sich selbst ziemlich im Einklang war.

Das drückte schon seine körperliche Erscheinung aus. Er war

nicht stattlich, vielleicht nicht einmal gutaussehend, aber trotzdem attraktiv und körperlich anziehend. Er versuchte nicht, etwas darzustellen, und war trotzdem jemand. Natalja konnte nur sich selbst eingestehen, daß sie am Freitagabend nichts lieber gewollt hätte, als ihn in ihr Bett einzuladen. Doch sie hatte sich zurückgehalten. Dieser Schritt hätte mehr über sie enthüllt, als sie preiszugeben bereit war. Ihre Unnahbarkeit war ihr größter Vorteil. In einer Männerwelt konnte sie nicht darauf verzichten. Sie war eine Außenseiterin in ihrer Welt, toleriert von ihren Vorgesetzten und gefürchtet von ihren Feinden, die sie unausweichlich unterschätzten. Doch Blaine McCracken hatte gar nicht versucht, sie irgendwie einzuschätzen. Sein einziger persönlicher Kommentar hatte sie tief getroffen, weil er eine beträchtliche Einsicht bewies, als könne er in ihre Seele blicken und lesen, was darin geschrieben stand.

Womit hat man Sie in der Hand, Natalja?

Sie hatte es ihm nicht erzählt, denn wenn es sie schon schmerzte, überhaupt darüber nachzudenken, würde es noch mehr schmerzen, darüber zu sprechen. Sie entstammte einer Soldatenfamilie, Helden, deren Särge mit zahlreichen Medaillen geschmückt waren. Ihr Vater war die einzige Ausnahme gewesen, ein sich sehr offen äußernder Professor der Philosophie, dessen Frustation mit jedem seiner Bücher wuchs, das in der Sowjetunion nicht erscheinen durfte. Eine Zeitlang hatte Natalja kein gutes Verhältnis zu ihm gehabt; sie hielt ihn für einen Verräter am Staat. Zwei Onkel von ihr hatten dafür gesorgt, daß sie ihre Anstellung bekam; eine der Bedingungen dafür war, sich von ihrem Vater loszusagen, was sie bereitwillig und mit einem Minimum an Schuldgefühlen getan hatte.

Die stellten sich erst später ein, denn es war keineswegs so, daß er nun nichts mehr mit ihr zu tun haben wollte; er respektierte ihre Wahl, obwohl sie die seine niemals anerkannt hatte. Die frühen Jahre ihrer Arbeit brachten sie einander wieder näher, als sie immer wieder befördert wurde und zunehmend erkannte, daß die Meinungen, die ihn zum Außenseiter gebranntmarkt hatten, gerechtfertigt waren. Ihr Antrag, nicht mehr zu Außeneinsätzen herangezogen zu werden, war gerade angenommen worden, als ihr Vater verurteilt und in ein Gulag deportiert wurde. Ihr Vorgesetzter beim KGB machte ihr schnell klar, daß seine einzige Hoffnung für eine Begnadigung darin lag, daß sie auch weiterhin ›in den Regen‹ hinausging, sogar in einen Gewittersturm. Sie versprachen ihr, nach einer einzigen Mission sei die Sache geklärt, und sie stimmte zu. Ihr Vater, so hieß es, würde bei ihrer Rückkehr zu Hause auf sie warten.

Natalja bekam kaum den Schlüssel ins Schloß, so aufgeregt war sie. Endlich hatten sie Zeit genug, die verlorenen Jahre nachzuholen. Als sie die Tür aufstieß, fiel ihr Blick auf ihren Vorgesetzten beim KGB, der, flankiert von zwei seiner hirnlosen Häscher, in einem Lehnstuhl saß.

»Mein Vater«, sagte sie gepreßt.

»Einige legale Probleme«, lautete seine geschäftsmäßige Antwort. »Nichts, was Ihnen Sorgen bereiten müßte. Die Bürokratie arbeitet in solchen Fällen leider sehr langsam. In der Zwischenzeit hätten wir eine andere Mission, die Sie vielleicht in Betracht ziehen wollen. Sie gehört natürlich nicht zu unserer Abmachung und wäre lediglich ein Zeichen Ihres guten Willens.«

Ihr Vorgesetzter ging nicht weiter in die Einzelheiten; das war auch gar nicht nötig. Sie weigerte sich, und er bot ihr freundlich an, ihren Vater zu besuchen. In drei kurzen Monaten war er um ein Dutzend Jahre gealtert. Doch er brachte ihr noch immer keinen Groll entgegen. Sie versprach ihm, er würde bald freikommen, ohne ihm zu verraten, daß sie sich, um seine Freilassung zu erreichen, an die Mächte verkauft hatte, die er am meisten haßte.

Am Ende ihrer nächsten Mission wurde sie mit der Nachricht begrüßt, daß ihr Vater in der Tat freigelassen worden war. Sie wurde direkt zu ihm geführt, doch nicht zu seinem Haus in der Nähe der Universität, in dem er dreißig Jahre lang gewohnt hatte. Weitere technische Schwierigkeiten, erklärte ihr Vorgesetzter, hatten dazu geführt, daß ihm eine kleine, unter Bewachung stehende Wohnung in Gorki zugewiesen worden war. Die Implikationen waren eindeutig. Eine Rückkehr zur Universität konnte nur erfolgen, nachdem sie *noch eine* Mission durchgeführt hatte. Und damit hatten sie sie in der Hand. Als er dann nach zwei weiteren Missionen schließlich in einer wesentlich niedrigeren Stellung wieder in den Lehrbetrieb zurückkehren durfte, erfuhr sie, daß bei ihm ein schweres Herzleiden aufgetreten war und nur ein Visum für die Vereinigten Staaten sein Leben retten konnte. Nur noch eine weitere Mission, und er würde das Visum bekommen, hatte ihr Vorgesetzter ihr vor drei Missionen erklärt.

Nun, das war die Mission, die ihrem Vater endlich das Visum einbringen würde. Wenn sie sein Leben um ein paar Jahre verlängern konnte, würde das vielleicht die Jahre wiedergutmachen, die sie verloren hatten. Natalja war ein Kind des Staates statt ihres Vaters geworden. Sie hatte zu spät die bittere Lektion begriffen, daß der Staat ein liebloses Elternteil war, das sich nur so lange um seine Kinder kümmerte, wie diese Kinder wichtig für ihn sein konnten. Doch von nun an würde Natalja nur noch für sich selbst sorgen. Diesmal würde sie die Mission abschließen, mit der die Erpressung endlich ein Ende haben würde. Sie hatte die Gespräche mit dem Generalsekretär aufgezeichnet und würde die Bänder gegen ihn benutzen, wenn er sich weigerte. Dies konnte unter Umständen ihren Tod bedeuten, doch sie war ihrem Vater den Versuch schuldig.

Sie war auf dem Weg zum Pier in der Nähe der Thammas-art-Universität so sehr in Gedanken versunken, daß sie kaum den Donner und den strömenden Regen bemerkte, der die Hitze vom Asphalt vertrieb und ihre Kleidung in Sekunden durchnäßt hatte. Neben ihr hielt ein Samlor, ein gasbetriebenes, dreirädriges Taxi.

»Soll ich Sie mitnehmen, Miß?« fragte der regendurchnäßte Fahrer sie.

Natalja wollte schon abwinken, als sie bemerkte, daß der Mann sie auf Englisch angesprochen hatte.

»Und haben Sie auch einen Vorschlag, wohin die Fahrt geht?« antwortete sie auf Russisch.

Der Fahrer lächelte und zeigte dabei volle, weiße Zähne. »Natürlich zum Treibenden Markt, Miß«, sagte er auf Russisch.

Natalja stieg ein. Der Fahrer gab Gas und drückte auf die Hupe, um die Menschenmassen zu verscheuchen, die sich auf den verschlammten Straßen drängten.

Sie wechselten kein weiteres Wort. Natalja wußte nun, daß der Weg zu Katlow lang und verschlungen sein würde; der Renegat aus Raskowskis Rängen würde kein Risiko eingehen. Die Umständlichkeit der Kontaktaufnahme war zwar enervierend, gleichzeitig aber auch beruhigend. Katlow hatte Vorsichtsmaßnahmen ergriffen. Die Gefahr eines Zusammenstoßes mit den Männern des Generals war beträchtlich gesunken.

Der namenlose Samlorfahrer hatte den Taa-Chan-Pier erreicht. Im Klong darunter lagen endlose Reihen klappriger Boote, deren Fahrer auf Kunden warteten. Sie hatten Natalja kaum gesehen, da begannen sie, ihr zuzurufen.

»Ich kümmere mich um alles, Miß«, flüsterte der Fahrer ihr zu und führte sie zu einem Boot am Ende der Reihe. Dessen Fahrer saß gelassen im Heck, einen Strohhut in die Stirn gezogen.

»*Aye!*«

Der Bootsmann schob den Hut zurück, und Natalja sah, daß er keine Vorderzähne mehr hatte. Der Samlorfahrer half ihr in den Bug hinab. »Der Treibende Markt Thonburi«, sagte er auf Thai zu dem Bootsmann. »Aber schnell.«

Das Boot entfernte sich gemächlich tuckernd vom Pier, und kurz darauf trieben sie langsam in südliche Richtung. Sie hielten sich an der Seite des Kanals, um die Mitte für den größeren Schiffsverkehr freizuhalten. Ein großer Teil der Stadt Bangkok wird von den ›Klongs‹ genannten Kanälen durchzogen, von denen manche breit wie Straßen, manche kaum zwei Meter breit und viele von der Trockenlegung bedroht sind, weil ein großer Bedarf nach mehr Straßen besteht. Viele der Klongs werden von Läden umsäumt, die die Touristen vom Boot aus über eine private Anlegestelle betreten können. Die Klongs greifen weit in den Stadtteil Thonburi über, wo sie schließlich auf den Treibenden Markt stoßen: eine Ansammlung schmaler Boote, die bis zum Rand mit frischen Früchten und Gemüsen vollgepackt sind. Die Händler preisen ihre Waren wie auf einem normalen Markt mit lautem Geschrei an; auch billige Juwelen und Tonwaren sind hier erhältlich.

In der Vergangenheit war der Treibende Markt ein notwendiges Bestandteil für das Leben in Bangkok. Die Einheimischen tätigten hier all ihre Einkäufe, und Ebbe und Flut der Wirtschaft hingen direkt mit dem Wetter zusammen. Doch in letzter Zeit war der Markt eher zu einer Touristenattraktion geworden.

Der Markt von Thonburi liegt innerhalb einer gewundenen Ansammlung schmalerer Klongs im Nordwesten Bangkoks. Nach einer Fahrt von dreißig Minuten sah Natalja die ersten Läden. Wäre das Wetter besser gewesen, wäre der Verkehr hier so dicht gewesen wie zur Hauptverkehrszeit in New York. Der Regen hatte jedoch die meisten Touristen ferngehalten, und Nataljas Schiffer kam problemlos durch die engen Kanäle voran.

Der Regen war zu einem leichten Nieseln abgeflaut, als Nataljas Bootsmann neben dem Boot einer alten Frau hielt, die Gemüse verkaufte. Der Schiffer sprach kurz mit der Alten, und sie schickte sich an, einen Karton mit ihren besten Waren vollzupacken.

»Fünfhundert Baht«, rief der zahnlose Schiffer Natalja zu.

Sie gab ihm einige Geldscheine, und er reichte sie der Frau weiter und nahm den Karton mit dem Gemüse entgegen, stellte ihn neben Natalja auf den Boden und stieß sein Boot wieder ab.

»Ihre nächsten Anweisungen sind da drin«, sagte er auf Englisch, ohne sie anzusehen.

Natalja beugte sich vor und hob den Deckel von dem Karton. Als sie keinen Zettel sah, schob sie das Gemüse beiseite, bis sie auf ein vergilbtes Blatt Papier stieß. Sie las, was darauf stand, ohne das Blatt aus dem Karton zu nehmen.

Dusit-Halle des Königlichen Palastes.

Natalja seufzte. Der Königliche Palast befand sich in der Nähe des Taa-Phra-Chan-Piers, wo sie das Boot betreten hatte, um zum Treibenden Markt zu fahren. Sie wurde im Kreis herumgeführt, doch sie befand sich in Katlows Hand und war seinen Launen völlig ausgeliefert.

Der zahnlose Schiffer lud sie an fast der gleichen Stelle ab, wo er sie aufgelesen hatte, und Natalja ging das kurze Stück zum Tor des Wunderbaren Sieges, von dem aus eine breite Straße zum äußeren Garten des Königlichen Palastes führte. Es befanden sich mehr als hundert Gebäude auf dem Gelände, von denen die äußeren von der Regierung benutzt wurden. Als sie sich dem eigentlichen Palast näherte, wurden die Gebäude älter und geschichtsträchtiger.

Die Dusit-Halle war eine Kunstgalerie innerhalb des Dusit Maham Prasad, eines eleganten weißen Gebäudes. Die Halle war eigentlich ein großer Innenraum, der einzige Teil dieses Gebäudes, der für Besucher geöffnet war. Sie ging an den zahlreichen Gemälden, Wandmalereien und Statuen vorbei und versuchte, Geduld zu bewahren. Plötzlich stand ein Asiate in einem blauen Anzug neben ihr und richtete seine Kamera auf ein großes Gemälde.

»Jetzt gehen Sie zum Wat Phra Kaeo«, sagte er, nachdem er sie kurz gemustert hatte. »Zur Kapelle des Smaragdenen Buddhas.«

Der Mann machte ein paar Aufnahmen und ging weiter. Natalja machte kehrt und ging zur Tür zurück.

Das Wat Phra Kaeo war das heiligste aller Gebäude in Thailand; man konnte es vom Palasthof aus durch ein Seitentor betreten. Natalja entrichtete ein zusätzliches Eintrittsgeld und zeigte sich von dem sich vor ihr auftuenden Anblick höchst beeindruckt. Der Gebäudekomplex unterschied sich mit seinen vergoldeten Kuppeln und Säulen aus weißem Marmor von allen anderen, die sie hier gesehen hatte. Seine Schönheit lag in seiner Einfachheit, als sei er mit größter Bescheidenheit, aber ebenso großer Ehrfurcht vor dem Geist dessen, was er beherbergte, errichtet worden.

Natalja ging einen langen, mit Wandmalereien geschmückten Korridor entlang, an dessen Ende sich eine von bronzenen Löwen flankierte Treppe befand. Von den Besuchern wurde verlangt, die Schuhe auszuziehen, bevor sie die Treppe hinaufgingen, und Natalja fügte sich. Am Kopf der Treppe, direkt vor dem Eingang zum Raum des Buddhas, hielt ein größeres Löwenpaar zwischen goldenen Säulen seine ewige Wache. Natalja ging zwischen ihnen hindurch und betrat den Raum.

Vor ihr erhob sich die hellgrüne Jaspisstatue Buddhas. Unter einem neunfach geschichteten Baldachin wirkte er, bekleidet mit einem Sommermantel mit Kapuze, groß und atemberaubend. Es befanden sich nur wenige Menschen in dem Raum –

nur ein paar Touristen, die hin und her schlenderten, und ein buddhistischer Mönch, der vor der Statue auf einem Kissen kniete. Natalja ging langsam weiter und näherte sich schließlich dem Mönch, der ihr den Kopf zuwandte.

»Kommen Sie näher.«

Er hatte Russisch gesprochen! *Katlow!*

»Knien Sie auf einem Kissen nieder«, fuhr er fort. »Tun Sie so, als würden Sie beten«, fügte er hinzu, als sie seinen Worten Folge geleistet hatte. »Nein, beten Sie lieber wirklich. Die Welt kann es gebrauchen.«

»Deshalb bin ich hier«, sagte Natalja leise und schaute Katlow ins Gesicht, das von seiner orangefarbenen Kapuze umrahmt wurde. Sie sah, daß er über dem linken Auge eine schwarze Klappe trug.

»Sehen Sie mich nicht an«, befahl er. »Richten Sie die Augen auf den Buddha. Beugen Sie sich vor. Beten Sie. Na los!«

Erneut gehorchte Natalja, doch dann gewann ihre Ungeduld die Oberhand. »Genug der Vorsichtsmaßnahmen«, flüsterte sie.

»Nein! Bei Raskowski kann man nicht vorsichtig genug sein.« Katlow verstummte, als eine Amerikanerin mit Zwillingstöchtern hinter ihm vorbeiging. »Der General ist in dieser Stadt überall. Deshalb auch die Irrfahrt, die Sie über sich ergehen lassen mußten. Glauben Sie mir, das war zu unserem Besten.«

»Sie waren von Anfang an bei ihm?«

»Ja. Ich habe im Auftrag des Wissenschaftsbüros für das Projekt Alpha gearbeitet. Ich hatte damals einen anderen Namen, eine andere Identität. Als ich ihm ins Exil folgte, bestand er darauf, daß ich zu dem wurde, der ich nun bin.«

»Aber es sind ihm auch andere gefolgt.«

»Ja, einige. Doch viele blieben auch zurück, um zu warten, bis sie gerufen werden. Abgesehen von denen, die unmittelbar mit den wissenschaftlichen Aspekten von Alpha zu tun hatten, gab er niemandem *die Erlaubnis*, ihn zu begleiten. Sie können von innen mehr Schaden anrichten – sobald die Zeit dafür gekommen ist.«

»Raskowski gab den Amerikanern drei Wochen, um eine einseitige Abrüstung durchzuführen. Ist das sein Zeitplan?«

»Keine Ahnung. Das weiß nur er.«

»Hatten Sie immer solche Angst vor ihm?«

»Ursprünglich Ehrfurcht. Mit meiner Arbeit am Alpha-Todesstrahl gab er meinem Leben einen Sinn und mir das Gefühl, meine Tätigkeit sei für die Erfüllung der sowjetischen Bestimmung lebenswichtig.« Katlow hielt inne. »Erst die vielen Stunden, die ich in den Wochen vor der Einleitung des Plans in seiner unmittelbaren Nähe verbrachte, ließen mich die Wirklichkeit erkennen.«

»Hope Valley ließ Sie umdenken?«

»War das der Name der amerikanischen Stadt, die wir vernichtet haben? Mein Gott, ich habe ihn vergessen. Ich werde allmählich so gefühllos wie der General.« Katlow sah sie an. »Ich habe mich bei seinem Kreuzzug auf seine Seite geschlagen, weil ich ehrlich überzeugt war, einem edlen Zweck zu dienen. Doch später bin ich zu der Einsicht gelangt, daß der General nur das tut, was für ihn am besten ist. Unser Mutterland bedeutet ihm nichts, Genossin. Er wird jeden töten, der seinem Plan im Weg steht. Wenn es für die Machtergreifung nötig ist, wird er auch Panzer durch Moskau schicken.«

»Wo finde ich ihn?«

»Das weiß ich nicht. Unsere Begegnungen werden immer von ihm arrangiert. Für den Fall, daß ich ihn erreichen muß, gibt es tote Briefkästen, doch er erscheint niemals persönlich, wenn er das Treffen nicht einberufen hat. Doch man kann diesen Wahnsinn noch aufhalten, indem man seine Waffe vernichtet.« Katlow hielt inne. »Haben Sie von dem großen amerikanischen Frühwarnsatelliten *Ulysses* gehört, der vor sechs Monaten in die Umlaufbahn geschickt wurde?«

»Natürlich. Aber was . . . nein, das kann doch nicht sein!«

Natalja verstummte. Katlow sagte kein Wort. Das war auch nicht nötig.

Raskowskis Todesstrahl war in einem amerikanischen Satelliten installiert worden!

»Das hat der Bauernjunge bewerkstelligt«, fuhr Katlow fort. »Die Einzelheiten kenne ich nicht, nur das Ergebnis. Nachdem Raskowski verbannt worden war, konnte er seinen Todesstrahl nur auf diese Art und Weise in eine Erdumlaufbahn bekommen. Der Bauernjunge kümmerte sich um alle technischen Einzelheiten. Keine leichte Aufgabe, aber sie war offensichtlich die Mühe wert.«

»Wenn der Generalsekretär den Präsidenten also überzeugen kann, *Ulysses* zu desaktivieren, ist die Sache vorbei. Dann kann er wieder eine Politik der Stärke betreiben. Was er zweifellos auch tun wird. Wir haben es geschafft.«

»Nicht ganz, denn Raskowski ist noch immer irgendwo dort draußen, und nur ich kann Sie zu ihm führen.«

»Aber Sie haben doch gesagt . . .«

»Während des Projekts Alpha habe ich viel von dem General gelernt, Genossin. Unter anderem, daß man seine Kenntnisse manchmal zurückhalten muß, und auch, wie lange man sie verschweigen sollte. Ich habe Ihnen den Todesstrahl des Generals geliefert, doch solange der General noch lebt, wird auch die Waffe irgendwann wieder auftauchen.« Katlow verstummte, als ein Mann eintrat und Fotos von dem Buddha machte.

»Was verlangen Sie also von mir?« fragte Natalja.

»Raskowski hat für die Umsiedlung unserer Familien gesorgt. Eine großzügige Geste, doch wie bei allem, was der General tut, gab es noch ein tieferliegendes Motiv. Indem er unsere Familien umgesiedelt hat, übt er die Kontrolle über sie und damit auch uns aus. Wenn wir ihm in die Quere kommen, werden wir mit weit mehr als nur dem Verlust unseres eigenen Lebens bestraft. Das wurde zwar niemals ausgesprochen, steht als Drohung jedoch im Raum.« Er hielt inne, um seine Stimme zu beruhigen. »Bringen Sie meine Familie in Sicherheit, Genossin. Dann, und nur dann, werde ich . . .«

Katlow sprach noch immer, als Natalja einfiel, daß das Fotografieren in diesem Raum verboten war. Sie drehte sich zu dem Mann hinter ihnen um. In eben diesem Augenblick zog er eine Waffe. Natalja warf sich auf Katlow und stieß ihn zur Seite, doch es war zu spät. Der Mann hatte schon geschossen. Natalja hörte, wie Katlow aufstöhnte, als die Kugeln ihn trafen.

»Verräter!« rief der Mörder auf Russisch über die verängstigten Schreie der anderen Touristen hinweg, die sich hektisch in Deckung warfen.

Natalja war nicht sicher, ob der Schütze damit sie oder Katlows Leiche meinte. Sie hatte ihre Pistole aus der Handtasche gezerrt und schoß, als der Killer seine Waffe auf sie richtete. Natalja drückte zuerst ab; eine Kugel in den Kopf, eine zweite in die Brust. Der Killer taumelte kurz und brach dann zusammen.

Natalja sah sich grimmig um. Das übliche Prozedere schrieb vor, daß ein Mann in der Nähe war, der dem Killer Rückendeckung gab. Vielleicht wartete er draußen. Sie lief hinaus, bevor die sich duckenden, noch immer schreienden Touristen wieder so weit zu Sinnen kamen, daß sie sich ihr Gesicht einprägen würden. Sie mußte in Bewegung bleiben. Irgendwo würden Raskowskis Killer auf sie warten. Sie mußte nicht nur schneller handeln als sie, sondern auch schneller denken.

Sie verlangsamte ihre Schritte erst, als sie den Fuß der Treppe erreicht hatte und ihre Schuhe anzog. Das Sicherheitspersonal des Tempels würde jeden Augenblick an ihr vorbeistürzen, alarmiert von den Schüssen und den Zeugen, die vor ihr aus dem Raum entkommen waren. Sie mußte das Gelände verlassen haben, bevor sich die Schießerei herumsprach. Sie wußte, was sie wissen mußte.

Raskowskis Strahlenwaffe war in einem amerikanischen Satelliten installiert!

Doch nun konnte man den General aufhalten. Sie würde Kontakt mit dem Generalsekretär aufnehmen, und er wiederum mit den Amerikanern. Sie würden *Ulysses* desaktivieren. Wenn keine Katastrophe mehr drohte, würde man wieder an den Verhandlungstisch zurückkehren.

Natalja verließ das Gelände durch das Tor hinter dem Tempel des Smaragdenen Buddhas. Auf den überfüllten Straßen fühlte sie sich sicherer. Ihr Hotel lag ganz in der Nähe des Tempelgeländes, und es war am sichersten, zu Fuß zu gehen. Sie bot den Kollegen des Killers zahlreiche Möglichkeiten, ihr zu folgen, doch keine wurde wahrgenommen. Dennoch ließ sie sich nicht zu dem Gedanken verleiten, die Sache sei bereits ausgestanden.

Als sie das Hotel erreicht hatte, zögerte sie. Irgend etwas

stimmte nicht, etwas, worauf sie zuerst nicht den Finger legen konnte. Sie ging immer langsamer und betrachtete das Hotel.

Die Pagen. Plötzlich waren einfach zu viele davon da, und nur wenige schienen sich dafür zu interessieren, den eintreffenden oder abreisenden Gästen das Gepäck abzunehmen. Natürlich. Raskowskis Männer hatten ihr nicht zum Royal Palace folgen müssen, denn sie wußten ja, wohin sie gehen würde, sollte sie das Attentat überlebt haben.

Natalja mußte alles vermeiden, was die Aufmerksamkeit der Pagen auf sie lenken würde. Sie konnte davon ausgehen, daß diese Männer sie nur von Fotos her kannten. Vielleicht würde eine geschickte Tarnung schon ausreichen.

Sie schob die Schultern vor und knickte die Knie ein, um älter und kleiner zu wirken. Wenn sie den Kopf gesenkt hielt und ohne das geringste Zögern ausschritt, würde sie den Pagen nicht auffallen.

Sie konnte nicht sagen, ob sie überhaupt auf sie achteten, denn sie schaute zu Boden, während sie am Hotel vorbeiging. Andere Probleme beschäftigten sie. Von ihrem Hotel aus konnte man Ferngespräche führen; sie hatte beabsichtigt, dem Generalsekretär ihre Entdeckung auf diese Art und Weise mitzuteilen, und mußte jetzt eine andere Möglichkeit dazu finden. Ein kodiertes Telegramm an den richtigen geheimen Briefkasten würde Tschernopolow innerhalb von ein paar Stunden erreicht haben.

Vor ihr näherten sich zwei Busse einer Haltestelle. Impulsiv lief Natalja auf sie zu. Wenn man sie nicht erkannt hatte, als sie an dem Hotel vorbeiging, würde man sie nun auf jeden Fall entdecken. Sie sprang vor, als die Busse hintereinander anhielten, und drängte sich in einen hinein. Als sie aus dem Fenster zurückschaute, sah sie niemanden, der loslief, um sie zu verfolgen. Die nachdrängenden Fahrgäste schoben sie in die Mitte des Busses weiter und keilten sie mit ihren Leibern ein. Zwei Haltestellten später stieg sie aus und legte die wenigen verbleibenden Häuserblocks zum Post- und Telegrafenamt zu Fuß zurück. Sie atmete nun schon wesentlich befreiter.

Das Gebäude war hochmodern und in einem fast westlichen Stil gehalten. Natalja ging äußerlich ganz gelassen hinein. Die

Telegrafenschalter lagen zur Rechten, darauf Formulare, auf denen man direkt die jeweiligen Mitteilungen eintragen konnte. Natalja kannte den Kode auswendig. Sie überlegte sich die richtige Buchstabenfolge, schrieb sie schon beim ersten Mal richtig nieder und überprüfte sie dreimal, um ganz sicherzugehen. Sie fügte die Adresse des Geheimen Briefkastens hinzu, von dem aus man die Nachricht direkt an den Generalsekretär weiterleiten würde, gab das Telegramm an einem Schalter ab und bezahlte.

In ihrer Eile hätte sie beinahe das Wechselgeld vergessen. Sie steckte es ein und ging los. Sie wollte das Gebäude durch einen anderen Ausgang verlassen und ging zu einer Tür am anderen Ende der Halle. Sie stieß sie auf, fuhr zusammen und murmelte dem Mann, den sie beinahe angerempelt hätte, eine Entschuldigung zu.

General Wladimir Raskowski lächelte sie an. Er hielt eine Pistole auf ihr Gesicht gerichtet.

»Ich nehme an, Ihre Nachricht an den Generalsekretär ist unterwegs«, sagte er. Dann trat er zurück, so daß Natalja die beiden bewaffneten Männer neben ihm sehen konnte. Für eine schnelle Reaktion war es nun zu spät.

Sein Tonfall verwirrte sie mehr als alles andere. »Sie haben zugelassen, daß ich das Telegramm aufgab«, sagte sie. »Sie *wollten*, daß ich es losschicke . . .«

»Schuldig im Sinne der Anklage«, sagte Raskowski. Der Wind wirbelte in seinem perfekten Haartransplantat, als er sich umdrehte, um auf einen Mann zu zeigen, der direkt hinter ihm stand.

Sie erkannte den Mann und wußte, daß das, was sie sah, unmöglich war. Doch in dieser Unmöglichkeit lag das Herz des Wahnsinns.

Der einäugige Katlow lächelte sie an. Er hatte die Mönchskutte abgelegt und wirkte sehr lebendig.

»Sie sind tot!« sagte Natalja nachdrücklich. »Ich habe gesehen, wie Sie erschossen wurden!«

Und General Raskowski fing an zu lachen.

Dritter Teil

DIE VERDÄCHTIGEN

Pamosa Springs: Freitag, fünf Uhr morgens

20

Um fünf Uhr am Freitagmorgen war in Pamosa Springs alles ruhig. Man hatte die Stadt in Sektoren eingeteilt, und die Bewohner durften nur gruppenweise und unter Bewachung einkaufen gehen. In dem kleinen Stadtzentrum patrouillierten die Wachen zu Fuß, während andere die Stadt langsam und aufmerksam in Jeeps umkreisten.

Die Arbeit am Hügel ging mittlerweile hektisch und ohne Pause voran. Was immer die Eindringlinge dort aus dem Berg gruben, es wurde in die verborgene Schlucht geschafft, wo eine noch größere Hektik herrschte. Des Nachts tanzten gewaltige Funken hoch in die Luft, was von großen Schweißgeräten zeugte. Die Invasoren hatten Kabel von verschiedenen Schaltstellen in der Stadt dorthin gezogen, um sich den notwendigen Strom zu verschaffen. Die Bewohner von Pamosa Springs wußten, daß irgend etwas in der Schlucht erbaut wurde, und was immer es auch war, das, was die Eindringlinge aus dem Berg förderten, mußte sehr viel damit zu tun haben.

Bürgermeister McCluskey und Sheriff Heep beobachteten auf dem Weg zu Doc Hatchers Praxis, wie die Funken in den Himmel stoben. Sie wurden auf Befehl von Colonel Quintell, dem Führer der Besatzungsmächte, von bewaffneten Wachen dorthin geleitet. Quintell erwartete sie im Wartezimmer. Er sah müde und erschöpft aus; um seine Augen lagen tiefe Ringe, und er hatte zum ersten Mal in den vier Tagen der Besetzung das Barett abgenommen.

»Wir haben Probleme«, lauteten seine ersten Worte.

»Das würde ich auch sagen«, gab Hundeohr zurück.

»Warum machen Sie es sich denn nur selbst so schwer?«

»Dazu neigen wir nun mal, wenn ein paar mordlüsterne Mistkerle unsere Stadt übernehmen und stehlen, was uns gehört«, erwiderte der Sheriff.

»Es würde beiden Seiten helfen, wenn wir unsere Differenzen beilegen könnten. Ich wäre dann sogar bereit, die Vorfälle der beiden letzten Abende zu vergessen.«

»Was für Vorfälle?« fragte Hundeohr.

»Bitte, meine Herren, machen Sie mir doch nichts vor.«

»Was für Vorfälle?« fragte auch Sheriff Heep.

Colonel Quintell nickte. »Folgen Sie mir.«

Er öffnete die Tür zu Doc Hatchers Untersuchungszimmer, und zwei Soldaten geleiteten Hundeohr und den Sheriff hinein. Dort lagen auf drei Tischen drei mit Laken bedeckte Leichen.

»Drei meiner Männer«, sagte der Colonel mit unterdrücktem Zorn und zog das erste Laken zurück. »Dieser wurde mit einem Messerstich in den Rücken getötet.« Er ging zur zweiten Leiche. »Diesem wurde die Kehle durchgeschnitten.« Und zur dritten. »Und diesem der Hals gebrochen. Es erfordert eine gewaltige Kraft, einem Menschen auf diese Art und Weise das Genick zu brechen, Kraft und gewisse Kenntnisse. Haben Sie eine Ahnung, wer in Ihrer Stadt solche Kenntnisse haben könnte?«

»Ja«, erwiderte Hundeohr, »Hal Taggard, aber der kommt mit Sicherheit nicht in Frage.«

Quintell ignorierte die Bemerkung. »Ein Opfer wurde Dienstag getötet, das zweite Mittwoch, das dritte gestern nacht. Wenn Sie mir schon nicht helfen wollen, den Täter zu finden, dann hindern Sie ihn wenigstens daran, weitere Morde zu begehen. Es wäre zu Ihrem eigenen Besten.«

»Zu unserem Besten?« wiederholte Sheriff Heep. »Was soll der Quatsch? Sie marschieren in unsere Stadt ein, und wir kommen auf die Straße. Ein Bursche mit einem Gewehr, mit dem man nicht mal geradeaus schießen kann, verfolgt ein paar Ratten, und Sie knallen ihn ohne jedes Wort und ohne Warnung ab. Ich würde doch meinen, daß *Sie* die Mörder sind.«

Quintell überraschte sie, indem er nickte. »Zu diesem Zeitpunkt wäre es sinnlos, das abstreiten zu wollen.« Der Schmerz auf seinem Gesicht schien ehrlich zu sein. »Ich verabscheue diese Arbeit. Ich verabscheue es aber noch mehr, Männer zu verlieren, und deshalb müssen Sie verstehen, daß ich weitere Vorfälle dieser Art nicht zulassen kann.«

»Sie wollen eine Liste der Verdächtigen von uns?« fragte Hundeohr. »Dann gehen Sie doch einfach ins Rathaus und lesen das Einwohnermeldeverzeichnis.«

»Ich will eine Liste der Männer, die in letzter Zeit Militärdienst geleistet haben oder auf andere Art an Waffen ausgebildet wurden. Dieser Mörder ist ein Experte. Nachdem wir in den ersten beiden Nächten hier jeweils einen Mann verloren haben, habe ich die Patrouillen verdoppelt, und es ist ihm dennoch gelungen, einen weiteren Mann zu töten. Solche Männer können in einer kleinen Stadt wie der Ihren nicht unbemerkt bleiben.«

»Anscheinend doch«, erwiderte Hundeohr.

»Vielleicht ist er gerade erst hergezogen, und wir kennen ihn noch nicht so gut«, sagte Heep.

»Darüber macht man keine Witze«, schnappte der Colonel. »Glauben Sie mir, wenn ich Ihnen sage, es wäre für Sie und Ihre Stadt am besten, mit mir zusammenzuarbeiten. Ich führe lediglich Befehle aus und bin genauso frustriert und angespannt wie Sie. Wenn ich nicht die Resultate erziele, die meine Vorgesetzten verlangen, werden sie mich ablösen.« Quintell zögerte. »Es heißt bereits, man würde Ersatz für mich schicken, einen Mann, der keineswegs so verständnisvoll ist wie ich. Ein Menschenschinder, kein Soldat.«

»Sie kennen diesen Mann?«

»Ich kenne diesen *Typ* und hasse ihn genauso wie diese Arbeit. Kooperieren Sie, helfen Sie mir, den Mörder meiner Männer zu finden. Meine Vorgesetzten sind nicht sehr geduldig. Man kann nicht voraussagen, zu welchen Schritten sie greifen werden. Ich bitte Sie, um unserer beider Leute willen.«

»Erwarten Sie nicht, daß wir Ihren Arsch aus dem Feuer holen«, sagte Hundeohr barsch.

»Ihr eigener Arsch wird wesentlich schwärzer verkohlen als meiner, wenn es zum Schlimmsten kommen sollte.«

»Schauen Sie, mein Freund«, sagte der Sheriff, »wir können Ihnen nicht helfen, selbst, wenn wir wollten. Einen Mörder, wie Sie ihn beschreiben, gibt es in Pamosa Springs nicht.«

Colonel Quintell stand über dem dritten ermordeten Soldaten gebeugt. Dessen Augen waren geöffnet, und der unglaubliche Schmerz, den er im Augenblick des Todes empfunden hatte, hatte sein Gesicht zu einer schrecklichen Grimasse verzerrt.

»Sagen Sie das meinen Männern«, entgegnete der Colonel grimmig.

Ein Soldat erschien im Türrahmen und salutierte. »Sir, Posten Eins meldet, daß sich an der Straßensperre gerade jemand mit Ihrem Ablösungsbefehl gemeldet hat.«

»*Ablösungsbefehl?*« Der Schrecken in Quintells Stimme war offensichtlich.

»Jawohl, Sir.«

»Lassen Sie ihn durch«, befahl der Colonel leise und lehnte sich gegen den Tisch, auf dem der Soldat lag.

»Was hat das zu bedeuten?« fragte Hundeohr McCluskey.

»Daß es jetzt für uns alle zu spät ist.«

Der Präsident hatte den Worten des Generalsekretärs mit schockiertem Schweigen gelauscht. Die Tatsache, daß man dank der ausgezeichneten Englischkenntnisse des sowjetischen Führers auf einen Übersetzer verzichten konnte, hatte seine Geschichte noch verblüffender und unheimlicher gemacht.

»Ich nehme nicht an, Mr. Tschernopolow, daß Sie mir sagen können, wie Ihr Todesstrahl in *unseren* Satelliten eingebaut wurde?«

»Es ist nicht unsere Waffe. Wie ich Ihnen bereits erklärt habe, gehört sie General Raskowski. Bitte, es fiel mir nicht leicht, das alles überhaupt einzugestehen.«

»Glauben Sie, es fiele mir leicht, das alles zur Kenntnis zu nehmen?«

»Mr. President, Raskowski gehört nicht mehr zu uns. Er ist

ein Ausgestoßener. Der Kreml hat seine Machtmittel und Kontakte unterschätzt . . . Kontakte, die sich bis in Ihr Militär erstrecken.«

»Ich nehme an, Sie wollen jetzt Ihr gesamtes aggressives Verhalten Raskowski in die Schuhe schieben.«

»Er hat jeden Versuch unternommen, Feindschaft zwischen uns zu erzeugen, weil er weiß, daß eine offene Kommunikation vielleicht die beste Waffe gegen ihn ist.«

»Kann eine ›offene Kommunikation‹ ein weiteres Hope Valley verhindern?«

»Ja, wenn wir nicht mehr in den Bahnen denken, in die er uns zwingen will. Wenn wir diese Krise überstehen, wenn wir jemals einen echten Frieden erreichen wollen, müssen wir uns über die Neigung erheben, die Meinung jener anzunehmen, die nur einen Teil des Bildes erfassen. Zu viel steht auf dem Spiel.«

»Da stimme ich allerdings mit Ihnen überein.«

»Was werden Sie also tun, Mr. President?«

»Sie gehören zu den ersten, die das erfahren werden.«

Nachdem die Verbindung unterbrochen worden war, hielt Generalsekretär Tschernopolow den Hörer noch einen Augenblick am Ohr. Sein Blick fiel erneut auf das Kommuniqué, das er vor einigen Stunden aus Bangkok erhalten hatte.

Natalja Tomaschenko hatte ihr Land gerettet, vielleicht sogar die Welt. Dabei hatte sie jedoch eine Machtposition erlangt, die kein sowjetischer Bürger einnehmen durfte. Ein empfindliches Gleichgewicht stand auf dem Spiel, das bei der geringsten Kräfteverschiebung kippen konnte. Ihr Wissen konnte, wenn man es richtig einsetzte, eine genauso verheerende Waffe gegen die Sowjetunion sein wie Raskowskis Plan selbst. Sie war so lange gegen ihren Willen benutzt worden und hatte nun die Möglichkeit, dieses Gleichgewicht zu ihren Gunsten zu verändern.

Tschernopolow legte den Hörer auf und griff nach dem Kommuniqué. Er zog einen Aschenbecher heran und legte das Blatt hinein. Dann zündete er ein Streichholz an und ließ es fallen. Nach einigen Sekunden war das Kommuniqué verschwunden, und mit ihm alle Beweise für diese Operation.

Natalja Tomaschenko würde bald folgen.

General Raskowski freute sich, als das Telefon schon nach dem ersten Klingeln abgehoben wurde.

»Ich bin in Pamosa Springs eingetroffen«, erstattete eine vertraute Stimme Bericht.

»Ihre Einschätzung?«

»Die Dinge stehen wesentlich schlechter, als man Ihnen weismachen wollte. Die bisherige Führung war unfähig. Der Plan wurde von Anfang an verpfuscht, und dann eskalierte ein einziger Zwischenfall zu einer bedeutenden Komplikation. Hier stehen Rebellen bereit, General. Das spüre ich.«

»Aber Sie werden sie unterwerfen, nicht wahr, Major?«

»Das ist meine Spezialität.«

Raskowski nickte. »Ich habe Sie immer gemocht, Major. Ich habe Ihre Karriere verfolgt, seit wir uns vor vier Jahren kennengelernt haben. Ich habe Ihnen geholfen, das Kommando zu bekommen, das Ihnen vor kurzem wieder aberkannt wurde.«

»Das weiß ich, Sir. Und wenn ich Sie entehrt habe, möchte ich . . .«

»Sie haben niemanden entehrt. Nicht sich, nicht mich, und ganz bestimmt nicht Ihr neues Vaterland, die glorreiche Sowjetunion. Ihre Laufbahn wurde genau wie die meine von Narren beendet. Doch wenn Sie diese Stadt wieder in den Griff bekommen, gibt es für Sie noch immer einen Platz an meiner Seite. Sie wissen, was auf dem Spiel steht, Major.«

»Jawohl, Sir. Das weiß ich.«

»Vor sechs Tagen habe ich Ihre Laufbahn vom Müllhaufen aufgelesen, weil Sie ein viel zu guter Soldat sind, um wegen der Fehler des unfähigen Haufens geopfert zu werden, der Sie in dieser dampfend heißen Hölle umgab, in der Sie geboren wurden.«

»Und in die zurückzukehren man mich gezwungen hat . . .«

»Nicht auf meinen Befehl. Doch das Schicksal war uns

wohlgesonnen. Es hat uns die Gelegenheit gegeben, wieder zusammenzuarbeiten, vielleicht für immer.« Raskowski hielt inne, gerade lange genug, daß seine Worte den gewünschten Eindruck hervorrufen konnten. »Doch das hängt natürlich davon ab, wie Sie Ihre Aufgabe in Pamosa Springs erfüllen. Und ich möchte am Ende nicht als schlechter Menschenkenner dastehen.«

Die Stimme des Majors wurde hart. »Ich nehme an, ich darf alle mir zur Verfügung stehenden Mittel einsetzen, um die Ordnung wiederherzustellen.«

»Alles, was Sie wollen, Major. Nur schaffen Sie Ruhe.«

Und am anderen Ende der Leitung, in Pamosa Springs, lächelte Guillermo Paz.

Der neue Befehlshaber hatte für die Soldaten, die nach Einbruch der Dunkelheit in den Straßen von Pamosa Springs patrouillierten, neue Befehle erlassen; sie sollten ohne Warnung auf jeden schießen, den sie nicht identifizieren konnten. Es würden keine Fragen gestellt werden, und sie würden sich nicht verantworten müssen. Der neue Befehlshaber, Major Paz, flößte ihnen Angst ein; ihm schien an seinen Männern genauso wenig zu liegen wie an ihren Geiseln. Niemand wollte ihm mit dem Geständnis, versagt zu haben, unter die Augen treten.

Der Soldat, der zwischen dem Gemischtwarenladen und dem Postamt patrouillierte, trachtete lediglich danach, seine Wache ohne Zwischenfälle zu beenden. In den letzten Stunden waren dunkle Wolken aufgezogen und hatten den Mond verdeckt. Doch es gab etwas Licht. Der neue Kommandant hatte befohlen, die wenigen Straßenlampen in der Stadt wieder einzuschalten.

Als der Soldat die Hälfte seiner Wache hinter sich hatte, wechselte er das Gewehr von der linken Schulter auf die rechte. Er streckte sich gerade, um die Müdigkeit zu vertreiben, als er ein scharrendes Geräusch hörte. Schnell fuhr er herum.

Ein Schatten huschte durch den Lichtkreis einer der Straßenlampen. Ein dunkler Schatten, sonst nichts.

Vielleicht hatte ihm der Wind oder seine Phantasie einen Streich gespielt.

Dann erklang ein anderes Geräusch. Eine Tür, die laut zugeschlagen wurde. Der Soldat lief in die Richtung, aus der das Geräusch gekommen war, und stand plötzlich vor der Rückwand des Restaurants. Er wußte, daß er diesen Zwischenfall hätte melden und auf Verstärkung warten sollen. Doch wenn sich der Mörder in dem Gebäude verbarg, wollte er ihn allein haben. Er drückte die Klinke hinunter. Die Tür war nicht verschlosssen, sie öffnete sich mit einem knarrenden Geräusch. Das gleiche Knarren, das er zuvor wahrgenommen hatte.

Der Soldat riß das Gewehr von der Schulter und hielt es in der einen Hand, während er mit der anderen die Taschenlampe aufblitzen ließ. Vor ihm lag ein Gang, der zur Küche führte. Rechts war . . .

Ein scharrendes Geräusch . . . von unten. Der Soldat trat zu der Tür zu seiner Rechten. Sie öffnete sich zu einer schmalen Treppenflucht, über die man in den Keller gelangte. Die Taschenlampe hin und her schwenkend, stieg er sie hinab. Am Fuß der Treppe sah er eine Unmenge von Kisten und Kartons. Vielleicht haben Ratten das scharrende Geräusch verursacht, sagte er sich. Doch andererseits hätten Ratten nicht die Hintertür öffnen können.

Die Stille war nun unerträglich. Er ging weiter, und das Licht der Taschenlampe schnitt Löcher in die staubbedeckte Dunkelheit. Alles schien in Ordnung zu sein. *Moment mal!* Direkt vor ihm befand sich . . . Er machte vorsichtig einen Schritt. Ja, eine Tür, in der gleichen Farbe wie die Wände angestrichen, so daß er sie beinahe übersehen hätte, wäre da nicht eine Messingklinke gewesen. Ohne weitere Zeit zu verschwenden, riß der Soldat die Tür auf. Ein modriger, fauliger Geruch stieg ihm in die Nase, ein Geruch nach Dreck und Fäulnis und Tod. Der Strahl der Taschenlampe durchdrang die Dunkelheit.

»Was zum Teufel . . .«

Der Soldat trat zögernd durch die Tür und schwenkte die Taschenlampe. Er sah die Gestalt nicht, die von hinten heransprang, hörte nur ein pfeifendes Geräusch, wie von einer Sense. Er wollte gerade schreien, um seine Kameraden zu alarmieren, als ein Kribbeln durch seinen Hals fuhr und er nicht mehr atmen konnte.

Einen winzigen Sekundenbruchteil, nachdem sein Kopf von seinem Körper getrennt worden war, konnte er noch etwas sehen, wenngleich er rein gar nichts spürte. Sein Körper erbebte, bevor er in der sich schnell ausbreitenden Blutpfütze zusammenbrach, und sein Kopf rollte über den Boden und hinterließ eine rote Spur.

21

»Glauben Sie ihm, Mr. President?« fragte Außenminister Edmund Mercheson, nachdem Lyman Scott seinen Bericht über das Gespräch mit dem Generalsekretär beendet hatte.

»Ich bin mir nicht sicher. Es paßt alles etwas zu gut, und es läuft darauf hinaus, daß wir an einen verrückten General glauben sollen, der einerseits Napoleon und andererseits Alexander dem Großen nacheifert. Doch Tschernopolows Einwand, *Ulysses* habe uns beim ersten Angriff auch nicht vorgewarnt, ist nicht unberechtigt. Warum sollten wir zögern, einen Satelliten zu desaktivieren, der gegen die Drohung, mit der wir es zu tun haben, nutzlos ist?«

»Doch woher sollen wir wissen, daß dieser Satellit die einzige Bedrohung darstellt?« fragte Verteidigungsminister Kappel. »Vergessen wir doch nicht die Neigung der Sowjets, uns falsche Informationen zuzuspielen. Vergessen wir nicht die sehr reale Möglichkeit, daß alles, was bislang geschehen ist, Teil eines Plans ist, der genau darauf abzielt.«

»Hope Valley wurde nicht durch Falschinformationen vernichtet«, erinnerte ihn Lyman Scott.

»Nein, ein abtrünniger Iwan-General, wenn wir Tschernopolow Glauben schenken wollen. Eine Stadt – lediglich eine –, weil all ihre Superwaffen vielleicht gar nicht mehr bewirken können. Eine einzige Demonstration, um uns glauben zu machen, sie hätten mehr, als sie in Wirklichkeit haben.«

»Das ist aber sehr weit hergeholt, George.«

»Ach ja? Wir alle kennen den Zweck von *Ulysses*. Wir haben den Satelliten in die Umlaufbahn gebracht, um *nachweisbare* Warnungen vor einem Raketenabschuß überall auf der Welt zu bekommen. Letztendlich lautet damit die Botschaft an unsere Feinde, daß sie bestenfalls darauf hoffen können, ebenfalls Informationen über solch einen Abschluß zu bekommen. Ein Patt. Jeder Angriff wäre Selbstmord. Doch dann kommen die Sowjets mit einer einmaligen Demonstration, und wir desaktivieren den Satelliten und entblößen uns damit für die volle Bandbreite ihres Atomwaffenarsenals.«

Der Präsident wandte sich an Sundowner. »Haben Sie *Ulysses* überprüft?«

Sundowner nickte. »Alle Systeme funktionieren einwandfrei.«

»Und was ist mit der Strahlenwaffe?«

»Ohne eine genaue Inspektion des Satelliten selbst kann ich nicht sagen, ob sie an Bord installiert wurde oder nicht. Es wäre möglich. Das Volumen des Satelliten setzt gewisse Grenzen, doch der Todesstrahl muß nicht unbedingt schrecklich groß sein.«

Der Präsident wandte sich an Stamp. »Was ist mit den Sicherheitsvorkehrungen beim Bau des Satelliten?«

»Unsere Unterlagen weisen Unregelmäßigkeiten auf«, gestand der CIA-Chef ein, »und ich kann nicht beschwören, daß die Sicherheitsmaßnahmen allumfassend waren. Wir haben alle Wissenschaftler verhört, die direkt mit dem Bau des Satelliten zu tun hatten, und alle haben eingestanden, daß man die Sicherheitsvorkehrungen hätte durchbrechen können, als es zu den verschiedenen Zwischenfällen kam.«

Sundowner fiel etwas ein. »Diese Zwischenfälle haben das Projekt direkt am Anfang fast um ein Jahr zurückgeworfen. Das war teilweise noch vor meiner Zeit, doch wie ich mich entsinne, hat der erste Prototyp von *Ulysses* nicht allen Anforderungen entsprochen und wurde durch das Modell ersetzt, das sich jetzt in der Umlaufbahn befindet. Aber wir haben diesen Prototyp nicht verschrottet. Da die erforderlichen Modifikationen hauptsächlich kosmetischer Natur sind, könnten wir ihn innerhalb von sechsundneunzig Stunden einsatzfähig machen. Wenn wir Glück haben und die Unterlagen auf dem neuesten Stand sind, sogar innerhalb von zweiundsiebzig.«

Lyman Scott nickte. »Dann könnten wir die Desaktivierung von *Ulysses* hinauszögern, bis wir einen provisorischen Ersatz in der Umlaufbahn haben.«

»Und wir können dafür sorgen, daß die Russen das auch erfahren«, schlug Kappel vor, »denn wenn ich recht behalte, was ihre Absichten betrifft, werden sie wissen, daß wir ihnen immer noch einen Schritt voraus sind. Wir müssen die Mistkerle mit ihren eigenen Waffen schlagen.«

»Mr. President«, begann Mercheson, »wenn wir uns über dieses Thema einig sind, müßten wir nun ein anderes anschneiden. Für uns ist jetzt ein freier Agent im Einsatz, der formell nicht einmal für uns arbeitet, einer Substanz nachjagt, die mittlerweile überflüssig geworden ist, und mehr Informationen besitzt, als uns lieb sein kann. Wenn er sich entschließt, damit an die Öffentlichkeit zu gehen . . .«

»Ja«, seufzte der Präsident, »ich bin mir dessen bewußt. Und McCracken hat die Möglichkeit, solche Informationen zu verbreiten. Wir haben ihn gebraucht, aber das ist jetzt nicht mehr der Fall.«

»Sir?« fragte Ryan Sundowner zögernd.

»Keine große Sache, Ryan. Ich will nur, daß wir ihn zurückholen und isolieren, bis wir ihm alles erklären können. Je länger er dort draußen ist und auf eigene Faust arbeitet, desto gefährlicher wird er für uns. Nicht nur, weil er auspacken könnte, sondern weil man ihn unter den falschen Umständen auch *zwingen* könnte, diese Informationen weiterzugeben. Wenn die Wahrheit über diese Sache herauskäme, würden wir das genausowenig überleben wie den Todesstrahl selbst. McCracken hat seine Reputation als unberechenbarer Agent nicht von ungefähr. Wir können ihm da draußen nicht vertrauen. Er wird unsere Gründe verstehen.«

»Und wenn nicht?«

»Warum sollte er sie nicht verstehen?«

»Sie vergessen die Frau, die getötet wurde, Mr. President. Durch sie wurde er überhaupt erst in die Sache verwickelt, und ich bezweifle, daß er einfach aufhört, solange er diese Rechnung nicht beglichen hat.«

Der Blick des Präsidenten wurde kalt. »Dann werden wir eine Möglichkeit finden müssen, ihn zu überzeugen.«

»Wenn er sich bei mir meldet, soll ich also . . .«

»Aus den Gründen, auf die Sie gerade hingewiesen haben«, warf CIA-Chef Stamp ein, »sollte jemand anders den Kontakt mit ihm aufrechterhalten, jemand, der in solchen Dingen sehr erfahren ist.«

»McCracken vertraut mir.«

»Die Spielregeln haben sich geändert«, sagte der Präsident. »Es ist für uns lebenswichtig, ihn zu überzeugen, und, falls das nicht gelingen sollte, augenblicklich die notwendigen Schritte einzuleiten.«

»Notwendige Schritte«, echote Sundowner, doch seine Gedanken kreisten um eine Tatsache, die er jetzt nicht zur Sprache zu bringen wagte: einer der Männer in diesem Raum war ein sowjetischer Spion. Wie würde das Blaines Reaktion darauf beeinflussen, daß er zurückgepfiffen werden sollte?

Natalja erwachte und wurde sich benommen des Gefühls bewußt, sich in Bewegung zu befinden. Ihr Blick klärte sich langsam, und sie sah die Riemen, mit denen sie auf einen von acht Sitzen eines Lear-Jets gefesselt war. Ein paar Plätze vor ihr saßen zwei Wachen, die sie geistesabwesend beobachteten. Ihr Kopf schmerzte schrecklich von den Drogen und Beruhigungsmitteln, die man ihr verabreicht hatte. Doch ansonsten schien sie unverletzt zu sein, wenn auch beträchtlich beeinträchtigt.

Sie schloß die Augen wieder, bevor die Wachen bemerkten, daß sie bei Bewußtsein war.

Denke nach! Setze das Geschehen Stück um Stück im Kopf zusammen! Vollziehe nach, was dir zugestoßen ist . . .

Die letzten klaren Gedanken hatte sie in dem Telegrafenamt in Bangkok gehabt. Sie hatte zuerst General Raskowski und dann Katlow gesehen, einen Mann, den sie in der Kapelle des Smaragden Buddhas hatte sterben sehen. Doch offensichtlich war er gar nicht tot. Offensichtlich war das gesamte Geschehen, angefangen bei der ersten Kontaktaufnahme mit Moskau, vom General gesteuert worden. Also lebte Katlow und hatte ihr Informationen zugespielt, die sie wiederum an Generalsekretär Tschernopolow weitergegeben hatte. Auch dies hatte Raskowski so geplant. Eine Ebene der Täuschung über der anderen.

Aber warum? Welcher Sinn steckte dahinter?

Nach ihrer Gefangennahme wurde alles verschwommen. Man hatte sie in ein Lagerhaus am Stadtrand von Bangkok gebracht und ihr ein Wahrheitsserum verabreicht. Während ihrer Ausbildung hatte sie zwar gelernt, dagegen anzukämpfen, doch sie konnte dem Serum nur bis zu einem gewissen Grund widerstehen und beantwortete alle Fragen, als die Beanspruchung zu groß wurde. General Raskowski hatte sie persönlich verhört. Als er mit ihren Antworten endlich zufrieden war, hatte er sie unter Sedativa gesetzt; die letzte Injektion hatte sie unmittelbar vor dem Start erhalten.

Sie war jetzt völlig wach, wenngleich ihre Gedankenprozesse noch sehr langsam abliefen.

»Paz wird die Sache in den Griff bekommen. Ich habe Vertrauen zu ihm.« Die Stimme des Generals. Sie drang aus dem vorderen Teil der Kabine, und bei ihm war noch jemand: Katlow.

»Ich mache mir immer noch Sorgen«, sagte Katlow. »Ich war von Anfang an nicht dafür, Truppen nach Pamosa Springs zu schick . . .«

Raskowski bedeutete ihm zu schweigen und sah nach Natalja. Er beute sich über sie und schüttelte ihre Schulter. Natalja öffnete die Augen, bemüht, benommener zu wirken, als sie eigentlich war.

»Und wie geht es Ihnen, meine Liebe?«

Natalja erprobte die Stärke der Riemen und fühlte eine unangenehme Trockenheit im Mund, als sie sprach. »Ihre Besorgnis um mein Wohlbefinden ist erfrischend.«

»Ich konnte nicht dulden, daß Sie vielleicht der Versuchung erliegen, einen Zwischenfall zu provozieren, der Ihnen letztendlich doch nur schaden würde.«

»Sie wollten, daß ich dem Generalsekretär Bericht erstatte«, sagte sie lahm.

»Natürlich wollte ich das, meine Liebe«, sagte er vornehm. »Und Sie waren sehr gefällig und haben alle Informationen wunschgemäß weitergeleitet.«

»Informationen, die Sie mir durch diesen wandelnden Leichnam Katlow dort zugespielt haben.«

»Er wurde mit Platzpatronen erschossen.«

»Ich habe einen Mann getötet, der *Platzpatronen* in seiner Waffe hatte. Mein Gott . . .«

»Ihre Schuldgefühle beeindrucken mich«, sagte Raskowski. »Doch Sie haben genau das wahrgenommen, was Sie wahrnehmen sollten.«

»Würden Sie gern wissen, was ich jetzt wahrnehme, General? Einen Mann, der sein Vaterland verraten hat.«

Raskowskis Gesicht lief rot an, und seine Nasenflügel blähten sich auf wie die eines Stiers, der kurz vor dem Angriff stand. »*Ich* ein Verräter?« sagte er ungläubig. Er schrie beinahe. »Sie sind die Verräterin, Sie und alle anderen rückgratlosen Träumer, deren Visionen unser Land in den Abgrund treiben werden. Im Körper der Sowjetunion wächst ein Krebsgeschwür, das herausgeschnitten werden muß, soll unser Volk überleben und vorankommen.«

»Wenn Sie der Arzt sind, dann ist mir die Krankheit lieber als die Heilung. Ihre Vision ist es doch, die uns und den Rest der Welt vernichten wird. Die Geschichte hat Menschen Ihres Schlages schon abgeurteilt, machtgierige Verrückte, die überzeugt sind, daß sie allein die Antworten haben. Genau wie Sie waren es alles kleine Männer mit kleinen Plänen, denn sie können nur das sehen, was genau vor ihnen liegt.«

»Klein?« brüllte Raskowski. »Das denken Sie von mir? Das, was Sie gestern gesehen haben, war also das Werk eines ›kleinen‹ Geistes?«

Natalja erkannte die Gelegenheit, die sich ihr bot. »Warum wollten Sie, daß der Generalsekretär erfährt, daß Ihr Todesstrahl an Bord des amerikanischen Satelliten installiert ist?«

»Weil er dort nicht installiert ist.«

»*Was?*«

»Lassen Sie sich erklären, wie ein kleiner Geist arbeitet!« tobte Raskowski. »Unter großen Mühen ist es mir vor einigen Monaten gelungen, meinen eigenen Satelliten zu starten. Dieser Satellit hat Hope Valley vernichtet, doch die dabei freiwerdende Energie hat die Schaltkreise überlastet, und der Satellit wurde zerstört. Und was braucht ein kleiner Mann wie ich nun?«

»Eine neue Möglichkeit, Ihre Waffe einzusetzen.«

»Doch es war mir nicht möglich, selbst einen neuen Satelliten zu starten. Ich hatte den Amerikanern schon eine Nachricht zukommen lassen, und sie waren zu wachsam. Also brauchte ich Hilfe. *Ihre* Hilfe. Ich habe Sie *benutzt*. Also müssen Sie wohl noch kleiner sein als ich.«

Natalja zwang sich, so wütend dreinzuschauen, daß er weitersprach.

»Durch Sie ist es mir gelungen, Tschernopolow zu überzeugen, daß sich meine Waffe an Bord des amerikanischen Frühwarnsatelliten befindet. Was wird er also tun?«

»Er wird Kontakt mit den Amerikanern aufnehmen und sie drängen, den Satelliten zu desaktivieren.«

»Und würden sie seiner Bitte Folge leisten?«

Natalja dachte kurz nach. »Bei der derzeitigen angespannten Lage nur, wenn sie einen Ersatz dafür haben.«

Auf Raskowskis angespannte Gesichtszüge legte sich ein Lächeln. Er nickte, nickte immer wieder, und schien sich plötzlich beruhigt zu haben.

Pfeifend wich die Luft aus Nataljas Lungen. »Nein! Der Ersatz . . . *der Ersatz!*«

Das Grinsen des Generals wurde noch breiter. »Kann solch eine brillante Täuschung das Werk eines kleinen Geistes sein? Seit dem Verlust meines ersten Satelliten ist das gesamte Projekt Alpha zu einer einzigen Täuschung geworden. Glauben Sie mir, es war nicht einfach, die ganzen Einzelteile zusammenzufügen, doch ich habe schon zu viel geschafft, um jetzt noch zu scheitern!«

»Aber wie wollen Sie denn eine zweite Strahlenwaffe an Bord des Ersatzsatelliten installieren?«

Raskowski erhob sich und zog eine Spritze aus seiner

Jackentasche. »Es gibt für alles eine Erklärung, meine Liebe, auch dafür, daß ich Ihnen dieses Beruhigungsmittel verabreiche, während wir gleich zur Landung ansetzen. Ich weiß, daß diese Spritze ein Risiko für Ihre Gesundheit darstellt, doch es wäre ein noch viel größeres Risiko, Sie bei Sinnen zu belassen. Seien Sie jedoch versichert«, fügte er hinzu, als wolle er sie trösten, »daß das die letzte Spritze ist, die Sie jemals bekommen werden. Das verspreche ich Ihnen.«

Natalja war benommen, als das Flugzeug landete. Sie hatte keine Ahnung, wo sie war, doch sie vermutete, daß es sich um den Ort handelte, an den Raskowski von Bangkok aus sein Hauptquartier verlegt hatte.

Sie hielt die Augen geschlossen, während die Räder des Flugzeugs auf der Landebahn aufsetzten, noch einmal abhoben und dann über den Asphalt rollten. Ein Überraschungsangriff war jetzt ihre einzige Hoffnung. Sie mußte die Männer des Generals dazu verleiten, sie zu unterschätzen oder, noch besser, gar nicht mit ihr zu rechnen. Wenn ihr die Flucht gelingen sollte, dann nur, bevor sie Raskowskis neue Festung erreicht hatten. Auf der Fahrt dorthin vielleicht, oder . . .

Zwei Wachen näherten sich ihr. Sie hörte ihre schweren Schritte und konzentrierte sich darauf, ihnen vorzumachen, das Sedativum habe noch seine volle Wirkungskraft. Wie bei so vielen Medikamenten ließ die Wirkung wegen zu vieler Dosen schließlich nach. Überdies hatte ein altgedienter sowjetischer Agent ihr alles über solche Drogen beigebracht. Sein Rat war, sich im Augenblick der Injektion selbst Schmerz zuzufügen, um den Körper anzuregen, Antineuronen zu bilden, die wiederum zumindest einen Teil der Wirkung der Droge abblocken würden. Es war nicht erwiesen, ob an dieser Theorie etwas dran war, doch der alte Spion war felsenfest davon überzeugt. Natalja hatte bislang noch keine Gelegenheit gehabt, die Theorie zu erproben.

Die Wachen lösten ihre Fesseln und richteten sie auf. Natalja schwankte leicht, wie es ein Mensch unter Beruhigungsmitteln auch getan hätte. Sie achtete darauf, nur ganz flach zu atmen, fast mechanisch, und die Augen nur zu schmalen Schlitzen zu öffnen. Sie hatte das Gefühl, wieder klar denken zu können, doch was war mit ihrem Körper?

Die Wachen nahmen sie fest in den Griff und führten sie den Gang zur Tür entlang. Sie würden das Flugzeug als letzte verlassen. Das war Pech; zu viele von Raskowskis Leuten würden sich schon vor der Maschine eingefunden haben, und ihr blieb nicht genug Zeit, um aus dieser Situation irgend etwas zu machen.

Als ihre Wächter mit ihr die Gangway zur Rollbahn hinabstiegen, stellte Natalja fest, daß sie wieder im Vollbesitz ihrer motorischen Fähigkeiten war. Draußen dämmerte es, was ihre Chancen verbesserte. Sie machte unsichere Schritte und ließ sich von den beiden Männern führen. Sechs Meter von der Gangway entfernt warteten drei Limousinen auf der Rollbahn. Natalja fühlte, wie sich ihr Herzschlag voller Hoffnung beschleunigte. Einer der Wagen – der sie sicherlich zum Ort ihrer Hinrichtung bringen sollte – konnte ihr vielleicht statt dessen zur Flucht verhelfen. Sie würde im Schatten eines Augenblicks handeln müssen, und die Umstände mußten einfach perfekt sein. Doch zumindest bestand eine Chance.

Sie waren in Algier! Sie erkannte den Flughafen genau.

Um die Limousinen hatten sich weitere von Raskowskis Männern versammelt. Drei davon standen neben dem Fahrzeug, zu dem sie geführt wurden. Ihre Gedanken wurden immer klarer. Sie bemühte sich, Blut in ihre erschlafften Muskeln zu pumpen. Ihre Schnelligkeit würde über ihr Überleben entscheiden.

Die aufkeimende Hoffnung verwandelte sich in einen Plan. Eine der Wachen neben der Limousine hielt eine kleine Maschinenpistole schußbereit. Die anderen waren zwar wachsam, hatten ihre Waffen aber noch nicht gezogen. Was war mit dem Fahrer? Befand er sich innerhalb oder außerhalb des Wagens? Wenn er schon im Wagen saß, konnte ihr Plan in Gefahr geraten. Im Halbdunkeln konnte sie durch die getönten Fensterscheiben des Autos nichts erkennen.

Noch ein paar Schritte . . .

Natalja beruhigte ihre Gedanken. Den Rest würde sie ihren Reflexen überlassen müssen.

Als sie drei Meter von der Limousine entfernt waren, griff eine der Wachen nach der hinteren Tür. Der Motor des großen Fahrzeugs brummte im Leerlauf vor sich hin. Ausgezeichnet.

Als Natalja noch einen Meter vom Wagen entfernt war, öffnete der Mann die Tür. In diesem Augenblick handelte sie. Ein rascher Sprung, und sie hatte ihre beiden Wachen abgeschüttelt und den Wagen erreicht.

Der Schwung ihrer Bewegung schlug die hintere Tür zu und klemmte die Hand des Mannes zwischen Stahl ein. Er stieß einen schrecklichen Schrei aus, und Natalja wirbelte zu dem Mann mit der Maschinenpistole herum, der seine Waffe auf sie richten wollte. Sie versuchte nicht, ihn am Schießen zu hindern, sondern ergriff den Lauf und richtete die Kugeln dorthin, wohin sie sie haben wollte.

Ihre beiden Begleiter und ein Wachtposten brachen zusammen, und sie richtete die Waffe auf die Wachen neben den beiden anderen Limousinen, damit sie keine gezielten Schüsse abgeben konnten. Der Mann mit der Maschinenpistole versuchte nun, seine Waffe freizubekommen, und Natalja widersetzte sich der Bewegung nicht, sondern warf sich gegen ihn. Er prallte mit dem Rücken gegen die Limousine, und sie vergrub ihre Finger in seinem Haar und riß seinen Kopf zurück. Er prallte mit dem Schädel hart gegen den Stahl und erschlaffte. Natalja stürzte zur Fahrertür und riß sie auf.

Das Seitenfenster zersplitterte, und Glasscherben regneten über sie hinab. Weitere Kugeln schlugen in die Windschutzscheibe ein und rissen Löcher, die sich schnell zu einem Spinnennetzmuster ausweiteten. Natalja achtete nicht darauf. Sie rammte den ersten Gang ein und trat, den Kopf unter das Armaturenbrett gebeugt, auf das Gaspedal.

Doch noch dachte sie nicht an Flucht. Das wäre, bei zwei unbeschädigten, vollbesetzten Wagen, die sofort die Verfolgung aufnehmen würden, illusorisch. Sie mußte sich zuerst einen gewissen Vorsprung verschaffen.

Fensterscheiben wurden hinabgedreht. Aus beiden anderen Fahrzeugen gab man Schüsse auf sie ab. Einer der Fahrer war so geistesgegenwärtig, ebenfalls loszufahren. Der andere blieb an Ort und Stelle, und als Natalja seinen hinteren Kotflügel rammte, riß die Wucht des Aufpralls die Kardanwelle ab, und der Wagen war nur noch eine bloße Hülle mit durchdrehendem Motor. Während der dritte Wagen von hinten herangeschossen kam, warf Natalja mit kreischenden Reifen den Rückwärtsgang ein. Schüsse peitschten auf, die Heckscheibe zersplitterte, Glas ergoß sich über die Hintersitze, und ein paar Splitter bohrten sich in ihre Schulter. Vor Schmerz aufschreiend rammte sie den letzten Wagen. Dampf schoß aus dessen Kühler: Volltreffer.

Sie gab wieder Gas, und Schüsse schlugen hinter ihr ein. Trotz des durchdringenden Gestanks nach Benzin, in den sich der Geruch von verbranntem Gummi mischte, konzentrierte sie sich völlig auf die Rollbahn. Das Sicherheitspersonal des Flughafens würde gleich hier auftauchen, doch das war nicht ihre Sorge. Sie raste über den Beton, riß das Steuer herum, um einem Jet auszuweichen, und hielt auf ein geöffnetes Tor zu, durch das sie entkommen konnte.

Die Spielzeugfabrik schlief nie; der Tag hatte nicht genug Stunden, um alle Aufgaben zu erfüllen. In der vergangenen Woche hatte sich die normale Hektik zum schieren Wahnsinn gesteigert. Bei den geringen Aussichten, genug Atragon aufzutreiben, um die Energieversorgung des Bugzapper-Systems sicherzustellen, galten die Forschungen nun einem Element, das dessen Stelle einnehmen konnte. Bislang waren sie jedoch ergebnislos verlaufen.

Der Mann, der die Obhut über diese Laboratorien hatte, hieß Robert Tibbs und war seit sieben Jahren beim Bureau of Scientific Intelligence. Er hatte sich völlig seiner Arbeit hingegeben, und manchmal verließ er das Gelände tagelang nicht. Weil er oft lange über sein Schichtende hinaus arbeitete, hatten seine Kollegen ihm den Spitznamen ›Captain Midnight‹ verliehen. Er war bekannt dafür, daß er an manche Aufgaben mit solch einer Besessenheit heranging, daß er tagelang weder schlief, aß, noch seine Kleidung wechselte.

In der letzten Woche hatte seine Laufbahn, was die Hektik

seiner Arbeit betraf, einen bislang noch nicht dagewesenen Höhepunkt erreicht. Abgesehen von kurzen Abstechern in die Kantine, um frisches Wasser zu holen, hatte er sein Labor seit zwei vollen Tagen nicht mehr verlassen. Er hatte sich der Aufgabe gewidmet, die wenigen Substanzen zu untersuchen, bei denen seine Untergebenen eine wenn auch noch so geringe Möglichkeit sahen, daß sie als Ersatz für Atragon dienen könnten. Doch bislang waren alle Elemente, die er in seinem Labor untersucht hatte, in den Papierkorb gewandert.

Doch die letzte Substanz hatte seine Hoffnungen geweckt. Sie schien bislang alle Anforderungen zu erfüllen. Sicher, er mußte noch mehrere Dutzend Tests durchführen, doch zumindest sah bislang alles ganz gut aus, und in dieser Situation war Captain Midnight bereit, nach dem sprichwörtlichen Strohhalm zu greifen.

Er kehrte mit einer frisch gefüllten Wasserkaraffe in der Hand zu seinem Labor zurück und schaltete eine Lampe ein, deren Licht drei rosarote Kristalle auf seinem Arbeitstisch erhellte.

»Also, Jungs«, sagte er zu ihnen, »wieder zurück an die Arbeit . . .«

22

Die Maschine von Athen nach Madrid setzte zum Landeanflug an, und McCracken rutschte unruhig auf seinem Sitz hin und her. Die Linderung, die gut vierundzwanzig Stunden Ruhe den Verletzungen verschafft hatten, die er sich in Fass' Villa zugezogen hatte, war durch den beschwerlichen, unbequemen Flug wieder zunichte gemacht worden. Erst am frühen Samstagmorgen hatte sich Blaine imstande gefühlt, die Reise anzutreten, und schnell herausgefunden, daß der schnellste Weg nach Marrakesch über Madrid führte, wo er dann das Flugzeug wechseln mußte.

Die Flucht aus Fass' Villa Donnerstagnacht war ihm mühelos gelungen. Noch immer in der Uniform eines der Wachposten des verrückten Griechen, hatte er sich von einer Wachgruppe zur nächsten bewegt und dann die erste sich bietende Gelegenheit ergriffen, das Gelände zu verlassen. Doch er mußte ja noch nach Athen zurückkehren, und mit den Wunden, die der Minotaurus ihm zugefügt hatte, war dies schon bedeutend schwieriger. Er wagte es nicht, die Straßen zu benutzen, hielt sich aber in deren Nähe, da er sich ja ein Fahrzeug beschaffen mußte.

Er fand eins auf einem Hügel, der Aussicht auf den Sfakia-Fluß gewährte. Ein junges Liebespärchen war auf dem Rücksitz schwer beschäftigt, und Blaine konnte es mit Hilfe seiner Pistole ohne Schwierigkeiten dazu überreden, ihm den Wagen zu borgen. Nach einigen Stunden hatte er einen Hafen erreicht, und Freitagmorgen war er in dem Hotelzimmer in Athen zurück, das er mit Natalja geteilt hatte.

Danach mußte er sich erst einmal um seine Verletzungen kümmern, und eine eingehende Selbstuntersuchung erwies, daß er auf einen Arzt verzichten konnte. Zum größten Teil handelte es sich um Stichwunden, die zwar noch stark schmerzten, sich aber schon wieder geschlossen hatten. Blaine drückte dem Hotelportier ein paar Scheine in die Hand, damit er ihm Antiseptika, Verbandszeug und noch einiges mehr besorgte, und verbrachte die nächste Stunde damit, die Wunden zu säubern, zu nähen und zu verbinden, woraufhin er dann schließlich auf dem Bett zusammenbrach.

Er erwachte fast einen ganzen Tag später mit der Erkenntnis, daß seine nächste Aufgabe darin bestehen mußte, Sundowner anzurufen und über die neuesten Entwicklungen zu informieren. Er ließ noch ein paar Geldscheine knistern und verschaffte sich damit die Erlaubnis, das einzige Telefon des Hotels zu benutzen. Nachdem er bei der Vermittlung ein Ferngespräch angemeldet hatte, mußte er eine Stunde und zwanzig Minuten warten, bevor die Verbindung zustande kam.

»*Die Rufnummer hat sich geändert*«, begrüßte ihn eine mechanisch klingende Stimme, offensichtlich eine Tonbandaufzeichnung. »*Kode Sieben. Bitte wählen Sie . . .*«

McCracken prägte sich die neue Nummer ein, wie man es ihm beigebracht hatte: er teilte sie in drei Ziffergruppen auf.

Irgend etwas stimmte nicht. Das war nicht die übliche Vorgehensweise, nicht das, was er mit Sundowner vereinbart hatte. Doch vielleicht hatte der Wissenschaftler ja seine Gründe.

»Telefonzentrale für Kode-Sieben-Fälle«, begrüßte ihn diesmal eine echte männliche Stimme.

»Ich will Sundowner sprechen. Holen Sie ihn an den Apparat.«

»Negativ. Seine Leitung ist tot. Ich habe eine andere Nummer . . .«

McCracken legte auf. Sein Gesicht hatte sich vor Zorn gerötet. Irgend etwas war in Washington geschehen, und was immer es auch war, er konnte Sundowner jetzt nicht mehr erreichen. Sie wollten, daß er mit einem anderen sprach. Warum? Der Bauernjunge kam ihm in den Sinn. War er dem Atragon so nahe gekommen, daß Raskowskis Maulwurf den Krisenausschuß dazu überredet hatte, die Strategie zu ändern? Er wußte es nicht.

Doch er wußte, daß sich seine Lage verschlechtert hatte. Er war isoliert. Damit mußte er sich abfinden. Er konnte niemandem vertrauen.

Niemandem außer . . .

Er hob den Hörer wieder ab und wiederholte die gesamte umständliche Prozedur, ein Ferngespräch anzumelden. Diesmal dauerte es eine Stunde, bis er mit dem Anschluß verbunden war, über den er jederzeit Johnny Wareagle erreichen konnte. Man versprach ihm, dem großen Indianer sofort eine Nachricht zukommen zu lassen, und Blaine konnte nur hoffen, daß sie seinen Freund auch erreichen würde.

Danach nahm er ein Taxi zum Flughafen und buchte die erste Maschine nach Madrid, die er bekommen konnte.

Viktor Iwanowitsch schlug die Morgenzeitungen auf, um sie beim Frühstück zu lesen, wie er das gewohnheitsmäßig schon seit Jahren tat. Der sowjetische Geschäftsträger in Algier gehörte in Wirklichkeit dem Geheimdienst an und konnte auf zwanzig Jahre Berufserfahrung beim KGB zurückblicken. Die in den letzten Jahren wachsende strategische Bedeutung Algeriens verlangte einen Mann von Iwanowitschs Format auf diesem Posten. Obwohl die Sowjets nur wenige Geheimdienstmissionen in der Hafenstadt durchführten, mußten sie ein Auge auf zukünftige Einsatzmöglichkeiten in dieser Region halten. Iwanowitsch war ein Experte für solche Angelegenheiten, und er zog das algerische Wüstenklima auf jeden Fall dem von Moskau vor. Ein Russe, der keinen Schnee mochte, war vielleicht kein Patriot, doch für Iwanowitsch war die warme Sonne genauso natürlich wie sein Morgenritual mit den Zeitungen und dem Frühstück.

Das Telefon auf seinem Schreibtisch summte zweimal.

»Ja?« sagte er auf Arabisch, einer Sprache, die er im Lauf der Jahre genauso gut beherrschen gelernt hatte wie seine eigene.

»Ein Anruf für Sie, Genosse. Leitung zehn.«

Iwanowitsch merkte auf. Die Botschaft verfügte offiziell nur über neun Leitungen. Die zehnte diente lediglich für direkte Anrufe von Agenten, die in seinem Sektor tätig waren, was selten genug vorkam. Merkwürdig war nur, daß er über solch einen Einsatz nicht informiert worden war.

»Ich nehme ihn entgegen«, sagte er zu dem Mann in der Telefonzentrale, griff nach einem zweiten Apparat und hob den Hörer ans Ohr. »Wie kann ich Ihnen helfen?«

»Alle glücklichen Familien ähneln einander«, sagte eine weibliche Stimme, »doch jede unglückliche Familie ist auf ihre eigene Art und Weise unglücklich.«

Iwanowitsch wurde noch wachsamer. Der erste Satz aus *Anna Karenina!* Wie war das möglich? In Notfällen konnten Agenten sich ausweisen, indem sie den ersten Satz eines vorher bestimmten russischen Buches zitierten. Der derzeit gültige Kode war *Anna Karenina*.

»Ich fürchte, Sie haben die falsche Nummer gewählt«, erklärte der KGB-Mann der Anruferin. »Versuchen Sie es doch einmal bei . . .« Er nannte ihr die Adresse eines geheimen Treffpunkts, den Russen hier benutzten. Sobald er aufgelegt hatte, würde er einen Boten mit einer Nachricht dorthin schicken, wann und wo die Anruferin ihn in Algier treffen konnte. Irgend etwas mußte am Kochen sein, eine sehr große

Sache. Iwanowitschs Haut prickelte vor Erregung. Nur die wichtigsten russischen Agenten kannten den jeweiligen Alarmkode für Notfälle. Endlich würde sich hier wieder etwas tun.

»Haben Sie vielen Dank«, sagte Natalja Tomaschenko, hängte ein und verließ die Telefonzelle.

Die Adresse, zu der Iwanowitsch sie geschickt hatte, war ein uraltes Hotel, das gegen weitaus luxuriösere Konkurrenz um sein Überleben kämpfte. Nataljas Anweisungen mit dem Treffpunkt befanden sich im Schlüsselfach, das zum Zimmer des nicht existenten Gastes gehörte, dessen Namen der KGB-Mann ihr im Verlauf des Gesprächs genannt hatte.

Die Anweisungen besagten, daß sie sich augenblicklich zum Nationalmuseum der Schönen Künste begeben solle, genauer gesagt zur Afrikanischen Ausstellung im ersten Stock, wo Iwanowitsch sie treffen würde. Natalja hoffte, vor ihm dort zu sein, um sich überzeugen zu können, daß es sich nicht um eine Falle handelte. Doch als sie das erste Stockwerk betrat, sah sie den KGB-Mann schon, der vor einem Wandteppich stand, auf dem ein antiker Krieger abgebildet war.

»Lange nicht mehr gesehen, Viktor«, sagte sie leise.

Er starrte sie schockiert an. »Natalja . . .«

»Ich wollte dir keinen Schreck einjagen«, sagte sie, sich durchaus der Tatsache bewußt, daß das gar nicht so einfach war, bedachte man die zahlreichen kleinen Schnittwunden in ihrem Gesicht, die von der zersplitterten Autoscheibe herrührten.

»Nein, nein . . . Es ist nur . . .«

»Du bist überrascht, mich zu sehen.«

Er beruhigte sich etwas. »Ich hatte nur erwartet, eine andere Agentin zu sehen.«

»Wen?«

»Irgendwen.« Er hielt inne und gewann seine Fassung zurück. »Eine Agentin deiner Bedeutung verschlägt es nicht oft nach Algier. Wir sind nur ein kleines Kaff.«

Doch Natalja überzeugte diese Erklärung nicht. Der KGB-

Mann wirkte noch immer nervös, als gingen ihm ganz andere Gedanken im Kopf herum.

»Was kann ich für dich tun?« fragte er.

»Ich brauche eine direkte Leitung zum Generalsekretär. Du kennst die Kodes und Anlaufstationen.«

»Zum . . . *Generalsekretär*?«

»Der Grund geht dich nichts an. Es genügt, wenn ich dir sage, daß ich solch eine Verbindung hatte, sie aber unterbrochen wurde.«

»Nein, das ist es nicht. Aber so eine Situation ist sogar für mich neu. Du verlangst sehr viel von mir.«

»Aber du bist dazu imstande. Das weiß ich. Das Problem ist die Vorgehensweise. Ich brauche eine direkte Verbindung, bei der kein Mittelsmann zwischengeschaltet ist.«

»Ein rotes Telefon also . . . Man wird mir gewisse Fragen stellen.«

»Die du nicht beantworten mußt. Du hast nur meinen Namen, aber der wird genügen. Ich versichere dir, daß der Generalsekretär verstehen wird, wie wichtig diese Kontaktaufnahme ist.«

»Wenn nicht, ist meine Karriere, meine Reputation . . .«

»Nichts davon ist in Gefahr. Meinen letzten Auftrag«, sagte sie fast flüsternd, »habe ich direkt von ihm persönlich bekommen. Meine Verbindungskanäle wurden gekappt, nachdem ich den Auftrag beendet hatte, doch nun haben sich neue Entwicklungen ergeben. Drücke ich mich klar aus?«

Er lächelte. »Natürlich nicht. Aber ich werde tun, was du verlangst.« Er dachte kurz nach. »Wir sind auf so etwas vorbereitet und verfügen über alle nötigen Geräte. Kennst du die Ferienanlage Sidi Fredj?«

»Ja, am anderen Ende der Bucht von Algier.«

»Die Anlage verfügt über einen kleinen Hafen. Zu dieser Jahreszeit liegen dort zahlreiche Schiffe. Eins davon heißt *Rote Flut*.«

»Wie angemessen.«

»Auch, was die Farbe des Schiffes betrifft. Eine Kabinenjacht von zwölf Metern. Du kannst sie nicht verfehlen. Die Geräte sind an Bord. Wir mußten sie aus der Botschaft schaffen, als die

CIA eine kleine Zweigstelle gleich um die Ecke errichtete.«
Iwanowitsch sah auf die Uhr. »Ich treffe dich dort in drei
Stunden. Geh sofort unter Deck, wenn du dort ankommst.«

»Der Anruf kam aus Griechenland«, berichtete CIA-Chef
Stamp dem Präsidenten. »Genauer gesagt, aus Athen. Wir
haben die Stadt geradezu mit Agenten überschwemmt und sie
an allen Flughäfen und den wichtigsten Ausfallstraßen stationiert.«
»Aber Sie rechnen nicht damit, ihn zu fassen, nicht wahr?«
Stamp zögerte. »Ehrlich gesagt, nein, Sir.«
»Diese Mantel-und-Degen-Aktion war völlig überflüssig«,
sagte Lyman Scott. »Sie hätten einfach mit McCracken sprechen und ihm die Situation erklären sollen.«
»Wenn er sich geweigert hätte, hätten wir gar keine
Möglichkeit mehr gehabt . . .«
»Und was haben wir jetzt?«

Natalja traf zehn Minuten vor Ablauf der drei Stunden am
Hafen von Sidi Fredj ein. Sie hatte einen Weg gewählt, der ihr
Gelegenheit gab, sich den Hafen von der anderen Seite der
Bucht aus anzusehen. Sie sah die rote Kabinenjacht. Irgend
etwas stimmte nicht, doch sie konnte nicht genau den Finger
darauflegen. Iwanowitschs Tonfall hatte nicht aufrichtig
geklungen. Er hatte zu viel Nachdruck in seine Stimme gelegt.
Warum?
Aber das spielte keine Rolle. Von der *Roten Flut* aus konnte
sie Tschernopolow direkt erreichen, und der Generalsekretär
würde schon auf ihren Anruf warten. Aber *trotzdem* stimmte
irgend etwas nicht.
Acht Minuten blieben noch bis zu ihrem Treffen mit
Iwanowitsch. Sie ging den Pier entlang. Mehrere Männer
arbeiteten an ihren Booten und sahen ihr nach, als sie
vorbeiging. Jeder oder keiner von ihnen konnte zum KGB
gehören.
Über eine Leiter stieg sie leichtfüßig vom Kai zum Schandeck

der *Roten Flut* hinab. Die Jacht wirkte blitzblank. Sie sah sich um, ohne zu wissen, wonach sie überhaupt suchte. Die *Rote Flut* sah genauso aus, wie sie aussehen sollte.

Sie öffnete die Tür zur Kabine und stieg drei Stufen hinab. Irgendwo in dem großzügig eingerichteten Inneren befand sich der Sender, über den sie eine Verbindung mit Moskau bekommen würde. Technisch gesehen war es nicht einfach, solch eine Verbindung zu schalten – innerhalb von Millisekunden mußte zwischen verschiedenen Kanälen gewechselt werden, und das alles mußte von hier aus geschehen.

Wie das Äußere des Schiffes war auch die Kabine makellos sauber. Abgesehen von . . .

Der dünne Teppich auf dem Kabinenboden wies mehrere feuchte Flecke auf, in denen die Umrisse von Fußabdrücken sichtbar waren. Slipper mit dünnen, glatten Absätzen. Und die Abdrücke konnten noch nicht alt sein; die Männer, die sie erzeugt hatten, konnten höchstens ein paar Minuten gegangen sein, bevor sie hier eingetroffen war.

Ja! Sie hätte es früher erkennen müssen. Iwanowitsch hatte es ebenfalls durchblicken lassen, nicht mit Worten, sondern mit Gesten, Tönen – feine Hinweise, die sie sofort hätte verstehen müssen. Doch es blieb ihr noch etwas Zeit – es mußte ihr noch Zeit bleiben!

Die Explosion erklang Sekunden später. Sie zerstörte nicht nur die *Rote Flut*, sondern auch einen beträchtlichen Teil des Docks und jeweils die beiden Schiffe rechts und links neben ihr. Brennendes Holz und Stahl wurden in die Luft geschleudert; einige Trümmer schlugen bis zu zweihundert Meter weit entfernt im Meer, auf einem Parkplatz und in der Sidi-Fredj-Ferienanlage ein. In die benachbarten Krankenhäuser wurden sieben Patienten mit schweren Brandverletzungen und Prellungen eingeliefert.

Die Feuerwehr traf verhältnismäßig schnell am Ort des Geschehens ein, mußte jedoch hilflos mitansehen, wie die letzten Überreste mehrerer Schiffe in der Bucht versanken, wobei die Flammen vom Wasser gelöscht wurden.

23

Nachdem Sheriff Heep erfahren hatte, daß die Mistkerle, die die Stadt besetzt hatten, sein Gefängnis zu ihrer Waffenkammer umfunktioniert hatten, sah er nur eine Möglichkeit, ein paar Waffen dort hinauszuschmuggeln.

Pamosa Springs war zum großen Teil über Grubengängen erbaut worden, deren verborgene Eingänge seit Generationen geschlossen waren. Heep hatte als Junge mehrere dieser Gänge erkundet, darunter auch einen, der direkt unter dem Gefängnis lag. Jahre später hatte er den Eingang persönlich geschlossen und getarnt, so daß die nachfolgende Generation gar nicht erst in Versuchung geriet, es ihm gleichzutun. Da das Gefängnis schwer bewacht wurde, bestand die einzige Möglichkeit, sich Zugang zu den Waffen zu verschaffen, die im hinteren Teil des Gebäudes aufbewahrt wurden, in den aufgegebenen Grubengängen darunter. Sobald er sich erst einmal im Gefängnis befand, würde er so viele Waffen nehmen, wie er tragen konnte, und dann auf dem gleichen Weg zurückkehren.

Der neue Kommandant der Soldaten hatte, genau wie der alte, zugestimmt, den Mitgliedern des Stadtrats tagsüber jegliche Bewegungsfreiheit innerhalb von Pamosa Springs zu gewähren, hauptsächlich wohl, um die Einwohner ruhigzuhalten. Diese Erlaubnis diente nicht nur dazu, die Führer von den anderen fernzuhalten, sondern drängte sie auch in die Rolle, die Übernahme mehr oder weniger zu dulden. Die anderen Bürger der Stadt sollten sie um ihre Bewegungsfreiheit beneiden und ihnen schließlich Vorhaltungen machen. So würde ihre Autorität langsam, aber sicher untergraben werden. Wenn es schließlich darauf ankam, daß der Stadtrat Befehle erteilte, würden die Einwohner sich weigern. Die Invasoren betrieben, wie so viele Besatzungsmächte vor ihnen, eine klassische Strategie der Spaltung.

Sheriff Heep dachte nicht großartig darüber nach, während er anscheinend ziellos seine Runden zog. Er hatte vor, sich zum Garten neben Nellie Mottas Haus zu schleichen, der kaum zwanzig Meter von dem getarnten Eingang des Tunnels entfernt lag, der zum Gefängnis führte. Wenn alles planmäßig verlief, würde er das Haus betreten, es unbemerkt durch die Hintertür verlassen und zum Tunnel laufen. Nachdem er seine Aufgabe im Gefängnis erledigt hatte, würde er die gestohlenen Waffen im Tunneleingang liegen lassen, um sie dort später abzuholen. Wenn alles gutging, würde er diese Prozedur Tag für Tag wiederholen.

Er schlüpfte in Nellie Mottas Haus, erklärte ihr kurz, was er vorhatte, und ging schnell zur Hintertür. Von dort aus konnte er den Tunneleingang sehen; Soldaten waren keine in Sicht. Das beruhigte Heep jedoch keineswegs, denn er wußte, daß in der Zeit, die er im Tunnel war, sehr viel geschehen konnte. Nichtsdestotrotz beruhigte er sich mit einem tiefen Atemzug und spurtete aus Nellie Mottas Hintertür.

Er schien für die kurze Strecke ewig zu brauchen, und seine im Krieg zu Schaden gekommenen Gelenke und Knochen ächzten und knarrten protestierend. Er machte einen Satz in den Busch, der den Tunneleingang verdeckte, biß die Zähne zusammen und schob die Sträucher zur Seite. Ein paar Minuten später hatte er den Durchstieg in die Tiefen der Erde freigelegt. Er mußte über eine Leiter vier Meter tief in den Tunnel hinabsteigen und würde dann dem gewundenen Gang bis zu seinem Ende unter dem Gefängnis folgen, wo sich eine weitere Leiter befand.

Die Taschenlampe in der rechten Hand haltend, kletterte der Sheriff die ersten Sprossen hinab, nachdem er die Festigkeit der Leiter überprüft hatte. Sie knarrte, hielt seinem knöchernen Gestell jedoch stand, und schließlich vertraute er ihr ein wenig zitternd sein gesamtes Gewicht an und stieg hinab.

Er war auf halber Höhe, als die Leiter zu zerfallen schien. Ihr Holz brach, und sie wurde aus der Verankerung gerissen. Die Sprosse, auf der er stand, gab nach, und sein Sturz riß die weiteren unter ihm ebenfalls ab. Er fing die größte Wucht des Aufpralls mit dem Gesäß ab, doch ein Bein knickte um, und ein heftiger Schmerz zuckte durch seinen Knöchel. Er griff nach seiner Taschenlampe und zog sich auf die Füße, um seinen Körper nach weiteren Verletzungen abzutasten, wobei er die Leiter stumm verfluchte. Ansonsten schien ihm jedoch nichts passiert zu sein, was mehr war, als er über die Leiter sagen konnte. Es würde ihm nicht mehr gelingen, hier hinaufzuklettern, und damit war sein gesamter Plan zum Teufel.

Heep wischte sich den trockenen Staub von der Kleidung und ging, leicht humpelnd, durch den unangenehm feuchten Gang weiter. Der Tunnel war kaum hoch genug für einen erwachsenen Menschen – als wäre er eigens für das Rudel Kinder geschaffen, das hier vor Jahren gespielt hatte. An ein paar Stellen war die Decke so niedrig, daß er in die Hocke gehen mußte, was den Druck auf seinen verstauchten Knöchel und damit die Schmerzen noch verstärkte. Der Tunnel schien kein Ende zu nehmen, doch endlich fiel das Licht der Taschenlampe auf eine schmutzige Mauer und eine zweite Leiter, die in den hinteren Teil des Gefängnisses hinaufführte. Langsam und vorsichtig kletterte er die Sprossen hoch und verteilte dabei sein Gewicht so gleichmäßig, wie es ihm möglich war. Er hatte noch nicht darüber nachgedacht, wie genau er aus dem Gang herauskommen und was er dann mit den gestohlenen Waffen anfangen wollte. Ein Schritt nach dem anderen, ein Schritt nach dem anderen . . .

Am Kopf der Leiter erhoben sich vor ihm die Dielenbretter, die den Boden des hundert Jahre alten Gefängnisses bildeten. Die ursprüngliche Luke war vor langer Zeit vernagelt worden. Doch die Balken waren morsch und seit einigen Jahren schon locker, und es bereitete ihm nur wenig Mühe, sie mit einem Wagenheber zu lösen, den er aus dem Kofferraum eines Autos gestohlen hatte. Am schwierigsten war dabei, auf der Leiter nicht das Gleichgewicht zu verlieren. Er hatte schon einen Sturz hinter sich; einen weiteren aus viereinhalb Metern Höhe würde er nicht überstehen.

Als sich das erste Dielenbrett löste, hielt Heep den Atem an, um auf in der Nähe knirschende Bretter zu lauschen. Da er kein solches Geräusch vernahm, konnte er davon ausgehen, daß sich über ihm keine Soldaten befanden. Das bedeutete nicht unbedingt, daß keine in der Nähe waren und ihn vielleicht hören würden, doch dieses Risiko mußte er eingehen. Er schob die gelockerten Bodenbretter beiseite und zog sich durch die Öffnung hoch.

Da er nicht auf dem gleichen Weg zurückkehren würde, bedeckte er das Loch wieder, so gut er konnte. Die Beleuchtung war schwach wie immer, reichte jedoch aus, um zu finden, weshalb er gekommen war: mehrere Reihen großer Kisten mit jeder Menge Munition und Waffen. Bei einer schnellen Untersuchung kamen Handgranaten, Laws-Raketen und Schnellfeuergewehre zum Vorschein. Doch was würden sie ihm nützen, wenn er sie nirgendwo verstecken konnte? Er mußte sich schnell einen neuen Plan ausdenken.

Vor ihm, im vorderen Teil des Gefängnisses, der durch einen kurzen Gang und eine schwere Holztür vom hinteren getrennt war, bewegte sich etwas, und Heep drückte sich hinter einige Kisten. Wenn sie jetzt hierher kamen und ihn entdeckten ... Aber es war sinnlos, sich zu überlegen, was er dann tun wollte, er dachte am besten gar nicht darüber nach. Sheriff Heep schlich so leise wie möglich nach vorn. Als sein Blick auf zwei niemals benutzte Zellen fiel — jede mit zwei verrosteten Pritschen, auf denen mottenzerfressene Wolldecken lagen —, kam ihm eine Idee. Ja, ja! Es war zwar nicht viel, aber immerhin etwas. Wenn es schon sinnlos war, die Waffen im Tunnel zu verstecken, dann hatte er jetzt zumindest einen Ort gefunden, von dem man sie später wieder abholen konnte.

Heep fühlte, wie sich seine Rückenmuskulatur verkrampfte, als er eine Kiste mit der Aufschrift GRANATEN hochhob. Sorgsam darauf bedacht, sie nicht fallen zu lassen, trug er sie zu der noch nie zugesperrten Zelle und öffnete die Tür, die so laut knarrte, daß Heep in diesem Augenblick überzeugt war, ausgespielt zu haben. Doch es tauchte kein Soldat auf, und so schob er die Kiste unter eine der Pritschen und legte dann die Decke darüber. Die Soldaten hatten hier soviel Waffen und Munition verstaut, daß sie vier Kisten bestimmt nicht vermissen würden, und mehr als jeweils eine konnte er sowieso nicht unter einer Pritsche verstecken. Doch zumindest hatte er diese vier Kisten schon einmal abgesondert, und wenn diese verdammte Leiter nicht gewesen wäre ...

Sheriff Heep wollte gerade die vierte Kiste hochheben, als er hörte, wie sich ein Schlüssel in der Tür drehte. Er erstarrte eine schier ewig während Sekunde und wollte sich gerade hinter den etwas kleiner gewordenen Stapel Kisten drücken, als ihm eine andere Idee kam. Er eilte über den staubigen Boden und drückte dort, wo die Tür sich öffnen würde, die Schultern gegen die Wand; sie würde ihn verdecken, und wenn er schnell genug war, bot sich ihm so vielleicht eine Fluchtmöglichkeit.

Die Schlösser öffneten sich, und die Tür schwang auf. Heep sah die Rücken von zwei Soldaten, die zu den Kisten gingen. Mehr Zeit verschwendete er nicht. Ohne zurückzuschauen, glitt er um die Tür und auf den kurzen Gang. Er hatte schon fast sein ehemaliges Büro erreicht, als er hörte, wie sich einige Stimmen laut unterhielten, mindestens vier. Er drehte sich um und tat so, als sei er gerade auf dem Weg zu den Zellen.

Zwei Männer, von denen jeder eine Kiste trug, tauchten vor ihm auf.

»He, was machen Sie hier?«

»Ich suche Ihren Kommandanten«, sagte Sheriff Heep wie aus der Pistole geschossen. »Sie wissen schon, den südamerikanischen Burschen, der immer mit seinem Schnurrbart spielt.«

»Der ist nicht hier.« Der Soldat ergriff mit der freien Hand seinen Arm. »Na los, verschwinden Sie von hier. Wie sind Sie überhaupt hier hereingekommen?«

»Durch die Tür. Und Sie?«

»Ich könnte Sie melden.«

»Nur zu. Vielleicht finde ich so am schnellsten Ihren beschissenen Obermacker.«

Die beiden geleiteten Heep grob aus seinem eigenen Gefängnis, und der Sheriff wartete, bis er außer Sicht war, bevor er sich ein Grinsen erlaubte.

Ein paar Stunden später, als Guillermo Paz ihn und Hundeohr in die Befehlsstelle rief, die er in der Feuerwache errichtet hatte, war sein Lächeln verschwunden.

»Meine Herren«, sagte Paz und fuhr mit den Fingern über seinen Schnurrbart, »wie unhöflich von mir, mich seit meiner Ankunft vor zwei Tagen noch nicht formell mit Ihnen bekannt gemacht zu haben. Im Gegensatz zu dem, was Sie gehört haben, bin ich durchaus ein vernünftiger Mensch.«

»Wo ist der andere Typ?« wollte Hundeohr wissen.

»Sie meinen sicher Colonel Quintell«, sagte Guillermo Paz mit starkem spanischen Akzent. »Er hatte einen Unfall und mußte leider abgezogen werden.« Der Major erhob sich hinter seinem Schreibtisch und schritt vor McCluskey und Heep auf und ab. »Ich hatte gehofft, die Vorsichtsmaßnahmen, die ich nach meiner Ankunft angeordnet habe, hätten den oder die Bürger Ihrer Stadt, die es auf meine Männer abgesehen haben, zur Vernunft gebracht. Leider war das nicht der Fall. Zwei weitere Nächte sind verstrichen, und es hat drei weitere Tote gegeben. Sechs insgesamt, meine Herren.«

»Sie sind ja ein hochbegabter Mathematiker«, versetzte Bürgermeister McCluskey trocken.

Paz ignorierte ihn. »Meinem Vorgänger ist es nicht gelungen, Ihnen zu erklären, worum es hier geht. Der Führer einer jeden Gruppe ist für die Taten dieser Gruppe verantwortlich.«

»Wir sind keine Gruppe, mein Freund. Wir sind eine Stadt, in der Sie nichts zu suchen haben.«

»Eine rein akademische Frage. Mein Problem ist nicht akademisch. Mein Vorgänger hat zurückhaltend auf seine Probleme reagiert, und die Probleme wurden immer größer. Ich hatte gehofft, angesichts einer zunehmenden Wachsamkeit Ihrerseits hätte ich auf die Erwiderung verzichten können, die ich für solch einen Fall vorgesehen habe. Offensichtlich habe ich mich geirrt. Wenn Sie mir nicht augenblicklich die Person ausliefern, die meine Männer getötet hat, bleibt mir keine andere Wahl, als unnachsichtig vorzugehen.«

»Wir wissen nichts«, sagte Hundeohr.

»Und selbst, wenn wir etwas wüßten, würden wir lieber in unsere Suppe spucken, als es Ihnen zu verraten«, fügte Sheriff Heep hinzu. »Wer auch immer es ist, er ist der einzige, der in dieser Stadt noch bei Verstand ist. Wenn es so weitergeht, werden Sie in ein paar Wochen keine Männer mehr haben.«

»Jetzt bin ich es, der Ihnen zu *Ihrer* mathematischen Befähigung gratulieren muß, Sheriff«, sagte Guillermo Paz und nahm die Hand vom Schnurrbart, um dem kleineren Mann anerkennend auf die Schulter zu schlagen. »Aber da es hier um

Subtraktionen geht, sollten Sie mir vielleicht nach draußen folgen.«

Heep und Hundeohr schauten einander an, als sie hinausgingen, gefolgt von einem halben Dutzend Soldaten. Was sie dann sahen, verschlug ihnen den Atem. Auf der anderen Straßenseite, vor der mit Brettern vernagelten Front des Supermarkts, standen sechs Bürger von Pamosa Springs, die Hände hinter dem Rücken gefesselt. Fünf Meter entfernt standen drei mit Schnellfeuergewehren bewaffnete Soldaten.

»Sechs Ihrer Leute«, erklärte Paz. »Einen für jeden Mann, den ich bislang verloren habe. Aber ich bin bereit, auf diesen Ausgleich zu verzichten, wenn Sie mir den Killer ausliefern oder mir zumindest sagen, wen Sie dafür halten.«

»Verdammt, wir haben keine Ahnung!« sagte Hundohr fast flehend. »Können Sie das denn nicht einsehen?«

»Ich sehe nur, daß in dieser Stadt ein Experte am Werk ist. Er hat unsere Sicherheitsvorkehrungen überwunden und getötet, ohne bemerkt zu werden. Er hinterläßt noch nicht einmal Spuren, nur Leichen. Männer in Ihrer Position müssen einfach wissen, um wen es sich handelt.«

»Aber es gibt keine solche Person in Pamosa Springs!« rief McCluskey. »Seit Jahren schon nicht mehr. Vielleicht kurz nach Korea, aber wir werden alle alt. Sehen Sie uns doch an. Überzeugen Sie sich selbst.«

Paz deutete mit dem Kopf auf die sechs Gestalten vor dem Gebäude. »Ich sehe *sie* an. Sie werden sterben.«

»Das können Sie doch nicht tun!« kreischte Hundeohr und lief vor, bis er von zwei Soldaten zurückgezerrt wurde.

»Sagen Sie mir, wer meine Männer umbringt!«

»Wir wissen es nicht! Ich schwöre es.«

Paz wandte sich den Soldaten mit den Gewehren zu. »Achtung!«

»Bitte«, sagte Hundeohr, »nehmen Sie statt dessen uns!«

»Legt an!«

»*Wir wissen es nicht! Wir wissen es nicht!*«

»Feuer!«

Die Salven aus den Schnellfeuergewehren hielten fünf Sekunden an. Drei der Opfer wurden gegen die Ladenfront zurückgeschleudert, drei brachen einfach zusammen. Blut breitete sich aus und schien eine Pfütze zu bilden, die die gesamte Main Street bedeckte. Ein mit Jeans und Turnschuhen bekleidetes Bein zuckte noch einmal. Ein rot verschmiertes Kleid flatterte im Wind.

»O Gott«, schluchzte Hundeohr, »o Gott, o Gott, o Gott . . .«

»Es werden noch mehr sterben«, erklärte Paz. »Zehn für jeden meiner Soldaten, der das gleiche Schicksal wie die anderen sechs erleidet. Und ich glaube, ich werde Ihr Angebot annehmen. Ergreift sie«, befahl er den Männern hinter Hundeohr und Sheriff Heep, »und sperrt sie im Gefängnis ein.«

24

Der Fischkutter quälte sich langsam durch die Wellen und protestierte gegen jede Erhöhung der Geschwindigkeit, die McCracken vornahm, mit einem Rumpeln, das den Agenten veranlaßte, sie wieder zurückzunehmen. Blaine stand in der Morgenbrise auf der offenen Brücke und steuerte den marokkanischen Hafen Tanger an, von wo aus er nach Marrakesch und dem geheimnisvollen El Tan weiterreisen wollte.

Da Washington ihn nicht mehr unterstützte, wahrscheinlich mittlerweile sogar jagte, war es sicherer, auf das Flugzeug als Beförderungsmittel zu verzichten. Seine Feinde in Washington wußten mittlerweile mit Sicherheit, daß er sich in Athen aufgehalten hatte, und würden auf den Flughäfen nach ihm fahnden lassen. Ein Mietwagen und dann ein Schiff waren die sicherste und schnellste Möglichkeit, Spanien zu verlassen und Marokko zu erreichen. Er wäre beinahe mehrmals am Lenkrad eingeschlafen, bevor er schließlich den Hafen Tarifa an der Straße von Gibraltar erreicht hatte. Da er in der frühen Mogendämmerung des Sonntags dort eingetroffen war, hatte er den Trawler problemlos stehlen und in See stechen können.

Während dieser langen Stunden war er mit seinen Gedanken

allein gewesen, und diese Gedanken waren nicht gerade angenehm. Zu seinen Schmerzen hatten sich Erschöpfung und die Nachwirkung der Wunden gesellt, die der Minotaurus ihm zugefügt hatte. Er war verwirrt und wußte nicht mehr genau, worauf er es eigentlich abgesehen hatte. Zuerst hatte er die Spur des Atragons verfolgt, in der Hoffnung, es würde ihn zu T.C.s Mördern führen. Natalja brachte Raskowski ins Spiel, und die Spuren teilten sich. Und doch hatte er seine wahrscheinlich hoffnungslose Suche fortgesetzt. Warum?

Diese Frage hatte ihn während der gesamten langen Reise geplagt, und am Ende lautete die Antwort wohl, daß vielleicht Millionen von Menschen, unschuldige Menschen wie T.C., sterben würden, wenn er versagte. Er wußte, daß er die Sache einfach auf sich beruhen lassen konnte; sollte die Welt doch sehen, wie sie zurecht kam. Er hatte alle nötigen Vorkehrungen getroffen und beträchtliche Geldsummen bei diskreten karibischen Banken deponiert. Doch dann würde es keinen Puffer zwischen den Massen und den Narren geben, die sie beherrschten, und gleichgültig, wie sehr er sich darum bemühte, er konnte nicht einfach die Menschen vergessen, die genau wie er Opfer der Entscheidungen dieser Narren waren. Der sinnlose Mord an T.C. trieb ihn immer noch voran. Doch er hatte erkannt, daß er am besten Rache für ihren Tod nehmen konnte, indem er Raskowski daran hinderte, Millionen weiterer Menschen zu töten.

Er legte am späten Mittag in Tanger an, verließ den Kutter und nahm ein Taxi zum Flughafen, von dem aus Marrakesch regelmäßig angeflogen wurde. Doch vor dem Terminal herrschte ein unglaubliches Gedränge, und es dauerte fast zwei Stunden, bis er sich endlich an Bord einer Turboprop quetschen konnte, die insgesamt achtzehn Passagieren Platz bot.

Nach der Ankunft in Marrakesch nahm McCracken ein Taxi vom Flughafen zum Platz Djema El Fna, dem Mittelpunkt des hektischen Treibens in der Altstadt. Da der Platz bei Anbruch der Dämmerung geschlossen wurde, hatte er sich den ganzen Tag über Sorgen gemacht, ob er es noch rechtzeitig schaffen würde oder eine ganze Nacht verschwenden mußte. Doch er traf eine Stunde vor Anbruch der Dämmerung dort ein und machte sich auf die Suche nach dem Schlangenbeschwörer Abidir.

Auf dem Marktplatz drängten sich sowohl Einheimische als auch Touristen. Die Händler riefen für ihre Waren Preise, die um das Vierfache überhöht waren, und versuchten sich gegenseitig zu übertönen. Das Feilschen war hier auf dem Djema El Fna eine Kunst geworden, an der die Händler genauso viel Vergnügen hatten wie die Touristen. Sie verkauften ihre Waren von den Ladeflächen ihrer Pferdekarren oder von Ständen aus, über die sie am Morgen Baldachine errichtet hatten, die der Wind gelegentlich umwarf. Sie konnten sich in einer jeden Sprache nur so weit verständigen, wie es ihnen dienlich war, kannten aber immer die gültigen Umrechnungskurse für Francs und Dollar. Wenn man ihren Klagen Glauben schenken wollte, waren sie alle gleichermaßen großzügige Menschen, deren Kinder oft wegen eben dieser Großzügigkeit der Händlerseelen ihrer Väter hungrig zu Bett gingen.

Blaine schritt an den Tischen und Ständen entlang. Teile des Marktes waren für Märchenerzähler, Akrobaten, Feuerschlucker und Straßenmusiker reserviert, die große Blechdosen kreisen ließen, in die die Passanten Geld für die ›kostenlose‹ Unterhaltung werfen konnten.

Das für Abidir reservierte Fleckchen lag ein Stück von den anderen Schlagenbeschwörern entfernt in einer kleinen Seitenstraße, umsäumt von Geschäften, die jedoch schon geschlossen hatten. Der Schlangenbeschwörer saß jedoch noch immer dort, als wolle er das Mitleid der Passanten erwecken, die einen Blinden sahen, der nicht einmal wußte, wie spät es war. Eine Kobra hing um seinen Hals, und vor ihm stand ein leerer Silberbecher.

Blaine näherte sich ihm und sah, daß beide Augen Abidirs von schwarzen Klappen bedeckt waren. Die Teile seines Gesichts, die unter seiner Mütze auszumachen waren, zeigten alte, vertrocknete und runzlige Haut, die sowohl die Jahre wie auch die Elemente vernarbt hatten. Seine Kobra zuckte leicht, als Blaine nähertrat und ihm die Sonne nahm.

»Stellen Sie Ihren Mut auf die Probe, mein guter Mann«, sagte der Blinde. »Streicheln Sie für etwas Silbergeld die

Schlange. Und wenn Sie mir ein paar Dollar geben, spiele ich eine Melodie und lasse sie tanzen.«

»Sie haben gewußt, daß ich ein Mann und keine Frau bin?«

»Die Blinden sehen viel, wenn sie sich bemühen. Trotz des armseligen Körpers, in dem ich gefangen bin, spüre ich, daß Sie ein tapferer Mann sind. So tapfer, daß Sie die Schlange in der Nähe ihrer Giftzähne streicheln sollten.«

McCracken ließ ein paar Münzen in den Becher fallen. »Ich hätte ein paar Scheine hineingeworfen, doch deren Geräusch hätte wohl kaum Ihre Aufmerksamkeit erregt.«

»Sie wären überrascht, mein Freund. Wenn Sie nur genug Ihrer amerikanischen Geldscheine hineinwerfen, verwandle ich die Schlange für Sie in eine Frau, an der Sie Gefallen finden werden.«

»Ich bin auf Informationen aus. Ich suche einen Mann, der sich El Tan nennt.«

Abidirs Gesichtsausdruck änderte sich nicht. Die Schlange bewegte sich kurz auf seiner Schulter. »Ich kenne keinen solchen Mann.«

»Da habe ich aber etwas anderes gehört.«

»Sie haben etwas Falsches gehört.«

»Ich bin bereit, Sie zu bezahlen.«

»Aber Sie werden keine Gelegenheit dafür bekommen.«

»Wie schade . . .«

McCracken handelte blitzschnell, sprang hinter Abidir und griff mit beiden Händen nach der Schlange. Er zerrte das Tier gemeinsam mit dem Beschwörer in die Deckung von dessen Karren. Dann zog er die Schlange wie ein Seil zusammen.

»Keine Angst«, beruhigte Blaine den zappelnden Alten, »das schadet ihr nicht mehr als die Droge, die Sie ihr verabreicht haben.«

»Ich kann nicht mehr . . . *atmen*!«

»Aber Sie können noch sprechen. Das reicht.«

»Bitte, ich habe nichts, was Sie mir stehlen könnten. Ich bin nur ein armer Blinder. Haben Sie Mitleid!«

McCracken fühlte, wie die stark sedierte Schlange einen vergeblichen Versuch unternahm, sich zu befreien. »Sie sind genauso wenig blind wie ich. Aber wenn Sie nicht reden, *werden* Sie bald blind sein. Wo finde ich El Tan?«

Der Schlangenbeschwörer schnappte nach Luft. »Ich darf es Ihnen ohne das richtige Kennwort nicht verraten. Das würde meinen Tod bedeu . . .«

McCracken verstärkte seinen Griff. »Sie haben nichts mehr zu verlieren . . .« Schließlich ließ er los, und Abidir sackte keuchend zusammen.

Blaine ließ den Schlangenbeschwörer zu Atem kommen, und er gab seinen Widerstand auf. »Club Miramar«, sagte er. »Geben Sie der Tänzerin Tara einen Zettel, auf dem El Tans Name steht. Sie wird sich um alles weitere kümmern.«

Der Club Miramar, so stellte Blaine fest, nachdem er ihn gefunden hatte, bot rund um die Uhr ›exotischen‹ Tanz. Was in Marrakesch exotisch war, hätte man in den USA als ›oben ohne‹ bezeichnet. Dazu noch ein paar sexuell eindeutige Gesten und Bewegungen zum Anheizen, und die ›Exotik‹ war perfekt.

Der Club lag zwar in einem modernen Stadtteil, doch die Straßen dort erinnerten an die des Marktplatzes. Hier wurde genauso heftig gefeilscht, und auch abends herrschte ein ebenso starker Andrang.

Blaine traf noch früh genug im Club Miramar ein, um für Taras Vorstellung einen Platz in der ersten Reihe zu ergattern. Sie trat unter dem Applaus des Publikums auf die Bühne, gekleidet in ein grünes Trikot, das wie die Haut einer Schlange aussah. Blaine erinnerte sich an Abidir und seine unter Drogen gesetzte Kobra und fragte sich, ob dieser Zusammenhang zufällig war. Ob zufällig oder nicht, er währte nur so lange, wie Taras Schlangenhaut auf ihrem Leib blieb, also nur ein paar Minuten. Sie schälte sie mit geschmeidigen, reptilienhaften Bewegungen ab, sehr zum Vergnügen des Publikums, das zur Hälfte aus Einheimischen und zur anderen Hälfte aus Touristen bestand, die aber alle versessen darauf waren, einen Geldschein in Taras Minislip zu schieben, der ziemlich bald das einzige Kleidungsstück war, das sie trug. Je mehr Geld der

Kunde gab, desto länger tanzte Tara vor ihm. Ein Kunde zahlte so viel, daß er den ganzen Kopf in den riesigen Brüsten der strahlenden Schönheit vergraben durfte.

Schließlich kam Tara auch zu Blaine und betrachtete ihn, als sei sie ernsthaft an ihm interessiert. Er beugte sich ein Stück vor, um Tara eine Dollarnote in den Slip zu schieben, wobei er darauf achtete, daß sie auch den Zettel bemerkte, den er in den Schein gesteckt hatte. Die Tänzerin nickte unmerklich, und ihr Blick bedeutete ihm, zu bleiben, wo er war.

Blaine wartete ihren Auftritt und den einer weiteren Tänzerin ab. Die nächste kam sofort nach Beginn ihres Auftritts zu ihm und warf ihm einen verführerischen Blick zu. Er deutete ihn richtig und beugte sich vor, um ihr die übliche Belohnung in den Slip zu schieben. Sie griff nach seiner Hand und zog ihn zu sich hoch. Während sie ihn küßte, ließ sie einen Zettel in seine linke Hand gleiten. Er erwiderte den Kuß ohne die geringste Reaktion auf die Übergabe des Zettels, auf den er erst schaute, als sich die Tänzerin von ihm gelöst hatte und er sicher war, daß alle anderen Blicke auf sie gerichtet waren. Es war eine Papierserviette, auf der eine Adresse stand.

Dar es Salaam, Derb Raid Jerdid . . .

Und darunter, auf Englisch:

Tisch fünf, in drei Stunden.

McCracken erhob sich, und ein anderer eifriger Gast hatte seinen Platz eingenommen, noch bevor er den Stuhl an den Tisch zurückschieben konnte.

Auf die Minute genau drei Stunden später betrat Blaine das Restaurant Dar es Salaam, das echte marokkanische Speisen wie *Kuskus* und *Pastilla* bot. Der Ansturm zum Abendessen war schon lange vorbei, und der Oberkellner, der einen schwarzen Anzug trug, kam geradewegs auf ihn zu.

Blaine interpretierte seine gerunzelte Stirn als Ausdruck des Mißfallens angesichts des etwas mitgenommenen Eindrucks, den Blaines Kleidung nach dem langen Tag machte, doch der Blick des Kellners erstarrte, als Blaine ihm die Serviette mit der Tischnummer gab. Ohne das geringste Zögern führte er Blaine zu einer abgetrennten Nische im hinteren Teil des Restaurants. Er zog einen Vorhang zurück und bedeutete Blaine, einzutreten. Danach schloß er den Vorhang wieder. Blaine befand sich in einem halbkreisförmigen Séparée, in dem vier oder fünf Gäste Platz finden mochten.

Kurz darauf hörte Blaine, wie sich Schritte näherten, und dann fiel ein Schatten auf den Vorhang.

»Haben Sie etwas dagegen, wenn ich mich zu Ihnen setze?« fragte ein älterer Mann mit ergrauendem Haar und englischem Akzent.

»Tut mir leid. Dieser Tisch ist reserviert.«

»Das sagte man mir«, erwiderte der Engländer und strich sich das unordentlich herabhängende Haar aus der Stirn. Er trat in die Nische und zog den Vorhang hinter sich zu.

Blaine spannte die Muskeln an. »Ich bin hier verabredet.«

»Ja, mit dem berüchtigten El Tan. Nun, entspannen Sie sich, alter Junge. Sie sehen ihn vor sich.«

Der Engländer nahm gegenüber von McCracken am Tisch Platz. Er trug einen weiten, zerknitterten beigefarbenen Anzug, der unter den Achseln Schweißflecke aufwies. Sein Hemd war vergilbt, sein Bart schon ein paar Tage alt. Seine Augen blickten stumpf und teilnahmslos. Er atmete schwer.

»Mein Name ist Professor Gavin Clive«, sagte der ältere Mann. »Diese Sache mit El Tan ist nur eine Tarnung. Sie hält mir Leute vom Hals, mit denen ich nichts zu tun haben will.« Er zog einen Flachmann aus seiner Anzugtasche und goß einen Teil des Inhalts in das leere Wasserglas, das vor ihm auf dem Tisch stand. »Ich trinke nie etwas, was ein anderer eingeschenkt hat. Verstehen Sie, Sportsfreund?« Er nippte an dem Glas. »Kaufen oder verkaufen Sie?«

»Das kommt darauf an, wie Ihre Antwort auf ein paar Fragen ausfällt.«

Professor Clives Hand mit dem Wasserglas verharrte auf halber Höhe zu seinem Mund. Der Mann sah Blaine wissend an. »Sie sind einer von denen, was? Ja, ich hatte die

Befürchtung, daß mein letztes Geschäft Leute wie Sie unter den Steinen hervorlocken würde.«

»Was für Leute meinen Sie?«

»Die, die hinterher aufräumen, wenn die anderen Mist gebaut haben. Was spielt der Name da für eine Rolle?« Endlich führte Clive das Glas zum Mund und trank einen Schluck. »Aber mir ist das sowieso egal.« Er hustete heftig, und der Anfall hielt an, bis sein Gesicht rot anlief. Danach hob er das Glas mit zitternder Hand erneut und trank aus, was er bei dem Anfall nicht verschüttet hatte. »Die Leber ist weg, die Lungen auch. Der Krebs und noch so einiges mehr haben sie weggefressen. Ich habe noch höchstens sechs Monate. Die beiden letzten werden nicht angenehm sein.«

»Ich bin nicht hierher gekommen, um Sie zu töten.«

Professor Clive betrachtete ihn fast enttäuscht und seufzte laut. »Sadim weiß wahrscheinlich, daß es eine viel größere Strafe für meine Sünden ist, mich am Leben zu lassen.«

»Sadim?«

»Der Mann, der hinter dem steckt, worauf Sie es abgesehen haben. Der Mann, für den ich den Strohmann gespielt habe. Das ist es, was ich tue, alter Junge. Ich spiele den Strohmann für andere. Ich habe keine eigene Identität, an der mir viel läge. Früher war das mal anders.« Clive füllte sein Glas neu auf und hielt es im schwachen Licht der Nische hoch, um nachdenklich die bräunliche Flüssigkeit zu betrachten. »Ein Professor an einer Universität, können Sie sich das vorstellen? Spezialisiert auf Antiquitäten und Juwelen. Ich tat einigen Leuten ein paar Gefallen, taxierte ihre Objekte. Machte hauptberuflich damit weiter, als ich mein Lehramt verlor. Begann, den Strohmann für Leute zu spielen, die ihre Identität nicht bekannt werden lassen wollten. So verlor ich auch noch meine Identität. Eine Zeitlang hat es funktioniert.«

»Aber jetzt nicht mehr.«

»Vielleicht liegt es an dem Krebs, ich weiß es nicht genau. Wissen Sie, wenn man in meinem Alter auf sein Leben zurückblickt, wäre es schön, etwas Herausragendes zu finden. Aber bei mir . . . nun . . . da ist schon alles gelaufen.« Er trank wieder und blickte freundlich über den Tisch. »Mit Ihnen kann man sich gut unterhalten. Eigentlich verdammt seltsam, da Sie doch wohl selbst genug Probleme haben werden.« Clive nippte kurz hintereinander dreimal an dem Glas. »Und Sie scheinen genau zu wissen, weshalb Sie hierher gekommen sind. Es steht in Ihren Augen geschrieben, alter Knabe. Die Unsicherheit. Und die Furcht.«

»Atragon«, murmelte Blaine.

»Verzeihung, ich habe Sie nicht verstanden.«

»Atragon. Der Name eines gewissen Kristalls mit unerklärlichen Eigenschaften.«

Clive nickte. »Sie haben mich über die gleichen Kanäle wie die anderen erreicht. Sie sind schon seit Monaten geschlossen. Aber wie man so schön sagt, das hier ist mein ›Posten‹, und ich bin aus reiner Neugier hierher gekommen. Ich wußte, was für ein Mensch Sie sein würden. Diese Kristalle haben Sie verändert, soviel kann ich mit Sicherheit sagen.«

Blaine wollte etwas erwidern, überlegte es sich dann jedoch anders.

Clives vom Whisky rauhe Stimme wurde abweisend. »Das können Sie nicht bestreiten, oder? Jeder, der mit den Kristallen in Berührung kommt, sagt das gleiche. Sie bergen den Tod in sich, schon seit der Zeit ihrer Entdeckung. Alle, die jemals mit ihnen zu tun hatten, mußten sterben.«

McCracken dachte an T.C., und sein Blick verriet alles.

»So ist das schon seit Jahrtausenden, alter Knabe.«

»Ich bin nicht hierher gekommen, um etwas über Flüche zu erfahren, Professor, und wenn Sie mir wirklich helfen wollen . . .«

»Und ich nicht, um Ihnen etwas darüber zu erzählen. Doch ich würde Sie verraten und verkaufen, würde ich nicht zumindest versuchen, Sie von dem abzuhalten, was Sie vorhaben.«

»Dafür ist es zu spät«, sagte Blaine fast verbittert. »Dort draußen treibt sich ein Verrückter herum, und diese Kristalle stellen vielleicht die einzige Möglichkeit dar, ihn aufzuhalten.«

Clive nickte wissend; das Glas schien mittlerweile eine Verlängerung seines Armes darzustellen. »Anscheinend läuft es immer darauf hinaus. Die Geschichte verläuft kreisförmig, und die Kreise wiederholen sich.« Sein Blick wurde schärfer. »Doch die Kristalle sind nicht Ihre Antwort. Halten Sie sich von ihnen fern.«

»Ich habe schon gesehen, was sie sind. Bis vor ein paar Tagen hatte ich so einen Kristall in meinem Besitz. Es handelt sich bei ihnen nur um Steine.«

»Das glauben Sie doch selbst nicht. Ihre Stimme verrät Sie. Sie sind zu verdammt vernünftig, um so naiv zu sein. Sie haben diese Kristalle betrachtet und irgend etwas gespürt. Das weiß ich ganz genau.«

»Wo finde ich weitere Vorkommnisse der Kristalle, Professor? Verraten Sie es mir, und ich lasse Sie mit Ihrem Elend allein.«

»So einfach ist das nicht!« rief Clive und hätte beinahe wieder seinen Whisky verschüttet. »Jahrtausende hindurch lagen sie verborgen im Erdinneren, bis seismische Veränderungen sie näher an die Oberfläche gebracht haben, wo sie erneut von der Vernichtung kündeten. Eine gesamte Zivilisation ist bereits am Mißbrauch der Macht, die sie in sich bergen, untergegangen. Wußten Sie das nicht?«

»Wenn Sie von Atlantis sprechen, kaufe ich Ihnen das nicht ab. Mythen haben nichts damit zu tun.«

»Sie haben sehr viel damit zu tun, alter Knabe.«

»Professor . . .«

»Hören Sie einfach zu«, sagte Clive schnell. »Hören Sie mich an. Was kann das schaden?« Er beugte sich vor und stellte das Glas auf den Tisch. »Das Volk von Atlantis hat sich die Macht dessen nutzbar gemacht, was es als ›Feuerstein‹ bezeichnete. Die Atlanter haben entdeckt, daß der Stein die Strahlen der Sonne speichern kann, wenn man ihn im richtigen Winkel in ihr Licht hält, und die Kristalle schließlich als unglaubliche Energiequelle genutzt. Höchstens unser Laserstrahl käme dem nahe, doch die Atlanter haben diesen Prozeß vollständig gebändigt. Sie, alter Knabe, haben den Kristall gerade Atragon genannt.«

»Ja, dunkelrote Kristalle mit zahlreichen Kanten — kein Abschnitt ist mit seinem Gegenüber völlig identisch.«

»Genau! Und jeder dieser einzelnen Abschnitte, Dutzende

auf jedem Kristall, stellt einen Reflektor dar. Das durch die verschiedenen Kammern dieser Kristalle geleitete Sonnenlicht erschuf eine Energiequelle, die die gesamte Zivilisation von Atlantis versorgt hat. Große Kuppelgebäude dienten dabei als Sonnenzellen. Die Menge der so geschaffenen und gespeicherten Energie war geradezu unermeßlich.«

»Ich habe Ihnen bereits gesagt, daß ich nicht daran glaube . . .«

»Was Sie glauben, spielt keine Rolle. Hören Sie mir einfach zu, bitte«, drängte Clive. »Das Volk von Atlantis hat technologische Höhen erklommen, die uns noch unbekannt sind. Doch irgend etwas ging schief. Die Macht der großen Kristalle, die Sie Atragon nennen, wurde mißbraucht. Ob dies absichtlich geschah oder nicht, ist nicht eindeutig bewiesen. Wahrscheinlich zuerst unabsichtlich; es kam in den Atragon-Vorkommen zu einer Überladung, die zu einer Tragödie führte. Doch damit wurde das Potential des Atragons als Waffe enthüllt. Es kam zu einer Spaltung des atlantischen Volks. Verschiedene Parteien kämpften verzweifelt um die Kontrolle über die Kristalle, die allein ihnen den Aufstieg zur Macht sichern konnten. Die Fanatiker bekamen sie zuerst in die Hände. Sie setzten sich in den Besitz der Kristalle und führten schließlich die Vernichtung ihrer gesamten Gesellschaft herbei.«

»Und der Kontinent versank im Atlantik, nicht wahr?«

»Auch das läßt sich wahrscheinlich auf die Kristalle zurückführen. Sie haben sie gesehen. Sie wissen das so gut wie ich.«

»Was ich weiß, hat nichts mit imaginären Kontinenten zu tun, die im Meer versanken. Und nichts mit einem wundersamen Wiederauftauchen.«

»Daran war nichts Wundersames, wie ich schon sagte. Seismische Veränderungen treten immer wieder auf. Atlantis – zumindest ein Teil davon – wurde wieder zugänglich. Die Kristalle tauchten wieder auf. Die Zeit hatte ihnen nichts anhaben können, und sie können nun wieder Tod und Vernichtung verbreiten.«

»Oder in diesem Fall auch verhindern.« McCracken beugte sich über den Tisch vor. »Diese Kristalle, Professor, sind vielleicht das einzige, das noch eine Katastrophe verhindern kann, die genauso schlimm, wenn nicht schlimmer als die ist, bei der Atlantis im Meer versank. Sie haben einer Frau, die ich geliebt habe, bereits das Leben gekostet, und wenn ich diese Kristalle nicht finde, war ihr Tod umsonst. Also ist es mir wirklich völlig egal, ob sie aus den schwarzen Tiefen der Hölle kommen oder aus der Murmelsammlung eines kleinen Jungen. Ich muß sie finden, und Sie sind der einzige, der mir dabei helfen kann.«

»Ich bin kein Narr, alter Knabe«, sagte Clive leise, während er den Rest des Inhalts seines Flachmanns in das Glas schüttete. »Wenn Sie meinen Ausführungen lauschen, mag sich dieser Eindruck vielleicht bei Ihnen einstellen, aber der Titel eines Professors wurde mir rechtmäßig verliehen. Ich habe jahrelange Studien über Edelsteine und ihre Ursprünge betrieben. Meine Theorien über Atlantis basieren auf Tatsachen.«

»Die Kristallvorkommen, Professor. Wo kann ich sie finden?«

Clive nippte an seinem Whisky und legte dann beide Hände um den Rand des Glases. »Ich kenne nur den ungefähren Ort. Eine Insel in der Bimini-Kette vor der Küste Floridas.«

»Welche Insel?«

»Sie haben noch nie von ihr gehört.«

»Sie haben gerade gesagt . . .«

»Ich weiß, was ich gesagt habe, aber so einfach ist das nicht. Es gibt eine Insel in der Bimini-Kette, die keinen Namen hat. Die Einheimischen sprechen niemals über sie, und die Touristen werden von ihr ferngehalten. Vor ihrer Küste liegt ein Schiffsfriedhof. Zahlreiche Urlauber und Schatzjäger sind verschwunden, nachdem sie sich zu nahe an die Insel herangewagt haben.«

»Zuerst Atlantis, und jetzt das Bermuda-Dreieck . . .«

»Nein, alter Knabe, diesmal ist es ein Seeungeheuer.«

»Ein *was*?« fragte McCracken ungläubig.

»Die Einheimischen, die darüber sprechen, nennen es Drachenfisch. Die Legenden besagen, daß der Drachenfisch vor Jahrhunderten das Ufer der Insel vor Piraten beschützt und seinen Appetit anscheinend noch nicht verloren hat. Ob sie nun zutreffen oder nicht, sie wirken Wunder, wenn es darum geht, alle Neugierigen fernzuhalten.«

»Und diese Insel ohne Namen beherbergt das Atragon?«

»Genauer gesagt ihre Küstengewässer. Die Kristalle wurden erst vor relativ kurzer Zeit bei den Untersuchungen dieser seismischen Veränderungen entdeckt, die ich erwähnt habe. Sie haben sich vom Meeresboden gehoben, sie und irgendein Gebilde, das sie beherbergt.«

»Wo liegt diese Insel, Professor?«

»Das kann ich Ihnen nicht sagen, alter Knabe. Ich würde es gern, wenn ich es wüßte, doch man hat mir die genauen Koordinaten niemals verraten, und ich war auch nicht besonders erpicht darauf, sie zu erfahren, für den Fall, daß die Wahrheit jemals bekannt werden sollte. Sie werden ein paar Wochen brauchen, um die Insel allein zu finden. Die Biminis erstrecken sich weiter, als Sie vielleicht annehmen.«

»Aber jemand muß die genauen Koordinaten doch haben. Vielleicht dieser Sadim, den Sie erwähnt haben.«

Clive nickte zögernd. »Abib El Sadim, der geheimnisvollste Mann von ganz Marokko. Keiner weiß viel über ihn, und ich weiß mehr als die meisten. Nach meinen Informationen hat Sadim nicht nur die Kristallvorkommen entdeckt, er war auch der einzige, der genug Mut aufbrachte, den Drachenfisch in seinen Heimatgewässern herauszufordern.«

»Sie glauben doch nicht wirklich, daß es solch ein Seeungeheuer gibt, Professor?«

»Lassen Sie sich von meinem verdammten Titel nicht verwirren, alter Knabe. Bevor der Fusel mir das Gehirn verkleistert hat, hatte ich für solche Dinge immer offene Augen.«

»Halten wir uns an die Wirklichkeit«, sagte Blaine. »Wo finde ich diesen Sadim?«

»Sie werden niemals auch nur in seine Nähe kommen. Das ist noch keinem gelungen.«

»Aber es muß doch irgendeinen Ort geben, an dem man Kontakt mit ihm aufnehmen kann.«

»In der Tat. Seine Bar in Casablanca: das Café Americain.«

McCracken starrte ungläubig über den Tisch. »Und wenn der Klavierspieler jetzt noch Sam heißt, habe ich die Nase endgültig voll.«

»Es würde mich nicht überraschen, wenn er Sam hieße. Sadim hat die Bar genau nach Bildern aus dem Filmklassiker errichten lassen. Sie ist zu einer der heißesten Adressen in Casablanca geworden, besonders in Wochen wie dieser, in der dort ein großes Straßenfest stattfindet. Ich habe mir sagen lassen, Sadim hätte einen gewissen Sinn für Humor.«

»Sie sind ihm niemals persönlich begegnet?«

»Nein, nie. Sie haben bestimmt schon erfahren, daß er versucht hat, die Kristalle gegen Höchstgebot zu versteigern, nachdem er ihr Potential entdeckt hatte. Ich habe für ihn die Angebote der Terroristen und Halsabschneider herausgefiltert. Sadim wollte nicht in Erscheinung treten. Ich nahm die Angebote für ihn entgegen und leitete sie einfach an ihn weiter.«

»Hat er eins der Angebote akzeptiert?«

»Meines Wissens nicht, aber ich kann natürlich nichts darüber sagen, was passiert ist, nachdem ich die Angebote weitergeleitet hatte, oder wie weit die Dinge schon gediehen waren, bevor ich in Erscheinung trat. Und ich wollte es auch gar nicht wissen.«

»Sie hören sich nicht gerade an wie ein Mensch, der mit seiner Arbeit zufrieden ist.«

»Ich bin kein Narr, alter Knabe. Ich wußte genau, daß die Gruppen, die von Männern wie Fass repräsentiert wurden, nur wegen des Potentials der Kristalle als Waffen mitgeboten haben. Das machte mir deutlich, wie tief ich gesunken war. Der Krebs war mir danach ziemlich egal. Ich blieb einfach hier und habe darauf gewartet, daß Sadim jemanden schickt, der mich töten soll.«

»Und Sie haben mich für diesen Jemand gehalten.«

Clive nickte. »Aber so ist es besser, was? Sie haben mir eine Gelegenheit zur Wiedergutmachung gegeben. Sadim ist der einzige, der genau weiß, wo man die Kristalle finden kann. Sie wissen, was Sie mit ihnen zu tun haben. Sie wissen, was am besten ist. Sie sind so ein Mann, das habe ich gleich gesehen. Jetzt wünsche ich beinahe, ich würde noch lange genug leben, um zu sehen, was dabei herauskommt.«

»Ich danke Ihnen für Ihre Unterstützung.«

»Wenn Sie Erfolg haben wollen, werden Sie noch verdammt viel Unterstützung brauchen, alter Knabe. Es wird nicht einfach sein, Sadim in Casablanca aufzutreiben, geschweige denn, ihn zur Zusammenarbeit zu überreden.«

»In diesem Fall«, witzelte Blaine, »muß ich eben die üblichen Verdächtigen abklappern.«

»Dann sollten Sie lieber noch etwas über den Mann wissen, auf den Sie es abgesehen haben«, sagte Clive. »Sadim war nicht immer als Sadim bekannt. Den größten Teil seines Lebens trug er einen anderen Namen: Vasquez.«

25

Nach dem Gespräch mit Professor Clive war es zu spät, nach Casablanca aufzubrechen, und so gab sich McCracken seiner Erschöpfung hin und verbrachte die Nacht in Marrakesch. Am Montag morgen verschlief er, störte sich jedoch nicht daran; wenn er es mit Vasquez aufnehmen wollte, mußte er in Bestform sein.

Blaine war während seiner Laufbahn erst einmal in Casablanca gewesen, und seine Eindrücke von der großen marokkanischen Stadt beruhten hauptsächlich auf dem Filmklassiker mit Humphrey Bogart. Als er die Maschine von Marrakesch verließ, erwartete er halbwegs, Menschen zu sehen, die ihn an Peter Lorre oder Sidney Greenstreet erinnerten, doch andererseits würde er sich liebend gern natürlich auch mit einem gewissen Fettsack begnügen.

Also steckte Vasquez irgendwie hinter dieser Sache. Das überraschte McCracken nicht. Mit den Kristallen konnte man sehr viel Geld verdienen, ein Vermögen, und Geld war immer die größte Liebe des Fettsacks gewesen. Das Problem war nur, irgendwie an ihn heranzukommen, und dieses Problem konnte Blaine nur lösen, nachdem er sein Hauptquartier in Augenschein genommen hatte.

Das Café Americain lag in einem Stadtteil, der für Hotels,

Geschäfte und exklusive Clubs reserviert war. Sie hatten es fast erreicht, als das Taxi in einen Verkehrsstau geriet.

»Die Straßenfeste«, sagte der Fahrer achselzuckend.

»Ich gehe von hier aus zu Fuß weiter«, entgegnete Blaine und fügte dem Betrag, den das altmodische Taxameter anzeigte, ein großzügiges Trinkgeld hinzu.

Er stieg aus und ging die Straße entlang. Vasquez' Etablissement lag nur drei Blocks entfernt, doch ausgerechnet in diesem Viertel drängten sich die Festbesucher. Man hatte die Straßen für den Autoverkehr gesperrt, um Platz zu schaffen für arabische Akrobaten und Berber hoch zu Roß, die mit beiden Händen auf den quer über die Sättel gelegten langen Büchsen balancierten oder bei der Aufführung ihres berühmten *Fantasie*-Rituals in die Luft schossen.

Von außen war das Café Americain eine perfekte Nachbildung, bis hin zu mehreren Tischen mit kunstvollen Sonnenschirmen auf dem Bürgersteig. Es fehlten lediglich die Scheinwerfer der Nazis, die mit ihren sich kreuzenden Strahlen die Gegend durchkämmten.

Das Innere des Gebäudes hielt sich noch genauer an den Film. Es verfügte über mehrere Räume, die durch majestätische Bogengänge getrennt waren. In den zahlreichen Alkoven befanden sich private Tische, die man sicherlich nur für beträchtliche Summen reservieren konnte, und die weiche Illumination der in regelmäßigen Abständen angebrachten nachgebauten Kronleuchter tauchten die Räume in jenes schummrige Licht, das man vielleicht als ›Atmosphäre‹ bezeichnen konnte. Bei den Wandteppichen und Gemälden handelte es sich um ausgezeichnete Nachbildungen, und das gedrungene weiße Klavier war ein Zwilling von demjenigen Sams. Ein junger Schwarzer saß dahinter und spielte ›As Time Goes By‹, ohne allerdings zu singen. Wahrscheinlich gab er das Lied einmal die Stunde zum besten. McCracken rechnete halbwegs damit, jeden Augenblick Ingrid Bergman hereinschlendern zu sehen.

Er nahm an der Bar Platz und sah sich noch einmal um. Der hintere Teil des Raums lag unter einer Galerie, die über eine kleine Treppenflucht zugänglich war und zweifellos zu dem

Büro führte, das im Film Rick und nun Vasquez gehörte. Es fehlten lediglich die Spieltische, die für die Atmosphäre des Films so bedeutend gewesen waren. Captain Renault hatte das Glücksspiel gestattet, doch die tatsächlichen Machthaber schienen da eher Skrupel zu haben.

Blaine bestellte ein Mineralwasser und nippte daran, während er überlegte, wie sein nächster Schritt auszusehen hatte. Wahrscheinlich würde er Vasquez über die Treppe erreichen können, doch hielt sich der Fettsack im Augenblick überhaupt hier auf? Sein Blick fiel wieder auf die Stufen. Wie konnte er unbemerkt hinaufgelangen? McCracken wußte, daß es sich bei einem Teil der Gäste, die an den Tischen saßen, in Wirklichkeit um Leibwächter des Fettsacks handelte. Vasquez überließ nichts dem Zufall, und unter den gegebenen Umständen würde er damit rechnen, daß McCracken sich früher oder später hier blicken lassen würde. Blaine hielt das Gesicht zur Bar gerichtet und verbarg es so gut wie möglich.

Er drehte sich erst wieder um, als der Spiegel ihm den eigentlich unmöglichen Anblick einer Frau enthüllte, die von zwei stämmigen Wachen durch das Erdgeschoß zur Treppe geführt wurde.

Es war nicht Ingrid Bergman.

Es war Natalja!

Von allen Kaschemmen auf der ganzen Welt mußte sie ausgerechnet in diese hineinspaziert kommen . . .

McCracken wußte nicht so recht, was er davon halten sollte. Zum einen war er überglücklich, Natalja zu sehen. Zum anderen war sie eindeutig als Gefangene hier, und das war eine gefährliche Situation für sie beide.

Nun war eine Strategieänderung erforderlich, und Blaine stand auf und verließ das Café Americain.

Zwei Stunden waren verstrichen, die Natalja in Handschellen auf einem Stuhl vor dem gewaltigen Schreibtisch des ebenso gewaltigen Vasquez verbrachte.

»Er wird nicht kommen«, sagte sie erneut. »Er weiß, daß es eine Falle ist.«

»Ach, meine Liebe«, entgegnete der fette Mann und tupfte seine Wangen mit einem Taschentuch ab, das schon vor Schweiß triefte, »von meinen Leuten weiß ich, daß er in Casablanca ist, und er wird kommen, weil ich das Ende der Spur bin, der er folgt.«

»Die Kristalle . . .«

»Sie sind bemerkenswert, nicht wahr?«

»Sie wissen nicht . . .«

»Ich weiß, daß ich Sie gegen McCracken benutzen muß, wenn er kommt, um den Vorteil zu bekommen, den ich brauche.« Er seufzte laut, und sein gewaltiger Bauch hob sich unter der Anzugjacke. Das schüttere Haar des fetten Mannes ließ das überschüssige Fleisch, das seine Wangen aufzublähen schien, noch deutlicher hervortreten. Er atmete geräuschvoll. »Ich bekomme allmählich jedoch den Eindruck, daß dieser Ort hier nicht der beste für eine Falle für meinen alten Freund McCrackensack ist.« Er nickte den vier Wachen zu, die Natalja in die Mitte genommen hatten. »Diese Männer werden Sie zu einem anderen meiner Domizile geleiten, das zwar kaum so luxuriös ist, für unsere Zwecke jedoch beträchtlich geeigneter.« Er nickte erneut. »Wir werden noch ein paar Stunden warten. Danach verspreche ich Ihnen einen schnellen Tod. Schließlich bin ich ja ein Gentleman.«

Die Wachen führten sie aus dem Raum, und Vasquez folgte ihnen den Gang entlang zu der Galerie, von der aus man den hinteren Teil des Café Americain einsehen konnte. Natalja wußte, daß sie schnell handeln mußte, doch sie wußte auch, daß es sich bei einem Teil der Gäste im Café um Vasquez' Wachen handelte. Und sie wußte nicht, wie viele es waren, abgesehen von den vieren, die unmittelbar zu ihrer Bewachung gehörten.

Sie führten sie die Treppe hinab – die Handschellen hatten sie geschickt verborgen – und Natalja war schon bereit, einen Sprung zu wagen und es mit den auf sie gerichteten Waffen von Vasquez' Leuten aufzunehmen, als ein Geräusch wie ein Donnerschlag die glatten Wände des Cafés erschütterte. Die

Kronleuchter erzitterten, und die Gäste mußten die Gläser auf den Tischen festhalten, um zu verhindern, daß sie umkippten.

Zwei Wachen hatten gerade den Haupteingang erreicht, als die Doppeltür mit einem gewaltigen Stoß aufflog und ein Trupp Berber-Reiter hindurchpreschte. Sie achteten nicht auf die zahlreichen Nischen und waren unter den Rundbögen in Sekundenschnelle in den hinteren Teil des Cafés vorgedrungen. Und Natalja erkannte deutlich den mit einer Robe bekleideten Mann, der sie anführte, ein Gewehr in der rechten Hand, das scheuende Pferd mit der linken bändigend.

Der einzige Berber, der einen Bart trug.

McCracken war direkt zu dem Reiter gegangen, den er als den Anführer der Berber identifiziert hatte, und hatte die drei Worte ausgestoßen, die man ihm vor langer Zeit verraten hatte, als er bei der Mission, die ihn das erste Mal nach Marokko geführt hatte, in einer sehr brenzligen Situation dem obersten Berberfürsten und seinen Kriegern das Leben gerettet hatte. Der Anführer der Reiter starrte ihn wie vom Donner gerührt an. Die Worte kündeten von einer Bürgschaft, einem Pakt, und verpflichteten jeden Berber dem, der sie ausgesprochen hatte. Er stieg vom Pferd, ging mit McCracken an den Straßenrand und fragte ihn, wie er ihm helfen könne.

Blaine sagte es ihm.

Als Nataljas Blick dem Blaines begegnete, setzte sie sich in Bewegung. Der Aufruhr hatte die Wachen abgelenkt, und sie riß sich von ihrem Griff los und stürzte sich die Treppe hinab, gerade als die Berber, erfahrene Krieger ohne Makel, zu schießen anfingen. Sie stießen nach den Schüssen laute Schreie aus; aus dem *Fantasia*-Ritual war Wirklichkeit geworden.

McCracken sprang vom Pferd und lief in dessen Deckung zu Natalja hinüber. Er schirmte sie mit seinem Körper ab und gab einen Schuß auf die Wachen ab, die in der Nähe der Treppe standen. Weitere von Vasquez' Männern tauchten um sie herum auf, aus jeder Nische, aus jeder Richtung, so hatte es den Anschein, doch die Berber waren der Aufgabe mehr als nur gewachsen. So unglaublich es schien, die Reiter, die ins Café Americain gestürmt waren, luden ihre einschüssigen Büchsen nach, während sie auf ihren Tieren durch die schmalen Gänge und Nischen preschten. Tische stürzten um. Gläser zerschmetterten auf dem Boden. Die Gäste vergrößerten das Chaos noch, indem sie zu den Ausgängen liefen oder Deckung suchten. Einige von Vasquez' Männern nahmen Ziel, doch wollten sie schießen, mußten sie ihre Deckung aufgeben und waren damit leichte Beute für die Berber.

Blaine warf seinen Burnus ab und zerrte die gefesselte Natalja zum Ausgang, suchte dabei immer wieder hinter den Pferden Schutz. Als er den ersten Bogengang erreicht hatte, erkannten die Berber seine Absicht und zogen ihre Tiere zu einer neuen Formation zusammen. Ein paar erhoben sich auf die Hinterbeine und schlugen mit den Vorderhufen aus, wobei ihre Köpfe beinahe die Decke berührten.

Im Hauptraum war Sams Gegenstück schon längst verschwunden, doch die Melodie von ›As Time Goes By‹ erklang immer noch und verriet, daß sogar der Klavierspieler nachgemacht gewesen war.

Blaine erreichte den zweiten Bogen und hob Natalja auf das weiße Pferd eines Berbers, der direkt hinter dem Anführer der Gruppe ritt. Das Tier stürmte augenblicklich los, warf ein paar Tische um und machte einen Satz durch die aus den Angeln gerissene Doppeltür. McCracken schwang sich ebenfalls auf das galoppierende Pferd hinauf und suchte nach Halt, während der Reiter das Tier antrieb. Um nicht abgeworfen zu werden, klammerte er sich an Natalja.

Dann wurde ihr Reiter jedoch von einer Kugel getroffen. Er wurde vom Pferd geschleudert, und das verängstigte Tier bäumte sich auf und warf Blaine und Natalja ebenfalls ab. Zuerst dachte McCracken, die Kugel habe ihr Ziel nur zufällig gefunden, doch dann peitschten auf der anderen Straßenseite weitere Schüsse auf. Verdammt, Vasquez mußte seine Männer dort schon vor einiger Zeit postiert haben; er hatte wirklich nichts dem Zufall überlassen.

Blaine schirmte Natalja auf der Straße ab. Kugeln flogen in

alle Richtungen, und unter den Besuchern des Straßenfestes brach Panik aus. Künstler und Artisten, viele davon bunt kostümiert, flohen von der Straße. Tische stürzten um, Waren fielen zu Boden. In all diesem Chaos erhoben sich die Berber auf ihren Pferderücken, preschten durch die Menge und gaben immer wieder Schüsse auf die Heckenschützen am Straßenrand ab.

Wenn jetzt noch Vasquez' Männer aus dem Café Americain auftauchten, würden die Berber ins Kreuzfeuer geraten. Blaine erkannte, daß ihnen nur die Möglichkeit blieb, sich neu zu formieren und gemeinsam über die Straße zu stürmen, um den Verlauf des Kampfes noch zu wenden. Es erstaunte McCrakken, wie unglaublich geordnet die Berber vorgingen. Die besten Schützen unter ihnen erwiderten das feindliche Feuer, während die anderen über die Straße ritten, so gut es eben ging, sich die Gewehre über den Rücken hängten und statt dessen lange, gebogene Schwerter zogen.

Als die ersten von Vasquez' Leuten aus dem Café auftauchten, sprangen Blaine und Natalja auf. Beide hatten Gewehre ergriffen, die gefallenen Berbern gehört hatten, Karabiner, die mindestens vierzig Jahre auf dem Buckel hatten. Sie gingen hinter einem umgestürzten Gemüsestand in Deckung, um den Berbern die Zeit zu verschaffen, die sie brauchten, um über die Straße zu kommen. Die altmodischen Bolzengewehre erforderten, daß jeder Schuß ein Treffer wurde. Und tatsächlich: Es gelang ihnen, die ersten vier von Vasquez' Männern zu fällen, die zur Tür hinauskamen.

»Ich würde gern wieder ins Café hinein und mir den Fettsack greifen«, rief Blaine Natalja in einer Feuerpause zu. »Er ist der einzige, der mit Sicherheit weiß, wo die Kristalle sind.«

Doch Natalja zielte schon wieder, unter großen Schwierigkeiten, da die Handschellen noch immer um ihre Gelenke lagen. Vasquez' Leute kamen nicht mehr hinausgestürmt, sondern suchten Deckung hinter den blechernen Tischen draußen vor dem Café.

Auf der anderen Straßenseite hatten die Berber mit ihren rasiermesserscharfen Schwertern die Halterungen der Markisen über den Geschäften durchtrennt, in denen Vasquez'

Männer postiert waren. Das zwang den Feind, seine Deckung zu verlassen, und es kam zum Kampf Mann gegen Mann, bei dem die Schwerter der Berber den Schnellfeuergewehren ihrer Gegner bei weitem überlegen waren. Ihre Pferde stampften durch die Trümmer der Stände, während die Klingen der Reiter in tödlichen Bogen hinabpfiffen.

Blaine zog den Abzug durch, doch die Kammer war leer. Natalja wollte schon loslaufen und ein anderes Gewehr holen, das zehn Meter entfernt auf der Straße lag. Blaine griff nach ihr und hielt sie fest; er hatte etwas anderes im Sinn. Mittlerweile herrschte auf dem gesamten Straßenfest heilloser Aufruhr, nicht nur am Ort des Geschehens selbst, und die Leute stoben voller Panik in alle Richtungen davon. Einige von Pferden gezogene Karren trugen noch zu dem Durcheinander bei.

Auf einen dieser Wagen, gezogen von zwei Pferden und beladen mit Broten, konzentrierte sich Blaine. Er rief Natalja etwas zu, und während die Kugeln um sie herumpfiffen, sprangen sie auf den vorbeirasenden, führerlosen Wagen. Blaine bekam besseren Halt als Natalja und kroch vor, um die Zügel zu ergreifen. Die junge Frau, die erneut von den Handschellen behindert wurde, hielt sich verzweifelt auf ein paar Brotlaiben fest.

McCracken sah, daß die Zügel über den Boden schleiften, und stellte fest, daß er sie nur erreichen konnte, indem er sich vornüber neigte und die Arme und den Oberkörper zwischen die laufenden Tiere senkte.

»Halte meine Beine fest!« rief er Natalja zu.

Sie gab ihr Bestes, und er ließ sich zwischen die Hinterbeine der Tiere hinab. Die Zügel hingen ein Stück unter ihm, doch es gelang ihm, sie zu ergreifen und sich mit der gleichen Bewegung wieder hochzuschwingen. Er lag jedoch noch immer flach auf dem Bauch und mußte nun versuchen, aus dieser Körperhaltung die Pferde wieder unter Kontrolle zu bekommen, während der Karren weiter wie irrwitzig voranpreschte.

»Brrrrrr!« schrie er und zerrte an den Lederzügeln. »Brrrrrr!«

Doch die Pferde donnerten weiter, ohne auf seine Befehle zu achten. Sogar John Wayne hätte jetzt nicht mehr weitergewußt. Blaine konnte lediglich an den Zügeln ziehen, bis die Pferde langsamer wurden und schließlich direkt vor dem Sijilmassa anhielten, einem der elegantesten Restaurants von Casablanca.

»Einen Tisch für zwei Personen, bitte«, sagte Blaine zu dem sprachlosen Türsteher.

26

Blaine knackte das Schloß von Nataljas Handschellen im Keller eines kleineren Restaurants ein Stück die Straße entlang.

»Würden Sie mir vielleicht sagen, woher diese Reiter kamen?« fragte sie ihn.

»Ich habe ihnen vor ein paar Jahren einen Gefallen getan, als eine radikale Gruppe in ihre geschützte Zurückgezogenheit eingriff. Als ich sah, wie Sie grob durch Vasquez' Café geführt wurden, dachte ich, es sei an der Zeit, die Schulden einzutreiben.«

»Und sie haben sich daran erinnert? Es waren die gleichen, denen Sie damals geholfen haben?«

»Ein paar waren darunter. Und Berber vergessen nie etwas. Sie haben sich freiwillig bereiterklärt, mir zu helfen, und zwar gern. Die Berber sind schon seit Generationen Krieger. Solche Sachen liegen ihnen im Blut.«

»Auf dem Fest wurde viel Blut vergossen.«

»Unseres zum Glück nicht.« Blaine steckte einen Finger in den Mund. »Wenn man einen Biß von einem Pferd nicht mitzählt.«

»Meine Regierung trifft einen großen Teil der Verantwortung für diesen Vorfall«, sagte Natalja. »Mir ist es gelungen, Raskowski zu entkommen und Tschernopolow eine weitere Nachricht zuzuspielen, doch anscheinend bin ich nicht mehr gefragt.«

»Raskowski entkommen? Würden Sie mir vielleicht erzählen, was passiert ist, seitdem ich Sie das letzte Mal gesehen habe?«

»Das ist eine lange Geschichte, und keine sehr angenehme«,

begann sie, und als sie zum Höhepunkt der Ereignisse kam, war Blaine völlig sprachlos.

»Sekunden, bevor die *Rote Flut* explodierte«, erklärte Natalja, »sprang ich durch ein Bullauge ins Wasser. Mir klingelt es zwar noch immer in den Ohren, doch das Wasser schirmte mich vor der Explosion ab. Ich blieb so lange wie möglich untergetaucht und schwamm davon. Als ich dann das Ufer erreicht hatte, mußte ich mich ausruhen. Ich brauchte Hilfe und beschloß, jemanden anzurufen, der mir noch einen Gefallen schuldig war.« Sie hielt inne. »Doch statt dessen sind an dem vereinbarten Treffpunkt dann Vasquez' Männer aufgetaucht.«

»Der Fettsack hat seine Leute überall. Nachdem er erfahren hat, daß wir zusammenarbeiten, muß er sie auch auf Sie angesetzt haben. Vasquez denkt gern immer ein paar Schritte voraus. Er hoffte darauf, Sie noch einmal gebrauchen zu können, und hätte damit fast recht behalten. Na gut«, fuhr er fort, »fassen wir noch einmal zusammen. Raskowski löschte Hope Valley aus, um die Existenz und Gefährlichkeit dieser Alpha-Waffe zu beweisen, die er konstruiert hat und in einem Satelliten installieren konnte.«

»Doch etwas ging schief, und der Satellit wurde vernichtet.«

»Also mußte er eine neue Strahlenwaffe bauen, und da er sie nicht selbst in eine Umlaufbahn um die Erde bekommen konnte, verleitete er die Regierung der Vereinigten Staaten dazu, seinen Todesstrahl für ihn ins All zu schießen.«

Natalja nickte. »Der General ist zweifellos ein Genie. Das beweist schon allein seine Fähigkeit, so schnell einen Ersatzplan ausarbeiten zu können. Und er hat auch unsere beiden Regierungen auseinanderdividiert.«

»Er muß in ihnen Vertrauensleute auf den verschiedensten Ebenen sitzen haben«, sagte Blaine nachdenklich. »Sein gesamter Plan hängt davon ab.«

»Und er hat unsere beiden Nationen dazu gebracht, genau das zu sehen, was er will.«

»Es gibt noch einen in unserer Regierung, dem ich vertrauen könnte«, sagte Blaine. »Er könnte die gesamte Sache auffliegen lassen. Das Problem ist nur, daß man mich von ihm abgeschnitten hat. Aber ich habe einen Freund, der die Verbindung vielleicht wiederherstellen kann.«

Sie trugen sich im El Mansour als Ehepaar ein. Blaine hatte sich für dieses Hotel entschieden, weil man von dort aus von jedem Zimmer Ferngespräche führen konnte.

Blaine hatte mit Wareagle verabredet, daß der große Indianer fünfmal täglich jeweils eine halbe Stunde am gleichen Telefon in Maine wartete. Die nächste Zeitspanne begann in dreißig Minuten, und so lange dauerte es auch, bis die Vermittlung eine freie Leitung nach Übersee gefunden hatte. Blaine hielt den Atem an, während es klingelte, einmal, dann ein zweites Mal.

»Hallo, Blainey«, meldete sich Wareagle.

»Du bist in Maine!« rief Blaine erleichtert. »Gott verdammt, du hast meine Nachricht bekommen!?«

»Die Geister warnten mich vor einem neuen Zwischenfall und haben mir im Schlaf verkündet, daß du dich melden würdest.«

»Was ist mit dem Treffen?«

»Ich blieb dort lange genug, um zu erfahren, daß der Manitou eines Menschen genauso von den Eindrücken seiner Mitmenschen wie von den seinen geschmiedet wird. Wir bleiben, was wir sind, weil die anderen nicht zulassen, daß wir uns ändern.«

»Diesmal ist es schlimm, Indianer.«

»Wann war es das nicht? Unser Dasein wurde immer von den Flammen der Gier und Lust anderer Menschen versengt. Wir sind dem Höllenfeuer nur entkommen, um zu erfahren, daß es kein Ort, sondern ein Zustand ist.«

»Du bist ihm ausgewichen. Jahrelang.«

»Ein vorübergehender Aufschub, während dem mir die Geister meine wahre Gestalt enthüllt haben. Wir bekommen, was wir haben wollen, und auch das, was wir brauchen.«

»Die Welt kann auf das verzichten, was bald mit ihr geschehen wird, Indianer. Ich würde diese Nachricht gern selbst überbringen, aber ich habe hier ein kleines Problem. Bist du reisefertig?«

»Die Reisen des Geistes sind endlos.«

»Dann laß dich von deinem Geist an Bord eines Flugzeuges nach Washington führen. Dein Ziel ist Virginia, die Spielzeugfabrik.«

»Ich kenne sie, Blainey.«

»Der Name ihres Direktors lautet Sundowner, und wenn er noch lebt, mußt du mit ihm sprechen. Sag ihm, daß man Washington getäuscht hat und diese ganz beschissene Sache noch längst nicht ausgestanden ist. Bringe ihn dazu, mich unter dieser Nummer anzurufen. Ich warte hier.«

»Eine offene Leitung, Blainey?«

»Damit rechnen diese Mistkerle am wenigsten. Außerdem habe ich keine große Wahl. Das ist die einzige Möglichkeit. Doch da wir gerade von Möglichkeiten sprechen . . . du wirst feststellen, daß es nicht einfach ist, in die Spielzeugfabrik hineinzukommen.«

»Die Geister sagen, daß derjenige unsichtbar ist, den zu sehen sich niemand die Mühe macht.«

»Ich könnte eine Prise von dieser Magie gebrauchen, Johnny.«

»Dein Manitou ist ruhelos.«

»Er wird so lange ruhelos bleiben, wie ich auf der Spur der einzigen Substanz bin, die vielleicht die Welt retten kann. Haben die Geister übrigens jemals den Kontinent Atlantis erwähnt, Indianer?«

»Nur durch meine Vorfahren, Blainey. Sie sprachen von einem Paradies und einer ungeheuren Macht, die es schließlich vernichtet hat.«

»Das paßt.«

»Wie können wir einen Ort erreichen, den es gar nicht gibt?« fragte Natalja, als Blaine ihr erklärt hatte, wo sein nächstes Ziel lag.

»Es ist nicht so, daß es diese Insel nicht gibt; wir wissen nur nicht genau, wo wir sie finden können.«

»Das ist doch das gleiche.«

»Keineswegs.«

»Aber selbst dann verstehe ich nicht, wie die Existenz dieser Insel so lange ein Geheimnis bleiben konnte.«

»Kein Geheimnis ... man findet sie nur nicht auf den Touristenkarten. Sie liegt irgendwo in den Biminis, und *richtig* los geht es erst, wenn wir sie gefunden haben.«

»Wieso?«

»Clives Worten zufolge müssen wir davon ausgehen, daß die Atragon-Vorkommen irgendwo vor der Insel liegen, in einer Formation auf dem Meeresboden.«

»Atlantis?« fragte Natalja zögernd.

»Jetzt fangen Sie nicht auch noch damit an.«

Sie musterte ihn eindringlich. »Ihre Stärke entspringt Ihrer Fähigkeit, unvoreingenommen zu bleiben. Nur so haben Sie sich so lange in diesem Spiel halten können.«

»Sie schlagen sich aber auch ziemlich gut. Eine Schiffsexplosion und Vasquez in ein und derselben Woche. Beim Überlebenstraining haben Sie wohl immer erstklassige Noten bekommen.«

Einen Moment lang war in dem Hotelzimmer lediglich das Rattern der Klimaanlage zu vernehmen. Dann ergriff Natalja angespannt das Wort.

»Haben Sie jemals darüber nachgedacht, ob das Leben, das Sie führen, das richtige für Sie ist? Haben Sie je Ihre Entscheidung in Frage gestellt?«

»Einmal«, erwiderte Blaine ohne das geringste Zögern. »Als ich mit T.C. ging. Sie führte mich in ihre Welt ein, und für eine Zeitlang schlug mich die Einfachheit dieser Welt in den Bann. Sie bereitete sich auf ihren Abschluß auf der Brown University vor, und wir gingen dort auf eine Party. Das war 1982, vielleicht auch 83. Um es kurz zu machen, ich habe mich in meinem ganzen Leben niemals unbehaglicher gefühlt als in der Gegenwart ihrer Freunde. Es lag teilweise am Alter, aber hauptsächlich, weil ich erkannte, daß die echte Welt für mich so fremd war, wie meine Welt es für sie gewesen wäre. Ich gehörte einfach nicht dorthin. Ich gehörte hierher. Die Leute, mit denen ich bei meinen Einsätzen zu tun hatte, kamen mir

mittlerweile schon ganz normal vor. Ich paßte nirgendwo anders hin, und das habe ich in diesem Augenblick erkannt.«
»Doch es war die Frau, die das Verhältnis abbrach.«
McCracken schaute überrascht drein. »Ist meine Akte so vollständig?«
»Es lag in Ihren Augen. Und in Ihrer Stimme. All das hat noch etwas mit Schuldgefühlen zu tun, nicht wahr? Sie glauben, Sie sind Schuld daran, daß sie gestorben ist, und werden alles tun, um sie zu rächen.«
»So fing es an«, gestand Blaine ein. »Aber Raskowski ist mir mittlerweile scheißegal. Es läuft alles auf die Welt zurück, in der zu leben ich mich entschlossen habe. Wenn Raskowski mit seinem Todesstrahl Erfolg hat, wird die Tür für weitere Menschen wie ihn weit aufgestoßen. Ich kann T. C. am besten rächen, indem ich dies verhindere.«
»Anscheinend haben wir beide erst vor kurzem aufgehört, uns etwas vorzumachen«, sagte Natalja und erzählte ihm die Geschichte ihres Vaters. »Erst vor ein paar Tagen«, sagte sie schließlich, »habe ich begriffen, daß es keine Freiheit für ihn geben wird. Ich wollte ihnen so lange Glauben schenken, daß ich die Wahrheit ganz einfach nicht erkannt habe.«
»Machen Sie sich keine Vorwürfe«, beruhigte Blaine sie. »Diese Männer sind Experten darin, uns gegen uns selbst zu wenden. Sie suchen nach Schwachpunkten und nutzen sie aus. Und dieses Verhalten hat auf uns abgefärbt. Es kommt nur darauf an, nicht genauso zu werden wie sie.«
»Sie hätten Philosoph werden sollen«, entgegnete sie halbwegs lächelnd. »Oder Dichter.«
»Ja, in letzter Zeit belegt man mich mit einer Menge Begriffe. Aber ich bin der gleiche, der ich immer war. Die Menschen nehmen mich jetzt nur anders wahr.«
Sie rutschte näher zu ihm heran, kniete auf dem Boden nieder und legte die Arme um seine Knie. »Ich mag dich so, wie du bist.«
»Hmm . . . es wird eine Weile dauern, bis Wareagle in Washington ist und mit Sundowner gesprochen hat. Hast du eine Ahnung, wie wir uns die Zeit vertreiben könnten?«

»Aber sicher«, sagte sie und kam noch näher.
»Ich glaube, das ist der Anfang einer wunderbaren Freundschaft.«

Captain Midnight konnte die Ergebnisse seiner eigenen Tests nicht glauben.
Die rosafarbenen Steine bargen ein Potential als Energiequelle in sich, das dem Atragons nahekam. Es war eigentlich unmöglich, außer . . .
Er würde weitere Tests durchführen und alle Untersuchungsergebnisse dreifach überprüfen, bevor er mit Sundowner sprach. Die Bedeutung seiner Entdeckung machte ihn bescheiden; er mußte völlig sicher gehen und durfte keinen Irrtum riskieren.
Captain Midnight füllte die Wasserkaraffe in der Kantine auf und machte sich wieder an die Arbeit.

Ryan Sundowner traf jeden Morgen praktisch zur gleichen Zeit in seinem Büro ein. Da er am Dienstag früher kam, überraschte es ihn nicht, daß seine Sekretärin noch nicht dort war. Sundowner schloß die Tür zu seinem Büro auf und verspürte ein leichtes Frösteln, als er in die abgrundtiefe Kälte des Raums trat.
Einen Augenblick, bevor er das Licht einschaltete, sah er die große Gestalt, die am Fenster stand.
»Wer zum Teufel sind . . .« Sundowner hielt inne, als ihm die wahre Größe und die . . . Erscheinung des Mannes bewußt wurde. Der Mann trug Jeans, ein Arbeitshemd und eine Lederweste. Sein Haar war zu einem Pferdeschwanz zusammengebunden, und seine Haut war lederartig und dunkel. Ein Indianer . . .
»Aus wichtigen Gründen konnte ich mich leider nicht anmelden«, sagte der Fremde ruhig.
Sundowner blieb neben der Tür stehen und fragte sich, ob er aus dem Büro herauskommen würde, bevor der Fremde ihn erreicht hatte. »Dieses Gebäude verfügt über die besten Sicherheitsvorkehrungen der Regierung.«

»Die Augen Ihrer Posten sehen nur, was sie sehen dürfen, Mr. Sundowner«, entgegnete Johnny Wareagle. »Jemand, der sich von den Geistern führen läßt, kann sie leicht täuschen. Aber machen Sie ihnen keinen Vorwurf. Es ist kein Schaden entstanden. Ich bin nur ein Bote.«

»Ach?« sagte Sundowner und trat von der Tür, eher neugierig als verängstigt.

»Sie müssen einen Anruf machen.«

»Wir haben Probleme, Sundance«, sagte Blaine als Begrüßung.

»Das hat mir Ihr großer Freund hier schon verraten.«

»Sagen Sie mir nur, ob der Ersatz für *Ulysses* schon in die Umlaufbahn geschossen wurde.«

»Nein, aber woher wissen Sie . . .«

»Sagen Sie mir, ob ich das alles richtig verstanden habe. Der Präsident wird vom russischen Generalsekretär unterrichtet, daß der Todesstrahl eines verrückten Generals, eines Renegaten, an Bord von *Ulysses* installiert wurde. Natürlich bedeutete das, daß der Satellit desaktiviert werden muß, aber erst, sobald ein Ersatzgerät gestartet werden kann, nur für den Fall, daß das ganze Szenario eine ausgeklügelte Vorbereitung für einen russischen Überraschungsangriff ist. Komme ich der Wahrheit damit nahe?«

»Auf den Punkt, und ich habe so ein Gefühl, als wären Sie damit noch nicht fertig.«

»Das können Sie laut sagen. Ihre Jungs haben es verpatzt, Sundance. Der Todesstrahl befindet sich an Bord des Ersatz-Satelliten.«

»Mein Gott . . . Blaine, das ist meine Schuld. *Ich* habe vorgeschlagen, den Ersatz-Satelliten zu starten.«

»Vergessen Sie es, Sundance. Hätten Sie es nicht vorgeschlagen, dann ein anderer – wahrscheinlich der Bauernjunge. Raskowski scheint sich darauf spezialisiert zu haben, die Reaktionen seiner Gegenspieler vorauszusehen. Sein erster Satellit ging in die Luft, nachdem er Hope Valley vernichtet hatte, und er brauchte einen Ersatz. Wir haben direkt in seine Hände gespielt.«

Sundowner beruhigte sich. »Nein«, beharrte er. »Ich habe den Ersatz-Satelliten selbst überprüft. Es ist unmöglich, daß sich ein Gegenstand von der Größe einer Strahlenwaffe an Bord befindet.«

»Raskowski hat bestimmt mit solchen Vorsichtsmaßnahmen gerechnet. Er wird sie eingeplant haben.«

»Das spielt keine Rolle. Ich sage Ihnen, der Satellit ist . . .«

»*Was*, Sundance? Ich werde nervös, wenn jemand einen Satz nicht beendet.«

Der Wissenschaftler sagte noch immer nichts.

»Sundance?«

»Er muß überhaupt keinen Todesstrahl in die Umlaufbahn schicken, Blaine«, sagte Sundowner so leise, daß man ihn kaum verstehen konnte. »Eigentlich braucht er da oben nur einen Reflektor, der nicht aus Kohlenstoff besteht, sondern aus irgendeinem anderen Material, Natrium oder Aluminium vielleicht. Er bringt den Reflektor in eine Erdumlaufbahn und schießt den Todesstrahl von einem Generator auf der Erdoberfläche aus ab. Der Strahl trifft auf den Reflektor, den man mit einem Computer so postieren könnte, daß er den Strahl auf jede beliebige Stelle in den Vereinigten Staaten zurückwirft. Er muß sich nur ein Ziel aussuchen.«

»Kann der General solch einen Reflektor an Bord geschmuggelt haben?«

»Auf ein Dutzend verschiedener Möglichkeiten, und ich hätte keine davon bemerkt, weil ich ganz einfach nicht darauf geachtet habe.«

Blaine warf Natalja einen Blick zu. »Und was ist mit dem Generator, dem Todesstrahler, kann er überall auf der Erde postiert sein?«

»Auf keinen Fall. Er muß sich irgendwo in den Vereinigten Staaten befinden, oder vielleicht auf einer der vorgelagerten Inseln. Kuba wäre eine Möglichkeit.«

»Augenblick mal . . . warum hat der General denn überhaupt einen Satelliten in die Erdumlaufbahn geschickt, wenn das so einfach ist?«

»Ein Satellit ist effektiver und viel einfacher zu kontrollieren. Und eine am Boden installierte Strahlenwaffe läßt sich viel einfacher entdecken und ausmerzen als ein Satellit dreißigtausend Kilometer über der Erde.«

»Zurück zu meiner ursprünglichen Frage, Sundance: Wurde der Satellit schon gestartet?«

»Der Countdown läuft. Noch sechs Stunden bis zum Start.«

»Dann erreicht er die Erdumlaufbahn . . .«

»Sechsunddreißig Stunden nach dem Start. Aber das spielt keine Rolle mehr, Blaine, denn ich werde den Countdown unterbrechen. Sobald ich hier fertig bin, gehe ich schnurstracks zum Präsidenten und erkläre ihm alles. Er wird verstehen, worum es geht. Das muß er einfach!«

»Ich will es hoffen, Sundance. Und jetzt geben Sie mir Johnny.«

Blaine konnte hören, wie der Telefonhörer weitergegeben wurde.

»Hallo, Blainey«, sagte Wareagle.

»Du bist ein Mann, der wahre Wunder vollbringt, Indianer. Ich dachte schon, ich hätte diesmal Unmögliches von dir verlangt.«

»Ein Geisteszustand«, entgegnete Wareagle, »den man leicht überwinden kann.«

»Dessen bin ich mir gewiß. Hast du Lust zu einer weiteren Reise?«

»Das Leben ist nur eine Anhäufung zufälliger Reisen.«

»Ich fliege auf die Biminis, Indianer, genauer gesagt zu einer Insel ohne Namen. Vielleicht brauchen wir das Atragon ja doch noch. Diese namenlose Insel soll von einem Seeungeheuer bewacht werden.«

»Eine neue Herausforderung für uns, Blainey.«

»Wir treffen uns dann dort, Indianer.«

Sundowner wollte gerade das Weiße Haus anrufen, als sich Captain Midnight bei ihm meldete. Er bedeutete Wareagle, ihm zu folgen.

Nachdem sie mit dem Fahrstuhl sechs Stockwerke hinabgefahren waren, betraten sie die höhlenartige unterste Etage der Spielzeugfabrik und das persönliche Labor von Captain Midnight.

»Sind Sie sicher?« fragte Sundowner und ging zu den rosafarbenen Kristallen auf dem Labortisch.

Captain Midnight nickte. »Das ist eindeutig Atragon.«

Sundowner fuhr mit dem Finger über einen der Kristalle. Er warf einen Blick auf Johnny Wareagle, dessen stoischer Gesichtsausdruck kein Anzeichen der Überraschung verriet. »Nicht die gleiche Beschaffenheit wie bei den Kristallen, die wir von Earnst bekommen haben«, sagte Sundowner. »Glatter, weniger Kanten. Sie erinnern schon eher an Edelsteine.«

»Einige Leute in Colorado haben wahrscheinlich gehofft, daß es sich um Edelsteine handelt, als sie sie zum Chemischen Untersuchungsamt schickten. Da das Amt sie nicht identifizieren konnte, hat es sie an uns weitergeleitet.«

»Und Sie haben sie eindeutig identifiziert.«

Ein weiteres, noch selbstsichereres Nicken. »Die Kristalle sind nicht so rein und komplex wie Earnsts Atragon, verfügen aber über die gleichen Eigenschaften. Die hellere Färbung scheint auf eine geringere Speicherkapazität hinzudeuten, doch soweit wir es bislang feststellen konnten, ist der Unterschied so gering, daß man ihn ruhigen Gewissens vernachlässigen kann. Sollten wir diese Energiequelle noch brauchen, ist die Suche danach vorüber.«

Sundowner ging zur Tür. »Ich lasse es Sie in einer Stunde wissen.«

Ryan Sundowner war normalerweise ein geduldiger Autofahrer. Doch als er zum Weißen Haus fuhr, ertappte er sich dabei, wie er auf die Hupe drückte und bei Gelb noch über die Ampel raste. Er stellte sich vor, wie er einem Verkehrspolizisten erklärte, daß dem gesamten Land die Vernichtung drohte, wenn er dem Präsidenten nicht schnell gewisse Informationen überbrachte. Das war wahrscheinlich die beste Entschuldigung, die der Polizist jemals gehört hatte.

Von Bethesda bis zu den Ausläufern Washingtons herrschte nur leichter Verkehr, doch in der Stadt selbst schienen die

Autoschlangen gar kein Ende zu finden. Sundowner kämpfte gegen das beunruhigende Gefühl in seiner Magengrube an, brauste noch bei Rot über einige Ampeln und war überzeugt, daß es sich um einen Verkehrspolizisten handelte, als er auf einmal ein Motorrad hinter sich hörte.

Er hatte sich gerade etwas entspannt, als der Seitenspiegel einen Zivilisten in einer Ledermontur mit einem verdunkelten Helm zeigte, der sein Motorrad im dichten Verkehr genau neben Sundowners Wagen gezogen hatte.

Die Kugeln aus der Maschinenpistole zerschmetterten das Fenster und direkt darauf den größten Teil von Sundowners Gehirn. Mit einem letzten Reflex trat er das Gaspedal durch, und der Wagen machte einen Satz nach vorn und verursachte einen Massenunfall, den der Motorradfahrer schnell hinter sich ließ.

Und auf dem Rücksitz einer Limousine weit hinter dem Ort des Geschehens wählte George Kappel eine Telefonnummer in Übersee.

»Sundowner wurde eliminiert«, erstattete der Bauernjunge Bericht.

Johnny Wareagle fixierte mit den Blicken das Telefon, als wolle er es zwingen, augenblicklich zu klingeln. Sundowners Anruf war nun schon gut eine Stunde überfällig. Es gab mehrere Erklärungen dafür, doch Johnny zog nur eine in Betracht.

Sundowner war tot. Die Aura des Wissenschaftlers war schwach und erschöpft gewesen, und nun verstand Wareagle den Grund dafür. Die Geister hatten versucht, ihn zu warnen, doch er hatte nicht darauf geachtet, und nun mußten sie dafür bezahlen.

Der Todessatellit würde gestartet werden.

Vierter Teil

DER DRACHENFISCH

Die Biminis: Mittwoch, neun Uhr

27

Die Biminis liegen achtzig Kilometer südlich vor der Küste Floridas. Sie bestehen aus zwei großen Inseln, von einer Reihe kleiner Eilande umschlossen, die mitunter kaum einen Steinwurf voneinander entfernt liegen. Die Kette bietet weniger Vergnügungsmöglichkeiten als die meisten ihrer Schwesterninseln in der Karibik. Für Hochseefischer zählen sie jedoch zu den begehrtesten Revieren auf der ganzen Welt.

Die Biminis liegen ziemlich abgeschieden etwa dreihundert Kilometer westlich der größeren Bahama-Inseln. Der einzige Flughafen der Biminis liegt auf South Bimini, wo man von den Einheimischen, deren Leben völlig vom Tourismus abhängig ist, auch alle möglichen Boote und Angelausrüstungen kaufen oder mieten kann.

McCracken hatte den Sonnenaufgang am Mittwochmorgen vom Flugzeug aus beobachtet, das sie nach Miami gebracht hatte. Von dort aus hatten sie ein kleineres Flugzeug bestiegen, das kurz nach acht Uhr morgens auf South Bimini landete.

»Als ich das letzte Mal in der Karibik war, habe ich eine ganze Insel in die Luft gesprengt«, sagte Blaine zu Natalja, als der kleine Jet endlich auf der Rollbahn zum Stehen kam.

»Du kennst doch das Sprichwort über die, die mit Streichhölzern spielen.«

»Ja, man verbrennt sich die Finger. Und jetzt steigen wir lieber aus. Der Drachenfisch wartet wahrscheinlich schon auf sein Frühstück.«

»Wollen wir ihn füttern?«

»Das ist doch das mindeste, was wir tun können.«

Ein kleines Taxi brachte sie vom Flughafen zum Hafen von South Bimini, wo sie ein Boot und Taucherausrüstungen mieten wollten. Natürlich brauchten sie zuerst einmal jedoch ein konkretes Ziel.

»Ich würde gern mal einen Blick in eine Karte von den Inseln werfen«, sagte Blaine zu dem Bootsverleiher.

»Kein Problem«, erwiderte der Mann und griff in eine Schublade neben der Registrierkasse. Er holte eine Karte hervor und breitete sie auf der Theke aus. »Ich kann Ihnen einige der besten Fischgründe empfehlen.«

Blaine studierte die Karte genau. »Was ich suche, scheint hier zu fehlen.« Und den Blick auf den Mann gerichtet, fuhr er fort: »Auf Ihrer Karte fehlt eine Insel.«

Der Mann gab vor, ihn nicht zu verstehen. »Sagen Sie mir nur, was Sie angeln wollen, und ich . . .«

»Angeln? Sagen wir lieber, ich möchte ein paar Forschungen betreiben. Meine Frau und ich versuchen, der Besatzung des Raumschiffs Enterprise nachzueifern. Wir wollen in Regionen vordringen, die noch kein Mensch gesehen hat . . . und danach noch darüber berichten können.«

»Ich weiß nicht, wovon Sie sprechen.«

»Das glaube ich aber doch.«

Der Mann senkte die Stimme. »Schatzsucher, was?«

»Gewissermaßen schon, nehme ich an.«

»Na ja, ich werde Ihnen nicht dabei helfen, sich umzubringen«, sagte der Mann und schüttelte den Kopf. »Und ich muß auch an meine Ausrüstung denken. Ich bezweifle, daß Sie genug Bargeld dabeihaben, um die Summe zu hinterlegen, die das Zeug wert ist, und ohne die volle Kaution verrate ich Ihnen nicht, wo Sie finden, was Sie suchen.«

»Also haben Sie die Insel schon einmal gesehen.«

Der Mann zögerte. »Ich bin nie auch nur in ihre Nähe gekommen. Das sind nur wenige von uns Einheimischen. Als ich ein Junge war, fuhren meine Freunde und ich einmal auf einem Segelboot hinaus. Wir kamen uns richtig tapfer vor.« Das Gesicht des Schwarzen verlor seinen Glanz. »Aus dem Nichts kam ein Sturm auf. Meine Freunde ertranken. Ich wurde gerettet.«

»Haben Sie irgendwelche Seeungeheuer gesehen?«

Die Augen des Mannes quollen hervor. »Wenn Sie wissen, was gut für Sie ist, Mister, dann fahren Sie zum Flughafen zurück und fliegen nach Hause. Ich habe schon ziemlich viele Leute wie Sie gesehen, die in dieser Gegend Legenden und Mysterien auf den Grund gehen wollten. Manche Dinge läßt man besser ruhen.« Er schickte sich an, die Karte wieder zusammenzufalten.

Blaines Hand schloß sich um seinen Unterarm. »Schicken Sie mich nur in die richtige Richtung. Die Ausrüstung besorge ich mir woanders.«

Der Mann schüttelte den Kopf, halb als Ablehnung, halb, um seinen Unglauben zum Ausdruck zu bringen. »Wenn Sie unbedingt sterben wollen, Mister, ich habe hier ein Gewehr unter der Theke. Das erlöst Sie ganz schnell von Ihrem Elend.«

»Das würde ich lieber dem Drachenfisch überlassen. Ich will ja schließlich was von meinem Urlaub haben.«

Der Mann betrachtete ihn seltsam. »Sie unterscheiden sich von den anderen. Ich weiß nicht, wie, aber Sie unterscheiden sich von ihnen.« Er versuchte, Blaines Blick zu erwidern, wandte den Kopf aber schnell wieder ab. »Vielleicht sind Sie dem Drachenfisch wirklich gewachsen, aber erwarten Sie nicht von mir, daß ich Ihnen helfe, ihn zu finden. Ich kenne aber jemanden, der das könnte. Er heißt Captain Bob. Sie finden ihn in Alice Town, in der Bar am Ende der Welt.«

»Ein symbolischer Name, nehme ich an.«

»Wenn Sie wirklich nach dieser Insel suchen wollen, Mister, ist er alles andere als symbolisch.«

Blaine und Natalja nahmen das Wasserflugzeug, das stündlich von South Bimini nach Alice Town flog, und gingen die kurze Strecke vom Kai zur Bar am Ende der Welt in der Innenstadt zu Fuß. Das Ende der Welt war auch schon zu dieser frühen Morgenstunde zu zwei Dritteln gefüllt. Sämtliche Gäste waren Einheimische. Die meisten beäugten die Fremden feindselig, als sie direkt zum Barkeeper gingen.

»Wir suchen Captain Bob«, sagte Blaine.

»Was wollen Sie von ihm?«

»Wir haben einen Job für ihn.«

»Captain Bob lebt im Ruhestand.«

»Wir wollen sein Boot mieten.«

»Das liegt auf dem Trockendock.«

»Genau wie sein Besitzer«, erklang eine Stimme aus dem hinteren Teil der Bar. Blaine drehte sich um und sah einen müde wirkenden Schwarzen mit einer ergrauenden Afrofrisur, der sich ein Wasserglas voll Bourbon schenkte. »Na ja, so ganz trocken ist er wohl doch nicht.« Seine golfballgroßen Augen – das Weiße war von braunroten Adern durchzogen – richteten sich auf den Barkeeper. »Schick die jungen Leute ruhig mal her zu mir. Vielleicht geben Sie mir ja einen aus.«

McCracken schob einen Zwanzig-Dollar-Schein über die Bar. »Geben Sie mir eine Flasche von dem, was er trinkt.«

»Das kostet Sie das Doppelte.«

»Unverschämt«, erwiderte Blaine und griff in seine Tasche.

»Sie bezahlen die Atmosphäre hier mit.«

McCracken ergriff die Flasche am Hals und ging zu der Nische, in der der alte Mann saß. Natalja folgte ihm. Zuviel Schnaps hatte Captain Bobs Alter unbestimmbar werden lassen.

»Wenn Sie mithalten wollen, müssen Sie sich schon Gläser mitbringen«, begrüßte er sie.

»Nein, danke«, sagte Blaine und glitt auf einen Stuhl.

»Was ist mit der Lady?«

»Ist noch zu früh für mich«, erwiderte Natalja.

»Ja«, sagte Captain Bob. Er sprach mit einem starken örtlichen Akzent. »Für mich auch. Zu früh am Tag, aber zu spät im Leben, um mir darüber noch Sorgen zu machen. Ich glaube, ich weiß, warum Sie hier sind.«

»Hat Ihnen jemand gesagt, daß wir kommen würden?« fragte Blaine.

»Das war nicht nötig. Leute wie Sie kommen immer wieder. Irgendwie haben sie von mir gehört, und wie Sie auch geben sie mir eine Flasche aus. Und dann ziehen sie enttäuscht wieder von dannen, wie Sie es auch tun werden.«

»Wir haben Ihnen ja noch gar keine Fragen gestellt«, sagte Natalja.

»Das müssen Sie auch nicht. Es sind immer wieder die gleichen Fragen. Normalerweise ziehen sie eine Karte hervor und bieten mir Geld an, wenn ich ihnen zeige, was sie suchen. Wenn sie mir gefallen, lehne ich einfach ab. Wenn nicht, schicke ich sie in die falsche Richtung. Auf diese Art kommen sie wenigstens mit heiler Haut davon. Aber sie sehen es natürlich anders. Sie kommen hierher, um reich zu werden, und glauben, ich würde sie davon abhalten.«

»Wir sind gekommen, um Ihr Boot zu mieten«, sagte Natalja.

»Für eine Inselrundfahrt unter Ihrer Führung«, fügte Blaine hinzu.

Captain Bob blickte überrascht drein. »Das ist mal was Neues. Normalerweise spiele ich bei Plänen dieser Leute keine Rolle. Sie sind normalerweise zu klug, um mich darum zu bitten. Warum sollte ich bei allem, was ich weiß, noch Partner brauchen?«

»Wir sind nicht hier, um unser Glück zu machen, Captain«, sagte Blaine mit aller Überzeugungskraft, die er aufbringen konnte.

Captain Bob musterte ihn kurz. »Nein, das sind Sie wohl nicht. Sie sind nicht wie die anderen, nicht so großkotzig, aber viel verzweifelter. Ich schätze, Sie sind wohl wirklich nicht aus persönlichen Gründen hier.«

»Ich bin aus Gründen hier, die mit uns allen und mit Ihnen und mit der ganzen verdammten Welt zu tun haben.«

»Da draußen gibt es etwas, was wir holen müssen«, fügte Natalja hinzu. »Das Leben von Millionen Menschen steht auf dem Spiel.«

»Sie sind eine ziemlich gute Schauspielerin, meine Liebe.«

»Die Rolle ist echt.«

»Ich habe eine Karte dabei«, sagte Blaine und griff in seine Jackentasche. »Zeigen Sie uns nur die Richtung. Wir werden Sie dafür gut bezahlen.«

»Wie ich schon sagte, es liegt nicht am Geld. Wäre ich nur darauf aus, könnte ich ein reicher Mann sein, ohne mich mit den verrückten Leuten abzugeben, die durch diese Tür da kommen. Und ich kann Ihnen nicht einfach die Richtung zeigen, weil die Riffe Ihr Boot aufreißen würden, wenn Sie nicht genau wissen, wo sie liegen.«

»Unser erstes Angebot lautete, Sie mitzunehmen«, erinnerte Blaine ihn.

»Und das kann ich auch nicht akzeptieren. War schon ein paar Jahre nicht mehr dort, nicht mehr, seit die letzten Inselbewohner abgehauen sind. Sie sind einfach auf und davon. Soweit ich weiß, bin ich der letzte von ihnen. Wo soll ich in meinem Alter denn noch hin? Ich schätze, ein Mann sollte dort sterben, wo er geboren wurde. Nur, daß ich auf den . . .«

»Den Inseln geboren wurde?« beendete Natalja den Satz für ihn.

»Zumindest bin ich dort aufgewachsen«, sagte Captain Bob. »Abgesehen vom Leuchtturm gibt's nicht viel auf den Inseln. Zuerst war mein Vater der Leuchtturmwächter, und dann ich. Wir haben den großen Scheinwerfer geschwenkt, um die Schiffe vor den Riffen und Untiefen zu warnen. Diese Gewässer sind schon länger ein Schiffsfriedhof, als wir es uns vorstellen können. Es fing mit den spanischen Galeonen an, in deren Hüllen noch immer genug Goldstücke liegen, um ganz Miami damit zu kaufen. Eine Menge Leute wollten sie bergen und sind dabei umgekommen, noch bevor . . .« Captain Bob hielt inne und setzte dann neu an. »Die schlimmen Zeiten fingen mit dem Beben an. Die meisten Einheimischen glauben, daß es den Drachenfisch geweckt hat.«

»Beben?«

»Seebeben, mein Freund. Ein furchtbar schlimmes, das den ganzen Meeresboden in dieser Gegend völlig umgekrempelt hat. Dinge, die seit Jahrhunderten unerreichbar waren, kamen plötzlich hoch. Riesige Schätze, die nicht für die Augen der Menschen bestimmt sind. Und wieder strömten die Menschen hierher, tauchten und forderten die Riffe heraus. Die meisten haben sie nicht überwinden können. Und die, die es doch geschafft haben . . . nun, der Drachenfisch kümmerte sich um sie, während sie nachts vor Anker lagen, und manchmal sogar tagsüber. Das Ding erhob sich mit dem Hunger von Jahrhunderten vom Meeresboden. Fischer waren die ersten, die verschwanden, darunter auch meine beiden Söhne. Ich saß des Nachts mit einer Harpune in meinem Boot und hoffte, der Drachenfisch würde an die Oberfläche kommen. Ich nahm nicht an, daß ich ihn töten könnte, mußte es aber zumindest versuchen. Doch er kam nicht. Und so gab ich auf und zog von der Insel fort.« Captain Bob hielt inne. »Wir auf den Biminis haben uns gewissermaßen darauf geeinigt, daß es die Insel einfach nicht gibt, aber dann und wann kommen Leute wie Sie vorbei, die die Wahrheit kennen.«

Blaine dachte über Captain Bobs Geschichte nach. »Dieses Seebeben . . . hat es sich vor etwa fünf Jahren ereignet?«

»Ja, das könnte schon hinhauen, obwohl die Jahre seit einiger Zeit für mich nicht mehr viel bedeuten.«

McCracken wandte sich Natalja zu. »Professor Clive hat behauptet, seismische Veränderungen in der Erdkruste hätten die Atragon-Kristalle an die Oberfläche gezwungen, nachdem sie Jahrhunderte in den Tiefen der Erde verborgen lagen. Dieses Seebeben paßt genau in den Zeitplan. Ich glaube, wir sind auf der richtigen Spur.«

»Wenn es überhaupt noch welche gibt«, sagte Natalja. »Vielleicht ist Vasquez überaus fleißig gewesen.«

»Sicher, aber die Quelle ist *noch nicht* ausgetrocknet, denn vor fünf Monaten hat sich der Fettsack nach neuen Käufern umgesehen. So kam Fass an seine Kristalle.« Blaine hielt inne. »Die Frage ist nur, wie hat der Fettsack das ganze Zeug vom Meeresgrund geholt, ohne daß jemand etwas davon mitbekam, einschließlich des Captains hier? Vielleicht müßte dieser Drachenfisch zweimal schlucken, um Vasquez zu verschlingen, und das hat ihn gerettet . . .«

Nataljas Gesicht war ernst. »Du weißt, daß das alles genau mit den Legenden über den Verlorenen Kontinent zusammenpaßt, nicht wahr? Die Gewässer von Paradise Point hier in den Biminis werden von gleichmäßigen Felsformationen durchzogen, die viele für die Überreste der Höhenzüge des Verlorenen Kontinents halten.«

»Das einzige, was im Augenblick hier verloren geht, ist meine Geduld.« Blaine wandte sich wieder Captain Bob zu.

»Sie haben recht, Captain, allein schaffen wir es nicht zu dieser Insel. Doch Sie könnten uns dorthin bringen.«

Der alte Mann schüttelte den Kopf. »Das haben im Lauf der Jahre schon viele von mir verlangt. Und sie haben mir mehr Geld dafür angeboten, als Sie jemals auf einem Haufen gesehen haben. Wieso sollte ich mich bei Ihnen anders entscheiden?«

»Weil ich den Drachenfisch für Sie töte, wenn Sie mich dorthin führen.«

»Sie sind der erste Mann, den ich je gesehen habe, der dazu vielleicht imstande ist«, sagte Captain Bob schließlich. »Ich habe wohl auf Sie gewartet. Ich wollte nie voller Angst vor einem Ort sterben, an dem ich den größten Teil meines Lebens verbracht habe. Ich habe mir immer vorgestellt, ich würde ein letztes Mal zurückkehren . . .«

Vier Stunden später brachen sie vom Hafen von Alice Town auf, wo Captain Bobs Jacht auf Dock lag. Es war ein Schiff von elf Metern Länge, das früher einmal einem reichen Ehepaar von den Florida Keys gehört hatte. Eines Sommerabends hatten sie es auf den Strand auflaufen lassen, und Captain Bob kaufte es der Versicherungsgesellschaft für ein Butterbrot ab und setzte es wieder instand. Das war vor zehn Jahren gewesen, und die Jacht war danach nicht mehr oft ausgelaufen. Er wohnte jedoch an Bord, und leere oder halbleere Bourbonflaschen stellten die einzige Dekoration dar, die seitdem hinzugekommen war.

Der Captain besaß mehrere Taucherausrüstungen und Sauerstoffflaschen, die jedoch neu aufgefüllt werden mußten. Das erledigte Blaine in der Stadt, während der alte Mann und Natalja das Schiff seefertig machten. Captain Bob weigerte sich wiederholt, Geld für die Charter anzunehmen, und er fragte auch nicht, was genau sie suchten. Er schien damit zufrieden zu sein, die Jacht einfach aus dem Hafen und wieder aufs Meer zu führen. Blaine und Natalja glaubten, bei Captain Bob eine resignierte Ergebenheit in sein Schicksal feststellen zu können.

Captain Bob hatte ihnen bereits verraten, daß die Insel ohne Namen etwa 175 Meilen östlich von Alice Town lag. Da die Höchstgeschwindigkeit der Jacht dreißig Meilen pro Stunde betrug, würde die Fahrt mindestens sechs Stunden dauern. Captain Bob wies sie darauf hin, daß ihnen also nur noch wenig kostbares Tageslicht blieb. Die Nacht gehörte dem Drachenfisch, und niemand, der noch bei Verstand war, würde sich bei Dunkelheit in diese Gewässer wagen. Doch er sagte es im Wissen, daß sie es trotzdem tun würden, und er schien froh darüber zu sein. Wenn er nur sehen könnte, wie das schändliche Geschöpf getötet wurde, das ihm seine Söhne genommen hatte, würde er diese Welt leichten Herzens verlassen.

Nach fünf Stunden Fahrt konnten sie die Insel durch das Fernglas sehen. Kurz darauf postierte Captain Bob Blaine und Natalja links und rechts am Bug, damit sie auf Riffe achteten, die sein bourbongetränkter Verstand vielleicht vergessen hatte. Die Formationen waren trügerisch, doch der Captain überwand sie, wobei nur gelegentlich ein Riff an der Schiffshülle kratzte. An einigen Stellen schienen sich die Riffe wie Haie zusammengefunden zu haben. Blaine hatte früher viel getaucht, unter anderem auch im Great-Barrier-Riff, aber so etwas hatte er noch nie gesehen. Die Riffe schienen strategisch angeordnet zu sein, um genau die Fahrt zu verhindern, die sie jetzt angetreten hatten. Fast schien es, als seien sie von Menschenhand erschaffen.

Allmählich kam die Insel ohne Namen in Sicht. Sie war mit kaum einen Kilometer Durchmesser überraschend klein, von üppiger, grüner Flora überwuchert und wurde von dem Leuchtturm beherrscht, den Captain Bob lange Jahre betreut hatte. Er erhob sich am Ufer deutlich über die Bäume. Der Strand bestand aus feinem gelbem Sand. Als sie noch näherkamen, konnte Blaine die Überreste von Hütten ausmachen, die schon vor Jahren aufgegeben worden waren. Der ganze Anblick erinnerte ihn an einen Friedhof, wenngleich an einen, auf dem üppiges Leben gedieh.

»Wir ankern hier«, erklärte Captain Bob, als sie dreihundert Meter vom Ufer entfernt waren. »Unter uns liegen die Überreste tausender Schiffe. Reichtümer und Schätze, wie man sie sich kaum vorstellen kann.« Er biß sich auf die Lippe. »Und hier hat der Drachenfisch meine Söhne geholt.«

»Was ist mit dem Mittelpunkt des Bebens?« fragte Blaine ihn leise.

»Es lag genau hier. Ich erinnere mich wegen des Mahlstroms daran. Diesen Anblick werde ich niemals vergessen. Ein Tunnel, der durch das Meer peitschte und alles verschlang, was in seinem Weg lag.«

»Wie tief ist es hier?«

»An der tiefsten Stelle hundert Fuß.«

»Ich sehe mich unten mal um«, sagte Blaine zu Natalja und griff nach seinem Taucheranzug.

Natalja tat es ihm gleich. »Glaubst du etwa, ich überlasse dir den ganzen Spaß allein?«

Blaine lächelte ihr zu. Er machte sich gar nicht erst die Mühe, es ihr ausreden zu wollen. Gleichzeitig legten sie ihre Taucherausrüstungen an, zuerst die Rettungswesten, die sich selbsttätig aufblasen würden, wenn man an einer Schnur zog. Dann kam die Atemmaske, deren Schlauch mit dem Sauerstofftank verbunden war, ein Gürtel mit Gewichten und schließlich der unförmige Sauerstofftank, der an Land kaum zu tragen war. Captain Bob half Blaine, ihn über die Schultern zu ziehen, und kümmerte sich dann um Natalja, während McCracken die Gurte fest zuzog und sich vergewisserte, daß der Sauerstoffbehälter richtig saß. Dann feuchteten er und Natalja das Innere ihrer Masken mit Wasser an, um zu verhindern, daß ihre Brillen beschlugen, setzten sie auf und überprüften den Haupt- und den Ersatzregler.

»Sie haben jeweils Luft für eine Stunde«, erinnerte Captain Bob sie. »Wenn Sie danach nicht wieder aufgetaucht sind, werde ich den Anker einholen und umkehren.«

»Das klingt fair«, sagte Blaine und zog seine Schwimmflossen an.

»Hoffentlich finden Sie, wonach Sie suchen, mein Freund.«

»Wenn es hier ist, werden wir es auch finden.«

Mit diesen Worten ergriffen Blaine und Natalja ihre Harpunen und warfen sich rückwärts in die schwarzen Tiefen unter ihnen.

28

Der Anblick war atemberaubend. Durch das kristallklare Wasser sahen sie ein Paradies von Meerestieren und -pflanzen auf den nahegelegenen Riffen. Die Fische wirkten direkt freundlich und kamen zu ihnen geschwommen, als wollten sie gestreichelt werden.

McCracken hatte das Tauchen schon immer geliebt. Er empfand das Gefühl, unter Wasser zu sein, als unglaublich beruhigend. In dieser Welt schien die Zeit stillzustehen oder zumindest wesentlich langsamer zu verlaufen.

Als Blaine und Natalja mit den Schwimmflossen ausschlugen und die Körper anwinkelten, wurde das Wasser schnell dunkler. Sie hatten die allgemein üblichen Handzeichen verabredet, ohne jedoch damit zu rechnen, sich jemals so weit voneinander zu entfernen, daß sie sie wirklich würden benutzen müssen. Das gleiche galt für ihre Harpunen und die Unterwassermesser an ihren Gürteln.

Noch tiefer hinab . . .

Captain Bob hatte ihnen erklärt, an dieser Stelle seien die Gewässer zwischen neunzig und hundert Fuß tief. Die Sonne stand noch hoch genug, um ihnen ausreichend Licht zu schenken. Doch sie hatten für alle Fälle auch starke Unterwasser-Taschenlampen mitgenommen, die an ihren Gürteln befestigt waren.

Blaine wußte nicht genau, was er hier zu finden hoffte, oder was er damit anfangen wollte, wenn er es gefunden hatte. Selbst wenn sie die Atragon-Kristalle entdecken sollten, bedurfte es eines Profi-Teams, wie Vasquez es beauftragt haben mußte, um einen ausreichenden Vorrat davon zu bergen. Jetzt, wo die Zeit immer knapper wurde, fragte er sich, ob solch eine Operation überhaupt gelingen konnte, vor allem, da ihm im Augenblick die Unterstützung der Regierung verwehrt war. Dennoch mußte er es versuchen.

Natalja legte die Hand auf seine Schulter und deutete aufgeregt nach rechts. Dort, fast direkt unter ihnen auf dem Meeresboden, lagen die Überreste eines Jahrhunderte alten

Schiffes. Die Holzhülle war längst versteinert und bot einen unheimlichen, geisterhaften Anblick. McCracken wußte aufgrund seiner Erfahrung als Taucher, daß es sich um eine spanische Galeone aus dem späten siebzehnten oder frühen achtzehnten Jahrhundert handeln mußte.

Ein beträchtlicher Teil des Bugs fehlte, doch ansonsten wirkten die Hülle und die Masten erstaunlich gut erhalten.

Als sie zum Wrack hinabtauchten, wurde es zunehmend dunkler, und sie mußten die Taschenlampen einschalten. Die Lichtstrahlen durchschnitten die Schwärze, und sie sahen die Überreste weiterer versunkener Schiffe. Die Reputation der Insel bestand zurecht. Ihre Gewässer einen Schiffsfriedhof zu nennen, stellte eine glatte Untertreibung dar.

Der Anblick wurde noch unheimlicher durch die verschiedenen Stadien der Versteinerung, in denen sich die einzelnen Schiffe befanden. McCracken war überzeugt, jedes Schiff anhand der noch sichtbaren Teile der ursprünglichen Hülle zeitlich einordnen zu können. Doch viele der ältesten Schiffe hatten im Meeresboden begraben gelegen, bis das Erdbeben das gesamte unterseeische Gefüge verändert hatte. Solange die Schiffe vom Schlick umschlossen gewesen waren, war der Versteinerung Einhalt geboten worden, so daß einige der ältesten Schiffshüllen noch am besten in der ursprünglichen Form erhalten waren.

Der Schiffsfriedhof erstreckte sich, so weit Blaine sehen konnte. Hier mußten unermeßliche Reichtümer liegen. Kein Wunder, das Vasquez diese Gewässer für sich beanspruchte . . .

Sie schwebten über eine teilweise versteinerte Fregatte hinweg, bei der ein Teil der Hülle von Ausläufern des Riffs über ihnen überwuchert schien. Blaine schätzte, daß sie zweihundert Jahre alt war, ein Begleitschiff, das Handelsschiffe auf ihrer Fahrt über den Atlantik vor Piraten schützen sollte. Blaine zögerte und blieb hinter Natalja zurück. Ihm war, als schlafe die Fregatte nur und würde augenblicklich wieder erwachen, wenn die Hand eines Menschen sie berührte. Ihre Hülle war von zahlreichen Rissen durchzogen, doch der Lichtstrahl von Blaines Taschenlampe blieb auf einem haften, und er gab

Natalja ein Zeichen, diesen Spalt anzusteuern. Irgendwie unterschied er sich von den anderen, irgend etwas an ihm wirkte unnatürlich . . .

Blaine erreichte das Schiff und tastete sich an der versteinerten Hülle entlang, mit den Schwimmflossen tretend, um seine Position im Wasser zu halten. Selbst durch die Handschuhe spürte er, wie spröde die Hülle war. Er hätte ohne die geringste Anstrengung große Stücke aus ihr herausbrechen können. Schließlich gelangte er an das Loch und fuhr mit der Hand darüber. Es war völlig glatt und nicht versteinert, ein, so unglaublich es auch schien, vollkommener Kreis. Er betrachtete die anderen Öffnungen in der Hülle. Sie alle waren zerklüftet und unregelmäßig, Opfer langer Jahrzehnte. Aber dieses Loch war anscheinend nicht durch die Zeit, sondern durch Menschenhand entstanden. Es war groß genug, um einen Taucher passieren zu lassen, und schien mit einem Unterwasser-Brenner geschnitten worden zu sein. Das würde auch seine regelmäßige Form erklären, die Blaine nur eine unausweichliche Schlußfolgerung offenließ.

Jemand war durch dieses Loch in die Fregatte eingedrungen, zweifellos, um die Schätze zu bergen, die sie enthalten hatte. Wahrscheinlich Vasquez' Leute.

Blaine fuhr mit der Hand über den Innenrand des Lochs und leuchtete ihn mit der Taschenlampe aus, um das Ausmaß der Versteinerung zu überprüfen. Es war beträchtlich geringer als überall sonst auf der Hülle; also war Vasquez erst vor kurzem hier gewesen. Blaine versuchte, Natalja seine Entdeckung zu erklären, und sie nickte und deutete auf das nächste Schiff, um vorzuschlagen, es ebenfalls zu untersuchen. Diesmal schwamm sie voraus, und Blaine folgte ihr.

Sie hatte sich ein dreißig Meter entfernt liegendes Schiff ausgesucht, dessen Hülle bis zur Hälfte vom sandigen Meeresboden begraben war. Blaine erkannte, daß es sich um einen englischen Klipper handelte, der wesentlich kleiner als die Fregatte und mindestens ein Jahrhundert jünger war. Diese schnittig gebauten Schnellsegler stammten aus der Zeit der Amerikanischen Revolution, und die Engländer hatten zahlreiche Schiffe wie dieses dazu benutzt, Waffen, Soldaten und

Goldmünzen zu transportieren, von denen ihre Kolonien abhängig gewesen waren. Gut möglich, daß Vasquez vor kurzem ein großes Vermögen aus diesem Klipper herausgeholt hatte.

Blaine und Natalja untersuchten die versteinerte Hülle mit ihren Taschenlampen. Es war Natalja, die das Loch fand; es war von der Größe und Form her fast identisch mit dem, das sie in der Galeone gefunden hatte. Blaine zog erneut den Rest der Hülle zum Vergleich heran und stellte fest, daß sich Vasquez auch an diesem Schiff erst in den letzten Jahren zu schaffen gemacht hatte. Also war der Fettsack nach dem Erscheinen des Drachenfisches in diesen Gewässern tätig gewesen.

Blaine sah auf seine Uhr. Fünfzehn Minuten waren verstrichen; für fünfundvierzig hatten sie noch Luft. Das stellte sie nicht vor Probleme. Er fühlte, wie Natalja ihn plötzlich mit der freien Hand berührte, und sah, wie sie aufgeregt mit der Taschenlampe nach vorn deutete. McCracken schaute in die Richtung des Lichtstrahls und erkannte in der Dunkelheit vor ihnen ein Gebilde, das viel größer war als die Schiffe, an denen sie bislang vorbeigeschwommen waren. Aus der Ferne sah es wie eine kreisrunde Anhäufung von Felsen und Trümmern aus, die sich hoch auf dem Meeresboden erhoben, doch als sie näherkamen, gewann das Gebilde an Form und Klarheit.

Es war eine Art Kugel, ebenfalls versteinert, aber von seltsamer Glätte, eine kleinere Version des oberen Teils einer überdachten Sportstätte, die man von ihrem Fundament getrennt hatte. Es hätte sich um vieles handeln können, es hätte zahlreiche logische Erklärungen für die Entstehung dieses Gebildes geben können, doch Blaine verspürte ein nagendes Gefühl in der Magengrube, das ihm verriet, daß sie dieses Gebilde so erblickten, wie es schon immer ausgesehen hatte.

Gewaltige Solarzellen in Kuppelgebäuden . . .

Blaine fielen Professor Clives Worte wieder ein, doch er verdrängte sie, um sich nicht von ihnen ablenken zu lassen. Er und Natalja schwammen langsam zu der Kuppel, als wollten sie dem, auf das sie gestoßen waren, ihren Respekt erweisen. Sie sahen nun, daß sich die Kuppel leicht schräg auf dem Meeresboden erhob; ihr hinterer Teil lag tiefer als der vordere.

Als sie noch näher kamen, erkannten sie die Ursache dafür: Die Kuppel ruhte auf Säulen, von denen zwei unbeschädigt waren, während eine dritte nur noch die halbe Höhe ihrer Nachbarn hatte und gefährlich schräg geneigt stand.

McCracken versuchte, eine logische Erklärung für die Existenz der Kuppel zu finden. Professor Clive hatte von Kuppelgebäuden gesprochen, die über ganz Atlantis verstreut lagen und geöffnet werden konnten, um die Energie der Sonne in Kristallen zu speichern, aus denen sie dann wieder abgezapft werden konnte. Dieser Energiequelle verdankte der legendäre Kontinent seine unglaublich fortgeschrittene Technologie.

Sie konnten nur feststellen, ob diese Kuppel Teil des Mythos' war, indem sie sie betraten und nachschauten, was sie enthielt. Blaine hoffte einerseits, beträchtliche Mengen des scharlachroten Kristalls Atragon zu finden, andererseits jedoch, daß sich das gesamte Gebilde bei einer eingehenderen Untersuchung als Trugbild der dunklen, tiefen Gewässer erweisen würde.

Dieses Problem erwies sich bald als akademisch. Wenn Blaine nicht seine gesamte Aufmerksamkeit auf den Anblick vor ihm gerichtet hätte, hätte er die von hinten kommenden Angreifer vielleicht früher bemerkt. So spürte er nur, wie plötzlich ein Schwall kalten Wassers über ihn hinwegströmte, und drehte sich gerade noch rechtzeitig genug um, um zu sehen, wie eine dunkle Gestalt eine Harpune auf ihn abfeuerte.

Blaine stieß Natalja an, um sie zu warnen. Im gleichen Augenblick riß er die Beine hoch und zwang seinen Körper in einen Rückwärts-Salto. Der Speer schoß knapp unter ihm hinweg.

Insgesamt fünf Taucher drangen auf sie ein; vier schwammen am ersten vorbei, der mit seinen Schwimmflossen schlug, um seine Position zu halten und nachzuladen. McCracken deutete auf die gewaltige Hülle eines spanischen Kriegsschiffes, das sich unmittelbar zu ihrer Linken befand, und er und Natalja schwammen verzweifelt darauf zu, während die Taucher sie verfolgten.

Zwei ihrer Angreifer verharrten, um sie ins Visier zu nehmen, doch ein bewegliches Ziel, besonders ein schwimmendes, ist praktisch kaum zu treffen. Unter Wasser kann man die Entfernungen nur sehr schwer einschätzen und kaum berechnen, welche Strecke ein Opfer noch zurücklegen wird, bevor der Speer trifft. Ein sich bewegendes Ziel kann man nur mit einem erstklassigen Schuß oder einem Zufallstreffer niederstrecken.

Die beiden Schützen waren weder erstklassig, noch stand der Zufall ihnen zur Seite. Ein Speer schoß hoch über Blaine dahin, der andere weit unter Natalja. Als die fünf Taucher die Verfolgung fortsetzten, hatten Blaine und Natalja das Deck des Kriegsschiffes erreicht. Dort waren versteinerte Kanonen hinter ihren Schießscharten mit den Planken verwachsen, die ihnen jedoch keine ausreichende Deckung geben konnten. Ihnen blieb nichts anderes übrig, als ihr Glück im Leib des vor langer Zeit versunkenen Kriegsschiffs zu versuchen. Natalja fand sechs Meter von den Kanonen entfernt ein ausreichend großes Loch im Deck, und Blaine folgte ihr hindurch. Da ihre Verfolger diese Öffnung nur einzeln passieren konnten, lag der Vorteil nun kurzzeitig auf ihrer Seite. Doch wollten sie ihn ausnutzen, mußte jeder ihrer Schüsse ein Treffer sein.

Rückwärts paddelnd, die Harpune in der Hand, sah Blaine, wie der erste schwarze Schatten mit dem Kopf zuerst durch das Loch sank. Er und Natalja glitten so tief wie möglich in die Dunkelheit zurück, während sie darauf warteten, daß eine zweite Gestalt erschien. Um das Beste aus ihrer bescheidenen Bewaffnung zu machen, mußten sie zwei der Angreifer hier und jetzt ausschalten. Quälende Sekunden vergingen, in denen sie einen Feind deutlich im Visier hatten und auf den zweiten warten mußten. Endlich glitt eine weitere Gestalt durch die Öffnung und gesellte sich zu der ersten. Blaine und Natalja feuerten ihre Harpunen im gleichen Augenblick ab.

Nataljas Speer bohrte sich durch das Bein des ersten Mannes, während McCrackens dem zweiten mitten durch die Kehle fuhr. Dem ersten gelang es, seine Waffe abzuschießen, doch der Speer ging hoffnungslos fehl und bohrte sich hinter Natalja in die morsche Wand. Sie schwamm darauf zu, in der Hoffnung, ihn für ihre Harpune benutzen zu können, ergriff ihn und bedeutete Blaine dann, ihr zu folgen. Er schwamm zu ihr und schaute auf die Stelle, auf die sie deutete, eine

Aufschrift auf dem Schaft des Speers. Es waren kyrillische Buchstaben.

Ihre Angreifer waren Russen!

Blaine bedeutete ihr, den Speer zu vergessen und ihre Flucht fortzusetzen. Weitere Gestalten drängten nun durch die Decköffnung. Blaine und Natalja schwammen, so schnell sie es wagten, durch die gewundenen Gänge, eine Erfahrung, die McCracken an seinen Kampf vor ein paar Tagen in Fass' Labyrinth erinnerte.

Ihr Glück hielt an. Ein heller Fleck vor ihnen verriet Blaine, daß sie einen anderen Ausgang gefunden hatten. Nun war offensichtlich, wie sie vorgehen mußten. Aus dem Kriegsschiff hinaus und schnell zur Oberfläche schwimmen. Falls sie ihre russischen Verfolger abhängen und Captain Bobs Boot mit einigem Vorsprung erreichen konnten, hatten sie noch eine Chance.

Zu viele ›falls‹, überlegte Blaine, und keins davon zog in Betracht, daß diese Russen wohl kaum von den Biminis herge*schwommen* waren. Sie hatten sicherlich ein Schiff in der Nähe, das über wesentlich mehr Feuerkraft verfügen würde als die eine Schrotflinte, die Captain Bob mitgenommen hatte.

Natalja schwamm zuerst durch die Öffnung, wurde jedoch plötzlich zur Seite gerissen, als sich von hinten ein Arm um sie legte. Sie fuhr noch rechtzeitig herum, um den Mann, in dessen Bein noch immer der Speer steckte, daran zu hindern, ihr die Kehle durchzuschneiden, doch die Klinge durchtrennte ihren Luftschlauch. Blasen perlten im Wasser hoch, und sie erlebte am eigenen Leib den eisigen Schrecken, elend ersticken zu müssen. Sie kämpfte gegen die Panik an und richtete den durchtrennten Luftschlauch auf den Mann, nahm ihm mit den Blasen die Sicht und verschaffte Blaine damit die Zeit, das Messer zu ziehen und ebenfalls durch die Öffnung zu schwimmen. Der Russe fuhr viel zu spät zu Blaine herum und erhaschte nur einen hellen Schimmer, als Blaines Messer über seine Kehle fuhr. Das Blut schoß in einem plötzlichen Strahl hinaus und wirbelte dann langsam durch das Wasser.

Blaine schwamm schnell zu Natalja, die ein Stück abgetrieben worden war, und drückte sein Hilfsmundstück in ihren offenen Mund. Sie atmete dankbar ein und bedeutete ihm, den Aufstieg zur Oberfläche zu beginnen. Blaine zerrte an der Schnur, die seine Schwimmweste aufblies, und verfuhr bei Natalja dann ebenso. *Um eine Embolie zu vermeiden, darf man niemals schneller auftauchen als die eigenen Luftblasen,* besagte eine bekannte Taucherregel, aber das schien im Augenblick ihre geringste Sorge zu sein.

Die restlichen drei Russen hatten bis auf fünfzehn Meter zu ihnen gleichgezogen. Blaine und Natalja bemühten sich, schneller aufzusteigen, wurden jedoch dadurch behindert, daß sie beide aus der gleichen Sauerstoffflasche atmen mußten, was sie beträchtlich aufhielt. Blaine schaute zu den Russen zurück und sah noch eine Gestalt hinter ihnen, die sich schnell näherte. O nein, kein weiterer Russe. Diese Gestalt trug keinen Taucheranzug und bewegte sich so anmutig durch das Wasser, als sei sie dort zu Hause. Sie wäre vielleicht noch schneller gewesen, hätte sie nicht in beiden Händen Harpunen gehalten. Als sie zwanzig Meter hinter den Russen war, feuerte sie beide ab.

Die Russen bemerkten nichts von der Anwesenheit der Gestalt, bis sich die Speere in ihre Leiber bohrten. Die beiden Getroffenen schlugen mit den Armen um sich, als wollten sie das Wasser um sie herum greifen, und sanken dann hinab. Der dritte drehte sich um und richtete mit der gleichen Bewegung seine Harpune auf den Neuankömmling. Auf so kurze Reichweite konnte er ihn einfach nicht verfehlen. Der Speer schoß auf sein Ziel zu, und hätte Blaine nicht selbst gesehen, was nun geschah, hätte er es niemals geglaubt. Im letztmöglichen Augenblick streckte die Gestalt eine Hand aus und lenkte den Speer in eine andere Richtung, ohne dabei langsamer zu werden. Dann hatte die Gestalt schon ihr Messer gezogen und den letzten Russen erreicht, ohne daß diesem eine Möglichkeit zur Gegenwehr blieb. Blaine sah aus der Entfernung nicht, was mit ihm geschah, doch das war auch nicht nötig. Der Anblick des letzten schwarz gekleideten Angreifers, der langsam auf den Meeresgrund hinabtrieb, verriet ihm, wie der Kampf ausgegangen war.

Blaine richtete den Blick wieder auf die Gestalt, die jetzt zu ihnen schwamm, und machte nun langes, frei schwebendes Haar aus. Die Gestalt ballte die Hand zur Faust und schlug damit auf ihr Herz, keins der üblichen Unterwasser-Zeichen, sondern ein indianisches.

Es war Johnny Wareagle.

Mit Natalja an der Seite steuerte McCracken einen dunklen Fleck an der Oberfläche an. Sie durchstießen sie kaum zehn Meter von der Jacht entfernt.

»Wir haben Besuch bekommen«, rief Captain Bob ihnen zu und deutete am Heck der Jacht vorbei.

Blaine schwamm zu dem Boot, während er gleichzeitig in die Richtung schaute, in die Captain Bob deutete, und etwa dreihundert Meter entfernt einen Fischkutter ausmachte. Nun, da dessen Besatzung gesehen hatte, wie sie an die Oberfläche gekommen waren, würde ihr der Ausgang des Unterwasserkampfes klar geworden sein, und sie würde jeden Augenblick angreifen.

Als Blaine Natalja hochschob und Captain Bob sie an Bord zog, tauchte auch Johnny Wareagle auf. Hundert Meter von ihnen entfernt ankerte ein kleines Motorboot, offensichtlich das Fahrzeug, mit dem der Indianer zu ihrer wundersamen Rettung aufgebrochen war.

»Wer zum Teufel ist das?« fragte Captain Bob, als Blaine ebenfalls auf Deck kletterte.

»Ein alter Kumpel«, entgegnete McCracken. »Er hatte Sehnsucht nach mir.«

Captain Bob war mit den Gedanken woanders, und er ging zur Brücke. »Ich setze diesen Schrotthaufen lieber in Bewegung, bevor sie zu ballern anfangen.«

»Die haben wahrscheinlich genug Kanonen an Bord, um eine ganze Flotte zu versenken«, rief Blaine ihm grimmig zu.

»Das nutzt ihnen aber auch nichts, wenn ich sie auf das Riff locken kann.« Er warf den Motor an und blickte nachdenklich zum Himmel. »Die Nacht senkt sich, und wir fahren genau auf das Revier des Drachenfisches zu.«

Falls Bedauern in der Stimme des Captains mitschwang, konnte Blaine jedenfalls nichts davon hören. »Das ist die geringste unserer Sorgen«, sagte er.

Das Fischerboot stampfte schon vorwärts, dem Riff entgegen, und Johnny Wareagle war kaum an Bord, als Captain Bob ebenfalls Gas gab.

»Haben dich die Geister hier hinausgeführt, Indianer?« fragte Blaine.

»Diesmal nicht, Blainey. Ich bin lediglich den Männern in dem Boot hinter uns gefolgt. Ihre Anwesenheit auf den Biminis war mir dann doch ein zu großer Zufall.«

»Auf Urlaub sind die bestimmt nicht.«

Wareagle atmete noch schwer. »Der Wissenschaftler Sundowner ist tot, Blainey.«

»*Was?* Wie?« Blaine schüttelte den Kopf. »Schon gut. Der Bauernjunge muß ihn beseitigt haben, wahrscheinlich, *bevor* er dem Präsidenten die Wahrheit über den zweiten Satelliten berichten konnte. Verdammt, ich hätte es wissen müssen . . .«

»Nein, du konntest es nicht wissen, denn das ist nicht alles. Kurz bevor der Wissenschaftler zum Präsidenten fahren wollte, erfuhr er, daß man in Colorado Atragon entdeckt hat.«

»In Colorado?« fragte Natalja. In ihr breitete sich bis auf die Knochen ein taubes Gefühl aus.

Beide sahen sie an. Wareagle antwortete.

»In einer Stadt namens Pamosa . . .«

»Springs!« vollendete Natalja den Satz abrupt. »Auf dem Flug nach Algier habe ich Raskowski und Katlow belauscht, wie sie über diese Stadt sprachen. Sie haben sie von Truppen besetzen lassen. Aber was will er mit . . .« Sie hielt inne, als ihr zur gleichen Zeit wie McCracken die Erleuchtung kam.

»Das Atragon!« rief er. »Die Quelle für seinen Todesstrahl! Sein erster Satellit ist explodiert, und plötzlich braucht er neues Atragon. Der Bauernjunge erfährt irgendwie, daß es ein Vorkommen in Colorado gibt, und Raskowski übernimmt die Stadt und schürft so viele Kristalle, wie er braucht.« Ein verwirrter Ausdruck legte sich auf McCrackens Gesicht. »Aber was will er dann damit anfangen? Er hat durch seine geschickte Täuschung den Reflektor in die Erdumlaufbahn bekommen, aber er braucht trotzdem noch . . .«

Das Fischerboot eröffnete das Feuer, und ein paar Kugeln schlugen neben ihnen ins Wasser. Die drei gingen in Deckung.

»Ihr Schiffer ist verdammt gut«, rief Captain Bob ihnen hinter dem Ruder zu. »Er kennt diese Gewässer fast so gut wie ich. Aber bei den Untiefen ist er aufgeschmissen. Die kennt kein zweiter so wie ich!«

Blaine sah, wie die Russen auf hundert Meter heranzogen. Windböen und Strömungen verhinderten, daß sie besser trafen, wenngleich die sich verringernde Entfernung dieses Manko früher oder später ausgleichen würde. Ihr Überleben hing nun von Captain Bobs Geschick ab. Der Captain führte scharfe Manöver durch, um den Riffen auszuweichen; ein paarmal hatte er sich verrechnet, und das schrille, knirschende Geräusch, mit dem die Riffe an der Schiffshülle rieben, hörte sich furchtbar an.

»Blainey, ich spüre etwas«, sagte Wareagle plötzlich.

»Wahrscheinlich wollen die Geister unserem Boot etwas mitteilen.«

»Nein, eine Störung in den großen Feldern, ein bedeutendes Ungleichgewicht. Hör genau zu, und selbst du wirst die Warnungen der Geister vernehmen können.«

Blaine und die anderen beobachteten, wie fünfzig Meter hinter ihnen das Boot ihrer Verfolger heftig auf die Seite geworfen wurden und die russischen Schützen den Halt verloren. Sie konnten sich vorstellen, was geschehen war. Das russische Boot war auf ein Riff aufgelaufen, und ein beträchtlicher Teil der Unterseite war dabei wahrscheinlich aufgerissen worden. Der Steuermann hatte versucht, im letzten Augenblick auszuweichen, und damit nur bewirkt, daß der Bug auf ein großes Riff dicht unter der Wasseroberfläche prallte. Das Fischerboot neigte sich langsam und ging unter. Blaine und die anderen sahen schweigend zu. Die überlebenden Russen ließen ihre Waffen fallen und griffen nach Schwimmwesten und aufblasbaren Flößen. Das Schiff sank.

»Hab' ich's nicht gesagt?« rief Captain Bob strahlend von der

Brücke. »Hab' ich's nicht gesagt, hab' ich's nicht gesagt, hab' ich's nicht gesagt?«

»Da hast du dein Ungleichgewicht, Indianer.«

»Nein, was ich spüre, ist immer noch . . .«

Wareagle hielt inne, als sich plötzlich mit unglaublicher Kraft ein gewaltiger Wasserschwall über das sinkende Schiff erhob. Dann schien sich darunter das Meer selbst zu öffnen, und es enthüllte eine gewaltige Erscheinung, die sich mit den Scheren zuerst aus den Tiefen erhob.

Der Drachenfisch war endlich da.

29

Captain Bob stieß Worte in einer Sprache aus, die Blaine nicht verstand. Sein Griff um das Ruder löste sich, als er benommen vortrat. Das Schiff begann sich mit der Strömung zu drehen, und er griff nach seinem Schrotgewehr. Die anderen beobachteten wie gebannt den Drachenfisch, unfähig, sich zu rühren.

Das Geschöpf hatte das Aussehen einer riesigen schwarzen Krabbe mit zwei Scheren auf jeder Seite, von denen sich nun eine zu jener Stelle des dem Untergang geweihten russischen Schiffes senkte, an der sich der größte Teil der Besatzung versammelt hatte. Ihre Schreie übertönten beinahe das schreckliche Knacken, mit dem die Schere die Überreste des Fischerbootes zersplitterte.

Captain Bob stürmte zum Bug, hob die Schrotlinte und gab ein paar Schüsse ab.

»Sie verschwenden nur Munition und Zeit«, rief Blaine ihm zu. »Und Sie verraten ihm, daß wir hier sind.«

»Das weiß er sowieso«, sagte Captain Bob mit einem irren Blick. »Das weiß er.« Und er schoß noch zweimal, bevor er innehielt, um nachzuladen.

Die Scheren des Geschöpfes suchten nun im Wasser nach schwimmenden Russen. Blaine schätzte, daß der Drachenfisch von den Scherenspitzen bis zum Ende seines seltsam geformten Schwanzes über sechzig Meter lang sein mußte. Einen Augenblick, dieser Schwanz . . .

Seine Gedanken wurden unterbrochen, als ihr Boot schließlich auf ein Riff lief, sich aufbäumte und die Besatzung heftig über das Deck warf. Natalja prallte hart gegen das Schanzkleid und wäre über Bord gegangen, hätte Johnny Wareagle nicht blitzschnell zugegriffen und sie festgehalten. Captain Bob hatte nicht so viel Glück. Bei der Kollision schlug er mit dem Kopf auf dem Deck auf. Er blieb bewußtlos liegen, während sich das Geschöpf, das seine Söhne verschlungen hatte, über ihnen aufbäumte.

Achtern zerquetschte der Drachenfisch weiterhin das sinkende Boot und seine Besatzung mit den Klauen; ihm schien mehr an der reinen Zerstörung als an der Nahrungsaufnahme zu liegen. Wareagle konzentrierte sich auf den regelmäßigen Rhythmus, mit dem sich die Scheren öffneten und schlossen, öffneten und schlossen . . .

»Das ist kein Lebewesen!« rief er.

Bei dem knirschenden Geräusch, mit dem sich die Jacht auf dem Riff rieb, hörte McCracken Johnny nicht, doch er war selbst zu einigen Schlußfolgerungen gelangt. Das Ungetüm bewegte sich zu steif, und sein Schwanz – ja, sein Schwanz. Er blieb unerklärlich steif. Es befanden sich keine Gelenke in den Gliedmaßen des Ungetüms, und es war daher nicht zu den geschmeidigen Bewegungen fähig, die man von einem Meereslebewesen erwartete. Der Drachenfisch wirkte fast . . . mechanisch.

»Das ist ein verdammtes U-Boot!« rief Blaine.

Was bei dem Wasser, das durch die klaffenden Risse in ihrer Schiffshülle einströmte, allerdings auch keinen großen Unterschied machte. Als sich das Deck unter ihnen senkte, lehnte Wareagle Captain Bob gegen die Kabine, die den höchsten Punkt der Jacht bildete. Der Drachenfisch schwenkte nun auf sie zu, ließ die ausgestreckten Scheren zusammenklappen und erzeugte dabei das hohl klingende Geräusch, mit dem Stahl auf Stahl trifft. Blaine konnte nun den Mund sehen, erkannte, daß die gewaltigen Zähne, die aus einiger Entfernung messerscharf und tödlich gewirkt hatten, nur aufgemalt waren.

Ja, es handelte sich um ein U-Boot, und nun bremste es vor ihnen wieder ab, während sie sich an die Teile des Decks klammerten, die noch über das Wasser hinausragten. Der Leib des Ungetüms war kugelfömig und von Öffnungen für Kolbendüsen durchsetzt, mit denen das Boot auf der Wasseroberfläche Fahrt machte. Als Augen hatte es längliche Fenster, und Spalten in seiner Hülle wiesen auf Schleusenöffnungen hin.

Blaine richtete den Blick wieder auf die gehobenen Scheren, als sich eine Schleuse ganz oben am Kopf des Drachenfisches öffnete und zwei Männer mit Maschinenpistolen in den Händen darin erschienen. Ihnen folgte ein Mann, den McCrakken nur allzugut kannte.

»Bitte«, sagte Vasquez, »kommen Sie doch an Bord.«

»Willkommen auf dem *Drachenfisch*«, sagte der fette Mann höflich, nachdem der letzte von ihnen zur Brücke des U-Bootes hinabgestiegen war. Zwei Wachen hatten sich des bewußtlosen Captain Bob angenommen. Weitere bewaffnete Posten beobachteten sie von allen Seiten aus. »Ich hatte schon vor, Sie zu verschlingen, McCrackensack, aber dann überlegte ich mir, was Sie vielleicht mit der Verdauung meines kleinen Lieblings anstellen würden.«

»Sie haben noch nie ein gutes Mahl ausgeschlagen, Fettsack.«

Vasquez zwang sich zu einem Lachen. »Sie sind für meinen Geschmack zu zäh. Wenigstens waren Sie das mal.«

Der Leib des Ungetüms war oval und wurde von einem weichen, gelben Leuchten erhellt. Blaine sah sich um und stellte fest, daß das U-Boot mit der denkbar modernsten, computergesteuerten Ausrüstung ausgestattet war. Überall stachen Dioden und Kontrollinstrumente hervor, die von Vasquez' Technikern bedient wurden; sie trugen ohne Ausnahme frisch gebügelte, lindgrüne Uniformen und schienen sich nicht im geringsten für das Geschehen um sie herum zu interessieren. Ein Techniker trat einen Schritt nach rechts, und das schwache grüne Leuchten eines Computermonitors warf ein stumpfes Licht auf Vasquez' Gesicht.

»Haben Sie Ihre Instrumente von Electric Boat gestohlen, Fettsack?«

»Nein, McCrackensack, aber die Firma war so großzügig, mir das meiste davon frei Haus zu liefern.«

»Sie haben sogar Ihre eigene Trident . . .«

»Und noch einiges mehr, wie Sie bereits gesehen haben.« Nicht eine Strähne von Vasquez' glattem, schwarzem Haar verrutschte, als er sich die Wangen mit seinem ständig gegenwärtigen Taschentuch abtupfte. »Professor Clive war so freundlich, mir Ihr Reiseziel zu verraten. Also nein, daß Sie wegen ein paar geheimnisvoller Kristalle bis zu den Bimini-Inseln fliegen . . .«

»Da Sie sich nicht von denen trennen wollten, die Sie bereits gehoben haben, hatte ich keine andere Wahl. Ja, jetzt ergibt alles Sinn, selbst diese Löcher, die Natalja und ich in den alten Wracks da unten gefunden haben. Nachdem dieses Seebeben ihre Schätze wieder zugänglich gemacht hatte, haben Sie den Mythos des Drachenfisches erschaffen – oder wieder aufleben lassen –, um sich die alleinigen Schürfrechte zu sichern.«

Vasquez sah sich stolz um. »Weit mehr als nur ein Mythos, wie Sie selbst sehen.«

Blaine täuschte vor, sich ebenfalls umzuschauen, um Johnny Wareagle ansehen zu können. Der Indianer, der niemals aufgab, überlegte offensichtlich, wie sich die Situation zu ihrem Vorteil wandeln ließ. McCrackens wortloser Befehl hielt ihn zurück.

»Also wurde dank dieses Gebildes hier die Insel ohne Namen zu Ihrem Privatbesitz. Ich vermute, daß es sich bei Ihrem Drachenfisch gleichzeitig um ein verdammt gutes Bergungsfahrzeug handelt.«

Der fette Mann nickte, beeindruckt von Blaines Analyse. »Teile der unteren Aufbauten sind abtrennbar: ferngesteuerte und bemannte Kleinst-U-Boote mit unglaublicher Reichweite und Ausrüstung. Wir wären damit imstande, jede beliebige Schatztruhe zu knacken.«

»Aber Sie sind hier in diesen Gewässern geblieben.«

»Weil hier noch ein Schatz liegt, zu dem wir noch nicht vorgestoßen sind, McCrackensack. Schon lange, bevor der Drachenfisch entworfen wurde, geschahen in diesen Gewässern seltsame Dinge. Eines Tages werde ich eine Möglichkeit finden, auch den Rest dieser Kristalle zu heben.«

»Sie meinen, es sind noch einige dort unten?«

»Abgesehen von kleineren Vorkommen, die verhältnismäßig leicht zu bergen waren.«

»Und die Sie gegen Höchstgebot versteigert haben.«

Vasquez nickte. »Eine Schande, daß ich nicht mehr davon anbieten konnte. Eine Partei bezahlte einen erstaunlichen Preis für meine bescheidenen Vorräte. Ein großer Russe mit einer Klappe vor dem linken Auge.«

»Katlow!« sagte Natalja laut genug, um die Aufmerksamkeit der bewaffneten Wächter auf sich zu lenken. Ihr Blick traf auf den McCrackens.

»Dann hat Raskowski hier ebenfalls nach dem Atragon gesucht«, stellte Blaine fest. »Es sieht ihm gar nicht ähnlich, so leicht aufzugeben.«

»Er hat nicht aufgegeben«, sagte Natalja. »Was er suchte, fand er in Pamosa Springs. Die Biminis wurden überflüssig. Wenn überhaupt, liegt ihm nur daran, daß die hiesigen Vorkommen für immer unzugänglich bleiben, so daß wir auch nicht an sie herankommen.«

»Schluß mit diesem Blödsinn!« bellte Vasquez. »Diesmal wird Sie kein noch so phantastisches Märchen retten, McCrackensack.«

»Es ist kein Märchen, Fettsack. Ich brauche diese Kristalle, um die Versorgung eines Energieschildes sicherzustellen, das einen von einem verrückten Russen gesteuerten Todesstrahl abwehren soll. Sobald er Amerika ausgelöscht hat, wird der Rest der Zivilisation wie Dominosteine fallen. Denken Sie mal darüber nach.«

»Sie lügen!« beharrte Vasquez, doch seine Stimme hatte viel von ihrer Selbstsicherheit verloren. »Bis zum Schluß versuchen Sie, mit Tricks und Täuschungsmanövern Ihre Haut zu retten.«

»Diesmal habe ich nicht das Täuschungsmanöver ersonnen, sondern ein verrückter russischer General namens Raskowski, dem Sie großzügigerweise Ihre Atragon-Vorräte überlassen haben.« McCracken hielt inne, um seine Gedanken zu ordnen. Als er fortfuhr, waren seine Worte hauptsächlich an Natalja gerichtet. »Diese Lieferung muß als Energiequelle für den Satelliten gedient haben, den er verloren hat. Als er neue Atragon-Kristalle brauchte, kam er auf Pamosa Springs. Er konnte seinen Reflektor an Bord des Ersatz-Satelliten für *Ulysses* in die Erdumlaufbahn schicken und sich damit die Mühe sparen, die neuen Kristalle ins All zu schaffen. Wahrscheinlich läßt er den neuen Partikelgenerator direkt an Ort und Stelle errichten. Aber eins paßt da nicht hinein. Die zweite Nachricht, die er uns schickte, die mit dem dreiwöchigen Ultimatum, traf ein, *nachdem* er seinen ersten Satelliten verloren hatte, aber noch lange, *bevor* der Generator in Pamosa Springs fertiggestellt sein konnte. Das verstehe ich nicht.«

»Noch ein Täuschungsmanöver«, vermutete Natalja. »Er wollte deine Regierung glauben lassen, sie habe noch viel mehr Zeit, als ihr wirklich bleibt, damit das Überraschungsmoment wieder auf seine Seite zurückkehrt. Es wird keine Ultimaten oder Nachrichten mehr geben. Er wird mit dem Generator angreifen, sobald sich der Reflektor in der Erdumlaufbahn befindet.«

»Also in vierundzwanzig Stunden«, sagte McCracken. »Vielleicht noch früher.«

»Schluß damit!« befahl Vasquez. »Eine gut ausgedachte Geschichte, das gestehe ich ein, aber . . .«

»Hören Sie doch auf, Fettsack. Die Geschichte ist wahr, und das wissen Sie auch. Denken Sie daran, daß wir nicht die einzigen Fremden waren, die sich in Ihren Privatgewässern herumgetrieben haben. Oder haben Sie die Russen vergessen, die Sie vor ein paar Minuten verschlungen haben?«

»Russen?«

Blaine nickte. »Raskowskis Leute, wie ich es sehe. Er ist nicht mehr nur hinter uns her. Er will auch Sie und Ihr Atragon aus dem Weg räumen, und ich vermute, daß er uns den Beweis für meine These nicht lange schuldig bleiben wird. Wenn ich Ihre Tarnung als Salim durchdrungen habe, wird ihm das auch gelungen sein. Sobald ich in diesem Spiel mitmischte, wurden

Sie ein zu großes Risiko. Wahrscheinlich hat er Sie von Anfang an unter Beobachtung gehalten.«

Vasquez kniff mit grimmiger Entschlossenheit die Lippen zusammen. »Wie angemessen. Schließlich habe ich auch seinen einäugigen Banditen keinen Augenblick von der Leine gelassen.«

Katlow, dachten Natalja und McCracken gleichzeitig.

»Dann wissen Sie auch, wo Raskowski ist!« platzte sie heraus.

»Nur, wenn die beiden sich am gleichen Ort aufhalten. Ein Anruf, und ich weiß Bescheid. Aber das würde voraussetzen, daß ich . . .«

Der Radartechniker unterbrach Vasquez mitten im Satz. »Sir, ich habe drei Flugzeuge auf unseren Bildschirmen. Entfernung fünftausend Meter, aber sie kommen schnell näher.«

»Alles zum Tauchen vorbereiten«, befahl Vasquez, und im gewaltigen Leib des *Drachenfisches* schlug eine Glocke dreimal an. Der fette Mann wartete noch einen Augenblick, um seinen bewaffneten Posten Gelegenheit zu geben, in einer eventuell besonders gefährlichen Situation ihre Positionen um die Gefangenen einzunehmen. »Tauchen!« befahl er dann.

Der *Drachenfisch* sank elegant hinab, und die Beleuchtung wurde augenblicklich schwächer und glitt ins Rotspektrum über.

»Flugzeuge viertausend Meter entfernt, kommen näher«, meldete der Radartechniker. In diesem Augenblick tauchten drei weitere Leuchtpunkte auf seinem Bildschirm auf. Er drehte sich noch einmal zu dem fettleibigen Mann um. »Drei große Schiffe haben Kurs auf uns genommen. Entfernung vier Meilen. Geschwindigkeit zunehmend. Ich versuche sie zu identifizieren . . .«

»Schlagen Sie sich auf unsere Seite, Fettsack«, sagte Blaine eindringlich. »Einige Dinge sind wichtig genug, um selbst uns beide zusammenzubringen.«

»Flugzeuge kommen näher«, meldete der Radartechniker. »Entfernung jetzt zweitausend Meter. Entfernung der Schiffe dreieinhalb Meilen.« Er sah auf den Bildschirm, gab ein paar Befehle in sein Computerterminal ein und las die Ergebnisse laut vor, als sie über den Bildschirm blitzten. »Sir, ich habe die Schiffe identifiziert. Es handelt sich um große Trawler.« Er schluckte hart. »Sowjetische H-Klasse, bewaffnet mit schweren Bordgeschützen und Raketenwerfern. Getarnte Kriegsschiffe.«

Vasquez sah McCracken an und starrte dann ins Leere. »Vielleicht wissen sie, daß ich hier bin, McCracken, aber vom *Drachenfisch* haben sie keine Ahnung.« Und dann, an den Uniformierten neben dem Periskop gewandt: »Kommandant, nehmen Sie Kurs auf diese Trawler und machen Sie die Torpedos einsatzbereit. Mein kleiner Liebling ist wieder hungrig.«

30

»Hätte euch ja 'nen Kuchen mit 'ner Feile drin gebacken«, hatte Clara Buhl sechs Stunden vorher, um siebzehn Uhr Ortszeit, zu Hundeohr und Sheriff Heep gesagt, »aber ich habe das Rezept vergessen.«

»Wie stehen die Dinge in der Stadt?« fragte der Bürgermeister.

»Alles ruhig, seitdem ihr im Kittchen sitzt. Unser geheimnisvoller Killer scheint 'ne Pause eingelegt zu haben.«

»Hast du mit den Leuten gesprochen?«

»Ja, Isaac und ich, und ich kann euch sagen . . .«

Das Gespräch fand in Hörweite von drei von Guillermo Paz' Soldaten statt. Und es diente Hundeohr nur als Ablenkung, Clara die Nachricht zuzuschieben, die er und Heep auf eine alte, zerknitterte Zeitung geschrieben hatten, die sie unter einer Matratze gefunden hatten. Sie hatten sie schon vor zwei Tagen verfaßt, doch Clara war der erste Besuch, den sie empfangen durften.

Sie wurden fast rund um die Uhr bewacht und hatten die Nachricht immer nur stückweise schreiben können, wobei

Heep die Wachen ablenkte. Paz hatte sie in die richtige Zelle sperren lassen, die zur Straße hin, in der Heep zwei Kisten verstaut hatte, eine mit Granaten und eine mit Laws-Raketen. Er hatte in Korea einige Erfahrung mit Bazookas gewonnen, und diese verdammten Dinger konnten sich ja nicht so sehr davon unterscheiden. Er hatte mal im Fernsehen gesehen, wie sie funktionierten. Das Problem bestand nur darin, *wogegen* sie sie einsetzen wollten. Sicher, sie konnten hier in der Zelle eine Menge Schaden anrichten, bevor Paz' Leute sie dann erwischten, doch was würden sie damit erreichen? Nein, sie mußten verdammt noch mal ausbrechen und der Außenwelt mitteilen, daß sie Hilfe brauchten. Aber keiner von ihnen hatte die geringste Ahnung, wie sie das bewerkstelligen sollten.

Hundeohr hielt sich die Hand vor den Mund und hustete, während er mit Clara sprach. Er hoffte, die Wachen würden sich nicht für ihr belangloses Geplauder und sein Verhalten interessieren, mit dem er zum richtigen Zeitpunkt die Übergabe der Nachricht tarnen wollte. Er hatte sich beinahe schon damit abgefunden, daß dieser Zeitpunkt niemals kommen würde, als Clara, Gott segne sie, vorgab, auf dem glatten Boden auszurutschen, und sich am Gitter festhalten mußte, um ihren fleischigen Körper wieder aufzurichten. Bevor die Soldaten Gelegenheit hatten, ihr dabei zu helfen, drückte Hundeohr ihr den Zettel in die Hand. Ihr Gesichtsausdruck blieb völlig gleichmütig; sie hatte sich schon gedacht, daß der Bürgermeister ihr so einiges mitteilen wollte, das nicht für andere Ohren bestimmt war, und hatte, als er hustete, den kleinen Zettel in seiner Hand bemerkt.

»Weißt du, ich wollte immer schon mal Bürgermeister sein«, sagte Clara schließlich.

»Sieht so aus, als würde dein Wunsch jetzt in Erfüllung gehen«, entgegnete Hundeohr und zwang sich zu einem Lächeln.

Clara las die Nachricht erst, als sie wieder zu Hause war; sie mußte so lange warten, weil die Schrift zu klein war, als daß sie sie ohne ihr Vergrößerungsglas hätte entziffern können. Sie las die zerknitterte Seite Wort für Wort, und die vergrößerten

Buchstaben, die unter ihrer Lupe vorbeiglitten, schockierten und erschreckten sie:

> *Nicht genug Platz, um alles zu erklären. Wir haben Waffen in der Zelle, aber die werden der Stadt nichts nutzen, wenn wir hier nicht herauskommen und Hilfe holfen können. Du und Ike T., Ihr müßt zweierlei für uns tun, wenn wir das durchziehen wollen: Ihr müßt ein Ablenkungsmanöver durchführen und die Aufmerksamkeit der Wache hier im Gefängnis auf Euch lenken. Und es muß ein Jeep in der Nähe stehen, den man schnell erreichen kann, wenn die Schießerei anfängt. Ich weiß, daß Du eine Menge Fragen hast, und ich wünschte, ich hätte den Platz, sie zu beantworten. Aber ich weiß, daß Ihr es trotzdem irgendwie schaffen werdet. Versucht, die Sache heute abend nach zehn Uhr durchzuziehen, wenn die Aufmerksamkeit der Wachen etwas nachgelassen hat. Wir sehen uns dann.*

Clara lehnte sich zurück und dachte nach.

Hundeohr und Sheriff Heep hatten um elf Uhr die Hoffnung schon beinahe aufgegeben, doch fünfzehn Minuten später ließ sie ein Tumult auf der Straße zum vergitterten Fenster ihrer Zelle eilen. Es war nicht einfach, doch wenn sie sich hoch genug reckten, konnten sie fast die gesamte Straße überblicken.

Und diese Straße kam nun Isaac T. Hall entlang, mit zwei Sechsschüssern in einem uralten Lederhalfter an den Seiten. Diese Revolver waren sein kostbarster Besitz; er behauptete, sie hätten einmal Wyatt Earp persönlich gehört und war der Meinung, sie wären niemals nützlicher als heute gewesen. Er hatte schwach mit dem Kopf genickt, als Clara ihm die ursprünglich für ihn vorgesehene Rolle in seinem Plan erläuterte, und hatte sofort gewußt, daß dieser Plan niemals funktionieren würde. Also hatte er diese Änderung eigenmächtig vorgenommen, ohne mit ihr darüber zu sprechen, denn er wußte, sie hätte es ihm wieder ausgeredet.

Bis die Arthritis zu schlimm wurde, hatte er täglich mit den Revolvern geübt, danach, in den letzten paar Jahren, höchstens noch einmal in der Woche, wenn er daran dachte. Die Revolver waren geölt und geladen, und er hatte zwölf Schuß zur Verfügung. Er hielt es schon für einen Sieg, wenn er alle Schüsse abfeuern könnte, auch, ohne etwas zu treffen.

»Sieh mal, da ist Clara!« flüsterte Sheriff Heep Hundeohr zu.

Draußen, auf der anderen Straßenseite, humpelte Clara in den Schatten auf einen von drei abgestellten Jeeps zu. Als sie ihn erreicht hatte, ging sie dahinter in Deckung.

Ike Hall blieb auf der Main Street stehen, direkt vor der Bar, und schob die ausgefranste Jacke, die wahrscheinlich ein Jahrhundert alt war, über die Revolver zurück.

Etwa ein Dutzend Soldaten, die auf den Straßen patrouillierten, hatten ihn entdeckt und richteten drohend ihre Gewehre auf ihn. Einer lief davon, um Major Paz zu holen.

Die Blicke der drei im Gefängnis Wache schiebenden Soldaten waren auf die Vorgänge auf der Straße gerichtet. Sheriff Heep trat vom Fenster der Zelle zurück und ging zu der Pritsche, unter der die zuvor geöffnete Kiste mit den Handgranaten lag.

Ike Hall wußte nicht, woher er die Kraft nahm, beide Revolver mit einer raschen Bewegung zu ziehen, oder warum er sich ausgerechnet diesen Augenblick dafür aussuchte. Die Schnelligkeit seiner Bewegung überraschte die Soldaten, und sie zögerten lange genug, daß Ike aus jeder Waffe einen Schuß abgeben, sich zu Boden werfen und hinter einen dort abgestellten Jeep in Deckung robben konnte. Einer der Schüsse streifte tatsächlich einen Soldaten; dann eröffneten alle anderen gleichzeitig das Feuer auf ihn. Ike wußte nicht zu sagen, ob er getroffen worden war oder nicht, so sehr schmerzte sein Körper.

In der Gefängniszelle riß Sheriff Heep den Splint aus einer der Granaten aus der Kiste und rollte sie über den Boden auf die drei Wachen am Fenster zu. Sie explodierte, während Heep und McCluskey sich in die Ecke drückten und die Arme schützend vor die Gesichter hoben. Die Explosion ließ das Gefängnis erzittern und erregte die Aufmerksamkeit der Wachen, die Ike unter Beschuß genommen hatten.

In diesem Augenblick schob Clara ihren massigen Körper auf

den Fahrersitz des Jeeps und tastete blindlings nach dem Schlüssel. In den alten Zeiten hatte sie oft Jeeps gefahren, doch in den sechs Jahren, in denen ihre Sehkraft nachgelassen hatte, nicht mehr, und so trat sie mit geschlossenen Augen und einem Gebet auf den Lippen die Kupplung durch und ließ den Motor anspringen.

Ike T. Hall fühlte, wie die Kugeln ihn trafen. Er faßte noch einmal alle Kraft zusammen und warf sich herum, mit beiden Revolvern gleichzeitig schießend. Wyatt wäre stolz auf ihn gewesen. Er glaubte, einen Soldaten sogar getroffen zu haben, brach jedoch zusammen, bevor er sich davon überzeugen konnte.

Die Soldaten stürmten nun von allen Seiten auf das Gefängnis zu; einige trugen noch die T-Shirts, in denen sie sich schlafen gelegt hatten, und zogen die Reißverschlüsse ihrer Hosen hoch. Doch Heep hatte bereits eine Handvoll Laws-Raketen vorbereitet, und wie erwartet waren sie einfacher zu handhaben als jede Bazooka, die er in Korea abgeschossen hatte. Er entriegelte eine Sperre, schob einen Hebel zurück, um die Schubklappe zu öffnen, und richtete die Laws auf die Mitte der Main Street. Ein leichter Druck auf den Abzugshebel, und das Projektil schlug auf dem Teer ein und wirbelte Schotter hoch. Eine Reihe Soldaten ging schreiend zu Boden.

»Noch eine!« rief Heep McCluskey zu, und der warf ihm eine zweite Laws zu.

Einen Augenblick später hatte Sheriff Heep sie entsichert und auf den leeren Supermarkt auf der anderen Straßenseite gerichtet, aus dem immer noch Soldaten gestürmt kamen. Die Vorderfront des Gebäudes ging in einer gelben und schwarzen Explosion in die Luft, und Glasscherben flogen in alle Richtungen. Die Soldaten waren jetzt in der Defensive und suchten Deckung anstatt Ziele. Doch Heep war noch nicht mit ihnen fertig.

Während er die dritte Laws fertigmachte, preschte Clara Buhl mit dem Jeep vor das Gefängnis und hielt dort mit kreischenden Reifen an. Heeps drittes Ziel war der Mast, an dem der Kabelkasten für die gesamte Main Street befestigt war. Der Mast zersplitterte wie vom Blitz getroffen, und ganz Pamosa

Springs fiel in völlige Dunkelheit. Dann lief Heep zur Tür und trat mit seinem Fuß, der in einem schweren Stiefel steckte, gegen das Schnappschloß. Die verrostete Klinke gab sofort nach, und die Zellentür flog nach außen auf. Er griff sich die Kisten.

»Soll das heißen, wir hätten jederzeit hier herauskommen können?« fragte Hundeohr.

»Ich muß dir ja nicht alles verraten, Bürgermeister.«

Sie stürmten aus der Zelle und liefen zum Büroraum. Heep trug unter beiden Armen schwere Kästen und spürte das Stechen in seinem Knöchel kaum, während sich Hundeohr zwei Gewehre griff, die die Wachen fallen gelassen hatten. Sie schienen gut in Schuß zu sein, und er lief voran, in jeder Hand eine schußbereite Waffe.

Vor dem Gefängnis wartete Clara mit dem Jeep. Doch die Soldaten hatten sich schon neu formiert, und als der Bürgermeister Sheriff Heep aus dem Gebäude führte, boten sich ihm jede Menge Ziele. Beide Gewehrläufe spuckten gelbes Feuer, er richtete sie auf ähnliche Farben, die in der Dunkelheit aufblitzten, oder auf sich bewegende Schemen. Als das Magazin des ersten Gewehrs leer war, hatte Heep die Kisten in dem Jeep verstaut und winkte ihn heran.

»Mach schon!« rief er, und Clara setzte den Jeep zu ihm zurück.

McCluskey sprang hinein und stieß mit dem Kopf gegen den Lauf eines fest installierten Maschinengewehrs.

»Mann, ich will verdammt sein . . .«

Er schob den Sicherungshebel zurück und kniete hinter dem Maschinengewehr nieder, während Clara den Jeep wendete und zum Stadtrand fuhr. Das Maschinengewehr hatte einen stärkeren Rückstoß, als er angenommen hatte – vielleicht war er aber auch einfach nur älter geworden –, doch als der Jeep an Geschwindigkeit gewann, hielt McCluskey die Waffe auf alles gerichtet, was sich bewegte, zog den Abzug durch und fühlte, wie seine Zähne unter dem Rückstoß der Waffe aufeinanderschlugen.

Die Soldaten setzten nun zur Verfolgung an. Vor ihnen lag

Bill Hapscombs Tankstelle, und von dort aus führte eine Straße direkt in die San Juans.

McCluskey feuerte immer noch; der Munitionsgurt war fast leer, und Hülsen flogen in alle Richtungen davon. Als sie die Tankstelle beinahe erreicht hatten, griff sich Sheriff Heep eine weitere Laws und entsicherte sie. Er zielte aus voller Fahrt auf die drei Zapfsäulen – und traf.

Zuerst erhob sich ein Flammenblitz, dann ein gewaltiger schwarzer Rauchpilz von der Tankstelle. Benzin sprühte aus den zerfetzten Leitungen in alle Richtungen und nährte die Flammen, und schließlich erstreckte sich zwischen ihrem Jeep und den Verfolgern eine Feuerwand über die Main Street und versperrte dem Feind den Weg. Zahlreiche kleinere Explosionen gaben dem Feuer Nahrung und Hitze, und die Flammen stiegen noch höher.

»Hurra!« riefen Hundeohr und Sheriff Heep gleichzeitig.

Die Flammenwand war weit hinter ihnen wieder zusammengefallen, als sie sahen, wie ein Jeep hindurchpreschte. Er fuhr ein paar Sekunden lang in Schlangenlinien, fing sich dann aber wieder, und ein Soldat erhob sich, um besser mit seiner Maschinenpistole zielen zu können. Der Jeep kam schnell näher, und der Soldat schoß ununterbrochen. Einige Kugeln schlugen ganz knapp hinter ihnen ein.

»Scheiße!« rief der Bürgermeister und duckte sich. »Wir haben keine Munition mehr!«

»Nicht ganz«, sagte Heep, während er nach einer weiteren Laws griff.

»Jetzt hängt's von dir ab, Clara.«

Clara sagte nichts und konzentrierte sich auf das Fahren. Sie nahm die Straße vor ihnen als großen schwarzen Fleck wahr und kurbelte wie verrückt am Steuerrad, um den Wagen einigermaßen in der Spur zu halten. Sie hoffte, daß ihr Gesichtsausdruck nichts von dem stechenden Schmerz verriet, den sie in ihrer Brust spürte. Sie dachte zuerst, eine Kugel habe sie erwischt, doch dann verriet ihr das krampfartige, beklemmende Gefühl, das sich von ihrem Kiefer über den gesamten linken Arm bis in die Fingerspitzen ausweitete, daß ihr schwaches Herz endlich genug hatte und aufgeben wollte.

Halte nur noch ein paar Minuten durch, dachte sie verzweifelt. *Schlage weiter. Gib nicht auf!*

Vor Schmerz sah sie Sterne, und ihre Sicht trübte sich zusehends. Der Jeep schwankte leicht, während die schmale Straße, die in die San Juans führte, schnell näherkam. Sheriff Heep war es gelungen, eine weitere Laws fertig zu machen, während ihm die Kugeln um den Kopf pfiffen, doch als Clara plötzlich auf die Bergstraße abbog, ließ er sie fallen.

»Scheiße!« rief er und griff verzweifelt nach der Rakete.

Clara nahm die Haarnadelkurven, indem sie hinabschaltete; sie hatte Angst, auf die Bremse zu treten und den Vorsprung auf den verfolgenden Jeep zu verlieren. Ihr Gesichtsfeld beschränkte sich jetzt auf die Bergseite und die tödliche Klippe. Sie rang um Atem, und jedes Pochen in ihrer Brust stahl ihr mehr davon. Der Schmerz fühlte sich an wie glühende Blasen, die in ihr aufbrachen. Sie fühlte, wie ihre Hände taub wurden, und die Nacht war nicht mehr nur dunkel, sondern pechschwarz. Der Jeep schlitterte nach links und streifte den Berg. Clara lenkte zu heftig dagegen und hätte sie beinahe über den Abgrund befördert.

»Langsamer!« rief Hundeohr.

Sie bekam den Jeep wieder unter Kontrolle und hielt jetzt den Atem an; dies schien den Schmerz etwas zu mildern. Sheriff Heep hatte die Laws wieder schußbereit. Der verfolgende Jeep war nur noch zehn Meter entfernt, doch die steile Straße und die plötzlichen Kurven verhinderten, daß Heep das klare Ziel fand, das er brauchte, um die Verfolger endgültig loszuwerden.

»Verdammt«, sagte er und erhob sich in dem Jeep, während Hundeohr seine knochigen Beine umfaßte, um ihm Halt zu geben.

Heeps Knie ächzten und knackten. Er feuerte genau in dem Augenblick, als Clara über eine Kuppe preschte, und der Schuß geriet zu niedrig. Doch der Jeep war so dicht hinter ihnen, daß die Explosion Steine und Erde gegen seine Windschutzscheibe wirbelte und dem Fahrer die Sicht nahm. Er versuchte, den Wagen wieder in die Gewalt zu bekommen, streifte dabei jedoch den Berg und raste dann auf der anderen Seite über den Abgrund.

Heep und Hundeohr bekamen nichts davon mit. Sie waren beide auf den Boden des Jeeps gestürzt, der nun langsam zum Stehen kam. Beide Männer rappelten sich auf, schauten zurück und sahen, daß es keinen Verfolger mehr gab.

»Wir haben es geschafft! Gottverdammt, wir haben es geschafft! Ich habe diese Arschlöcher erwischt! He, Clara, wir . . .«

Hundeohr hielt inne, als er sah, daß Clara Buhl über dem Lenkrad zusammengebrochen war.

»O Scheiße«, sagte er. Vor ihnen bäumten sich die San Juans auf, und Pamosa Springs war nur noch ein dunkler Fleck tief unter ihnen.

Fünfter Teil

DIE SCHLACHT UM PAMOSA SPRINGS

Pamosa Springs: Donnerstag, acht Uhr

31

Guillermo Paz erteilte den Offizieren seine Befehle und entließ sie dann. Bei den Verwüstungen der letzten Nacht hatte er ein Dutzend Männer verloren, *ein volles Dutzend*, im Kampf gegen einen alten Spinner mit zwei Revolvern und drei Sesselfurzer mittleren Alters. Paz verfluchte sich, weil er den Feind unterschätzt, seine Gefangenen nicht getötet hatte, als er noch Gelegenheit dazu gehabt hatte. Doch sein Befehl hatte gelautet, die Ordnung in der Stadt wiederherzustellen, und bis gestern abend hatte die Exekution von sechs Bürgern und die Festnahme ihrer Führungsspitze genau das bewirkt. Es war auch zu keinen Morden mehr gekommen, und wären seine Sicherheitsvorkehrungen nicht so lasch gewesen, hätte er auch jetzt noch die Lage voll unter Kontrolle gehabt.

Am schlimmsten daran war, daß bei der Flucht auch die Telefonschaltstelle für die Außenleitung vernichtet worden war, über die General Raskowski Kontakt mit ihm gehalten hatte. Doch seine Anweisungen waren eindeutig: Er mußte in erster Linie die Stadtbewohner dort festhalten, wo er sie unter Aufsicht hatte, und den Partikelgenerator vor jedem möglichen Schaden bewahren.

Aufgrund dieser Prioritäten hatte Paz seine schwerste Artillerie an den beiden gegenüberliegenden Enden der Stadt postiert, um so praktisch jeden Angriff vom Boden oder aus der Luft abwehren zu können. Nicht, daß solch ein Angriff überhaupt Aussichten auf Erfolg gehabt hätte. Der Generator war von einer praktisch undurchdringlichen Hülle aus Wolframstahl umgeben und ließ sich in der Schlucht zwischen den sich sanft neigenden Hügeln leicht verteidigen. Paz schaute zu ihm hinüber und fuhr sich fast unablässig über den Bart. Die Haare lösten sich büschelweise daraus, und er warf sie achtlos beiseite. Das Ende war nahe, stand nur Stunden bevor.

Paz konnte nur noch warten.

Blaine McCracken lag auf einem Hügel niedergekauert, von dem aus man Pamosa Springs überblicken konnte. Was er durch das Fernglas sah, verschlug ihm den Atem. Unter ihm, im Stadtzentrum, trieben Männer, die wie amerikanische Soldaten gekleidet waren, mehrere Gruppen von Stadtbewohnern auf das größte Gebäude der Stadt zu, eine weiße Kirche mit einem Glockenturm. Er beobachtete, wie Dutzende von Einwohnern wie Vieh durch die Türöffnung gescheucht wurden; die Soldaten richteten Maschinenpistolen auf sie und stießen sie damit gelegentlich an, wenn es ihnen nicht schnell genug ging. Gleichzeitig befestigten andere Soldaten Plastiksprengstoff an der Seite der Kirche, genug, um die ganze Stadt in Schutt und Asche zu legen, ganz zu schweigen von dem einzelnen Gebäude. Die Botschaft an die Geiseln in der Kirche war klar: Jeder Fluchtversuch würde ihren Tod nach sich ziehen.

Er richtete seine Aufmerksamkeit auf den Nordwesten der Stadt, wo eine weitere Phalanx von Soldaten einen Hügel bewachte, in den ein Stollen hineinführte. In der Schlucht dahinter, so wußte er, mußte sich der Generator befinden, der den Partikelstrahl abschießen würde. Sobald sich der Reflektor in der Erdumlaufbahn befand – in zwölf Stunden also –, konnte Raskowski von seinem Hauptquartier auf der anderen Seite des Atlantiks den Strahl auf jede gewünschte Stelle der Vereinigten Staaten richten.

Seine Gedanken glitten zurück zu den letzten Augenblicken an Bord des *Drachenfisches*, nachdem Vasquez' U-Boot systematisch den Rest von Raskowskis Bimini-Streitkräften vernichtet hatte.

»Der General ist noch nicht mit Ihnen fertig, Fettsack«, hatte Blaine seinen Gegenspieler herausgefordert, über dessen

Absichten er sich immer noch nicht klar war. »Ich, Natalja und der Indianer sind die einzigen, die ihn erledigen können.«

»Sie haben jemanden vergessen, nicht wahr, McCracken? Mich. Ich habe Sie gefangengenommen. Ich habe gewonnen. Jetzt bin ich bereit, eine größere Herausforderung anzunehmen: die des Russen, der mich zum Narren gehalten hat, der es wagte, in meine Gewässer einzudringen . . .«

Die Diskussion setzte sich fort, während sie auftauchten und Kurs auf Vasquez' Privathafen auf den Biminis nahmen. Blaines Gedanken galten in erster Linie der Tatsache, daß das Scheitern von Raskowskis Killern den General darauf aufmerksam machen würde, daß hier noch eine gefährliche Bedrohung für ihn existierte. Das Überraschungsmoment auf allen Fronten hatten sie verloren. Nun konnten sie höchstens noch einen Angriff an drei verschiedenen Orten führen, wovon zumindest einer erfolgreich verlaufen mußte.

Blaine würde von hier aus direkt nach Pamosa Springs fliegen. Wareagle würde nach Washington eilen, mit der Bitte, Truppen nach Colorado zu schaffen, solange dafür noch Zeit war, und den Satellitenstart unter allen Umständen abzubrechen. Natalja würde mittlerweile mit Vasquez nach Europa zurückkehren. Der fette Mann würde ihr ein Einsatzteam zur Verfügung stellen, mit dem sie Katlows derzeitiges Versteck angreifen konnte – das in Zürich lag, wie sich herausgestellt hatte, und bei dem es sich mit Bestimmtheit auch um Raskowskis Hauptquartier handeln mußte.

»Sind Sie sicher, daß auf Ihre Männer Verlaß ist?« fragte sie ihn.

»Verlaß, meine Liebe? Bei diesen Männern handelt es sich ohne Ausnahme um Söhne von mir, zehn von sechs verschiedenen Frauen, und jeder ist nach seinem Vater geraten.«

Sie hatten sich getrennt, als nur noch achtzehn Stunden bis zu Raskowskis mörderischem Schlag gegen die Vereinigten Staaten blieben. In seinem Versteck auf dem kleinen Hügel wußte McCracken, daß sich Natalja noch auf dem Weg nach Europa befinden mußte. Er würde auf jeden Fall zuerst zuschlagen.

McCracken sah auf die Uhr: noch acht Stunden. Durch das

Fernglas glitt sein Blick über das kleine Stadtzentrum von Pamosa Springs und verharrte plötzlich auf einer kleinen, stämmigen Gestalt: Guillermo Paz.

Paz' Reputation hätte Blaine beinahe verleitet, seine Mission neulich in Nicaragua – die Entführung der Hind-D – abzubrechen. Und nun war der kleine Mann hier, spielte wie immer mit seinem Schnurrbart, hatte sich offensichtlich mit Raskowski zusammengetan und war gezwungen, seine Fähigkeiten unter Beweis zu stellen. Blaine freute sich nicht unbedingt darauf, sich in so kurzer Zeit mit demselben Mann zum zweiten Mal anzulegen. Er hatte nicht zuletzt so lange in dem Geschäft überlebt, weil er es verstand, das Schicksal nicht herauszufordern.

In diesem Fall schien Paz jedoch das geringste seiner Probleme zu sein. Er hatte neunzig Soldaten und genug Waffen gezählt, um aus dieser Position eine zehnfache Übermacht abzuwehren. Und er hatte nur die eine Uzi, die Vasquez ihm überlassen hatte, und den fast vollen Benzintank in dem Kleinwagen, den er in Durango gemietet hatte.

Was er brauchte, war ein Wunder. Und ein paar Minuten später kam ihm in den Sinn, wo vielleicht eins auf ihn wartete.

Sheriff Heep und der Bürgermeister hatten nicht weit in die San Juans vordringen können. Zum einen suchten dort Paz' Männer nach ihnen, zum anderen hatte Hundeohr eine Fleischwunde am Bein abbekommen. Zuerst hatte er Heep gebeten, ohne ihn weiterzugehen, doch der Sheriff wollte nichts davon wissen. Er schnitt eine Menge dicker Äste ab und tarnte damit ein geschütztes Versteck zwischen drei großen Felsen, in dem sie vor dem Wetter geschützt und einigermaßen sicher waren. Sie hatten diesen Unterschlupf in den Stunden seit ihrer Flucht nur einmal verlassen müssen, doch Paz' Leute waren auf der Suche nach ihnen mehrmals so nahe gekommen, daß sie buchstäblich nicht mehr zu atmen gewagt hatten.

Clara hatten sie zuvor notdürftig unter Steinen und Zweigen begraben. Ihre Anstrengungen hatten sie gerettet, und bevor sie weitergingen, sprachen sie stumme Gebete sowohl für sie wie auch für Isaac T. Hall. Sie waren noch nicht weit gekommen, als Hundeohrs Bein steif wurde, und mußten eine Stelle suchen, wo sie die Kisten mit den Raketen und Granaten verstecken konnten, die zu schwer waren, als daß sie sie hätten tragen können. McCluskeys Verletzung schwoll immer mehr an und wurde immer schmerzhafter, und Sheriff Heep mußte ihn den größten Teil der Strecke bis zu jener Stelle tragen, wo sie schließlich Unterschlupf fanden.

Sie sprachen nicht viel miteinander, denn es gab nicht viel zu sagen. Sie waren zwar entkommen, doch ihrer Stadt hatte das nicht viel geholfen. Sie hatten die Dinge vielleicht sogar noch schlimmer gemacht. Nachdem nun zwei Gefangene entkommen waren, die der ganzen Welt berichten konnten, was in Pamosa Springs vor sich ging, war Paz zu allem fähig.

Sie brauchten dringend einen Arzt, der das Bein des Bürgermeisters versorgen konnte. Danach konnten sie dann ihre Granaten und Raketen wieder den Paß hinabschleppen und einen Privatkrieg mit Paz' Truppen anfangen. Doch was sie wirklich brauchten, war ein Wunder.

Drei Stunden, nachdem Blaine Pamosa Springs verlassen hatte, hielt er seinen Mietwagen vor dem Tor des Forschungs- und Testgeländes der Air Force in Colorado Springs an. Er hatte keinen Ausweis, der ihm Zutritt zu dem Gelände verschaffen konnte, doch es gelang ihm, die Wachen am Tor zu überreden, Lieutenant Colonel Ben Metcalf anzurufen, der ihren Unterlagen zufolge glücklicherweise zur Zeit Dienst hatte. Als Metcalf hörte, daß es sich bei seinem Besuch um McCracken handelte, gab er Anweisung, ihn augenblicklich passieren zu lassen.

Die Luftwaffenbasis war ziemlich primitiv; soweit es Blaine bekannt war, bestand sie lediglich aus mehreren Verwaltungsbaracken, einem Dutzend Hangars, zahlreichen Rollbahnen und Kasernen, in denen die Soldaten untergebracht waren.

Metcalf erwartete ihn vor dem dreistöckigen Bürogebäude und schüttelte ihm erfreut die Hand, als er aus seinem staubigen Kleinwagen stieg.

»Bist du jetzt auf wirtschaftliches Fahren umgestiegen?«

»Mein Porsche ist in der Werkstatt. Du weißt doch, wie das ist.«

»Na klar. Ich habe jeden Tag mit temperamentvollen Motoren zu tun.« Sie standen einander gegenüber. »Was zum Teufel führt dich also so schnell hierher zurück?« fragte Metcalf ihn.

»Du mußt mir einen Gefallen tun.«

»Bei Gott, wir sind dir einen schuldig. Nur heraus damit.«

»Warte lieber, bis du weißt, worum es sich handelt.«

»Ich höre.«

»Gehen wir lieber in dein Büro.«

Als Metcalf die Tür hinter ihnen geschlossen hatte, fragte Blaine: »Was gibt es Neues bei der Hind-D?«

»Nicht viel. Wir haben ein paar Schilder in englischer Sprache über die russischen geklebt, aber zum größten Teil war es das dann auch schon. Der Amtsschimmel wiehert wieder mal prächtig. Alle hohen Tiere der Streitkräfte streiten sich darum, wem der Hubschrauber denn nun gehört.«

»Dann hast du ihn noch nicht auseinandergenommen?«

»Nein, verdammt. Seitdem du ihn bei uns abgeliefert hast, haben wir ihn nur für einen Probeflug vollgetankt, der auch nicht stattgefunden hat.«

»Genau das wollte ich hören.«

»Wieso, Blaine?«

McCracken zögerte. »Jetzt kommen wir zu dem Gefallen, den ich erwähnte. Du mußt mir die Hind borgen ... nur für heute nachmittag.«

Metcalfs Gesicht wurde zum ersten Mal ernst. »Blaine, was ist los?«

»Ich will dich nicht mit Erklärungen belasten, weil sie für dich sowieso keinen Sinn ergeben würden. Kann ich den Vogel nun haben oder nicht?«

Metcalf zuckte die Achseln. »Du weißt, ich würde dir liebend gern helfen. Das Problem ist nur, ich habe nicht die Befugnisse, die Hind jemandem zu überlassen; bis sich die hohen Tiere geeinigt haben, muß der Vogel hier bei uns bleiben. Ich würde dir gern helfen, kann es aber nicht. Mein Gott, Blaine, ich weiß, daß du nicht hier wärest, wenn du nicht einen verdammt guten Grund dafür hättest, aber ich habe einfach nicht die Autorität, dir deine Bitte zu erfüllen.«

Blaine zog seine Pistole. »Das habe ich mir gedacht.«

»Die brauchst du nicht«, sagte Metcalf ruhig.

»Ich habe sie zu deinem eigenen Besten mitgebracht. Auf diese Art und Weise kannst du behaupten, du hättest unter Zwang gehandelt. Das könnte deine Karriere retten.«

»Und deine für immer verderben.«

»Ich habe keine mehr. Glaube mir, jetzt weniger denn je zuvor.«

Metcalf ging mit ihm zur Tür und blieb dann stehen. »Was immer du vorhast, du wirst offensichtlich Hilfe brauchen. Laß mich . . .«

»Sei mir nicht böse, Ben«, unterbrach McCracken ihn, »aber du gehörst jetzt auch zum Amtsschimmel, und ich habe nicht die Zeit, den Dienstweg einzuschlagen. Das *Land* hat nicht die Zeit.«

»So schlimm steht es?«

»Allerdings.«

»Dann sage mir wenigstens, wohin du fliegen wirst. Vielleicht habe ich Glück und . . .«

»Nein, das kann ich dir auch nicht verraten, aber trotzdem vielen Dank. Mit diesen Informationen könnte man dich der Mittäterschaft beschuldigen, und helfen kannst du mir sowieso nicht. Der Amtsschimmel trabt zu langsam, um das Risiko einzugehen. Diese Sache muß ich allein durchstehen.«

»Dann steck deine Waffe weg und folge mir.«

»Die halte ich lieber in der Hand, Ben, nur des Eindrucks wegen.«

Zu dieser Jahreszeit unternahm Cleb Turner, Sergeant Major in der Armee der Vereinigten Staaten, in der Mittagszeit täglich einen Spaziergang zum nächsten Hot-dog-Stand. Turner kaufte zwei Hot dogs, eine Dose kalorienarme Coke und fiel dann im Schatten eines Baumes genüßlich darüber her, bevor er wieder zu seinem faden Büro im Pentagon und zum Beginn von genauso faden nachmittäglichen Konferenzen zurückkehrte.

Cleb Turner hatte niemals vorgehabt, Verwaltungsangestellter zu werden. Die Arbeit in den Amtsstuben war zu beschränkt, besonders für einen Mann, der sowohl in Korea als auch in Vietnam gedient hatte. Noch schlimmer war das Wissen, daß Cleb sich seine Ernennung als erster farbiger Sergeant Major der Armeegeschichte genauso auf den politischen wie auf den wirklichen Schlachtfeldern verdient hatte. Aber zum Teufel damit! Seine Tapferkeit hatte ihm die Ernennung eingebracht; er mochte lediglich den Job nicht und behielt ihn hauptsächlich, weil er der Annahme war, je mehr echte Soldaten hinter den Schreibtischen saßen, desto leichter fiele es, zukünftige Debakel zu vermeiden.

Dieser Scheißdreck, den er mitmachen mußte, um zu seinem Ziel zu gelangen, ließ das Mittagessen außerhalb des Pentagons zur schönsten Stunde des Tages für ihn werden. Da der Morgen relativ ruhig verlaufen war, fiel er mit besonderem Appetit über seine beiden Hot dogs her. Er versuchte gerade, sie in einer Hand zu halten und mit der anderen die Cola-Dose zu öffnen, als er sich umdrehte und gegen einen Mann prallte, dessen Brust auf der gleichen Höhe seines Kopfes war.

»Was zum Teufel . . .« Dann sah Turner das Gesicht des Mannes. »Johnny Wareagle?« sagte er erstaunt.

»Mit besten Grüßen von den Geistern, Sergeant.«

»Ich dachte, du wärest tot.«

»Nur für eine Zeitlang.«

32

McCracken hielt die Hind-D niedrig, unterhalb der Reichweite des Luftverteidigungs-Radars, der ständig auf unbekannte und möglicherweise gefährliche Flugzeuge achtete, die nicht auf dem Flugplan standen. Es waren gut dreihundert Kilometer von Colorado Springs nach Pamosa Springs, und Blaine hoffte, diese Strecke in knapp einer Stunde zurücklegen zu können.

Blaine hatte darauf bestanden, den Colonel gefesselt und geknebelt im Hangar der Hind zurückzulassen, damit seine Laufbahn auch bestimmt keinen Schaden nahm. Metcalf hatte zögernd zugestimmt, nachdem er McCracken die Rollbahn gezeigt hatte, auf der er starten konnte. Bis jemand begriff, daß etwas nicht in Ordnung war, würde Blaine schon über Pamosa Springs sein.

Er hatte zwei Monate seines Lebens damit verbracht, alles über die Hind-D zu erfahren, was es zu erfahren gab, bevor er zu seiner Mission in Nicaragua aufgebrochen war. Damals war Flucht sein einziges Ziel gewesen. Die heutige Mission würde beträchtlich schwieriger werden.

Er verbrachte die restliche Flugzeit damit, sich wieder mit dem Cockpitaufbau der Hind vertraut zu machen. Der Hubschrauber war für drei Mann Besatzung ausgelegt, ließ sich jedoch im Notfall auch von einer einzigen Person fliegen. Die englischen Aufschriften, die Metcalf über die russischen geklebt hatte, erleichterten ihm in dieser Hinsicht das Leben beträchtlich, denn zumindest auf diesem Flug würde Blaine nicht mehr auf Vermutungen angewiesen sein, welcher Knopf nun welche Funktion hatte. Besonders ausgeklügelte Systeme gaben ihm genaue Daten über seine lasergeleiteten Bordgeschütze und die Raketen- und Fernlenkgeschoß-Werfer. Ihm blieben noch neunzig 27-Millimeter-Raketen und gut die Hälfte der Munition für die Bordgeschütze, die den Bewegungen seiner Augen folgten, sobald er das in seinem Helm eingebaute Leitsystem aktiviert hatte. Sämtliche sechs Antitank-Raketen würde er für den Partikelgenerator aufsparen.

Seine größte Sorge zu diesem Zeitpunkt galt dem Problem, wie er all diese Technik für sich einsetzen sollte. Sein Ziel war natürlich die gut bewachte Schlucht, in der der Generator erbaut worden war. Doch bei der schweren Artillerie an beiden Enden der Stadt kam ein direkter Angriff nicht in Frage. Hoch oben in der Luft, auf der üblichen Höhe, würden ihn die Geschosse zerfetzen. Doch wenn er . . .

Blaine schluckte hart. Seine einzige Hoffnung bestand darin, das Unerwartete zu tun, so gefährlich es auch sein mochte. Wenn er einen Niedrigstflug wagte, könnte er den Geschützbatterien vielleicht entgehen. Natürlich würde sich das Risiko eines Treffers vom Boden aus vergrößern. Doch damit konnte er leben. Er würde sie völlig überraschend angreifen. Wenn er erst einmal die großen Geschützbatterien ausgeschaltet hatte, gehörte der Generator ihm.

McCracken rutschte unruhig auf seinem Sitz hin und her. Er konnte die Hind entweder mit einem Joystick oder einem Steuerknüppel lenken; in beiden befanden sich Auslöseknöpfe für die Bordkanonen. Die Raketen mußte er notfalls mit der anderen Hand auf den Weg schicken. Während Blaine sich Pamosa Springs näherte, übte er die Prozedur immer und immer wieder bei nicht aktivierten Waffensystemen. Die Kontrollen der Hind gingen glatt und leicht, wie die eines Sportwagens.

Die San-Juan-Berge kamen schnell näher, und Blaine mußte beträchtlich steigen, um sie zu überwinden, wobei er die Hind gefährlich nahe über den Berggipfel hielt. Der Hubschrauber gehorchte seinen Anweisungen augenblicklich und elegant und bockte nur ein wenig, als wisse er ganz genau, was hinter der nächsten Hügelkette lag.

Guillermo Paz war durchaus stolz auf sich. Alles in allem hatte er die Dinge in Pamosa Springs so gut unter Kontrolle, daß angesichts seines unbestreitbaren Erfolgs die paar Komplikationen sicher nicht zur Sprache kommen würden. Er hatte mittlerweile sämtliche Stadtbewohner in der Kirche zusammengepfercht und das Gebäude vermint. Damit würden die Gefangenen Ruhe halten, während seine Wachen am Taleingang mit Leichtigkeit jeden Angriff abwehren konnten, den die Entflohenen, der Bürgermeister und der Sheriff, organisieren mochten.

Paz stand stolz und kerzengerade mitten auf der Main Street, die eine Hand an der Hüfte, während er sich mit der anderen hingebungsvoll den Schnurrbart streichelte. Seine Männer salutierten, wenn sie an ihm vorbeigingen, und Paz erwiderte die Grüße großmütig. Alles in allem waren die Dinge verdammt gut gelaufen. Bald würde der Todesstrahl abgefeuert werden, und Paz würde sich unter den wenigen Zeugen befinden, die ihn tatsächlich *sehen* würden.

Das leise, pfeifende Geräusch verwirrte ihn zuerst. Es klang wie das Echo einer Kettensäge in der steifen Brise. Dann wurde es lauter. Mit einem Schaudern begriff Paz, woher es stammte, und er wußte gleichzeitig, daß es nicht sein konnte. *Es konnte nicht sein!* Seine Augen suchten den Himmel ab.

Die Hind-D raste aus der Deckung der Berge. Paz erblickte sie, als sie auf Baumhöhe fiel. Er wußte, daß es sich um die Maschine handeln mußte, die er in Nicaragua verloren hatte; man hatte sie hierher geflogen, um sie hier gegen ihn einzusetzen. Und der Pilot hatte seine Strategie gut geplant. Er kam unterhalb der Reichweite seiner Hauptgeschütze heran.

Paz sah, wie sich die Kammern der Bordgeschütze drehten; einen Augenblick später erreichte schon ihr *Klack-klack-klack* seine Ohren. Die erste Salve schlug in der Nähe seiner ersten Kanonenbatterie ein; wo die Kugeln trafen, hämmerten sie scharf gegen den Stahl, wo nicht, wirbelten sie Staub auf.

Die Hind senkte sich noch tiefer. Du bist verrückt, wollte Paz dem Piloten zurufen, doch er schien genau zu wissen, was er tat, wie Paz begriff, als er sah, wie der stählerne Vogel direkt auf ihn zuschoß. Als das erste Rattern von Maschinengewehrfeuer erklang, warf er sich hinter einem Jeep in Deckung. Die Kugeln schlugen in das Fahrzeug ein, und Metallteile regneten auf Paz hinab. Eine kleine Gruppe seiner Männer, die bei den ersten Kampfgeräuschen auf die Straße gelaufen waren, wurde von den großkalibrigen Kugeln des Hubschraubers zerfetzt.

Paz kroch hinter dem brennenden Jeep hervor und lief zur Waffenkammer. Wenn es hart auf hart kam, würde er den Generator auch mit eigenen Händen verteidigen. Er durfte jetzt nicht versagen.

Jetzt nicht mehr.

McCracken hatte sich Paz vorgeknöpft, nachdem er die erste Geschützbatterie vernichtet hatte. Er nahm die Geschwindigkeit des Hubschraubers zurück, um besser zielen zu können, war sich jedoch nicht sicher, ob er Paz mit seiner zweiten Salve erwischt hatte. Bei den anderen Soldaten, die mit schußbereiten Gewehren auf die Straße gestürmt waren, stellte sich diese Frage nicht. Als McCracken seine zweite Runde über die Straße zog, sah er ihre durchlöcherten Leichen und wunderte sich erneut, wie zielsicher die Waffensysteme des Helikopters waren.

Auf halber Strecke zur zweiten Geschützbatterie richtete er seine Aufmerksamkeit auf die dicken Läufe, die sich am Fuß der Hügel am westlichen Stadtrand bemühten, ihn ins Visier zu bekommen. Bevor es ihnen gelang, hatte er sie jedoch schon erreicht und war längst über sie hinweggeflogen. Die Soldaten hätten ihre Geschütze besser auf die Schlucht gerichtet und ihn dort abgefangen. Sie hatten ihm die Tür weit aufgesperrt, und er wollte verdammt sein, wenn er jetzt nicht hindurchspazieren würde.

McCracken feuerte eine Rakete ab, und eines der auf Lastwagen montierten Geschütze explodierte in einer Flammenwand. Augenblicklich ließ er eine Salve aus den Bordgeschützen folgen. Das verschaffte ihm den Vorteil, den er benötigte, während er über die Geschützbatterie hinwegraste und über den Hügel flog, auf dessen anderer Seite das Tal lag.

Die Wachen auf dem Hügel griffen ihn mit Gewehrfeuer an, als er über sie hinwegbrauste, doch die Geschosse erzeugten auf der verstärkten Stahlhülle der Hind kaum einen Kratzer. Er zog den großen Vogel am Tal vorbei, um dann eine Drehung zu vollführen. Er wollte direkt auf sein Ziel zuhalten und Zeit genug gewinnen, ein paar sichere Treffer zu landen. Er hoffte, drei Raketen abfeuern zu können, bevor er den Hubschrauber wieder hochziehen mußte, und drei sollten ausreichen, den Generator endgültig zu vernichten.

Blaine zog die Hind herum und fröstelte unwillkürlich, als er hinabschaute. Von seinem Blickwinkel aus hatte die Generatorkanone das Aussehen eines gewaltigen, spiralförmig zulaufenden Turms mit einer freiliegenden, nach oben gerichteten

Spitze. Er hatte eine beträchtliche Größe, eine Kuppel, von staubigem, grauem Stahl umschlossen. Es erstaunte ihn, daß man solch eine uneinnehmbare Festung so schnell hatte errichten können.

Blaine schluckte, als er die Befehle für den Zielcomputer eingab. Einen Finger hatte er auf dem Feuerknopf, die andere Hand umschloß den Steuerknüppel.

Er hatte nur eine Chance verlangt, und die würde er jetzt bekommen.

In unmittelbarer Nähe der Hind explodierte ein Geschoß aus der Geschützbatterie am anderen Ende der Stadt. McCracken schlug einen Zickzack-Kurs ein und schoß seine drei Raketen in schneller Reihenfolge ab; das lasergesteuerte Leitsystem übernahm den Rest. Er war schon über den Generator hinweggeflogen, bevor er das Einschlaggeräusch vernahm, doch er riß die Maschine herum, um die Wirkung der drei direkten Treffer überprüfen zu können.

Nichts! Die einzigen Anzeichen für einen Einschlag bestanden in ein paar kleineren Flammen, die aus schmalen Rissen in der Stahlhülle schlugen.

Blaine verließ der Mut. Er hatte den Generator mit drei Raketen getroffen, die einen ganzen Wohnblock einebnen konnten, doch die Treffer hatten praktisch keine Wirkung gezeigt. Seine einzige Hoffnung bestand nun darin, sich über der Main Street genug Zeit für einen zweiten Angriff zu verschaffen, und diesmal würde er direkt auf die freiliegende Spitze zielen, die den Strahl ausstoßen würde, ein wesentlich schwierigeres Unterfangen, aber die einzige Möglichkeit, die Waffe doch noch auszuschalten.

Als er sich der Main Street näherte, zog er die Maschine tiefer und schoß mit den Bordgeschützen aufs Geratewohl, nur, um sich etwas Zeit zu verschaffen. Es würde alles andere als leicht werden, die Spitze des Turms zu treffen. Er verengte das Zielgitter auf dem kleinen Computerschirm auf der Konsole direkt rechts neben ihm. Der Hubschrauber war an der Unterseite mit einer Infrarot-Kamera ausgestattet, die ihm auf dem Monitor die Form des Ziels zeigte, auf das die Raketen gerichtet waren. Wenn dieses Ziel auf dem Bildschirm erschien, mußte er nur noch darauf zuhalten und die Rakete abschießen, dann würde das Fernlenksystem übernehmen.

McCracken ging so tief hinab, wie er es wagte, hatte jetzt kaum noch eine Höhe von fünfzehn Metern, und feuerte seine Bordgeschütze auf Fenster ab, aus denen Gewehrläufe hervorragten. Der größte Widerstand hatte sich um drei Gebäude in der Stadtmitte organisiert, offensichtlich das Hauptquartier und vielleicht auch die Waffenkammer von Raskowskis Leuten.

Bei dem ersten handelte es sich, was er allerdings nicht wußte, um Sheriff Heeps Gefängnis, dessen Fassade von seiner ersten Rakete beschädigt worden war. Das zweite sah aus wie ein Gemischtwarenladen. Er drückte auf den Auslöser, und ein Teil des Gebäudes flog in die Luft und zwang die Soldaten auf der Straße, sich in Deckung zu werfen.

Als er sich dem östlichen Stadtrand näherte, gab die dort neu gruppierte Geschützbatterie eine volle Salve auf ihn ab, die ihn jedoch weit verfehlte. Er beschleunigte und deckte die Geschütze mit so vielen Raketen ein, wie er im rasenden Vorbeiflug abfeuern konnte. Hinter ihm blieben nur Rauch und glühender Stahl zurück, als er wieder nach Westen flog, um sich mit der zweiten Batterie zu befassen.

Vier von Paz' Männern liefen auf die Straße; sie hielten Waffen in den Armen, die er als Laws-Raketen erkannte. Er blickte sie durch die Zielvorrichtung in seinem Helm an, doch aufgrund seiner Beschleunigung war er schon über sie hinaus, und seine Salven gruben lediglich schwarze Klumpen aus der frisch geteerten Straßendecke. Er steckte in der Zwickmühle; hinter ihm waren die Laws, und vor ihm die westliche Batterie.

Er war sich nicht sicher, wie viele der Raketen die Hind-D tatsächlich trafen. Die Kontrollen in seinen Händen schienen einen Augenblick lang auszufallen. Als sie wieder reagierten, gehorchte ihnen der Hubschrauber kaum noch. Zwei rote Lampen blinkten auf der Konsole vor ihm auf und wiesen auf Brände achtern hin, die zu groß waren, als daß die automatischen Systeme sie hätten löschen können. Blaine steuerte den Hubschrauber weiterhin auf die Geschützbatterien zu.

Wie er sah, hatten Paz' Kanoniere es diesmal besser gemacht. Drei der vier Geschütze waren bereits auf die Schlucht ausgerichtet, um ein Sperrfeuer auszuspeien, das er unmöglich durchqueren konnte. Das vierte verfolgte ihn und zwang ihn damit, schneller höher zu steigen, als ihm recht war. Seine Manövrierfähigkeit war eingeschränkt, und damit auch seine Chance, Raketen auszuweichen, wenn er sich wieder über dem Tal befand.

Sein Ziel, die freistehende Spitze des Turms, war in seinen Gedanken festgefroren, doch er mußte es auch im Suchgitter der Abschußvorrichtung haben, wenn ihm überhaupt noch eine Chance bleiben sollte. Er raste über die westliche Batterie hinweg, und die Schlucht kam schnell näher. Blaines Hand glitt zum Zielcomputer.

Die drei Geschütze feuerten ununterbrochen. Er flog jetzt genau auf den Generator zu, war nur noch Sekunden von ihm entfernt. Überall um ihn herum explodierten jetzt Geschosse, deren Schwingungen in seinen Ohren dröhnten, während sich der Hubschrauber aufbäumte. Er zog dessen Nase hinab, um ein besseres Ziel zu haben, konzentrierte sich auf das enger werdende Zielgitter und wartete darauf, daß es die Generatorspitze erfaßte.

Da war sie, genau in der Mitte! McCracken drückte auf den Feuerknopf.

Ein gewaltiger Schlag erschütterte hinten den Hubschrauber und riß ihn hoch. Er verharrte in der Luft, schien fast stillzustehen, und Rauch erfüllte die Kabine. Überall auf der Instrumententafel blitzten rote Lampen auf.

Die Raketen waren nicht abgeschossen worden! Sie waren nicht abgeschossen worden!

Paz' Kanoniere hatten ihn um einen Sekundenbruchteil geschlagen, doch Blaine gab nicht auf. Er hatte noch immer drei Raketen und beabsichtigte, eine Möglichkeit zu finden, sie auch abzuschießen. Er hustete im dichten Rauch und versuchte, die Hind wieder in seine Gewalt zu bekommen. Weitere Einschläge durchschüttelten ihn, während er den stotternden Vogel in einem weiten Kreis herumzog, der ihn wieder über die San Juans brachte. Weitere rote Lampen flammten auf, um ihn zu warnen, daß sämtliche Waffensysteme ausgefallen waren und die Treibstoffleitung durchtrennt war. Die Hind bäumte sich in der Luft auf und weigerte sich, noch einen Meter zurückzulegen. Er flog sie in ihr Grab. Und in das seine.

Mit der letzten Kraft, die Blaine zusammennehmen konnte, schoß er tiefer über die Ausläufer der San Juans dahin. Die großen Artilleriegeschosse folgten ihm jeden Zentimeter des Weges, und ein letztes erreichte ihn, als das Baumwerk der Hügel unter ihm lag und er gerade versuchen wollte, irgendwie zu einer Landung anzusetzen.

Doch dieser letzte Treffer hatte dem Hubschrauber den Todesstoß versetzt. Schwarze Rauchwolken statt grauer drangen in das Cockpit und in seine Lungen. Blaine nahm noch ein schreckliches Knirschen und ein taubes Gefühl wahr, als der tapfere Vogel zu Boden sackte. Er bekam auch noch schwach das Wirbeln des Aufpralls mit und war sich in diesem Augenblick klar, daß er nie wieder etwas wahrnehmen würde.

33

Die Bahnhofstraße zählt zweifellos zu den elegantesten und vornehmsten Adressen der Stadt Zürich. Umsäumt von Linden vereinigt sie auf einer Länge von gut fünf Kilometern die besten Eigenschaften der Wall Street und der Fifth Avenue und beherbergt zahllose Banken, Anlageberater, Versicherungsgesellschaften und Börsenmakler. Ihre zahlreichen Geschäftsgebäude weisen die unterschiedlichsten Größen und architektonischen Stilrichtungen auf, und die moderneren scheinen miteinander zu wetteifern, was die Einzigartigkeit ihres Entwurfs betrifft.

In einem der größten Gebäude, dem Kriehold-Haus, hatte ein Verlag die obersten drei Stockwerke gemietet, der einen weltweiten Anlageberatungsdienst herausgab. In Wirklichkeit existierte diese Zeitschrift überhaupt nicht. Der Verlag diente nur zur Tarnung. Diese drei Stockwerke beherbergten das technologische Hauptquartier von General Wladimir Raskowski.

Raskowski hatte die Büroräume in Zürich persönlich ausgesucht, in der Hoffnung, seine Feinde würden niemals erwarten, daß er sich in einem so hektischen Geschäftszentrum niederlassen würde. Außerdem hielt Raskowski es für völlig angemessen, sein Projekt von Zürich aus zu leiten, denn bald würde auch die Bahnhofstraße ihm gehören, falls er den Wunsch verspüren sollte, sie zu besitzen. Die ganze Welt würde ihm gehören . . .

In diesen obersten drei Stockwerken, auf allen Seiten von Beton und Stahl umgeben, befanden sich die Computer, die den Partikelgenerator in Pamosa Springs und den Aluminium-Reflektor steuerten, der sich bald im geostationären Orbit befinden würde. Dieser Kontrollraum war im Prinzip ein massives Gewölbe von fünfunddreißig Quadratmetern, in dem drei Dutzend Männer und Frauen arbeiteten.

Raskowski schob seine Ausweiskarte in einen Schlitz außerhalb des Kontrollraums. Die große Eingangstür wurde elektronisch entriegelt und schwang auf. Er trat ein, und die Anwesenden erhoben sich, als er an ihnen vorbeiging. Raulsch, der alte deutsche Wissenschaftler, der das gesamte Hauptquartier entworfen und gebaut hatte, salutierte sogar mit militärischer Präzision. Raskowskis Lieblingsplatz war ein Sessel, von dem aus er eine große elektronische Karte der Vereinigten Staaten betrachten konnte. Nun zeigte die Karte ein aufsteigendes grünes Licht − der Weg, den der Satellit, der *seinen* Reflektor beherbergte, auf dem Aufstieg in die tödliche Erdumlaufbahn nahm. Die verschiedenen Winkelpositionen, die der Reflektor einnehmen mußte, wollte man mit seiner Hilfe bestimmte Ziele auf dem nordamerikanischen Festland vernichten, waren einprogrammiert worden, und nun erschienen diese Ziele in Gestalt von Dutzenden rot aufblitzenden Lämpchen, die über das ganze Land verteilt waren.

»Wie lange noch?« fragte Raskowski den Wissenschaftler.

»Drei Stunden, neunundzwanzig Minuten und siebzehn Sekunden«, erwiderte Raulsch.

Der General lehnte sich zurück und rutschte in seinem Sessel hin und her. Die Nachrichten von den Biminis waren nicht gut gewesen. Irgendwie war es McCracken und der Tomaschenko gelungen, die Flotte zu vernichten, die er zu den Inseln beordert hatte. Das bedeutete, daß die beiden immer noch mitmischten, wenngleich sie keinen Kontakt zu ihren jeweiligen Regierungen mehr hatten. Sie würden daher seine Operation aus eigener Kraft aufhalten müssen, was natürlich unmöglich war.

Dennoch rutschte Raskowski nervös hin und her.

Wahrscheinlich hatten die Bäume ihm das Leben gerettet, dachte McCracken, als er auf die rauchende, verbogene Hülle der Hind zurückschaute. Ein Flügel der Maschine reckte sich wie bei der, die Johnny Wareagle in Nicaragua aus Holz gebaut hatte, steil in den Himmel. Die Baumwipfel hatten die Unterseite des Hubschraubers aufgerissen, aber dann sein Gewicht lange genug getragen, um den Aufprall zu dämpfen. Er hatte keinen Augenblick lang das Bewußtsein verloren und war sofort aus der Maschine geflohen; Paz würde sicherlich Truppen ausschicken, die ihn erledigen sollten. Ihm blieb nur die Flucht, selbst, wenn er auf allen vieren davonkriechen und sich an die Hoffnung klammern mußte, daß entweder Natalja oder Wareagle Erfolg beschieden sein würde, wo er versagt hatte.

Nachdem er sich zwanzig Meter tief ins Unterholz geschlagen hatte, verließen ihn seine Kräfte, und er brach zusammen. Er wischte sich Blut von der Stirn, doch die warme Flüssigkeit quoll genauso schnell hervor, wie er sie entfernte. Er versuchte, sich irgendwo festzuhalten, um sich hochzuziehen, doch er war völlig kraftlos. Er sah Sterne, und der Boden drehte sich unter ihm. Blaine kämpfte darum, nicht das Bewußtsein zu verlieren. Ein Stück von ihm entfernt flogen die Überreste der Hind in einer letzten Explosion in die Luft, und in diesem Augenblick wurde er wieder völlig klar.

Er hatte es irgendwie geschafft, sich auf die Knie aufzurichten, als die ersten der beiden Gestalten vor ihm auftauchte. Er wußte nicht, woher sie gekommen waren, doch es mußte sich um Paz' Leute handeln, die ihn endgültig beseitigen sollten. Dann klärte sich seine Sicht so weit, daß er zwei mitgenommen

wirkende Männer erkennen konnte, einer mit einem Bierbauch, der beträchtlich über den Gürtel hing, und der andere mit einem Körper, der an Haut erinnerte, die man locker über eine Vogelscheuche gespannt hatte.
»Schönen Tag auch, mein Freund«, sagte einer von ihnen.

Alles verlief gut für Natalja, bis die Privatmaschine mit ihr und Vasquez' Kommando an Bord die Schweiz erreichte. Die Soldaten – gleichzeitig seine Söhne – standen den besten nicht nach, mit denen sie jemals zusammengearbeitet hatte. Ihnen allen war die Arroganz ihres Vaters zu eigen, aber nicht seine Leibesfülle, und körperlich hatten sie, abgesehen von den kalt blickenden Augen, kaum etwas gemeinsam. Es hatte den Anschein, als habe der Fettsack so viele Söhne wie möglich gezeugt, um sie dann später als äußerst gut ausgebildete und vertrauenswürdige Killer einsetzen zu können. In seiner Branche konnte man niemals genug vertrauenswürdige Leute haben.

Sie und Vasquez hatten es von den Biminis in gut zehn Stunden nach Marokko geschafft. Das Einsatzkommando wartete dort schon mit einem anderen vollgetankten Flugzeug auf der Rollbahn. Nach einer kurzen Überprüfung ihrer Ausrüstung starteten sie; während des Fluges wollten sie ihren Plan austüfteln.

Doch zu der beabsichtigten Landung drei Stunden später in Zürich kam es nicht, der Flughafen war wegen dichten Nebels geschlossen. Sie hatten keine andere Wahl, als den Flughafen in Winterthur anzusteuern; Vasquez beorderte über Funk einige Fahrzeuge dorthin, die sie dann nach Zürich bringen sollten. Es würde drei Stunden dauern, bis sie die Stadt, und weitere zwanzig Minuten, bis sie die Bahnhofstraße erreicht hatten. Nach Nataljas Berechnungen blieb ihnen damit kaum noch Zeit, Raskowskis Einsatzzentrale zu zerstören und ihn daran zu hindern, den Partikelstrahl in Pamosa Springs abzuschießen.

Das Kernstück des Plans war das Überraschungsmoment. Sie alle waren wie Schweizer Elektriker gekleidet. Ihre blauen

Monturen würden ihnen jederzeit Zugang zu allen Gebäuden verschaffen, besonders nachts.

Die letzte Täuschung. Und vielleicht die wichtigste.

»Sagen Sie es mir nicht, lassen Sie mich raten«, sagte Blaine müde, an die beiden seltsamen Gestalten gewandt. »Sie sammeln für das Rote Kreuz, nicht wahr?«

»Wenn dem so wäre«, entgegnete Hundeohr McCluskey, »wären wir dabei immer noch viel besser dran als Sie.«

Die beiden traten zu ihm — einer von ihnen humpelte — und halfen ihm auf die Füße.

»Würden Sie mir vielleicht verraten, mit wem ich das Vergnügen habe?« fragte Blaine.

»Wir wollten Ihnen diese Frage auch gerade stellen«, sagte der Humpelnde.

»Nur ein Bursche, der ein paar Drinks zuviel gekippt und 'ne Abzweigung verpaßt hat.«

Als McCracken auf den Füßen stand, fühlte er sich gleich besser; die Welt schien wieder zur Ruhe zu kommen. Dennoch mußte er die Arme um die Schultern der beiden Männer legen, um nicht wieder zu stürzen.

»Sonst kippen Sie gleich wieder um, wenn wir Ihnen erzählen, was in unserer Stadt vor sich geht«, sagte der Humpelnde.

»Wir haben gesehen, was Sie getan haben«, sagte der Mann, der sich Blaine als Bürgermeister Hundeohr McCluskey vorgestellt hatte, als sie eine Lichtung ein Stück höher den Berg hinauf erreicht hatten. »Sheriff Heep und ich dachten uns, wenn der Absturz Sie nicht umgebracht hat, sind Sie genau der Mann, der uns helfen könnte.«

»Wobei helfen?«

»Unsere Stadt zurückzubekommen.«

Blaine hörte sich ihre Geschichte an, während er eine Kompresse mit kaltem Quellwasser gegen seine Kopfwunde drückte. Er fühlte sich schon wesentlich besser. Bürgermeister Hundeohr legte großen Wert darauf, die Grausamkeit zu betonen, mit der Paz nach den unerklärlichen Morden gegen die Stadtbewohner vorgegangen war.

»Und jetzt sind Sie an der Reihe«, forderte McCluskey ihn auf. »Da Sie hier sind, werden Sie wohl wissen, was hier wirklich vor sich geht.«

Blaine nickte. »Ihr habt euch alles schon ganz gut zusammengereimt. Das Element, das sie aus dem Hügel graben, ist kein Edelstein. Es heißt Atragon.«

»Atragon?« echote der Sheriff. »Was zum Teufel ist das? Ist es viel wert?«

»Bis vor kurzem wußte niemand, daß es überhaupt existierte. Aber ich würde sagen, daß es im Augenblick – zurückhaltend ausgedrückt – das wertvollste Mineral auf der ganzen Erde ist.«

»Na dann«, seufzte Heep.

Und Blaine erklärte ihnen alles, so gut er konnte, von Anfang an bis zu seinem gescheiterten Versuch, den Partikelgenerator mit der Hind-D zu zerstören.

»Also hat dieser russische General eine Stadt in die Luft gejagt«, faßte Hundeohr zusammen, als er geendet hatte, »und dabei ist sein Satellit in die Luft gegangen.«

»Genau«, sagte McCracken, »und so mußte er sich einen neuen Plan ausdenken und zwar schnell. Zuerst benötigte er mehr Atragon, um die Energieversorgung der Strahlenwaffe sicherzustellen, und dann brauchte er eine neue Möglichkeit, um sie zum Einsatz zu bringen.«

»Und wir haben ihm in beiderlei Hinsicht geholfen«, stellte Heep grimmig fest.

»Ich vermute«, sagte Blaine, »daß er auf Sie kam, nachdem Sie Proben an das Chemische Prüfamt geschickt hatten.«

»Dann blieb ihm aber verdammt wenig Zeit, die hundert Leute zusammenzutrommeln, besonders, wenn man all diese Super-High-Tech bedenkt«, warf der Bürgermeister ein.

»Raskowskis Leute warteten schon auf ihren Einsatz; wahrscheinlich befand sich ein Großteil von ihnen schon in den Staaten.«

»Also holt er dieses Atragon aus dem Berg«, fuhr Sheriff Heep fort. »Und was dann? Kann man es einfach wie Batterien in diese Waffe packen?«

»Nein, er muß die Kristalle zuerst mit Energie füllen, um danach den Strahl zu erzeugen. Sie haben gesagt, die Stromleitungen zur Stadt seien in die Hügel umgeleitet worden. Auf diese Art hat er die Kristalle mit unglaublichen Energiemengen gefüllt.«

Heep musterte Blaine eindringlich. »Es wäre ganz nett, wenn Sie uns jetzt sagen würden, daß hinter dem nächsten Hügel die Kavallerie wartet, um das Arschloch festzunageln.«

»Ganz nett, aber eine Lüge. Ich habe versucht, die richtigen Stellen zu informieren, aber das Land ist groß, und wahrscheinlich hält weit mehr als nur die Entfernung die Kavallerie auf. Ich habe es mit einem Hubschrauber versucht. Hat aber nicht ganz gereicht, glaube ich.«

»Würden Sie es noch mal versuchen?«

»Klar, Hundeohr. Führen Sie mich einfach nur zur nächsten Waffenkammer der Army, und wir machen uns sofort ans Werk.«

Bürgermeister McCluskey lächelte.

Nur um ganz sicher zu gehen, hatte Guillermo Paz Wachen auf dem Güterbahnhof zwischen den Bergen und der Stadt postiert. Falls der Sheriff und der Bürgermeister, die nun, nachdem er den Hubschrauber abgeschossen hatte, die geringste Bedrohung für sein Kommando darstellten, noch immer in der Nähe sein sollten, wollte er in der Lage sein, jeden Versuch zu unterbinden, den sie vielleicht unternehmen würden, um die letzte Phase von General Raskowskis Plan doch noch zu stören. Sicher, der Partikelgenerator war unzerstörbar, doch zu viel war bereits geschehen, um das Schicksal noch herauszufordern. Zuerst die seltsamen Morde, dann die Flucht der beiden letzte Nacht, und schließlich die Rückkehr der gestohlenen Hind-D.

Paz wollte sein Kommando nicht von einem vierten Zwischenfall gefährden lassen.

McCluskey stand mit stolzgeschwellter Brust da, während Blaine die Kästen voller Granaten und Laws-Raketen inspizierte, die Sheriff Heep aus ihrem Versteck geholt hatte.

»So wie ich es sehe, mein Freund«, erklärte der Bürgermeister, »besteht die einzige Chance, diese Monster-Kanone anzukratzen, darin, uns etwas von dem Sprengstoff auszuborgen, den diese Mistkerle in der Stadt verstaut haben. Das heißt, wir müssen einen Überfall wagen. Dabei könnten wir ja gleich noch die Bürger unseres Städtchens befreien.«

Blaine nickte. »Mit Ihrer Strategie liegen Sie nicht ganz falsch. Klar, wir müssen die Kanone zerstören, aber dazu haben wir keine Chance, wenn wir nicht vorher Paz' Truppen ausschalten. Nicht, daß wir drei das allein schaffen könnten . . .«

»Mir gefällt Ihre Einstellung nicht«, schnappte Heep.

»Lassen Sie mich doch aussprechen. Eine ganze Kirche voller Verstärkung wartet auf uns – wenn wir die Leute nur befreien können. Wie Sie mir erklärt haben, wissen eine Menge Leute in eurer Stadt, was zu tun ist, wenn sie nur die Möglichkeit dazu haben.«

»Und die anderen haben es spätestens in den letzten zehn Tagen gelernt.«

»Wir brauchen nur ein paar Führer, die den anderen mit gutem Beispiel vorangehen«, erlärte Blaine. »Im Prinzip dreht es sich bei allen Umsturzversuchen nur darum: Man muß das Volk dazu bringen, sich zu erheben und auf sich aufmerksam zu machen.«

Hundeohr hätte beinahe gelacht. »Jetzt sind wir in unserer eigenen Stadt die Umstürzler.«

»Das ist schon überall auf der Welt passiert«, entgegnete Blaine. »Es ist gar nicht so seltsam, wie es den Anschein hat.«

»Jetzt brauchen wir also nur noch einen Plan«, warf Heep ein.

»Unser Vorgehen ist klar«, erklärte Blaine. »Zuerst nehmen wir die Stadt ein, und dann benutzen wir alles, was wir in die

Finger kriegen, um diesen verdammten Generator in die Luft zu jagen.« Er sah auf seine Uhr. »Da haben wir uns ja für knapp anderthalb Stunden eine Menge vorgenommen.«

»Wir drei werden ihnen schon ordentlich einheizen.«

»Allmählich glaube ich auch, daß wir es schaffen könnten, Sheriff. Ich erkläre Ihnen, wie wir vorgehen werden . . .«

Blaine unterbreitete ihnen die Einzelheiten des Plans so schnell und einfach, wie er konnte. Die Operation schloß mehrere Unsicherheitsfaktoren ein, die alle erfolgreich bewältigt werden mußten, sollte der Plan gelingen. McCrackens Aufgabe bestand darin, in die Stadt einzudringen und die Einwohner zu befreien, die in der Kirche gefangengehalten wurden, damit sie danach in den Kampf eingreifen konnten. Sollte das gelingen, mußte man die Soldaten mit Handgranaten und Laws-Raketen ablenken und ihm den Rücken freihalten. Diese Aufgabe bekam Sheriff Heep zugeteilt, der gut mit den Waffen umgehen konnte. Zuerst würde er die Soldaten auf dem Güterbahnhof mit Granaten beschäftigen. Dann würde er seine Laws-Raketen mitten in die Stadt feuern, in der Hoffnung, ein vollständiges Chaos zu erzeugen. Danach würde er mit dem Rest der Waffen versuchen, die noch intakte Geschützbatterie im Westen der Stadt auszuschalten. Solange diese noch einsatzfähig war, hatten sie keine Chance, in die Schlucht vorzustoßen, gleichgültig, wie weit sie sonst gekommen sein sollten.

Außerdem mußten sie die fünfzehn Soldaten auf dem Berghang ausschalten. Von dieser Position aus konnten sie den Generator nicht nur wirksam verteidigen, sie könnten auch einen Entlastungsangriff von hinten durchführen. Hier würde der Bürgermeister, ein ausgezeichneter Schütze, eingreifen. Sobald der Sheriff seine Granaten warf, würde McCluskey die Soldaten ins Visier nehmen, die die Schlucht bewachten. Er würde auf dem Hügel bleiben, um zu verhindern, daß andere Soldaten aus der Stadt zur Verteidigung des Tals herbeieilten, nachdem die Schlacht begonnen hatte. Der Sheriff würde sich, sobald er keine Raketen mehr hatte, mit McCracken im Stadtzentrum treffen, um die aus der Kirche befreiten Bewohner der Stadt einzuweisen.

McCracken schätzte, daß ihnen noch gut eine Stunde blieb, um ihren Plan auszuführen, bevor der Generator seinen Todesstrahl abfeuerte. Der Bürgermeister und Sheriff von Pamosa Springs nickten ihm zu, um ihm zu bestätigen, daß sie alles verstanden hatten.

Als Blaine die andere Seite der Stadt erreicht hatte, verblieben noch fünfundvierzig Minuten. Er hatte diesen Kreis geschlagen, um leichter in die Kirche gelangen zu können. Sie verfügte über einen Hintereingang, der zwar bewacht sein würde, aber nicht so stark wie das Hauptportal.

Er konnte sich ungesehen bestenfalls auf fünfzig Meter an die Kirche anschleichen, wobei seine Deckung eine – zum Glück leere – Hundehütte in dem Vorgarten irgendeines Bewohners von Pamosa Springs war.

Die Wachen, die um die Kirche herum postiert waren, waren eigentlich überflüssig, wenn man die beträchtlichen Mengen C-4-Plastiksprengstoff bedachte, die nahe genug an den Fenstern angebracht waren, daß alle Gefangenen sie sehen konnten. Sein Plan konnte nur gelingen, wenn es ihm gelang, den Sprengstoff zu entschärfen. Es würde schon reichen, die Zündschnur zu unterbrechen, die zu dem Plastiksprengstoff führte, denn diese Sorte konnte nur explodieren, wenn sie unter Stromspannung stand.

Blaine sah auf die Uhr. 3 Uhr 26. In vier Minuten würde Hundeohr das Feuer eröffnen und Sheriff Heep seine Granaten werfen. Alles andere hing von ihm ab. Er hatte genau mit diesem Timing gerechnet und nahm es als gutes Omen ...

Omen ... Ach, wären jetzt doch nur Johnny Wareagle und ein paar seiner Indianerkrieger hier, um ihm zu helfen ...

Er war froh, daß das Timing ihm nur die paar Minuten ließ, um sich mit Nachdenken zu quälen. Er hatte so viele Jahre mit der Gewalt gelebt, daß er schon angenommen hatte, ihr gegenüber abgestumpft zu sein. Doch nun benutzte er unschuldige Menschen und war bereit, ihr Leben aufs Spiel zu setzen.

Um die Welt vom sinnlosen Töten zu befreien, hatte er selbst getötet. Dieses Wissen belastete ihn. Doch in diesem Fall, so sagte er sich, bestand die einzige Hoffnung dieser Menschen darin, selbst zu kämpfen. Bei dem komplexen Moralkode, mit dem er lebte und so oft beinahe gestorben war, war nichts klar umrissen: Es gab sehr viel Grau, aber fast kein Schwarz und Weiß. Und nun hatte er mit Grau Schwierigkeiten.

Für ihn stellte Pamosa Springs die gesamte Welt dar. Und er würde Pamosa Springs retten.

Der Uhrzeiger sprang auf halb vier.

Hundeohr und Sheriff Heep hatten in Sichtweite voneinander Stellung bezogen, um sicherzugehen, daß sie genau zur gleichen Sekunde angreifen würden. Heep hatte alle Raketen und die meisten Granaten in einem Busch zwanzig Meter hinter ihm zurückgelassen, weil es sinnlos war, sie mitzuschleppen, und seine verdammten spröden Gelenke zwangen ihn, alle paar Meter auszuruhen. Diesen Anschein hatte es jedenfalls. Er hatte sich die Taschen und das Hemd voller Granaten gestopft, eine hielt er sogar im Mund, und eine weitere baumelte an der Hundemarke, die er seit Korea nicht mehr abgelegt hatte. Sie schwang in einer weichen Gegenbewegung zu seinen morschen Knochen.

Ein leichtes Nicken von Hundeohr, und er riß die Splinte aus den beiden ersten Granaten. Sie waren einen Sekundenbruchteil in der Luft, bevor McCluskey die Soldaten unter Beschuß nahm, die die Schlucht und den Tod bewachten, den sie barg.

Noch bevor Sergeant Major Cleb Turner die Geschichte beendet hatte, die Johnny Wareagle ihm mitgeteilt hatte, griff Lyman Scott zum Telefon.

»Verbinden Sie mich mit der NASA, Ben«, sagte er nervös in den Hörer. »Sofort!«

Turner stand ungerührt vor ihm. Der Präsident musterte ihn.

»Ich bin mir nicht sicher, was ich von all dem halten soll, Sergeant, aber ich will verdammt sein, wenn ich es nicht überprüfe. Ein Indianer namens Warbird, sagten Sie . . .«
»War*eagle*, Sir.«
Die NASA meldete sich.

Der Präsident wußte, daß es Probleme gab, als die NASA die Ausführung seiner Befehle nicht bestätigte. Vier Minuten verstrichen, bevor das Telefon erneut klingelte.
»Sir«, sagte der Chef der Satellitenabteilung der NASA, »wir haben die Kontrolle über den Satelliten verloren.«
»Ich habe Ihnen nicht befohlen, ihn unter Kontrolle zu bringen, mein Sohn«, schnappte der Präsident. »Ich habe Ihnen befohlen, ihn zu vernichten.«
»Ja, Sir, daß weiß ich, aber die Dinge liegen etwas komplizierter. Der Satellit reagiert auf *keinen* unserer Befehle, einschließlich den zur Selbstzerstörung.«
»Dann brechen Sie die Mission ab, brechen Sie sie ab!«
»Das haben wir versucht, Sir. Auch darauf keine Reaktion.«
»Können wir ihn nicht abschießen?«
»Er ist schon zu hoch, Sir. Er wird den geostationären Orbit in . . . neunundvierzig Minuten erreichen.«
»Soll das heißen, daß Sie das verdammte Ding da oben hingebracht haben und nichts mehr tun können, um es wieder unter Kontrolle zu bringen?«
»Sir, wir haben den Satelliten vielleicht in die Umlaufbahn gebracht, aber jetzt hat ihn ein anderer unter Kontrolle.«

»Neunundvierzig Minuten bis zum Beginn der Mission«, sagte Raulsch in das Mikrofon, das seine Stimme durch den gesamten Kontrollraum trug. »Alle Abteilungen beginnen mit den letzten Kontrolltests.«
Auf der elektronischen Weltraumkarte vor ihm blitzte die Lampe, die den Aluminiumreflektor symbolisierte, nun unmittelbar über der Mitte der Vereinigten Staaten auf.

»Schutzkegel absprengen«, sagte Raulsch.
»Alle Funktionen bereit.«
»Auf meinen Befehl . . . jetzt!«
Ein Knopf wurde gedrückt. Dreißigtausend Kilometer über der Erdoberfläche explodierte der obere Teil des Satelliten, der *Ulysses* ersetzen sollte, und trieb ins All davon, eine Tatsache, die von einer Reihe grüner Lampen im Kontrollzentrum bestätigt wurde.
»Reflektor öffnen«, befahl Raulsch nun.
»Alle Funktionen bereit«, antwortete ein anderer Techniker.
»Auf meinen Befehl . . . jetzt!«
Diesmal wurden einige Schalter umgelegt. Im All breitete sich das freigelegte Aluminium wie ein Fächer aus, bis es an der breitesten Stelle einen Durchmesser von vollen siebzig Metern erreicht hatte. Ein vorprogrammierter Zielcomputer sorgte dafür, daß der Reflektor den genauen Neigungswinkel einnahm.
General Raskowksi saß in seinem erhöhten Sessel direkt hinter dem Kommandostand von Raulsch und beobachtete das gesamte Manöver, wie ein Vater vielleicht die Geburt seines ersten Kindes beobachtete. Er richtete seine Aufmerksamkeit hauptsächlich auf die aufblitzenden Lichter, die die einprogrammierten Ziele darstellten. Vor ihm, auf einem kleinen Kontrollpult, befand sich ein einziger schwarzer Knopf. Sobald der Reflektor die Erdumlaufbahn erreicht hatte, würde er ihn drücken, und der Partikelgenerator in Pamosa Springs würde seinen Strahl abschießen. Der erste Schlag würde sich auf die Ostküste konzentrieren, angefangen mit Washington. In ein paar kurzen Minuten würden fast vierzig Millionen Menschen umkommen. Schwarzer Kohlenstoffstaub würde über gewaltigen Gräbern wirbeln, die früher einmal Metropolen gewesen waren. Bald würde ihnen die gesamte Nation folgen. Er rutschte unruhig in seiner gestärkten Uniform hin und her. Diese letzten Augenblicke vor der Verwirklichung seiner Ziele konnte er nicht voll genießen, weil er sich nicht über den Aufenthaltsort von McCracken und der Tomaschenko klar war. Sie waren irgendwo dort draußen, wußten, was er vorhatte, und bis er

endlich den schwarzen Knopf gedrückt hatte, würde er sich nicht sicher fühlen.

»Siebenundvierzig Minuten bis zur Aktivierung des Systems«, kündigte Raulsch an.

Nataljas Lieferwagen hatte es recht schnell von Winterthur nach Zürich geschafft, doch wegen nächtlicher Bauarbeiten waren nun ein Stück vor ihnen alle drei Fahrspuren ihrer Straßenseite gesperrt. Natalja fühlte, wie die Verzweiflung an ihr zu nagen begann. Sie atmete schnell und versuchte, sich zu beruhigen. Die Straße war ein Meer von Scheinwerfern, die, so weit sie sehen konnte, in die Dunkelheit leuchteten. Auf der anderen Seite eines fünfzehn Zentimeter breiten Mittelstreifens bewegte sich spärlicher Verkehr in die Gegenrichtung. Sie griff dem Fahrer an die Schulter.

»Auf die andere Seite!« befahl sie.

»Aber dann fahren wir in die falsche Richtung! Abbiegen können wir erst . . .«

»Auf die andere Seite, und fahren Sie in die *richtige* Richtung!«

Der Mann musterte sie nur kurz, bevor er die Räder des Lieferwagens über den Strich und gegen den Fluß des herankommenden Verkehrs lenkte. Der zweite Lieferwagen folgte ihnen.

Es war über dreißig Jahre her, daß Sheriff Heep zum letzten Mal Granaten entsichert hatte, und sie hatten sich völlig anders angefühlt als die, die er nun in der Hand hielt. Er war froh, daß die modernen Granaten leichter waren, denn wären sie so schwer wie die im Korea-Krieg gewesen, hätte er höchstens drei Stück davon werfen können, bevor ihn sein Arm im Stich gelassen hätte. Die beiden ersten fanden genau ihr Ziel auf dem aufgegebenen Güterbahnhof, und die nächsten vier kamen auch nicht schlecht. Die Soldaten liefen von rechts nach links auseinander; einige stürmten in Richtung Stadt davon, anstatt Widerstand zu leisten. Heep kroch zurück zu seinen Raketen.

McCluskey war mittlerweile überhaupt noch nicht auf Widerstand gestoßen. Die Soldaten auf dem Hügel schienen von dem Angriff völlig überrascht worden zu sein und fielen wie die sprichwörtlichen Schießbudenfiguren. Hundeohr liebte das Gefühl, eine M-16 im Arm zu halten. Die gasgetriebenen Geschosse erzeugten nicht den geringsten Rückstoß; die Waffe lag völlig ruhig in seiner Hand. Er hatte einiges über die Probleme gelesen, die man mit einer M-16 bekommen konnte; manchmal staute sich das Gas irgendwie, und das Ding konnte blockieren oder gar explodieren. Na ja, zumindest *dieses* Exemplar benahm sich einwandfrei.

Er hatte jeweils zwei Magazine schräg nebeneinander gestellt, und wenn er nachladen mußte, genügten zwei schnelle Griffe, und er war wieder schußbereit. Er brauchte nur eine oder zwei Sekunden dafür, doch selbst diese Zeitspanne war zu lang, denn sie gab einem Soldaten, der sein Gewehr wiedergefunden hatte, das er bei dem Angriff einfach hatte fallen lassen, den Augenblick, den er brauchte, eine Kugel in Hundeohrs Seite zu jagen. Eine zweite folgte und streifte seinen Kopf. Hundeohr verbiß sich den Schmerz, bis er den kühnen Schützen ausgemacht und ein Dutzend Kugeln in seine Richtung gejagt hatte. Genug davon fanden ihr Ziel, und die restlichen sparte sich Hundeohr für die Soldaten auf, die vergeblich nach Deckung suchten.

Als das zweite Magazin leer war, zwang der Schmerz ihn zu Boden, doch auf dem Bauch liegend gelang es ihm, ein neues einzuschieben und die Soldaten in Schach zu halten. Aus seiner Begegnung mit den anderen in der Stadt würde nun wohl nichts mehr werden, aber zum Teufel, man konnte eben nicht alles haben . . .

Hinter der Hundehütte in Pamosa Springs konnte Blaine nicht wissen, wie erfolgreich die Anstrengungen von Hundeohr und Sheriff Heep verlaufen waren. Er war keineswegs überzeugt, daß ihr Plan gelingen würde, bis die Laws-Raketen einschlugen. Von seinem Versteck aus konnte er die direkten Einschläge nicht sehen, nur den Rauch, die Trümmer und die

Flammen, die sie nach sich zogen. Vier Einschläge in schneller Folge, eine Pause, und dann zwei weitere direkt auf der Main Street. Ausgezeichnet!

Blaine sah, wie Paz' Soldaten auf die Straße stürmten und blindlings durch die sich senkenden Staubwolken feuerten. Die drei Soldaten, die den Auftrag hatten, die Hintertür der Kirche zu bewachen, behielten ihren Posten jedoch stur bei und wagten es lediglich, kurz um die Ecke zu sehen.

Bewegt euch, drängte Blaine sie verzweifelt. *Bewegt euch!*

Er hatte gehofft, bei ihnen auf den Einsatz seines Gewehrs verzichten zu können, aus Angst, der daraus erfolgende Tumult würde Verstärkung zur Kirche locken. Doch wenn er genau dann schoß, wenn die Explosionen der Raketen erklangen, würden Paz' Leute niemals etwas davon hören. Blaine versuchte, den Schußwinkel abzuschätzen. Von seiner derzeitigen Position aus hatte er die Soldaten nicht klar im Visier. Und er mußte auch noch die Zündschnur berücksichtigen, die es zu durchtrennen galt. Nein, er mußte seine Deckung verlassen. Drei Männer, die er erwischen mußte, bevor sie ihn erwischten, oder, schlimmer noch, den Plastiksprengstoff zünden konnten ...

McCracken wartete bis zur nächsten Raketendetonation ab, die fünfzehn Sekunden später folgte und Trümmer hoch in die Luft schleuderte. Er stürmte seitlich vor, direkt in die Schußlinie der drei Wachen, und schoß selbst erst, als er sicher war, sie auch zu treffen. Die Wachen sahen ihn, reagierten aber zu langsam. Blaine riß den Abzug durch und ließ den Lauf des Gewehrs kreisen. Der eine Soldat stürzte die Treppe hinab, die beiden anderen die Veranda. Blaine zog die Zündschnur heran und trennte sie mit den Zähnen durch. Der Draht grub sich in seine Lippe, doch nachdem er den Sprengstoff entschärft hatte, störte ihn das Blut nicht.

McCracken sprang die Stufen hinauf und warf sich mit der Schulter gegen die Tür; gleichzeitig drückte er die Klinke hinab. Die Tür war verschlossen und hielt seinem Ansturm mühelos stand. Blaine hörte, wie auf der Straße gegenüber der Kirche die Schritte schwerer Stiefel erklangen, und griff wieder nach seinem Gewehr.

Der zusammenschmelzende Vorrat an Laws-Raketen verriet Sheriff Heep, daß es an der Zeit war, die restlichen auf das eigentliche Ziel zu richten, die Artillerie-Batterie am westlichen Stadtrand. Er schoß die Raketen mittlerweile schon ganz automatisch ab. Lediglich die Taubheit in seinen Ohren störte ihn, und die Steifheit in Armen und Schultern, gegen die er ankämpfen mußte. Die Batterie verfügte über eine größere Reichweite, doch Heep erwartete keine Probleme. Er stellte den Entfernungsmesser dementsprechend ein und hob eine weitere der modernen Bazookas auf die Schulter.

Gegen einen plötzlichen Schmerz in den Gelenken die Zähne zusammenbeißend, konzentrierte er sich auf die Geschütze. Sie waren groß und wirkten bedrohlich, doch als alter Soldat wußte er, daß man sie ganz einfach unschädlich machen konnte, wenn man die Gestelle unter ihnen zusammenschoß und sie zu Boden schickte.

Heep feuerte die Rakete ab und sah dem schwarzen Streifen nach, der durch die Luft raste und noch an Geschwindigkeit gewann. Die erwartete Explosion war kurz und kaum dramatisch, doch die erste der großen Kanonen kippte wie ein gefällter Riese um. Mit seinen beiden nächsten Schüssen hatte er sogar noch mehr Glück; sie schlugen in Munitionskisten ein, die ebenfalls Feuer fingen und Rauch hoch in die Luft schleuderten.

»Wer sagt's denn«, murmelte Heep mit schmerzverzerrtem Gesicht und schickte eine weitere Laws auf den Weg.

Keine Zeit, um auf Nummer Sicher zu gehen . . .

Blaine sprang von der Veranda der Kirche und griff die heranstürmenden Soldaten an. Sie waren nur zu zweit, befanden sich aber weit auseinander und schossen im Laufen. McCracken erwischte einen mit seiner ersten Salve und leerte das Magazin in die Richtung des anderen, während er sich gleichzeitig aus der Schußlinie warf. Er kam hart zu Fall und schrammte sich die Arme auf. Als er sich wieder aufrichtete, blickte er direkt auf die großen Mengen von Plastiksprengstoff, die an den Ziegeln der Kirche klemmten.

Dieser Anblick schien ihm neue Kraft zu geben. Als Gewehrkugeln überall neben ihm den Beton aufrissen, rollte er sich in die Deckung eines benachbarten Gebäudes. Er richtete sich auf die Knie auf, zog seine Pistole und zielte auf die Gestalt, die immer noch auf ihn zulief. Er erledigte sie mit zwei Schüssen, sprang dann wieder auf die Füße und lief erneut zur Hintertür der Kirche. Die Fenster lagen zu hoch, um durch sie zu fliehen; also blieb ihm nur die schwere, verriegelte Tür.

»Tretet zurück!« rief er in der Hoffnung, daß die in der Kirche gefangenen Geiseln ihn hören konnten, und löste eine Granate von seinem Gürtel.

Er zog den Splint, rollte die Granate über die Veranda und warf sich zu Boden.

Die Explosion jagte Splitter und Holzstücke in alle Richtungen, ihre Wucht riß die Tür aus den Angeln. Zahlreiche Menschen strömten heraus, eine schreiende, wilde Meute ohne klares Ziel, wenngleich sie alle nur eins wollten.

»Folgt mir! Schnell!« rief McCracken und führte die Befreiten zur Main Street.

Ein schwerverletzter Soldat taumelte über die Straße, als Guillermo Paz gebückt zu dem Gemischtwarenladen lief, in dem sich weitere Waffen befanden. Er hatte ihn beinahe erreicht, als die Fassade des Hauses explodierte. Die gesamte Main Street schien zu brennen; die meisten Gebäude waren nur noch flammende Hüllen, von denen dichte Rauchwolken in den Himmel stiegen. Dabei entstanden laut knatternde Geräusche, die man leicht für Maschinengewehrfeuer halten konnte, wodurch noch mehr Verwirrung unter den Soldaten entstand, die ziellos über die Straße liefen.

Soweit er es sehen konnte, waren alle Jeeps vernichtet worden. Am schlimmsten war jedoch, daß Paz keine Verbindung mehr mit seinen Männern auf dem Hügel bekam. Sie waren entweder tot oder kampfunfähig, und er konnte nicht mehr damit rechnen, daß sie ihm zu Hilfe eilten. Doch der Generator würde nicht beschädigt werden, selbst wenn er ihn mit eigenen Händen verteidigen mußte.

In dem Augenblick, da Paz auf dem Weg zum Hügel hinter einem Haus verschwand, ergoß sich der schreckliche Mob über die Main Street.

Nachdem die Bewohner von Pamosa Springs befreit worden waren, sonderten sich nur ein paar von den Kämpfern ab, hauptsächlich Frauen, die Kinder und alte Menschen in Sicherheit führten. Und nur die ersten, die aus der Kirche stürmten, bemerkten McCracken überhaupt; die anderen schenkten dem Mann, dem sie ihre Freiheit verdankten, keine Beachtung, und waren nur froh, überhaupt wieder frei zu sein.

Blaine mischte sich unter sie, um nicht aufzufallen, verlangsamte seine Schritte gelegentlich, wenn einer sich bückte, um eine fortgeworfene Waffe aufzuheben oder wie gebannt auf die Leiche eines Soldaten starrte. Andere bewaffneten sich mit Holzplanken oder Stahlträgern, die die Explosionen aus den Gebäuden gerissen hatten, die einmal die Main Street gebildet hatten.

Während McCracken mit dem Mob mitlief, hielt er nach Paz Ausschau. Dessen Truppen hatten jegliche Ordnung verloren. Soldaten, die sich noch auf der Straße befanden, flohen vor dem Mob, nachdem sie ihre Magazine geleert hatten. Diejenigen, die die erzürnten Bürger von Pamosa Springs stellen konnten, wurden mit allem verprügelt, was die Befreiten in die Finger bekommen hatten. Gebäude brannten lichterloh und schickten fetten Qualm in die Luft. Dort, wo der Wind den Rauch verwehte, enthüllten sich zerklüftete Löcher in Dächern und Wänden, die Sheriff Heeps Raketen gerissen hatten. Die Einwohner schienen nicht darauf zu achten. Sie gaben sich ganz ihrem Zorn hin, der sich nun aus sich selbst zu nähren schien.

Als Heep die ersten Befreiten sah, die auf die Straße stürmten, stellte er das Feuer ein. Aufgeregt, fast den Tränen nah, stopfte er noch ein paar Handgranaten in seine Taschen und griff nach der M-16. Er erklärte dem verletzten Hundeohr mit einigen Gesten seine Absicht und lief humpelnd nach Pamosa Springs hinab.

McCracken bewegte sich mit dem Enthusiasmus eines Befehlshabers, der wußte, daß seinen Truppen der Sieg sicher war. Die Brände am westlichen Stadtrand verrieten ihm, daß die letzte Geschützbatterie zerstört war, womit nur noch Fußsoldaten zwischen ihm und der Schlucht mit dem Partikelgenerator standen. Und solange seine Männer weiterhin solche Erfolge in der Schlacht um Pamosa Springs erzielten, brauchte er sich um die paar Soldaten keine Sorgen zu machen.

Sein größter Feind blieb die Zeit: Ihm blieben gerade noch fünfundzwanzig Minuten.

Vor ihm tauchte Sheriff Heep hinter einem Gebäude auf, lehnte sich gegen dessen Wand und richtete seine M-16 auf einige fliehende Soldaten. Blaine löste sich von der Menge und hatte Heep gerade erreicht, als der Beschuß einsetzte. Er glaubte zuerst, das Geräusch würde von den brennenden Gebäuden verursacht, doch dann brachen überall um ihn herum Einwohner von Pamosa Springs zusammen. Blaine warf sich zu Boden, rollte über den Bürgersteig und in die Deckung eines noch unbeschädigten Supermarkts, während sich um ihn herum Kugeln in den Boden bohrten. Er sah, in welchem Winkel sie einschlugen, und wußte augenblicklich, daß sie von oben kamen. Ein paar Soldaten hatten einige Dächer erklommen, von denen aus sie die ganze Stadt unter Beschuß nehmen konnten.

Sheriff Heep warf sich neben ihn, das Gesicht schmerzverzerrt. »Was zum Teufel . . .«

Ein paar von Paz' Soldaten wagten sich aus ihrer Deckung, in die sie geflohen waren, gingen wieder in die Offensive und eröffneten das Feuer auf die Horden der hilflosen Bürger, die sich einem Gemetzel ausgeliefert hatten.

Blaine sah die Granaten, die an Heeps Gürtel hingen. »Die Granaten! Schnell!«

Heep reichte ihm ein paar, erkannte seine Absicht, und gemeinsam erhoben sie sich, rissen die Splinte mit den Zähnen heraus und schleuderten den Tod auf die Dächer hinauf. Da sie nicht wußten, woher das Feuer kam, mußten sie sich bei den Würfen auf ihren Instinkt verlassen. Kurz darauf erklangen die

Detonationen, und genauso schnell erstarb das Feuer von oben.

Doch damit schienen sie nur einen kurzen Aufschub erlangt zu haben, denn Paz' Truppen bekamen die Stadt allmählich wieder unter Kontrolle und sammelten sich auf der Main Street. Sie rückten in schnellem Marsch voran und schossen auf alles, was sich bewegte. Ein paar kamen auf Blaine und Heep zu, die verzweifelt feuerten, um sie zurückzuhalten. Blaine hörte, wie Heeps Magazin leer durchlief, und sprang zur Seite, um ihm mit dem Rest seiner Kugeln Deckung zu geben. Doch das würde nicht ausreichen, um die Soldaten aufzuhalten, eine Tatsache, die Blaine gerade akzeptiert hatte, als er einen Augenblick, bevor er sich mit seinem Tod abgefunden hatte, das Feuer eines großkalibrigen Maschinengewehrs vernahm. Die Soldaten achteten nicht darauf; doch plötzlich brachen sie reihenweise zusammen, und die anderen befanden sich wieder in der Position, die sie gerade noch innegehabt hatten, und suchten nach Deckung. Blaine sah in die Sonne hoch und erspähte den Lauf eines Maschinengewehrs, das auf einem Dreifuß auf dem Dach eines Gebäudes ein Stück die Straße hinauf postiert war.

Wer, verdammt, wer?

Er erinnerte sich an Hundeohrs Geschichte über den geheimnisvollen Rächer, warf Heep einen raschen Blick zu, der nach einem Gewehr griff, das ein Soldat fallengelassen hatte, und sprang auf. Erneut war das Schlachtenglück umgeschlagen, und die Bürger von Pamosa Springs fielen über den Rest ihrer Häscher her.

McCracken griff mitten in das Geschehen ein. Er hob vom Boden ein Gewehr auf, schoß auf sich ihm entgegenstellende Soldaten und zerrte mehrere verwundete Bürger der Stadt in Sicherheit. Vom Dach hinter ihm erklangen vereinzelte, gezielte Schüsse, das Werk eines erfahrenen Schützen, der sich einen von Paz' Männern nach dem anderen vornahm. Blaine hatte an vielen Kämpfen teilgenommen, einschließlich einiger Gefechte in Vietnam, bei denen in wenigen Minuten Hunderte von Menschen gefallen waren, aber das war das Schlimmste, das er jemals gesehen hatte. Die Zahl der Soldaten ging schnell zurück, und doch waren sie wegen ihrer Waffen und ihrer Positionen im Vorteil, während die Stadtbewohner mit einer rohen Entschlossenheit und der Unterstützung des Phantoms auf einem Dach über ihnen vorgingen. Als zahlreiche Stadtbewohner die Gewehre gefallener Soldaten ergriffen, wurde der Kampf ausgeglichener, wenngleich auch nur ein paar von ihnen effektiv mit den Waffen umgehen konnten. Sie erzielten hauptsächlich Glückstreffer, und die überlebenden Soldaten achteten kaum auf sie.

Die Main Street von Pamosa Springs war ein Meer von Körpern, von denen sich einige noch bewegten, andere nicht mehr. Die Schlacht hatte sich nun auf die freien Flächen zwischen und hinter den Häusern verlagert, wobei sich die Soldaten wie auch die Stadtbewohner aus einer mehr oder weniger sicheren Deckung heraus unter Beschuß nahmen. Keine Seite kontrollierte irgendeinen Stadtteil; sie hatten ihre Stellungen zufällig gefunden, und genauso zufällig peitschten ihre Schüsse auf. Da die Stadtbewohner zahlenmäßig jedoch weit überlegen waren, schien das Schicksal der Soldaten nun besiegelt. Blaine hatte sogar Zeit, zu dem Dach hinaufzuschauen, fand von dem Phantom jedoch keine Spur mehr. Es hatte den Anschein, als sei die Schlacht geschlagen; Paz' Männer würden sich jeden Augenblick ergeben.

Dann hörte er das Poltern. Er wußte, was es war, noch bevor er das flache, häßliche Ungetüm sah, das über die Straße rollte, vier Maschinengewehre auf den Panzerplatten montiert, die nun in alle Richtungen feuerten. Der in der Army dafür gebräuchliche Spitzname lautete ›Dschungelboy‹: ein Geländefahrzeug mit fast zwei Meter hohen Reifen und einer Panzerung, die nur von einem direkten Raketentreffer geknackt werden konnte. Der ›Dschungelboy‹ war ursprünglich in Israel entwickelt worden und wurde von den dortigen Streitkräften benutzt, um die abgeschiedenen, befestigten Ausbildungslager von Terroristen im Libanon auszuheben. Das Ungetüm erinnerte entfernt an eine Dampfwalze, und dort, wo bei einem normalen Fahrzeug die Fenster gewesen wären, ragten Maschinengewehrläufe aus Luken hervor.

Diese Läufe richteten sich gelbglühend auf alle größeren

Ansammlungen von Stadtbewohnern. McCracken sah, wie Dutzende von ihnen sofort fielen, die ihre Stellungen für sicher gehalten hatten und den Sieg bis zum letzten Augenblick auf ihrer Seite wähnten. Auch denen, die zu fliehen versuchten, erging es nicht besser, denn die unglaubliche Reichweite der Maschinengewehre des Dschungelboys machten ein Entkommen unmöglich.

»*Nein!*« schrie Blaine und sprang auf, während der Dschungelboy näherrollte.

Er hatte genug gesehen. Nun führte ihn der schale Schmerz in seiner Magengrube. Er konnte es nicht mehr ertragen. Jemand würde für all das bezahlen, und zwar sofort. Im nächsten Augenblick sprintete er in einem toten Winkel der Bewaffnung des Dschungelboys vor. Er erreichte ihn, sprang zwischen die an der Seite des Fahrzeugs vorstehenden Läufe und zog sich, eine Granate in der Hand, auf dessen Dach hinauf. McCracken zog den Splint mit den Zähnen hinaus und beugte sich vor, um sich zu vergewissern, daß er die Granate auch durch eine der Schießscharten des Ungetüms stieß. Dann sprang er hinab und rollte sich zur Seite. Im nächsten Augenblick erklang der Donnerschlag der Explosion; Flammen schossen durch die Luken, die noch vor einigen Sekunden Tod gespieen hatten. Der Dschungelboy rollte noch ein paar Meter vor, schwenkte dann scharf nach rechts, prallte gegen die Trümmer eines ausgebrannten Gebäudes und blieb stehen.

McCracken sprang wieder auf. Sheriff Heep humpelte zu ihm, und in dieser Sekunde erstarb um sie herum in dem dichten Rauch das Gewehrfeuer, das vorher schon immer sporadischer erklungen war.

»Wir haben es geschafft!« brüllte Heep. »Verdammich, wir haben es geschafft!«

»Noch nicht«, erinnerte Blaine ihn. »Oder haben Sie den Generator schon vergessen?«

»Scheiße.«

Sie mußten ihn in die Luft jagen oder zumindest so beschädigen, daß er den Strahl nicht mehr abschießen konnte. Doch die Hoffnung, Paz' Waffen und Munition dazu benutzen zu können, hatten die schwelenden Brände zunichte gemacht.

Es blieb ihnen keine Zeit mehr, die erforderlichen Sprengstoffe zu suchen, selbst, wenn sie gewußt hätten, wo sie zu finden wären. Im nachhinein wäre es vielleicht das Beste gewesen, die Geschützbatterie im Westen unbeschädigt zu lassen und damit den Generator anzugreifen. Blaines Gedanken rasten. Sprengstoff, irgend etwas, was sie benutzen konnten ...

Und dann kam er darauf. Was er suchte, befand sich direkt vor seiner Nase. Dank Paz.

Er setzte sich in Bewegung, winkte Heep, ihm zu folgen. »Nehmen Sie sich so viele Leute, wie Sie kriegen können, und folgen Sie mir.«

»Was?«

»Tun Sie einfach, was ich sage!«

Blaine sah auf die Uhr. Es blieben ihnen noch genau zwanzig Minuten.

34

Die Lieferwagen bogen auf die Bahnhofstraße ein. Natalja saß in dem vorderen und gab dem hinteren die Geschwindigkeit vor, während sie durch den schwachen Abendverkehr auf das Kriehold-Haus zuhielten. Einen quälend langen Kilometer waren sie auf der falschen Straßenseite gefahren, wobei Natalja den größten Teil der Zeit über die Augen geschlossen gehalten hatte. Plötzlich spürte sie, wie der Fahrer auf die Bremse trat, und einen Augenblick später zeigte das Licht der Scheinwerfer eine stählerne Querstange, die ihnen den Weg versperrte.

Verdammt! Wie konnte ich nur so dumm sein?

Die Bahnhofstraße war zum größten Teil zu einer breiten Einkaufsstraße umfunktioniert worden, die für jeden Verkehr bis auf die Straßenbahn gesperrt war. Sie hatten diesen Teil der Straße soeben erreicht, und es war unmöglich, die stählerne Absperrung zu überwinden, die den gesamten Verkehr nach rechts oder links umleitete. Sie waren kaum noch zehn Straßenblocks vom Kriehold-Haus entfernt, und es blieben ihnen noch knapp zwanzig Minuten, bevor der Reflektor die Erdumlaufbahn erreichen würde.

Ihnen blieb keine Wahl. Natalja befahl dem Fahrer, den Wagen zum Straßenrand zu lenken. »Wir gehen zu Fuß weiter!« befahl sie, als der zweite Lieferwagen zu ihnen aufgeschlossen hatte.

Die Kommandos ergossen sich auf die Einkaufsstraße, die auch jetzt, kurz nach Mitternacht, noch gut besucht war. Ihre hellen Lichter und wunderschönen Springbrunnen auf den Bürgersteigen luden zahlreiche Passanten zu einem Schaufensterbummel ein. Die blau gekleideten Gestalten warfen sich Gewehre über die Schultern, ergriffen Rucksäcke voller Sprengstoff und Munition und liefen dann weiter zur Mitte der Bahnhofstraße, wo sich das Kriehold-Haus befand.

Natalja gelang es, in der ersten Reihe zu bleiben. Hektische Gedanken wirbelten durch ihren Kopf. Sie widerstand der Versuchung, auf die Uhr zu schauen; das hätte sie nur noch nervöser gemacht. Sie und die anderen konnten einfach nicht schneller laufen. Ihnen blieb nur die Hoffnung, das Kriehold-Haus noch rechtzeitig zu erreichen.

Guillermo Paz hatte innegehalten, um das Ende der Schlacht vom Stadtrand aus zu betrachten. Bis zum Schluß hatte er die Hoffnung bewahrt, seine Truppen würden vielleicht den Sieg erringen und ihn vor der Schande bewahren, sein Kommando zu verlieren. Entsetzt mußte er mitansehen, wie sie ihre Niederlage eingestanden, indem sie mit erhobenen Händen auf die Straße hinaustraten.

Erst in diesem Augenblick bekam Paz den Mann zu sehen, der, wie er erkannt hatte, hauptsächlich für seine Niederlage verantwortlich war. Die Einwohner von Pamosa Springs konnte man vernachlässigen, doch dieser Fremde war eine wahre Ein-Mann-Armee. Sein Gesicht kam ihm vertraut vor. Der schwarze, von Grau durchzogene Bart und die dunklen Augen . . . doch woher kannte er ihn nur?

Paz bebte vor Zorn. Das war der Mann, der ihn in Nicaragua entwürdigt hatte, derselbe, der ihm die Hind-D gestohlen

hatte, und zweifellos war er es auch gewesen, der vor wenigen Stunden damit die Stadt und den Partikelgenerator angegriffen hatte. Und nun war er . . .
Paz' Gedanken gerieten ins Stocken, als ihm die nächste Phase des Plans dieses Mistkerls klar wurde. Ihm wurde kalt vor Furcht. Der Generator war noch nicht in Sicherheit, doch wenn er ihn retten könnte, würde er damit auch das gesamte Unternehmen retten. Raskowski würde ihm einen Orden an die Brust heften. Er konnte es ohne Hilfe schaffen . . . ach was, er mußte es einfach schaffen!
Er lief zum Hügel und erklomm auf seinen kurzen, muskulösen Beinen den Hang. Überall zwischen den Felsen lagen die Leichen seiner Männer; er verfluchte sie als unfähige Hasenfüße. Als er die Kuppe des Hügels erreicht hatte, wußte er auch, was er tun mußte: die am leichtesten zu verteidigende Position finden und dann den Angriff der Stadtbevölkerung zurückwerfen. Es ging jetzt nur noch um ein paar Minuten . . .
»Lassen Sie die Waffe fallen und drehen Sie sich um, aber langsam!« befahl eine vertraute Stimme.
Paz tat wie geheißen und drehte sich zu dem Bürgermeister von Pamosa Springs um. Der Mann hockte auf einem Knie niedergekauert da, und seine linke Seite blutete ziemlich stark. Er atmete schwer.
»Und jetzt treten Sie die Waffe fort.«
Wieder blieb Paz keine Wahl. Sein stoppelbärtiges Gesicht war schweißbedeckt, und er versuchte zu verhindern, daß sich auf seinen grobknochigen Zügen die Wut zeigte, die er empfand. Er baute sich so auf, daß der Bürgermeister nicht die Pistole in seinem Halfter sehen konnte.
»Ich habe die ganze Zeit über auf diesen Moment gewartet, du Arschloch«, sagte McCluskey, und in diesem Augenblick wußte Paz, daß der Mann ihn nicht sofort töten würde, was bedeutete, daß er ihn überhaupt nicht töten würde. »Und jetzt die Hände hoch«, kam der nächste Befehl. »So hoch, daß du mit den Fingerspitzen am Himmel kratzt.«
Paz gehorchte und lächelte besänftigend, wie zum Eingeständnis seiner Niederlage. Als er die Arme fast völlig gehoben hatte, warf er sich zur Seite und fing seinen Sturz mit der linken

Hand auf, während er mit der rechten, schon über den Boden rollend, nach seiner Pistole griff.

Der verletzte Bürgermeister peitschte den Erdboden mit Kugeln, die zwar in Paz' Nähe einschlugen, aber nicht nahe genug. Paz fühlte ihre Hitze, während er seine Pistole hochriß und mehrmals schoß. Die erste Kugel riß den Bürgermeister heftig herum, und die beiden nächsten brachten ihn zu Fall. Paz jagte noch eine weitere in den zuckenden Körper, um ganz sicherzugehen, sprang wieder auf und ergriff seine Kalaschnikow. Unter ihm näherten sich die Einwohner von Pamosa Springs dem Hügel, ein breiter Strom von Menschen mit dem bärtigen Mistkerl an der Spitze, die das mögliche Instrument seiner Niederlage in den Händen hielten.

»Und Sie glauben wirklich, daß das funktionieren wird?« fragte ein außer Atem geratener und humpelnder Sheriff Heep, der auf halber Höhe des Hügels zu McCracken aufgeschlossen hatte.

»*Sie* sind doch der Sprengstoffexperte. Warum verraten *Sie* es mir nicht?«

»Verdammt . . . Sie wollen die Verantwortung auf meine Schultern legen, was? Wenn es Ihnen noch nicht aufgefallen sein sollte, die Leute sind nicht gerade in bester Verfassung.«

»Sie werden es schon aushalten«, sagte McCracken.

Auf Blaines Befehl hatten einige Stadtbewohner den Plastiksprengstoff von den Kirchenmauern gelöst und waren ihm damit zu dem Hang gefolgt, von dem aus man die Schlucht mit dem Partikelgenerator überblicken konnte. Er hatte vor, den Hügel mit dem Sprengstoff zu spicken und ihn so in die Luft zu jagen, daß das Erdreich auf den gewaltigen Generator stürzte. Wenn er von Hunderten Zentnern Felsen, Erde und Sand begraben wurde, würde er den Strahl vielleicht nicht mehr abschießen können; zumindest aber würde er in eine Richtung umgeleitet, wo er keinen Schaden anrichten konnte.

Falls Sheriff Heep den Plastiksprengstoff richtig anbringen und zünden konnte.

Und falls ihnen überhaupt noch Zeit für den Versuch blieb.

»Fünfzehn Minuten bis zur Aktivierung des Systems«, erklärte Raulsch mit seiner ernsten Stimme.

Sämtliche Tätigkeiten im Kommandogewölbe waren zum Erliegen gekommen. Solange alle Lampen weiterhin grünes Licht zeigten, konnte das Personal lediglich auf einen Störungsfall warten, während es aufmerksam hinter den Computermonitoren und Radarschirmen saß.

Für Raskowski war schon vor einiger Zeit jede Minute zu einer Ewigkeit geworden. Er hätte diese letzten Augenblicke auskosten sollen, doch er war nervös, unruhig, und ihn erfüllte die düstere Vorahnung, daß die Feinde, die er hatte entkommen lassen, noch eine letzte Karte ausspielen würden.

Er war so tief in diese Gedanken versunken, daß er Katlows atemlose Anwesenheit erst zur Kenntnis nahm, als der Mann ihn an der Schulter berührte.

»General«, kam sein aufgeregter Bericht, »die Sicherheitskräfte auf der Straße haben soeben gemeldet, daß sich ein bewaffnetes Einsatzteam der Zentrale nähert. Es ist nur noch ein paar Querstraßen entfernt.«

Raskowski erhob sich von seinem Stuhl; dank des Podestes konnte er auf den einäugigen Katlow hinabsehen, der es nicht wagte, zu ihm hinaufzutreten. »Wer?« fragte er.

Katlow schluckte hart. »Die Tomaschenko führt sie an.«

»Diese Hure!« Raskowskis Geschrei erregte die Aufmerksamkeit der Techniker in seiner Nähe, doch er schien nichts darum zu geben. Bemüht, sich wieder zu beruhigen, wandte er sich an Katlow. »Alarmieren Sie alle unsere Verteidigungskräfte. Rotalarm. Sie kennen die Prozedur.«

»*Ja*«, erwiderte Katlow und stürmte davon, nachdem er zu einem halbherzigen militärischen Gruß angesetzt hatte.

Raskowski wartete, bis sich die elektronische Tür hinter seinem Sicherheitschef geschlossen hatte, und fuhr dann fort. »Versiegeln Sie das Gewölbe«, befahl er Raulsch.

Der Wissenschaftler legte Hebel auf seiner Konsole um, um den Mechanismus zu desaktivieren, der den Zugang zur Zentrale regelte, und die Luftversorgung auf eigene Sauerstofftanks umzuschalten, damit von außen keine Gase in die Zentrale eingeleitet werden konnten. Nun ließ sich das

Gewölbe nur noch von innen öffnen, und nur mit den speziellen Ausweisen, über die lediglich Raulsch und Raskowski verfügten.

»Zwölf Minuten bis zur Aktivierung des Systems«, erklärte Raulsch.

Der General lehnte sich zuversichtlich zurück. Bei all diesen Vorsichtsmaßnahmen hatten Natalja Tomaschenko und ihre Freunde, wer immer sie auch waren, keine Chance, ihn noch rechtzeitig aufzuhalten.

Der Schußwechel begann, als Natalja und ihr Kommando noch einen Block vom Kriehold-Haus entfernt waren. Vor dem Gebäude befand sich ein riesiger Springbrunnen mit mehreren Fontänen und kleinen Wasserfällen. Die erste Linie von Raskowskis Verteidigung hatte, von der Dunkelheit verborgen, dahinter Stellung bezogen.

»Sie haben uns erwartet!« rief einer von Vasquez' Männern, während er sich in Deckung warf.

»Das spielt auch keine Rolle mehr!« rief Natalja zurück.

Ihre Männer reagierten instinktiv. Ihre Feuerkraft war denen der Wachen beträchtlich überlegen, und sie wußten, daß deren Widerstand auf lange Sicht vergeblich sein würde. Doch jeder Widerstand kostete Zeit, und Zeit war das einzige, was sie nicht hatten. Sie warfen augenblicklich Granaten, von denen zwei in dem Springbrunnen landeten und einen Teil davon vernichteten. Wasser spritzte in alle Richtungen und vergrößerte das Chaos, in dem schreiende Passanten davonliefen oder Deckung suchten. Weitere Granaten folgten den ersten und rissen einen Weg durch die von Straßenlampen erhellte Dunkelheit zum Haupteingang des Gebäudes.

Eine Vorhut war bereits vorgeprescht, nachdem die ersten Granaten explodiert waren, und stieß auf weiteres feindliches Feuer aus der Lobby des Gebäudes. Sie schaltete es mit ein paar weiteren Granaten aus, die die großen Türen des Eingangs zerstörten; Glassplitter flogen in alle Richtungen davon. Natalja beeindruckte die Rücksichtslosigkeit, mit der Vasquez' Söhne vorgingen. Ihre Loyalität war unglaublich. Sie hatten den

Befehl bekommen, in die Festung des Verrückten einzudringen, und nichts würde sie dabei aufhalten. Vasquez' Söhne reagierten wie ein Körper, ein Verstand. Noch während Natalja der ersten Gruppe folgte, stürmten sie in die Lobby und schalteten mit ihren Maschinenpistolen Raskowskis restliche, unzureichend bewaffnete Sicherheitskräfte aus, die mit einem so durchschlagenden Angriff wohl niemals gerechnet hatten.

»Welches Stockwerk?« rief ihr einer zu.

»Das vierzehnte!« erwiderte Natalja, und sie rannten zu den Fahrstühlen weiter.

Einer von Vasquez' Söhnen drückte immer und immer wieder auf den Knopf, dessen Pfeil nach oben deutete. Schließlich glitt die Tür auf. Nur Nataljas überraschend starker Griff hinderte den ersten Mann daran, die Kabine zu betreten.

»Nein!« befahl sie. »Keine Fahrstühle! Wenn wir auf halber Höhe sind, schalten sie einfach den Strom aus. Die Treppe, wir müssen die Treppe nehmen!«

Raskowski beobachtete all das auf einem von insgesamt sieben Miniaturbildschirmen auf der Konsole direkt vor seinem Sessel. Der Feind kam die Treppe hinauf. Seine Leute hatten ihn nicht aufhalten können. Doch noch mußte er die Kommandozentrale finden, und selbst dann galt es noch, sich mit der Tür des Gewölbes zu befassen.

Sie war unüberwindlich. Er hatte gewonnen. *Alles sprach für ihn.*

»Zehn Minuten bis zur Aktivierung des Systems . . .«
Einschließlich der Zeit.

Der Widerstand auf der Treppe war heftiger als erwartet. Es war zu gefährlich, auf so engem Raum Granaten einzusetzen; sie hätten zurückrollen können, und die Explosionen hätten Schutt und Trümmer direkt in ihren Weg hinabregnen lassen können. Es lief also auf einen Kampf mit Handfeuerwaffen hinaus, und Vasquez' Söhne waren ihm durchaus gewachsen und schienen ihn sogar vorzuziehen.

Sie blieben niemals stehen, auch nicht unter stärkstem Beschuß. Bald standen Raskowskis Männer mit dem Rücken zur Tür, die auf das vierzehnte Stockwerk führte. Ihre Waffen waren leer, und sie wollten gerade nachladen, als das Kommando über sie herfiel. Die Tür erwies sich nur als geringes Hindernis, und sie waren im Nu hindurch. Sperrfeuer erwartete die Männer, als sie einer nach dem anderen in den dahinterliegenden Gang eindrangen. Die ersten beiden wurden verwundet und opferten sich, um die nachfolgenden zu decken, denen weitere Granaten den Weg bahnten. Raskowskis Sicherheitskräfte waren nun völlig demoralisiert, und das Kommando stieß nur noch auf geringen Widerstand, als es auf der Suche nach dem Raum, in dem sich die Kommandozentrale befinden mußte, über den Gang stürmte.

»Mein Gott«, murmelte Natalja, als sie die mächtige Stahltür mit dem elektronischen Schloß sah. »Hier muß es sein!«

Einer von Vasquez' Söhnen, der sich auf Sprengstoffe spezialisiert hatte, ließ die Hand über den Stahl gleiten. »Die können wir niemals sprengen«, war seine grimmige Feststellung.

»Versucht es, verdammt, versucht es!«

Als Paz die Männer und Frauen sah, die den Hügel hinaufstürmten, entsicherte er seine Maschinenpistole. Irgendwie hatte er den bärtigen Mistkerl verloren, der sie angeführt hatte und sich nun mitten unter sie gemischt haben mußte. Aber das spielte keine Rolle. Seine Salven würden sie aufhalten, und selbst, wenn der Bärtige ihnen entkam, würde er allein auf jeden Fall hilflos sein.

Paz legte den Finger auf den Abzug und wartete, daß seine Opfer noch etwas näher kamen. Es bestand kein Grund, etwas zu überstürzen. Er mußte genau Ziel nehmen.

Nur noch ein Stück, dann . . .

Hinter ihm knackte ein Zweig. Paz wirbelte herum. Und erstarrte.

Drei Meter entfernt richtete McCracken eine Pistole genau auf sein Gesicht.

»Ich wollte Ihnen eine Chance geben«, sagte er.
Paz versuchte, sein Gewehr hochzureißen. McCracken drückte zweimal ab, und Paz' Gesicht verschwand.

Sie fanden Hundeohrs Leiche nicht weit von der Stelle entfernt, wo Paz zu liegen kam, nachdem er ein Stück den Hang hinabgerollt war. Der Anblick seines ermordeten besten Freundes schien Sheriff Heep mit neuer Entschlossenheit zu erfüllen. Die letzten Zweifel schwanden und aller Schmerz mit ihnen, während er entschlossen auf die Stellen am Hügel deutete, an denen der Plastiksprengstoff angebracht werden mußte.

»Sind Sie sicher, daß es so klappen wird?« fragte McCracken den Sheriff, als sie gemeinsam die Zündschnur ausrollten, die die einzelnen Brocken Plastiksprengstoff miteinander verband.

»Hören Sie, Freundchen«, schnappte Heep, dessen Glieder und Gelenke laut knackten und sich wie Popcorn anhörten, das gerade geröstet wurde, »dieses Zeug ist vielleicht moderner als das, was wir in Korea hatten, aber im Prinzip funktioniert es genauso. Ein Berg bricht heute noch genauso in sich zusammen wie damals.«

Sie hatten sämtlichen Plastiksprengstoff auf der der Schlucht zugewandten Hügelseite angebracht, um einen Erdrutsch zu erzeugen, der sich genau in die Richtung des Partikelgenerators bewegen würde. Dabei konnten sie nur hoffen, daß die Erdmassen ausreichen würden, um die große Kanone umzureißen. Blaine blickte noch einmal zu ihr hinab. Die stählerne Umhüllung war fast kreisförmig und mußte einen Durchmesser von etwa dreißig Metern haben. Aus ihrer Spitze ragte in einem Winkel von fünfundsiebzig Grad eine große, zylindrische Antenne, die zweifellos auf den Reflektor gerichtet war. Von oben hatte sie eher wie ein Gewehrlauf ausgesehen, doch aus der Nähe erkannte Blaine, daß es sich um einen Hohlzylinder handelte, in dem sich ein Wabenmuster befand; die Kristalle würden also etwa ein Dutzend Partikelstrahlen erzeugen, die sich augenblicklich vereinigten, nachdem sie die zwölf Meter in den Himmel ragende Röhre verlassen hatten. Sie besaß einen

Durchmesser von einem Meter und war von einer schwarzen Bleiverkleidung umgeben, bei der es sich zweifellos um ein Kühlsystem handelte, das Wasser um die Rohre leitete, wenn die unglaubliche Energie in Form des Partikelstrahls in ihr pulsierte. Innerhalb des gewaltigen, an einen spiralförmig zulaufenden Turm erinnernden Gebildes befanden sich offensichtlich die Computer mit autonomer Energieversorgung, die mit Raskowskis Hauptquartier in Zürich in Verbindung standen und den Befehl zur Aktivierung des Generators weitergaben. Das alles würde nur einen Sekundenbruchteil dauern – aber lange genug, um den Tod von Millionen Menschen herbeizuführen.

»*Sechs Minuten bis zur Aktivierung des Systems . . .*«

Auf einem anderen Monitor verfolgte Raskowski die vergeblichen Versuche der Angreifer im Gang, sich Zutritt zu seinem Kommandogewölbe zu verschaffen. Er hätte beinahe über ihre verzweifelten Anstrengungen gelacht.

Nach ein paar Sekunden sah die Tomaschenko genau in die Kamera, und ihre Blicke begegneten sich. Es hatte den Anschein, als wisse sie, daß er sie beobachtete. Raskowski grinste. Natalja hob ihre Uzi und schoß auf die Kamera.

»Ich habe es Ihnen doch gleich gesagt«, wandte sich der Sprengstoffexperte an sie, nachdem zwei Versuche, die Tür aufzusprengen, gescheitert waren. »Wir kommen nicht durch.«

Nataljas Gedanken verliefen schon in eine andere Richtung. Die Computer in dem Gewölbe steuerten den Partikelgenerator, aber nicht direkt. Es mußte irgendeinen Sender geben, der die Befehlsimpulse an eine Empfangsstation in Pamosa Springs abschickte. Und wie sie Raskowski kannte, mußte sich dieser Sender in der Nähe befinden . . . Das Dach! Hatte sie von der Straße aus eine Antenne auf dem Dach bemerkt? Nein, es war ein Flachdach, und vom Boden aus konnte man nichts darauf ausmachen.

»Die Hälfte von euch begleitet mich! Die anderen versuchen weiterhin, diese Tür zu sprengen. Setzt alles ein, was wir haben!«

Mit diesen Worten sprintete sie schon den Gang zurück zum Treppenhaus. Nur ein Stockwerk, und sie hatten das Dach erreicht.

Vasquez' Söhne waren an ihrer Seite, als sie die Stufen hinauflief, die Tür schon im Blickfeld. Einer warf sich mit der Schulter dagegen, prallte jedoch zurück.

Die Tür war verschlossen.

McCracken und Heep arbeiteten mit fieberhafter Eile. Sie hatten sich getrennt, um die zahlreichen Brocken Plastiksprengstoff schneller mit den Zündschnüren verbinden zu können. Sobald sie damit fertig waren, würden sie die Schnüre an den elektronischen Zünder anschließen, den sie unter der Bergbauausrüstung der Invasoren gefunden hatten. Nachdem sie die Zündschnur dann vom Hügel und aus dem näheren Gefahrenbereich gerollt hatten, würden sie den Sprengstoff zünden.

Die meisten Einwohner von Pamosa Springs hatten sich schon in Sicherheit gebracht; Blaine und Sheriff Heep hielten sich als einzige noch auf dem Hügel auf. Sie erreichten seine Kuppe gleichzeitig, und Heep drehte die beiden Enden der Zündschnüre zusammen, um sie zu verbinden. Ihnen blieb noch etwa zweihundert Meter Schnur, genug, um eine ausreichende Distanz zwischen sich und die Explosion zu bringen. Den Zünder in der Hand, eilten sie den Hügel hinab, wobei Blaine den Sheriff stützte, damit er nicht fiel. Unten angelangt, bewegte Heep seine Beine so schnell er konnte in Richtung Stadt, die Schnur schon um die Spulen schlingend, über die er den Plastiksprengstoff zünden wollte.

Heep mußte stehenbleiben und die Ellbogen auf den Knien abstützen, als sich die Schnur löste. Erneut half Blaine ihm, sie wieder zu befestigen, und hielt den Zünder, bis sich Heep wieder aufrichtete. Noch immer humpelnd, legte der Sheriff den Schalter nach links um. Das rote Testlicht leuchtete auf.

»Wollen Sie die ehrenvolle Aufgabe übernehmen?« fragte er.

»Das überlasse ich Ihnen«, entgegnete Blaine.

Heep legte den Schalter nach rechts um und zuckte angesichts der erwarteten Explosionen zusammen.

Doch nichts geschah.

»Zwei Minuten bis zur Aktivierung des Systems . . .«

Raskowski hatte auf einem anderen Bildschirm verfolgt, wie die Tomaschenko den Korridor entlanggelaufen war. Er wußte sofort, daß ihr Ziel das Dach war, und wünschte sich, auch dort oben Kameras installiert zu haben, damit er ihren Gesichtsausdruck sehen konnte, wenn sie ihre letzte Überraschung erlebte. Er hatte dieses Vorgehen erwartet, wie er ihr gesamtes Vorgehen vorausberechnet hatte. Er war ihr immer einen Schritt voraus gewesen. Es war nur angemessen, daß seinem Geist die Aufgabe zukam, eine neue Zivilisation zu errichten und gleichzeitig alle Regeln für sie zu bestimmen. Er hatte das selbstgesetzte Ziel niemals aus den Augen verloren, es Stück für Stück verwirklicht, bis er schließlich nur noch einen Knopfdruck von der Vollendung entfernt war.

Aber nicht mehr lange.

»Geben Sie mir den Plastiksprengstoff!« rief Natalja einem der Männer zu, der ihrem Befehl sofort nachkam. Augenblicklich hatte sie ihn gegen das schwere Schloß der Tür gedrückt und einen Zünder hineingesteckt, den sie auf fünf Sekunden Verzögerung einstellte.

Die Gruppe lief hinter die letzte Treppenflucht zurück, um nicht von Trümmern getroffen zu werden. Ein Knall ertönte, und die Tür öffnete sich zum Dach. Natalja stürmte hindurch.

Und schnappte nach Luft.

McCracken erreichte den ersten Brocken Plastiksprengstoff und untersuchte ihn fieberhaft; sein Gesicht und die Hände waren schweißnaß. Als das Umlegen des Schalters nicht zur Detonation geführt hatte, blieb nur eine Erklärung: Offensichtlich war die Zündschnur irgendwo gerissen. Er mußte sie entlanglaufen, bis er die Stelle gefunden hatte. Das Zeitproblem hatte er tief in seinem Unterbewußtsein begraben; es war sinnlos, darüber nachzudenken, denn solche Gedanken würden nur zur Verzweiflung führen, und die Verzweiflung wiederum unausweichlich zum Scheitern. Er wußte, daß er nicht mehr genug Zeit hatte, um die Zündschnur auf ihrer ganzen Länge abzusuchen, und hatte sich so auf den felsigsten Teil des Hügels konzentriert, wo eine scharfe Kante die Schnur leicht hätte durchtrennen können.

Er war beinahe schon wieder auf der Hügelkuppe angelangt, als seine Hand, die der Zündschnur folgte, über etwas glitt, das sich wie die Schneide eines Messers anfühlte. Er zog die Hand zurück, sah zuerst das Blut und dann den Riß in der Schnur.

Da war es!

Ein zerklüfteter Fels hatte den Draht sauber durchtrennt. Blaine drehte ihn wieder zusammen und riß sich in seiner Eile die Fingerkuppen auf. Er zog gar nicht erst in Betracht, daß die Schnur an einer zweiten Stelle durchtrennt war; dann wäre alles verloren. Statt dessen sprang er wieder auf und winkte mit den Armen, während er schon den Hügel hinablief.

»Zünden!« rief er Sheriff Heep zu. »*Zünden!*«

Er rief es in dem vollen Bewußtsein, daß das Geröll ihn töten würde, auch wenn er die Explosion selbst überleben sollte. Aber dann würde er sein Grab zumindest mit einer Waffe teilen, die ansonsten Millionen Menschenleben gefordert hätte.

Heep schloß die Augen und legte den Schalter noch einmal um.

McCrackens Trommelfelle schienen bei der ersten Explosion zu zerreißen. Mit einem Poltern gab die Erde unter ihm nach, und es war nur noch Luft um ihn herum.

»Zwanzig Sekunden«, kündigte Raulsch an. »Achtzehn, siebzehn, sechzehn . . .«

Und Raskowski lehnte sich zurück, während ein glorreiches Gefühl des Triumphs in ihm emporwallte, und schob die Hand über den Knopf, der in Pamosa Springs den Generator aktivieren würde.

Natalja blieb einen Augenblick wie erstarrt stehen, nachdem sie das Dach erreicht hatte. Überall vor ihr erhoben sich die Antennen von Satellitensendern, fünfzehn mindestens. Doch welche dieser Schüsseln gehörte Raskowski? Mit einem Schauer begriff sie, daß er sie alle hier installiert hatte, lediglich, um eine ganz bestimmte zu tarnen. Dennoch mußte sie es versuchen. Mit dem Wissen, daß ihr nur noch ein paar Sekunden blieben, befahl sie Vasquez' Söhnen, mit ihren Granaten *alle* Satellitenschüsseln zu zerstören.

Doch sie bezweifelte, daß die Zeit reichte . . .

Nachdem die erste Explosion Schotter in die Höhe geschleudert hatte, schien sich der Hügel in Bewegung zu setzen und rutschte langsam in die Schlucht hinab. Er gewann an Geschwindigkeit und Masse, riß weitere Erde mit sich, wuchs, während er sich dem gewaltigen Stahlgehäuse des Generators näherte und sich schließlich wie eine Flutwelle erhob, um dann über ihm zusammenzubrechen.

Heep hielt den Atem an, vergaß in diesem kurzen und doch so langen Augenblick, daß die Erdmassen den Mann mitgerissen hatten, der ihn und die Stadt gerettet hatte, und fragte sich, ob der Generator den Erd- und Steinmassen, die über ihn hinwegströmten, standhalten würde.

»Vier Sekunden, drei, zwei, eine . . . Alle Systeme aktiviert.« Mit diesen Worten drehte sich Raulsch zu General Wladimir Raskowski um.

Der General hatte bereits auf den Knopf gedrückt und ließ den Finger noch einen Augenblick über ihm ruhen, um den Augenblick auszukosten. Das Signal war mit Lichtgeschwindigkeit an den Partikelgenerator in Pamosa Springs ausgestrahlt worden, der in der nächsten Sekunde seinen Strahl auf den Reflektor abschießen würde. Alle Lampen blitzten grün auf und versicherten ihm, daß der Prozeß eingeleitet worden war und nicht mehr aufgehalten werden konnte.

Seine Satellitenantenne war auf dem Dach versteckt, als

Lüftungsschacht verkleidet, während die Satellitenschüsseln dort nur zur Tarnung dienten.

Der Sieg war ihm nicht mehr zu nehmen.

Der Partikelgenerator und sein Gehäuse waren völlig von Erde und Felsen begraben, die weiterhin über ihn hinwegrollten, erst an der tiefsten Stelle der Schlucht innehielten und sich dort aufhäuften. Von dem Generator war nichts mehr zu sehen, als der Boden unter Sheriff Heep so heftig erbebte, daß es ihn beinahe von den Füßen gerissen hätte.

Der noch immer in Bewegung befindliche Schutthaufen erzitterte, rutschte von oben herab und hatte sich innerhalb von ein paar Sekunden in der Schlucht ausgebreitet. Heep wußte, daß der Strahl ausgelöst worden war, und sprang aus Furcht vor dem, was nun kommen würde, in Deckung.

Der Strahl *war* abgeschossen worden, und als er auf die Fels- und Erdmassen getroffen war, die den Zylinder bedeckten, waren diese sofort geschmolzen und hinabgeflossen. Auf unglaubliche Temperaturen erhitzt, hatte sich die verflüssigte Erde wie Lava in den Hohlzylinder und auf die wabenförmig angeordneten Zellen ergossen. Der Strahl pulsierte noch einen Augenblick lang, bis die geschmolzene Erde den Grund des Hohlzylinders und damit den Zündmechanismus erreicht hatte, der den von den Atragon-Kristallen genährten Strahl vom Generator in den Himmel schickte. Als in diesem Moment die gewaltigen Energien aus ihren Speichern freigesetzt wurden und sich eine Abflußmöglichkeit suchten, brannte das System durch, und es kam zu einer kurzen Verpuffung, die beinahe die Stärke einer Atombombenexplosion erreichte.

Praktisch aller Fels, alle Erde, die den Generator bedeckte, verflüssigte sich und schoß wie ein gewaltiger, schmutziger Wasserstrahl durch die Luft, der sich fast genauso schnell wieder senkte. Mit einem gewaltigen Zischen wallten Dämpfe auf, und die verflüssigten Mineralien kühlten ab und versteinerten dabei wieder.

Der Schutt war verschwunden, ersetzt durch einen glatten, gefaserten Kegel, der rot leuchtete, während er sich dann allmählich zu schwarzer vulkanischer Glaslava verhärtete. Das Zischen erklang weiterhin, während Heep sich in den heftigen, heißen Windböen erhob. Der Anblick vor ihm in der Schlucht war atemberaubend: Über dem Partikelgenerator und seinem Gehäuse hatte sich ein Lavagrab geschlossen.

Plötzlich verspürte Heep durch den Schweiß, der ihn bedeckte, ein Frösteln. Was war aus McCracken geworden?

Natalja hatte sich damit abgefunden, versagt zu haben. Sie war geschlagen, und mit ihr die Welt. Sie hatte keinen Grund zur Hoffnung mehr, denn sie konnte nicht wissen, was sich in Raskowskis Kommandozentrale zugetragen hatte.

Die Computer in Zürich hatten ständig Anweisungen an den Generator in Pamosa Springs abgestrahlt. Die Überlastung dort war so gewaltig gewesen, daß ein großer Teil der Impulse über die Funkverbindung zurückgeschlagen war und den Weg in die Zentrale gefunden hatte. Die Energie war so gewaltig gewesen, daß im Gewölbe in allen elektrischen Anlagen Kurzschlüsse aufgetreten waren. Schaltbretter schmorten durch und explodierten; Funken schlugen in alle Richtungen. Die Beleuchtung erstarb, und die gesamte Energieversorgung fiel aus.

Weitere Schaltbretter verschmorten; eins nach dem anderen geriet in Brand. Die Flammen breiteten sich in der sauerstoffreichen Luft schnell aus, und Bemühungen, sie zu löschen, wurden nach kurzer Zeit zugunsten von Fluchtversuchen abgebrochen. Doch das Gewölbe war elektronisch versiegelt. Und die Flammen schlugen höher, griffen um sich und erzeugten giftige Dämpfe und Gase. Der größte Teil des Personals lief zur Tür des Gewölbes und zerrte vergeblich daran, hustend und dem Tode nahe, während General Wladimir Raskowski die ganze Zeit über auf seinem Sessel verharrte und immer und immer wieder auf den schwarzen Knopf drückte, das Gesicht zu einer starren Maske des Wahnsinns verzerrt, bis die Flammen ihn verschlangen.

Als Polizei und Feuerwehr Stunden später endlich die

Gewölbetür geöffnet hatten, waren die meisten Leichen unkenntlich. Die, die noch entfernt an Menschen erinnerten, waren schwarz verkohlt und schwelten vor sich hin. Die genauen Ursachen für das Unglück waren noch unklar – und würden niemals festgestellt werden.

Eine Frau, von der jede ermittelnde Gruppe annahm, sie arbeite für eine andere, betrat das Gewölbe und ging direkt zu einer Leiche in dessen Mitte. Niemand sah, wie sie lächelte, als sie eine Hand auf die Schulter der Leiche legte. Niemand sah, wie sie einen geschwärzten Goldstern entfernte, der den Mann als General der russischen Streitkräfte auswies.

Und dann war sie schon wieder verschwunden.

35

Sheriff Heep kniete über Hundeohr McCluskeys Leiche, als er die schlurfenden, sich langsam nähernden Schritte hörte.

»Sie Hundesohn«, sagte er und hätte beinahe ein Lächeln zustande gebracht. »Sieh mal an, wer jetzt nicht gut auf den Füßen ist.«

McCracken blieb neben ihm stehen, das Gesicht schmerzverzerrt, die Kleidung mit Erde und Staub bedeckt, die Haut an zahlreichen Stellen von Kopf bis Fuß aufgerissen. Er war der Hauptwucht der Explosion knapp entgangen und von Schotter mitgerissen worden, der sich nicht zu dem geschmolzenen Strom gesellt hatte, der in die Schlucht hinabfloß. Als er nun den Hang hinabblickte, sah er, daß das rote Leuchten etwas verblichen und das Grab des Partikelgenerators von fast kristallinem Schwarz war.

»Wenigstens können Sie mir helfen, zur Stadt zurückzukehren«, sagte McCracken leichthin, als zwei silberne Düsenjets über sie hinwegrasten. Sein Blick fiel auf einen Armeekonvoi, der sich auf der einzigen Zufahrtsstraße Pamosa Springs näherte. »Scheint so, wir bekommen Gesellschaft.«

»In mehr als einer Hinsicht.« Heep blickte über McCrackens

Schulter auf die verdreckte Gestalt, die sich ihnen näherte, im Schlepptau einige Einwohner der Stadt. Der Sheriff richtete sich langsam auf. »Scheiße, das ist Hal Taggarts Junge.« Er konnte die Gestalt nun besser sehen. »Zumindest das, was von ihm übriggeblieben ist.«

Der junge Mann zog das linke Bein beträchtlich hinter dem rechten nach. Und die linke Hälfte seines Gesichts war von Narbengewebe bedeckt, das sogar das Auge überwuchert hatte.

»Er war Marinesoldat im Mittleren Osten«, fuhr Haggart fort. »Wir alle dachten, er sei gefallen. Taggart hat das jedenfalls behauptet.«

»Anscheinend war er drauf und dran.« McCracken hatte solche jungen Männer schon öfter gesehen. Teile von Taggarts Gehirn würden nie wieder arbeiten, andere waren völlig unverletzt. »Der alte Taggart muß ihn hierher geholt und vor der Welt versteckt haben.«

Heep überwand sich und betrachtete den Jungen genauer. »Nachdem die Mistkerle seinen Vater getötet haben, muß er die Sache selbst in die Hand genommen haben. Er hat sich die verdammten Wachen vorgeknöpft und eine nach der anderen umgebracht.«

»Ganz davon zu schweigen, daß er uns heute gerettet hat. Er muß das auf dem Dach gewesen sein.«

»Er hat wohl mehr als nur Erinnerungen auf dem Mittleren Osten zurückgebracht.«

McCracken zuckte die Achseln, und die Bewegung ließ glühende Schmerzen durch seinen Körper fahren. Heep schleppte sich zu ihm hinüber und schob den Arm unter Blaines Schulter.

»Jetzt muß ich Ihnen wohl beim Laufen helfen«, sagte er und verzog das Gesicht genauso schmerzerfüllt wie zuvor Blaine. »Das wird ja ein Spaß werden.«

McCracken näherte sich den Männern, die aus dem vordersten Jeep kletterten, ohne Hilfe.

»Sind Sie McCracken?« fragte der Befehlshaber.

Blaine nickte. »Hat Wareagle Sie geschickt?«

»Ich kenne keinen Wareagle. Meine Befehle kamen direkt aus dem Pentagon. Wir wären schon früher hiergewesen, hatten aber Schwierigkeiten, uns die nötige Unterstützung aus der Luft zu verschaffen«, erklärte der Befehlshaber, als die Düsenflugzeuge wieder über sie hinwegdonnerten. Er sah sich um und betrachtete die Leichen auf den Straßen und die abgebrannten Gebäude. »Ist ja eine schöne Scheiße.«

»Die Action haben Sie verpaßt.«

»Sieht so aus, als hätten Sie die Sache auch ohne uns hinbekommen.«

Blaine dachte an Hundeohr McCluskey und Hal Taggarts Sohn. »Kann man schon sagen«, gab er geistesabwesend zurück. »Stehen Sie mit Washington in Verbindung, Commander?«

»Eine Direktleitung.«

»Dann wird das ja vielleicht doch noch mein Glückstag.«

»Ich glaube, es ist an der Zeit, mich endlich auch in die Wälder zurückzuziehen, Indianer, oder zumindest auf irgendeine einsame Insel«, sagte Blaine zu Wareagle, während sie die Prachtstraße vor dem Washington Monument entlang schlenderten.

»Das hat man dir schon einmal angetan, Blainey. Die fünf Jahre in Frankreich. Erinnerst du dich?«

»Und jeden Tag habe ich dafür gebetet, wieder in unserem Spiel mitmischen zu können.«

»Und du glaubst, diesmal würden diese Gebete nicht kommen?«

»Ich glaube, diesmal würde ich darum beten, in Ruhe gelassen zu werden.«

Wareagle blieb stehen und betrachtete ihn. »Nein, Blainey. Du kannst deine Augen am Tag schließen, doch das Licht bleibt. Und früher oder später mußt du die Augen wieder öffnen und diese Tatsache akzeptieren.«

»Ich habe nicht von mir gesprochen, Indianer. Es sind die anderen, mit denen ich nichts mehr zu tun haben will, die

Geistlosen, für die es weder Tag noch Nacht gibt, für die ständig Dämmerung herrscht, weil sie sich auf diese Art und Weise nicht festlegen müssen.«

»Sie gibt es, damit wir an unser Versagen erinnert werden, damit wir mit dem verbunden bleiben, was rein und heilig ist, und die Worte der Geister niemals als selbstverständlich hinnehmen.«

»Das rechtfertigt nicht, wie sie die Dinge handhaben – oder auch nicht.«

»Das habe ich damit auch nicht gemeint. Taten finden ihre Berechtigung aus sich selbst, Blainey. Suche nicht nach dem, was es nicht gibt, denn dann wärest du nicht besser als die anderen.«

»Damit hast du den Nagel auf den Kopf getroffen, Indianer. Ich bin schon längst nicht mehr besser als die anderen, denn ich bin schon zu lange ein Teil von alledem. Ich tat, was getan werden mußte, nicht wahr? Das ist meine persönliche Rechtfertigung.«

Wareagle legte sanft die Hand auf seine Schulter. »Blainey, du siehst andere Menschen im Schatten deines Spiegelbilds, glaubst, sie wären genauso wie du um Vollkommenheit bemüht. Du glaubst, daß ihre Manitous in den gleichen Farben wie deine leuchten, und nun hast du festgestellt, daß viele von ihnen überhaupt nicht leuchten, weil sie nämlich schwarz und farblos sind.«

»Und was willst du damit sagen?«

»Das Universum schwebt in genau dem gleichen empfindlichen Gleichgewicht wie jeder einzelne Mensch. Sie können genausowenig dafür, was sie sind, wie du dafür kannst, was du bist. Jeder von ihnen versieht den anderen mit dem Gleichgewicht, beide brauchen einander, um die Taten des anderen zu rechtfertigen.«

»Dann willst du also damit sagen, daß ich nicht aufhören soll, sobald wir diese Sache endgültig abgeschlossen haben?«

»Ich sage damit, daß es für dich kein Aufhören gibt. Ja, vielleicht bei dieser einen Episode, doch wo diese endet, beginnt schon eine neue. Eine Erweiterung folgt der anderen, bis schließlich kein Anfang und kein Ende mehr auszumachen ist.«

McCracken schüttelte nachdenklich den Kopf. »Als ich nach Washington fuhr, war ich halbwegs entschlossen, mein Gespräch mit dem Präsidenten zu vergessen. Aber ich glaube, da gibt es noch eine Sache, die ich regeln muß.«

»Mindestens eine«, sagte Wareagle.

»Es wird Sie freuen zu hören, daß die Sache mit dem Bauernjungen ebenfalls geklärt ist«, sagte der Präsident zu Blaine, als sie an einem gußeisernen Tisch im Rosengarten Platz genommen hatten. Von Lyman Scotts Leibwächtern befand sich keiner in Hörweite. »George Kappel hat sich gestellt, als feststand, daß Raskowski gescheitert war. Vielleicht hofft er, seine Lage so verbessern zu können.«

»Und, kann er das?«

»Auf keinen Fall. Zuerst hatte ich vor, mit allem an die Öffentlichkeit zu gehen, einschließlich Kappel. Doch ich bin mir nicht sicher, ob das Land eine neuerliche Verhöhnung der Regierung verkraften kann.«

»Vielleicht bleibt ihm die nächste dann erspart.«

»Ihm ist noch nie eine erspart geblieben und wird es auch in Zukunft nicht. Wir halten durch. Mehr können wir nicht geben, denn die Menschen sind eben nicht perfekt. Das war nicht leicht für mich. George Kappel war mein Freund, seit ich ins Repräsentantenhaus gewählt wurde. Er hat mich von Anfang an benutzt. Aber so ist das Leben nun einmal, im Großen wie im Kleinen.«

»Nicht das Leben, Mr. President, nur die Politik. Aber nicht meine, denn ich habe keine.« McCracken schwieg eine Weile und kam dann auf das Thema zu sprechen, das Lyman Scott anscheinend vermeiden wollte. »Ich nehme an, Sie sind daran interessiert zu erfahren, wo das Atragon liegt, das ich gefunden habe.«

»Ja, dieser Gedanke kam mir in den Sinn.«

»Vergessen Sie es. Ich werde Ihnen die Koordinaten geben, aber nicht aus den Gründen, die Sie sich erhoffen.«

»Aus welchen denn?«

Blaine sagte es ihm, ohne um den heißen Brei zu reden.

»Das ist unmöglich!« rief der Präsident, als er geendet hatte.

»Es ist immer wieder erstaunlich, welche Wunder das Oval Office bewirken kann.«

Lyman Scott schluckte hart. »Denken Sie an die Risiken, die mit der Durchführung dieses Wahnsinns verbunden sind.«

»Denken Sie an die Risiken, die damit verbunden sind, wenn wir es nicht tun«, erwiderte Blaine klipp und klar.

»Mr. McCracken, wenn sich ein gewisser Vorrat an Atragon in unserem Besitz befindet, werden wir nie wieder eine Bedrohung wie diese durchstehen müssen. Zumindest das sollten wir doch aus den vergangenen zwei Wochen gelernt haben, wenn schon sonst nichts.«

»Wir sollten gelernt haben, daß es Dinge auf dieser Welt gibt, die man besser nicht anrührt. Ich behaupte nicht zu wissen, woher das Atragon wirklich stammt, doch ich weiß, daß noch eine Menge unschuldige Menschen sterben werden, wenn ich zulasse, daß Sie es bergen.« Dann, nach einem Augenblick: »Wir verstehen es noch nicht, seine Macht zu beherrschen. Und ich bezweifle, daß wir das jemals verstehen werden.«

Lyman Scott nickte langsam. »Als ich mein Amt antrat, habe ich mir geschworen, unter allen Umständen den Frieden zu bewahren. Daran hat sich nichts geändert. Ihre Argumente ergeben Sinn, Mr. McCracken. Ein Stoff wie Atragon . . . nun, ich bin mir nicht sicher, ob wir zulassen können, daß die Russen ihn besitzen. Und wenn ich verspreche, Ihre Bitte zu erfüllen, versprechen Sie mir, der Öffentlichkeit nichts von den Ereignissen der letzten Tage zu verraten. Richtig?«

»Ganz genau. Solange Sie mir das, was ich brauche, innerhalb von vierundzwanzig Stunden nach Miami schaffen.«

»Vierundzwanzig Stunden? Unmög . . .

»Ich habe heute meinen großzügigen Tag. Sagen wir fünfundzwanzig.«

Das Schiff der Marine legte am Mittag des nächsten Tages in der Biscayne-Bucht in Miami an. Blaine hatte den größten Teil des Vormittags damit verbracht, ein paar ein- und auslaufende Ozeandampfer zu beobachten. Er war von ihrer Größe überwältigt, aber gleichermaßen von den kleinen Schleppern beeindruckt, die die riesigen Schiffe wie nach Belieben geleiteten und manövrierten. Er beugte sich über die Reling, um seinen mitgenommenen Körper zu entlasten. Die Schmerzen waren schlimm heute, und er bemühte sich, seine zahlreichen Verbände vor den Passanten zu verbergen. Er wollte nur in Ruhe gelassen werden.

Er sah auf und erblickte Natalja an seiner Seite. Sie schaute ernst und beunruhigt drein.

»Haben sie dir gesagt, was das alles zu bedeuten hat?« fragte Blaine sie.

»Das haben sie. Und sie müssen dir von Zürich berichtet haben.«

»Ja.«

»Dann glaubst du also an den Mythos, was den Ursprung dieser Kristalle betrifft. Wie sonst kannst du dir erklären, was sich in Raskowskis Befehlszentrale zugetragen hat?«

»Erklärungen überlasse ich den Wisenschaftlern.«

»Wie sollen sie denn etwas erklären, für das es keine Erklärung gibt? Nein, wenn es dir schon gelungen ist, deine Regierung zu überzeugen, mußt du tatsächlich daran *glauben*!«

»An Atlantis, meinst du? Ich habe eigentlich nicht groß darüber nachgedacht. Ich weiß nur, daß diese Kristalle, die Vasquez entdeckt hat und mit denen Raskowski beinahe die Welt in die Luft gesprengt hätte, am besten für immer begraben werden.«

»Die gleiche Lektion, die der Verlorene Kontinent – und Raskowski – gelernt haben. Beide allerdings zu spät.«

»Vielleicht«, gestand Blaine ein. »Und ich habe auch einiges gelernt. Zum Beispiel, die Wahrheit zu erkennen. Ich mische seit fünfzehn Jahren bei diesem Spiel mit und habe bislang nur Lügen gesehen. Sie umgeben mich überall, und die ganze Zeit über habe ich viele davon für die Wahrheit gehalten. Ich habe der Welt nicht geholfen, ihr hoffnungsloses Schicksal zu überwinden; im Gegenteil, ich habe dazu beigetragen, es beizubehalten, indem ich die Wahrheiten, die *Mythen* anderer Menschen akzeptierte. Vielleicht bin ich einfach nicht der richtige Gesprächspartner für dieses Thema.«

Natalja zuckte die Achseln. »Ich glaube, wir haben uns selbst mehr vorgemacht, als wir uns von anderen täuschen ließen. So viele Ideale und Hoffnungen haben wir, die uns geholfen haben, das Unmögliche zu bewerkstelligen. Unsere Regierungen haben sich an uns gewandt, weil wir mehr als nur gut waren; wir waren bereitwillig. Und wenn wir nicht mehr bereitwillig sind, haben sie uns so gut einzuschätzen gelernt, daß es ihnen nicht schwerfällt, uns wieder bereitwillig zu machen. Mein Vater, deine romantische Natur – wenn nicht diese Druckmittel, dann andere.«

Es folgte eine Pause, in der sie beide ihre Aufmerksamkeit auf die Schnellboote richteten, die durch die Biscayne-Bucht brausten.

»Was wirst du jetzt tun?« fragte Blaine schließlich.

»Ich habe endlich genug gegen sie in der Hand, um sie zu zwingen, meinen Vater außer Landes zu lassen«, erwiderte sie. »Aber ich muß die Tatsache akzeptieren, daß auch ich niemals in meine Heimat zurückkehren darf.«

»Stört dich das?«

»Würde es mich nicht stören, wäre all die Arbeit dieser langen Jahre völlig umsonst gewesen.« Der Schmerz war deutlich in ihrer Stimme zu vernehmen. »Und was ist mit dir, Blaine McCracken?«

»Ich überlege, ob ich mir nicht eine Insel suchen soll, auf die noch nie ein Mensch den Fuß gesetzt hat, und dort eine Weile meine Zelte aufschlage.«

»Das könnte gefährlich werden«, erwiderte Natalja. »Es wäre viel sicherer, diese Insel zu zweit zu erkunden.«

»In diesen Worten liegt viel Wahrheit«, lächelte Blaine.

EPILOG

Die Bombe war klein genug, um unter Wasser problemlos manövriert werden zu können. Das einzige Problem ergab sich, als sich das Kriegsschiff als zu groß erwies, um die Riffe zu passieren, und der zylindrische Gegenstand in ein Motorboot verladen und damit den letzten Kilometer zur namenlosen Bimini-Insel befördert werden mußte. Ein zweites Boot brachte die erforderliche Ausrüstung und das nötige Personal an die Küste. Ein drittes begleitete die beiden, nur für den Fall, daß eins davon zu irgendeinem Zeitpunkt in Schwierigkeiten geraten sollte.

Die Atombombe wurde genauso angebracht, wie McCracken es verlangt hatte. Er hatte eine genaue Karte vom Meeresboden angefertigt und sorgsam darauf geachtet, alle Wracks einzuzeichnen, an die er sich erinnerte. Sie hatten von Miami aus gute Fahrt gemacht, und auch das Wetter spielte mit.

Blaine stand neben Natalja auf Deck. Sie beobachteten, wie die Motorboote die Riffe umfuhren und sicher ihr Ziel erreichten. Nun kam es auf die Taucher an, die vierzig Minuten später wieder an die Oberfläche kamen und die Daumen hoben, um anzuzeigen, daß alles planmäßig verlaufen war. Sie kehrten so schnell wie möglich zum Schiff zurück, obwohl das Wetter noch immer hervorragend und solche Eile eigentlich nicht nötig war. Der Zeitzünder war auf sechs Stunden eingestellt – mehr als genug, um längst außerhalb der Reichweite der Explosion zu sein. Es handelte sich um eine äußerst geringe atomare Sprengladung, die jedoch augenblicklich Folgen zeigen und die umliegenden Gewässer aufwühlen würde.

Wie es sich herausstellte, war ihr Schiff sechs Stunden später viel zu weit vom Ort der Explosion entfernt, um überhaupt noch etwas von ihr zu bemerken. Niemand würde wissen, ob ihre Mission erfolgreich verlaufen war, bis die Berichte der Taucher vorlagen, die in einigen Monaten, wenn die Radioaktivität sich völlig aufgelöst hatte, das Gebiet überprüfen würden.

Sie konnten also nicht die gewaltige Wassersäule sehen, die

in den Himmel schoß, die namenlose Bimini-Insel völlig überflutete und einen Teil von ihr versenkte. Ein Teil dieses Wassers war unglaublich heiß, und eine Dampfwolke erhob sich in die Luft, die wie eine Nebelbank aussah, die nach einem Schiff zu suchen schien, das sie verleiten konnte, auf das nun durchtrennte Riff aufzulaufen.

Die größten Auswirkungen der Bombe waren jedoch auf dem Meeresboden selbst festzustellen. Die Explosion riß einen Spalt in die oberste Schicht der Erde, der sich öffnete, um den Schiffsfriedhof zu verschlingen und die Geheimnisse des Meeres auf ewig zu versiegeln.

ENDE

Jon Land –
Der Meister des Katastrophen-Thrillers

Ein Porträt

»Ich halte mich für einen Erzähler, dessen wichtigste Aufgabe es ist, den Leser zu unterhalten, ihn in eine gewalttätige Welt der Gefahr und Intrigen zu versetzen. Die Reaktion der Kritik bedeutet mir nichts im Vergleich zu einem Leser, der mir mitteilt, er habe nicht einschlafen können, weil er die halbe Nacht über meinem Buch wachgelegen hat.«

Auch die Kritik wird nun auf Jon Land aufmerksam, dessen Siegeszug jedoch schon längst nicht mehr aufzuhalten ist: In Deutschland erschienen seine ersten sieben Romane innerhalb von nicht einmal zwei Jahren, und jeder war erfolgreicher als der vorhergehende. Kein Wunder, fassen die Klappentexte seiner Bücher doch ohne jede Übertreibung zusammen, was Jon Lands Erfolg ausmacht: »Ein weiterer ›page turner‹ aus der Werkstatt von Jon Land, dem Meister des Katastrophen-Thrillers, der seine Schreibmaschine zur Höllenmaschine umgebaut hat und dem Leser keine Chance läßt, seine Bücher vor der letzten Seite aus der Hand zu legen.«

Und die Leser scheinen sich schon längst einig zu sein: Seine Bücher sind wirklich ›page turner‹, bei denen sich die Seiten der enormen Spannung wegen wie von allein umzublättern scheinen, und Jon Land ist tatsächlich der unumstrittene Meister des Katastrophen-Thrillers.

Aber wer ist der Mann, dessen Romane zum Aufregendsten gehören, was die internationale Spannungsliteratur zu bieten hat? Geboren wurde er vor erst zweiunddreißig Jahren in dem Neuengland-Staat Rhode Island im Nordosten der USA, in dem er auch seinen Wohnsitz aufgeschlagen hat. Zu seinen Hobbys gehören Gewichtheben, Squash und fernasiatischer Kampfsport (was auch in einigen sorgsam choreographierten Szenen seiner Paranoia-Thriller Ausdruck findet). In den Genuß einer formellen Schreibausbildung kam er nicht: »Ich hatte immer vor, Jura zu studieren, und meine gesamte Ausbildung vollzog sich in diesen Bahnen. Doch schon während der ersten Jahre im College schrieb ich Artikel für einige Magazine und verliebte mich in das Gefühl, wirklich etwas veröffentlicht zu haben. Als Abschlußarbeit schrieb ich einen Roman. Er war zwar nicht unbedingt sehr gut, aber ich hatte mir bewiesen, daß ich es konnte.

Ich halte es sogar für einen Vorteil, niemals einen Kurs im Schreiben belegt zu haben. Bei solchen Kursen entmutigt man die angehenden Schriftsteller eher, als daß man sie ermuntert. Sie zerbrechen einen dort, anstatt einen aufzubauen. Natürlich sind zahlreiche Autoren, die an solchen Schreibkursen teilnehmen, wahrscheinlich talentierter als ich. Der Unterschied ist nur, daß ich weiß, wie man eine Geschichte erzählt. Und das kann man nicht lernen, indem man einen Kurs belegt.

Ich habe also ein paar Artikel in führenden amerikanischen Zeitschriften veröffentlicht und dann direkt meinen ersten Thriller geschrieben.«

Eine regelrechte Ausbildung hat Jon Land also nicht – falls es eine solche überhaupt für einen Schriftsteller geben sollte –, aber natürlich einige Vorbilder: »Forsyth, Clive Cussler, Ken Follet und hauptsächlich Robert Ludlum. Das ist mein Lieblingsautor. Ich sehe mich als eine Art Kombination aus Ludlum, wenn er am besten schreibt, und Ian Fleming. Flemings Bücher um James Bond sind im Prinzip gradlinig und aufregend. Ludlums Bücher sind kompliziert und aufregend. Man kann wohl sagen, daß Fleming großen Wert auf das Visuelle legt, während Ludlum aus dem Bauch heraus schreibt. Ich versuche, in meinen Büchern beides zu verbinden, so visuell wie Fleming und so nervenaufreibend wie Ludlum zu schreiben.«

Jon Land schreibt Polit-Thriller, in denen moderne Superwaffen das Schicksal der Erde bedrohen. Ob Atombomben entführt oder mittels Genmanipulationen tödliche Seuchen verbreitet werden sollen, das gesamte Telekommunikationssystem ausgeschaltet werden oder mit einer dem ›Philadelphia-Experiment‹ nachempfundenen Technik die Struktur des Universums aufgerissen werden soll, um Atomraketen ohne Ortungsmöglichkeiten an ihr Ziel zu bringen – Jon Lands Themen erinnern mitunter unwillkürlich an die frühen James-Bond-Filme, in denen mächtige Schurken mit ihrer modernen Super-Technik die Welt in die Knie zwingen wollten. Ist auch James Bond ein großes Vorbild für ihn?

»Absolut! Ich bin schon mein ganzes Leben lang ein großer Fan von James Bond. Als ich in der sechsten Klasse war, habe ich alle Bücher Flemings gelesen, und mit sieben oder acht Jahren hat mein Vater mich schon in die James-Bond-Filme mit Sean Connery mitgenommen. Ich war fasziniert von ihnen und konnte sie mir immer wieder ansehen. In diesen Filmen steht immer sehr viel auf dem Spiel, und es ist klar, was der Welt blüht, sollte Bond versagen. Ich versuche, in meinen Büchern ähnlich klar zu schreiben und den Leser damit zu fesseln. Wenn man dem Leser mit Bedrohungen, die ihn persönlich betreffen, einen Schauer über den Rücken jagt, wird er den Roman wahrscheinlich auch zu Ende lesen.«

Da liegt der Gedanke doch nahe, in Ian Flemings Fußstapfen zu wandeln und sich ebenfalls nur auf einen Helden zu konzentrieren.

»Nun ja, mit Blaine McCracken habe ich einen Seriencharakter, aber er erscheint hier in den Staaten nur in jedem zweiten Buch (bislang OMEGA KOMMANDO und DER ALPHA-VERRAT). Ein dritter Roman mit McCracken wird im Herbst nächsten Jahres in den Staaten erscheinen, und bei einem vierten bin ich gerade an der Arbeit. Doch ich würde niemals nur über McCracken schreiben wollen, aus Angst, diesen Charakter irgendwann einmal zu abgedroschen zu schildern. So freue ich mich immer, wenn ich mich erneut mit ihm befassen kann, und verliere nie das Interesse an ihm, was natürlich auch meinen Büchern zugute kommt.«

Neben Blaine McCracken, dem sich Jon Land also verstärkt widmen wird, schreibt er noch über eine ganze Reihe anderer Helden, die er gnadenlos durch die Labyrinthe der modernen Geheimdienst-Intrigen jagt: Timberwolf aus DER RAT DER ZEHN, der Collegeprofessor Christopher Locke aus IM LABYRINTH DES TODES, der Wintermann aus DAS VORTEX-FIASKO, die Israelis Löwe der Nacht aus DIE LUCIFER-DIREKTIVE und Alabaster aus DER ALABASTER-AGENT. Bei

Jon Land sind es nicht mehr die Geheimdienste der Supermächte selbst, die sich bekriegen, sondern auf der einen wie auf der anderen Seite Einzelgänger, die außerhalb der Konvention stehen: Hier zumeist erfahrene Veteranen, die »das Spiel« aufgegeben haben, dort Renegaten, Verrückte, machtbesessene Patrioten, die den Weltfrieden bedrohen. Es fällt auf, daß zahlreiche seiner Protagonisten Israelis, zahlreiche der Schurken Araber sind. In dieser Hinsicht äußert sich der Autor eindeutig, wenngleich er sich bewußt hütet, Schwarzweiß-Malerei zu betreiben: »Ich glaube durchaus, daß die islamische Revolution eines Khomeini und die islamischen Extremisten eine beträchtliche Gefahr für die westliche Welt darstellen, doch man muß einen Unterschied machen zwischen diesen Extremisten, die ja nur einen sehr kleinen Prozentsatz der Araber ausmachen, und dem Rest der arabischen Welt. Ich würde niemals ein ganzes Volk wegen der Taten einer verrückten Minderheit verdammen. Doch es bleibt die Tatsache bestehen, daß diese Minderheit der Extremisten zu den Nazis der zeitgenössischen Literatur geworden ist. Es fällt leicht, auf sie zurückzugreifen, denn wegen der schrecklichen Taten, die sie begangen haben, ist es auch leicht, sie zu hassen.«

Will Jon Land mit seinen Romanen die Leser vielleicht vor dieser Gefahr warnen?

»Nicht bewußt. Aber vieles von dem, was ein Schriftsteller tut, spielt sich im Unterbewußtsein ab. Man kann nicht verhindern, daß seine Gefühle und Werte in seine Romane einfließen, denn man drückt sie ja irgendwie unwillkürlich aus. Ich glaube, manchmal weiß man, was man ausdrücken will, und manchmal nicht.«

Ist Jon Land noch nie auf den Gedanken gekommen, einige seiner Helden in einem seiner nächsten Katastrophen-Thriller zusammenarbeiten zu lassen, oder ist er mit ihnen fertig, wenn er ein Buch abgeschlossen hat?

»Zum größten Teil schon. Wenn man solch ein Buch schreibt, faßt man im Prinzip das Leben des Helden darin zusammen. Die Protagonisten durchleben Krisen, und mit diesen Krisen wachsen sie und entwickeln sich weiter. Wenn ich einen Roman beendet habe, ist der Kreislauf, den der jeweilige

Charakter durchlaufen hat, normalerweise abgeschlossen, und man weiß nur noch wenig mit ihm anzufangen. Ich hatte ursprünglich auch nicht vor, Blaine McCracken zu einem Serienhelden werden zu lassen. Doch als ich das OMEGA KOMMANDO beendet hatte, stellte ich fest, daß es über ihn noch sehr viel zu schreiben gab.

Aber es ist eine interessante Idee, einige meiner Helden zusammenarbeiten zu lassen. Ich denke daran, Jared Kimberlain, den Helden meines neuen Buches THE EIGHTH TRUMPET (bei Bastei-Lübbe in Vorbereitung), einmal mit McCracken zusammentreffen zu lassen. Ja, die Möglichkeiten, die sich daraus ergeben, gefallen mir, denn ich habe auch mit Kimberlain noch einiges vor. Ein Problem könnte dabei sein, daß man mehr als nur einen Helden braucht, um so eine Serie aufzubauen. In den Büchern um McCracken spielt auch Johnny Wareagle eine beträchtliche Rolle, und auch Kimberlain habe ich ein paar ganz interessante Helfer an die Seite gestellt. Ja, ich glaube schon, daß sie alle noch einmal auftauchen werden.«

Jon Lands Bücher sind in der Bundesrepublik ein großer Erfolg. Ist er auch noch in andere Sprachen übersetzt worden?

»Zur Zeit erscheinen meine Bücher in Schweden, Norwegen und Japan. Zwei oder drei weitere Länder werden demnächst folgen. Doch mein deutscher Verleger, Bastei, ist der einzige, der die Rechte an bislang allen meinen Büchern erworben hat.«

Das gilt sogar für die USA, wo Jon Lands erste Bücher bei dem Verlag Zebra erschienen, bevor er dann zu Fawcett/Ballantine wechselte. Gibt es dafür besondere Gründe?

»Eigentlich nur einen. Zebra war nicht bereit, mir gewisse Zugeständnisse zu machen, die ich nach drei veröffentlichten Romanen verlangte, und Fawcett war es. Eigentlich schade, denn die Leute bei Zebra hatten mir die Chance gegeben, überhaupt zu veröffentlichen. Ich hatte gehofft, immer bei diesem Verlag bleiben zu können, doch früher oder später muß man sich entscheiden, was man will und wie man das am besten erreichen kann.«

Und was will Jon Land? Was wird man in Zukunft von ihm lesen können? Wie bisher einen Roman pro Jahr?

»Eher ein Roman alle acht oder neun Monate. Aber in diesem

Tempo möchte ich schon weitermachen. Darüber hinaus ist es mein großes Ziel, diese Bücher verfilmt zu sehen und vielleicht auch an den Drehbüchern mitzuarbeiten.«

Bleiben wir erst einmal bei den Büchern. Nach dem gerade in den USA erschienenen Roman THE EIGHTH TRUMPET mit dem Helden Jared Kimberlain wird Anfang 1990 in den USA ein dritter Thriller mit Blaine McCracken folgen. Beide Bücher weisen wieder zahlreiche internationale Schauplätze auf, und nicht zuletzt wegen des Erfolgs, den Jon Land in Deutschland hat, wird eines seiner nächsten Bücher zu einem großen Teil in diesem unserem Lande spielen. Aber bei allen Plänen, die Jon Land mit gerade zweiunddreißig Jahren noch hat, hat er eins nicht vergessen: »Wichtiger als alle Verfilmungen und so weiter ist für mich, daß jedes neue Buch besser als das vorhergehende wird. Ich will nicht einer dieser Schriftsteller sein, die nur aufgrund ihrer Reputation in die Bestseller-Listen kommen, obwohl die Käufer ihre Bücher gar nicht lesen und keine Freude daran haben. Wenn man die Leser enttäuscht, ist man verloren. Man wird sicher noch eine Weile sein Geld machen und seine Bücher verkaufen, aber wenn der Erfolg nicht ehrlich verdient ist, ist er auch nicht annähernd soviel wert. Meine Leserschaft ist für meinen Erfolg verantwortlich, und diese Tatsache werde ich niemals aus den Augen verlieren.«

Freuen wir uns also auch in Zukunft alle acht bis neun Monate auf ein neues Buch von Jon Land, dem Meister des Katastrophen-Thrillers.

BIBLIOGRAPHIE

The Doomsday Spiral (1983)
DER ALABASTER-AGENT, Bastei-Lübbe 13199, DM 8,80

The Lucifer Directive (1984)
DIE LUCIFER-DIREKTIVE, Bastei-Lübbe 13186, DM 8,80

Vortext (1985)
DAS VORTEX-FIASKO, Bastei-Lübbe 13169, DM 8,80, 1988

Labyrinth (1985)
IM LABYRINTH DES TODES, Bastei-Lübbe 13164, DM 9,80, 1988

The Omega Command (1986)
DAS OMEGA-KOMMANDO, Bastei-Lübbe 13135, DM 8,80, 1988

The Council of Ten (1987)
DER RAT DER ZEHN, Bastei-Lübbe 13148, DM 9,80

The Alpha Deception (1988)
DER ALPHA-VERRAT, Bastei-Lübbe 13223, DM 9,80

The Eighth Trumpet (1989)
DIE ACHTE FANFARE, Bastei-Lübbe 13252, DM 9,80

Weitere Informationen über die Romane Jon Lands finden sich in dem Beitrag ›Jon Lands Katastrophen-Thriller‹ im Jahrbuch der Kriminal-Literatur 1989, Bastei-Lübbe 19067.

Band 13 252
Jon Land
Die achte Fanfare
Deutsche
Erstveröffentlichung

Trotz modernster, raffiniertester Sicherheitssysteme wird der Multimillionär Jordan Lime brutal ermordet – mit einer grauenhaften, völlig unbekannten Waffe.
Doch das ist nur der Anfang, der erste Schuß einer unvorstellbar gefährlichen Armee der schlimmsten Profikiller der Welt. Sie gehorcht einem Mann, und der hat einen wahnwitzigen Plan: Er will die Erde erobern, indem er sie zerstört. Und niemand kann ihn aufhalten – niemand außer Jared Kimberlain. Er schart seine treuesten Gefährten um sich und nimmt den Kampf auf, auch wenn er aussichtslos erscheint. Eines weiß er dabei genau: Wenn er versagt, hat die Menschheit keine Chance mehr...

Sie erhalten diesen Band im Buchhandel, bei Ihrem Zeitschriftenhändler sowie im Bahnhofsbuchhandel.